Kristallhöhle

Peter Beutler, geboren 1942, ist in Zwieselberg aufgewachsen, einem kleinen Dorf in den Berner Alpen. Als promovierter Chemiker war er Lehrer am Gymnasium Musegg in Luzern. Seit 2007 lebt er mit seiner Frau am Thunersee. Im Emons Verlag erschienen von ihm bereits «Weissenau», «Hohle Gasse», «Kanderschlucht» und «Morgarten».

PETER BEUTLER

Kristallhöhle

KRIMINALROMAN

emons:

Bibliografische Information der Deutschen Nationalbibliothek
Die Deutsche Nationalbibliothek verzeichnet diese Publikation in der Deutschen Nationalbibliografie; detaillierte bibliografische Daten sind im Internet über http://dnb.d-nb.de abrufbar.

MIX
Papier aus verantwortungsvollen Quellen
FSC® C083411

Umschlagmotiv: photocase.com/like.eis.in.the.sunshine
Umschlaggestaltung: Tobias Doetsch
Gestaltung Innenteil: César Satz & Grafik GmbH, Köln
Druck und Bindung: CPI – Clausen & Bosse, Leck
Printed in Germany 2015
Erstausgabe 2014
ISBN 978-3-95451-389-5
Originalausgabe

Dieser Roman wurde vermittelt durch die Agentur Altas, Bern.

Teil 1

1

Oberleutnant Alfons Gross, Chefermittler der Kriminalpolizei St. Gallen, war am 31. Juli 1982, einem Samstag, bereits um halb acht in seinem Büro. Seit der Trennung von Sandra vor zwei Monaten arbeitete er auch an den Wochenenden. Sandra hatte zwei Jahre lang mit ihm zusammengelebt. Eine grosse Liebe war es nicht, doch ganz praktisch: Sie kochte für ihn, machte seine Wäsche und gab ihm auch das, was ein Mann in seinem Alter von einer Frau erwartete. Die Trennung hätte Gross eigentlich problemlos verkraftet, wenn sie nicht auf Sandras Wunsch erfolgt wäre. Dass ausgerechnet ein ehemaliger Kollege aus der Polizeischule sie ihm ausgespannt hatte, kratzte an seinem Ehrgefühl. Dabei hatte es dieser nur zum Gefreiten gebracht. Man sprach im Klosterhof, dem Hauptsitz der Kripo, mit Häme und Schadenfreude darüber.

Gross war etwas überrascht, als es an seiner Tür klopfte. Es war Leutnant Bernasconi, sein Stellvertreter.

«Hei, hast du mir ein Aspirin? Mich plagen verdammte Kopfschmerzen.»

«Das ist der Föhn. Sensible Menschen wie du leiden darunter. Nicht gerade optimal für unser Metier. Dieses erfordert knallharte Burschen, die belastbar sind.» Gross zog eine Schublade heraus, griff hinein und warf Bernasconi einen Schlüssel zu. «Fass, er passt ins Türschloss des Büros meiner Sekretärin. Sie hat Aspirin oder so was Ähnliches in ihrem obersten Schreibtischfach. Weiber dürfen ja ab und zu Migräne haben … Doch sag mal, warum arbeitest du überhaupt an einem Samstagmorgen?»

«Deinetwegen. Bis Montagmorgen muss ich dir den Einsatzplan für die geplanten Razzien im Rotlichtmilieu abgeben.»

Gross sagte nichts darauf, stattdessen grinste er gemein.

Kaum hatte er sich wieder in seine Akten vertieft, schellte das Telefon. Der Anrufer war sein direkter Vorgesetzter, Walo Metzler, der Kommandant der Kriminalpolizei. «Arbeitest wieder einmal zu Unzeiten? Mir scheint, ich wüsste, weshalb. Mir soll's recht sein. Warum rufe ich an? Meierhans, unser oberster Boss, sitzt mir im Nacken. An der nächsten Regierungssitzung soll die Kripo traktandiert werden. In letzter Zeit sei einiges bei uns nicht rundgelaufen. Er verlangt einen Tätigkeitsbericht der letzten drei Monate. Und du bist genau der richtige Mann für solches Geschreibsel. Bis Montagmittag liegt der Bericht auf meinem Schreibtisch. Hast du Fragen dazu?»

«Was gibt es da noch zu fragen?»

«Natürlich nichts. Hör nochmals zu ... fast hätte ich es vergessen. Ich gratuliere dir zu deinem Dreissigsten. Vorgestern hattest du Geburtstag, nicht? Ich wünsche dir noch ein schönes und geruhsames Wochenende.»

Metzler legte auf, ohne die Antwort von Gross abzuwarten. Gross fluchte, dass die Wände zitterten.

***

Um die Mittagszeit am selben Samstag betrat ein jüngerer Mann die Wirtschaft «Taube» in Kobelwald. Es waren noch zwei Einheimische dort. Der Ankömmling – er sprach einen Dialekt, der einen an Rorschach oder Umgebung erinnerte – war den beiden nicht bekannt, setzte sich zu ihnen und begann gleich ein Gespräch. Kurz darauf gesellte sich der Wirt dazu. Die beiden und der Wirt sagten später auf dem Polizeiposten Oberriet aus, der Fremde habe blaue Turnschuhe getragen und einen sportlichen Eindruck gemacht. Sein Alter schätzten sie auf etwa zwanzig Jahre. Ihnen seien auch seine guten Ortskenntnisse aufgefallen. Etwas verblüfft habe sie eine sonderbare Frage von ihm: ob es möglich sei, vor der Kristallhöhle ein Zelt aufzuschlagen. Nach einem kurzen Imbiss habe er sich auf den Weg Richtung Kobelwies gemacht.

***

Der neunjährige Bruno Bänziger und sein um ein Jahr jüngerer Bruder Ulrich weilten bei ihren Grosseltern in Kobelwies. Sie waren mit der Umgebung vertraut, und so durften sie allein die Gegend erkunden und im Freien spielen. Bruno und Ulrich hatten im Wattwald ein kleines Versteck eingerichtet. Das erlaubte ihnen, alles zu beobachten, was sich an der Kreuzung der Kobelwies- und Wattstrasse abspielte, ohne selber gesehen zu werden. So konnten sie sich stundenlang die Zeit vertreiben.

Als die Kirchturmuhr halb vier geschlagen hatte, wollten sie sich auf den Heimweg machen. Zum Zvieri gab es bei der Grossmutter stets ein rechtes Stück frisches Brot und zwei Reihen Schokolade.

Doch gerade als die letzten Glockenklänge verklungen waren, vernahmen sie hohe Stimmen. Sie kamen von zwei schon fast erwachsenen Mädchen, die mit ihren Velos das steile Strässchen hinuntergefahren waren und an der Weggabelung haltmachten.

Das eine sagte: «Diese Typen haben Verspätung.»

Das andere: «Und wenn sie nicht kommen?»

Dann wieder das eine: «Die kommen ganz bestimmt. Der Oskar steht auf mich. Nur eben: Mir gefällt er gar nicht, er hat zu viele Pickel im Gesicht. Und übrigens, die wollen uns ja nur etwas zeigen. Sie werden sich hüten, uns zu betatschen.»

Ulrich fand das komisch und fragte Bruno, wie denn ein Mann auf eine Frau stehen würde. Bruno hielt ihm den Mund zu und flüsterte: «Sei still, die dürfen uns nicht hören.»

Kurze Zeit später kam ein grauer VW Käfer in forschem Tempo von Eichberg her angerauscht und riss vor der Kreuzung einen Stopp. Zwei jüngere Männer sprangen aus dem Fahrzeug. Die beiden Mädchen hoben freudig die Arme zur Begrüssung.

***

Ich kniete am Sterbebett meiner Mutter. Sie flüsterte mir ins Ohr: «Du wurdest am 31. Juli 1950 in der Kristallhöhle gezeugt. Der Erzeuger ist nicht der Mann, von dem du glaubst, er sei dein Vater.»

Das war ein harter Schlag für mich. Dann geschah ein Wunder. Die Mutter wurde wieder gesund. Sie durfte weiterleben, offenbar weil sie mir ihre Last abgegeben hatte.

Ich ging in die Höhle und suchte die Stelle auf, wo mein Leben vor genau zweiunddreissig Jahren begann, ich tat das immer am 31. Juli.

Als ich etwa zwanzig Meter tief drin war, hörte ich Schritte, die mir entgegenkamen. Ich zwängte mich in eine Nische, denn ich wollte nicht gesehen werden. Es konnte nur der Höhlenwart sein. Er durfte nicht wissen, dass ich heimlich einen Schlüssel nachgemacht hatte. Doch es war nicht der Höhlenwart, sondern meine beiden Lehrerkollegen. Ich rief ihnen sofort zu: «Hei, was für eine Überraschung!»

***

«Ihr habt euch verspätet. Wir haben uns Sorgen gemacht. Das darf nicht wieder passieren», schimpfte der Grossvater. Die Grossmutter nickte stumm und sah Bruno und Ulrich vorwurfsvoll an.

Bruno versuchte sich zu rechtfertigen, indem er berichtete, was sie an der Kreuzung beobachtet hatten.

«Es ist normal, dass sich Männer mit jungen Frauen treffen. Da hättet ihr euch nicht zu verstecken brauchen. Vor solchen Leuten braucht man sich nicht zu fürchten», klärte der Grossvater seine Enkel auf.

***

Um Viertel nach fünf betrat ein ziemlich durchnässter junger Wanderer mit auffallend dreckigen Schuhen das Gasthaus «Bad Kobelwies». Er war der einzige Gast dort. Der Wirt persönlich kam an seinen Tisch und erkundigte sich, was er konsumieren mochte. Es werde allerdings etwas dauern, die Serviertochter habe wegen Unwohlseins vor einer Stunde nach Hause gehen müssen.

Er wolle nur ein Bier trinken und, wenn's möglich sei, ein Sandwich essen.

Die angespannten Gesichtszüge des Wirts hellten sich schlagartig auf. Kein Problem, er habe bereits einige zubereitet. Grosse Eingeklemmte mit Schinken, Essiggurken und Mayonnaise. Ob das passe.

«Genau das, was ich mir wünsche», stimmte der Wanderer zu.

«Darf ich mich zu Ihnen setzen und mit Ihnen zusammen essen?»

«Aber sicher, tun Sie sich keinen Zwang an.»

Einige Minuten später sassen der untersetzte grauhaarige Wirt und der eher kleine, feingliedrige jungenhafte Wandersmann bei zwei Flaschen Bier und vier Sandwiches am grossen runden Tisch der kleinen Wirtschaft.

Mit den Worten «Walter heisse ich, führe dieses Lokal nun schon seit zehn Jahren» hob der Gastgeber sein gefülltes Bierglas.

«Mein Name ist Paul. Es soll gelten. Prost.»

«Dem Dialekt nach kommst du vom Toggenburg.»

«Du hast ein feines Gehör. Na klar, ich bin ein Toggenburger.»

«Was um Himmels willen treibt dich in diese gottverlassene Gegend?»

«Ich wollte mir die Kristallhöhle ansehen, habe sie aber bis jetzt noch nicht gefunden.»

Der Wirt pfiff durch die Zähne. «Hätte dir auch nicht viel gebracht, denn sie ist nicht frei zugänglich. Das Betreten dieser Grotte ist nur mit einem Führer möglich. Aber ich könnte dir dabei behilflich sein. Ich bin nämlich der Höhlenwart. Das Dumme ist nur: Heute und morgen geht es nicht, ich muss mich voll meinem Restaurant widmen. Und mein Stellvertreter ist leider auch für einige Tage abwesend.»

«So dringend ist es jetzt auch wieder nicht. Ich melde mich in den nächsten Wochen noch einmal bei dir.»

«Danke für dein Verständnis.»

Der junge Mann erkundigte sich noch, wie er zum Bahnhof Oberriet komme, ob es ein Postauto gebe.

Von Kobelwies nach Oberriet fahre kein Bus. Er müsse zu Fuss gehen, es seien ungefähr zwei Kilometer. Er solle einfach den Wegweisern folgen.

***

Ein jüngerer Mann fuhr mit seinem grauen VW gegen Abend auf den Parkplatz der Wirtschaft «Taube» in Kobelwald. Unmittelbar nach ihm parkierte ein alter Opel Kadett auf dem Feld daneben.

«Hallo, Gustav, schön, dich wieder mal zu sehen.»

«Grüss dich, Gottfried, freut mich.»

«Geht's dir nicht gut? Du siehst so blass aus. Bist fast so weiss wie dein Hemd.»

«Kann man wohl sagen, ich habe mir gestern eine üble Magenverstimmung eingefangen. Geht vorüber, ich fühle mich schon etwas besser.»

«Schade, jetzt hätte ich gerade Lust, ein Bier mit dir zusammen zu kippen. Aber du wirst in Anbetracht der Umstände wohl einen Kamillentee vorziehen.»

«Genau, Tee ist jetzt das, was ich brauche. Aber trink du nur dein Bier.»

Gottfried war Mitglied der Schulkommission in der Gemeinde Oberriet. Er hatte vor einigen Jahren Gustav angefragt, ob er nicht eine Stelle als Primarlehrer in Kobelwald antreten möchte. Das zerschlug sich, doch ein halbes Jahr später wurde Gustav als Hilfslehrer im Nachbarsdorf Montlingen engagiert.

Das Gespräch in der Gaststube entwickelte sich nur schleppend.

«Was treibt dich denn hierherauf? Von wo bist du gekommen?», fragte Gottfried.

«Ich habe immer noch eine Wohnung in Oberriet. Es gefällt mir hier. Ganz besonders sind mir Kobelwald und Kobelwies ans Herz gewachsen. Ich war heute Morgen in Herisau», antwortete Gustav. «Immer wieder zieht es mich dorthin. Ich hatte dort die RS, dann die UO absolviert. Das war eine schöne Zeit für mich.»

«Warst du in der Kaserne?»

«Ich stand davor, spähte in den Hof hinein, aber sah niemanden, den ich kannte. Dann kehrte ich ein, ich unternahm den Versuch, etwas zu essen. Aber nach einigen Bissen musste ich aufgeben.»

«Gibt es in diesem Kaff überhaupt eine gute Wirtschaft?»

«Na ja, ist immerhin hundertmal grösser als Kobelwald, halt eine Kasernenstadt. Aber man isst ganz ordentlich und preisgünstig. Ich war im ‹Adler›. Als ich Dienst tat, gab es dort eine rassige Serviertochter. Offenbar ist sie weitergezogen, heute Morgen sah ich sie jedenfalls nicht mehr. Ich erkundigte mich nach ihr, aber niemand konnte sich mehr an sie erinnern.»

«Wenn ich dir einen Rat geben kann, von Freund zu Freund: Vielleicht wäre es an der Zeit, dir eine Frau zuzulegen und eine Familie zu gründen. Bald bist du dreissig. Das hat keine Zukunft, in Gastwirtschaften Kellnerinnen aufzureissen.»

Gustav verzog resigniert das Gesicht, dann aber lächelte er schelmisch. «Ich glaub, ich hab etwas an der Angel.»

«Greif zu, mein Junge. Ich hätte dir auf nächstes Schuljahr möglichweise eine Stelle in unserem Schulkreis. Könnte ich sagen, der Mann ist frisch verheiratet, wären die Chancen sehr hoch, dass du sie kriegst. Unterrichtest du immer noch in Goldach?»

«Ja, aber einen Wechsel könnte ich gut vertragen. Einige Kollegen dort gehen mir grausam auf die Nerven.»

Die beiden Männer tauschten noch einige belanglose Worte aus. Danach stieg Gustav in seinen Wagen und fuhr weg.

***

Um halb sieben trafen sich Oskar, Gustav und Arthur in der Bar «Ybis» in Rorschach. Arthur Busch, mit einunddreissig Lebensjahren der Älteste von den dreien, war ein eher kleiner Mann, kaum über eins sechzig. Schlank bis hager, redegewandt und ausgesprochen intelligent. Er kam aus dem Toggenburg, seine Eltern waren nicht gerade auf Rosen gebettet. Arthur zog die Blicke der Frauen auf sich. Damit hatte der etwas jüngere Gustav Glanzmann, ein bisschen grösser, kräftiger gebaut, aber nicht sonderlich gut aussehend, sichtlich Mühe. Als Spross einer alteingesessenen Mittelstandsfamilie aus dem Rheintal hatten ihn, im Gegensatz zu Arthur, in seinem bisherigen Leben nie existenzielle Sorgen geplagt. Der gerade zwanzig gewordene, gross gewachsene, recht ansehnliche Oskar Moser war fasziniert von Arthur. Oskar wuchs in einem richtig guten Haus auf. Der Vater und sein lediger Onkel gehörten dem Geldadel der Ostschweiz an. Oskar imitierte Arthurs Gesten und erhoffte sich so, ebenfalls attraktiv auf das andere Geschlecht zu wirken.

Heute allerdings reagierte Arthur nicht auf die Blicke der Frauen. Er schaute zuerst Oskar, dann Gustav scharf an. «Kumpels, heute habt ihr echt Mist gebaut.»

Oskar wollte etwas darauf sagen, aber Arthur hob seine Rechte. Oskar verstand den Wink und schwieg augenblicklich.

«Ich meine das mit der Schlägerei in der Beiz in Wattwil», sagte Arthur augenzwinkernd.

«Hat Oskar etwa wieder einen verdroschen?», mischte sich die junge Frau, die auf dem Hocker neben Arthur Platz genommen hatte, in das Gespräch ein.

«Nein, diesmal hat Gustav Blödsinn gemacht», sagte er und strich ihr über die Schenkel.

Sie reagierte augenblicklich darauf und lehnte ihren Oberkörper an Arthurs Schultern.

«Aber denk nicht, ich würde dich heute flachlegen, wir haben nämlich noch etwas ganz Wichtiges vor.»

Die Dame verzog enttäuscht den Mund und starrte verlegen in das Glas Rotwein, das ihr der Kellner eben hingestellt hatte. Sie musterte Gustav. «Du siehst ja fürchterlich aus. Was ist denn das für eine Schramme, und wo hast du dir das Veilchen eingefangen?»

«Sag nichts darauf, du würdest dich nur lächerlich machen», entgegnete Arthur im Befehlston.

Er setzte eine gönnerhaft freundliche Miene auf. «Kellner, Whisky für die ganze Runde, auch dem Mädchen neben mir.» Er legte beide Hände auf ihre Brüste und küsste sie auf den Mund. Fast im Laufschritt leistete der Kellner den Bestellungen Folge, denn er hatte einen riesen Respekt vor Arthur. Dieser trank zwei, drei Schlucke davon und leerte den Rest in das Glas der jungen Frau, das dann überlief. Der Whisky floss über den Tischrand auf ihre Oberschenkel.

«Jungs, lasst euch nicht volllaufen. Um zehn Uhr starten wir.»

«Alles klar», sagte Oskar und bestellte eine Literflasche Coca und vier Sandwiches.

***

Abgemacht war, dass Lydia und Elena um etwa sieben Uhr abends bei den Brüllhardts eintreffen sollten.

Hedi Brüllhardt, die Tante von Elena, stand bereits seit fünf Uhr in der Küche, um den beiden Mädchen ein reichhaltiges Abendessen zuzubereiten. Die gebrannte Crème wartete im Kühlschrank, das Voressen köchelte schön vor sich hin. Albert, ihr Mann, hatte ihr beim Salatwaschen und Kartoffelschälen geholfen. Die Kartoffeln wollte sie erst passieren, wenn die Mädchen da waren, ganz frisch schmeckte der Stock einfach am besten. Nun war es halb acht. Hatten sich Elena und Lydia verfahren? Hatte eines der Mädchen eine Reifenpanne? Solche Fragen gingen den Brüllhardts durch den Kopf. Aber wirklich besorgt waren sie nicht, noch nicht.

Als der kleine Zeiger der Küchenuhr die Neun passierte, bekamen es die Brüllhardts mit der Angst zu tun. Herr Brüllhardt rief auf der Polizeistation in Goldach an. Dort zeigte man sich wenig beeindruckt, man versuchte, Herrn Brüllhardt zu beruhigen. Mädchen in diesem Alter würden ihren Ausgang gerne verlängern, ohne die Eltern zu verständigen.

«Die Eltern von Elena, also mein Bruder mit seiner Frau, und die Müllers, die Eltern von Lydia, sind gerade auf einer Segelreise im Atlantik. Einen Traum, den sie sich erfüllten, als ihre beiden Töchter die obligatorische Schule abgeschlossen hatten und mit einer Lehre begannen. Es dürfte schwierig werden, mit ihnen Kontakt aufzunehmen. Beide Elternpaare haben Elena und Lydia in unsere Obhut gegeben», seufzte Brüllhardt. «Die Mädchen sind bis jetzt noch nie durch Unpünktlichkeit aufgefallen. Sie haben die Abmachungen immer eingehalten.»

Um halb zehn schrillte das Telefon bei Brüllhardts. Es war Wachtmeister Herbert Manser vom Kapo-Posten Goldach. In Kobelwies seien einer Streife zwei Damenvelos aufgefallen. Seit dem späten Nachmittag stünden sie an derselben Stelle, auf den Gepäckträgern seien Rucksäcke festgeschnallt. Eine der beiden Kontrollnummern laute auf Elena Brüllhardt. Ob Elena zu Hause sei, erkundigte sich Manser.

Eine halbe Stunde später läutete Wachtmeister Manser an der Wohnungstür der Brüllhardts.

***

Einige Minuten vor zehn verliessen Arthur, Gustav und Oskar das «Ybis». Keiner von ihnen war nur im Entferntesten angetrunken, was eher selten vorkam.

Gustav realisierte nicht, dass er seine Jacke in der Bar hatte liegen lassen. Der Serviertochter fiel das erst auf, als die drei Männer sich anschickten, ins Auto zu steigen. Sie rannte aus dem Lokal auf den Parkplatz. Dann gewahrte sie etwas, das sie stutzig machte. Das Fahrzeug, das sich in Bewegung setzte, hatte sie vorher noch nie gesehen. Es war ein grüner VW-Bus mit niederländischen Nummernschildern. Sie war sich sicher, dass die drei Jungs in den VW-Bus gestiegen waren, und nahm sich vor, einen der drei beim nächsten Besuch darauf anzusprechen.

2

Am Mittag des 1. August wurde in den Nachrichten die Vermisstmeldung verlesen:

> *Die Kantonspolizei St. Gallen teilt mit: Seit gestern Abend werden zwei weibliche Personen vermisst. Es handelt sich um Lydia Müller, geboren 1966, sowie Elena Brüllhardt, geboren 1967. Beide wohnhaft in Goldach, Kanton St. Gallen. Die beiden Mädchen begaben sich am 29. Juli auf eine Velotour. Am Morgen des 31. Juli hatten sie zum letzten Mal telefonischen Kontakt mit Verwandten. Gegen Mittag wurden sie in einer Velowerkstatt in Appenzell gesehen. Sie gaben dort an, Richtung Osten ins Rheintal zu fahren. An einer Kreuzung unterhalb Kobelwies haben seit gestern am späten Nachmittag mehrere Vorbeifahrende zwei abgestellte Velos beobachtet. Heute Morgen stellte die Polizei die beiden Räder sicher. Aufgrund der Kontrollschilder steht fest, dass sie den beiden vermissten Personen gehören.*
> *Die Kantonspolizei St. Gallen bittet, die Vermissten schonend anzuhalten und über deren Verbleib beim nächsten Polizeiposten Meldung zu machen.*

***

Gross arbeitete an seinen Schreibtisch. Er sah auf die Uhr. Es war halb fünf. Heute musste er etwas früher weggehen, denn am Abend sollte er an der Bundesfeier in St. Margrethen, seinem Wohnort, als Posaunist in der Dorfmusik auftreten.

Das Telefon schrillte. Nach einigem Zögern hob er ab. Es war Meierhans, der Landammann. Meierhans leitete in der Kantonsregierung auch das Justiz- und Polizeidepartement. Er teilte Gross mit, es werde morgen Montag eine Regierungssitzung stattfinden wegen einer dringenden Finanzangelegenheit. Er möchte seine Kollegen aber danach über den Fall der beiden verschwundenen Mädchen bei der Kristallhöhle in Oberriet informieren. Es könnte sein, dass Stimmen aus der Öffentlichkeit laut würden, die auf einer energischen Untersuchung bestehen. Die Polizei würde schlecht dastehen, wenn sie untätig gewesen wäre.

Gross unterdrückte einen Fluch und gab dem Magistraten zu bedenken, dass er eigentlich nur an dritter Stelle in der Hierarchie der Kripo stehe. Der Kommandant sei nicht erreichbar, und dessen Stellvertreter liege mit einer Sommergrippe im Bett.

Das sei nicht sein Problem, wies ihn Meierhans zurecht. In der gesamten Verwaltung des Kantons herrsche das Stellvertreterprinzip. Wenn sein Chef und dessen Vorgesetzter ausgefallen seien, gehe das Kommando auf den Nächsttieferen in der Hierarchie über. Wenn er dazu nicht in der Lage sei, solle er gleich kündigen.

Gross bekam schweissnasse Hände, antwortete stotternd, er sei selbstverständlich bereit, diese Aufgabe zu übernehmen.

Meierhans murrte etwas Unverständliches und knallte den Hörer auf die Gabel. Gross rief Bernasconi an. Dieser war zu seiner Erleichterung zu Hause erreichbar.

Gross bat Bernasconi, unverzüglich Material über die Vermissten zu beschaffen und ihm dieses in sein Büro zu bringen.

***

Bernasconi wäre es nie eingefallen, dagegen zu protestieren, obwohl er eigentlich vorhatte, mit seinen Kindern an der Bundesfeier in Rorschach teilzunehmen. Das musste nun eben seine Frau tun. Er trommelte seinen Mitarbeiterstab zusammen. Von den sechs Polizisten konnte er immerhin drei erreichen. Alle machten sich gleich auf den Weg in den Klosterhof. Sie begannen wie besessen zu recherchieren. Um zehn Uhr klatschte Bernasconi einen daumendicken Stoss Unterlagen auf Gross' Schreibtisch. Dann sah er sich noch ein bisschen in dessen Büro um. Er suchte nichts Besonderes, entdeckte aber plötzlich auf einem Post-it, das am Tischtelefon klebte, eine Notiz, die mit «BERNAS» überschrieben war, gefolgt von der Notiz:

Errungenschaft von Metzler: entscheidungsschwach, eingeschränkte Führungsqualitäten, kleinkariert, phantasielos, korrekt bis an den Bach hinunter, mässiger Intellekt …

Bernasconi wurde puterrot vor Zorn. Er grübelte einige Minuten darüber nach, wie er reagieren sollte. Griff nach dem roten Filzstift, den er immer in seiner Arbeitsweste hatte, nahm eines der unbeschriebenen A4-Blätter, von denen überall auf dem Schreibtisch welche herumlagen, und begann darauf eine Entgegnung auf dieses vernichtende Urteil zu schreiben. Nach einigen Sätzen hielt er inne, zerriss das Blatt in kleine Fetzen. Da hörte er im unteren Stockwerk Schritte. Das musste Gross sein. Offensichtlich war sein Auftritt an der 1.-August-Feier in St. Margrethen beendet.

Bernasconi eilte wie auf Samtpfoten zu seinem Arbeitszimmer, das demjenigen von Gross gegenüberlag. Er schaffte es gerade, die Tür hinter sich zuzuziehen, als Gross im Korridor auftauchte.

***

Es dauerte mehr als eine Stunde, bis Gross die Unterlagen gesichtet hatte. Er konnte sich danach einigermassen ein Bild vom Umfeld der vermissten Elena und Lydia machen. Die beiden Mädchen waren in guten Verhältnissen aufgewachsen. Sie waren beide nie negativ aufgefallen. Gross kämpfte mit sich, ob er am nächsten Morgen die Brüllhartds besuchen oder Bernasconi mit dieser Aufgabe betrauen sollte.

Bernasconis bisheriger Rapport ergab wenig Neues. Warum die beiden Teenager einem Verbrechen zum Opfer gefallen sein sollten, war für Gross nicht nachvollziehbar. Lydia war ein schönes, sorgloses Mädchen, die um ein Jahr jüngere Elena ebenfalls hübsch, aber eher schüchtern. Nähere Bekanntschaften mit Jungen wurden beiden nicht nachgesagt.

Obwohl es Gross zutiefst zuwider war, sich in Spekulationen zu ergehen, musste er dem Regierungsrat ein denkbares Mordmotiv und einen möglichen Tathergang aufzeigen. Am besten kam wohl an, wenn er ihm einen sexuellen Triebtäter, der seine Opfer nicht kannte, schmackhaft machte. Dabei wusste er genau, dass die Mehrzahl von Gewaltverbrechen sich innerhalb der Familie oder im Bekanntenkreis abspielten.

Bevor sich Gross nach Hause begab, es war gegen Mitternacht, wählte er Bernasconis Nummer. Er liess es etwa zehnmal klingeln, hängte auf und wählte erneut.

Dann läutete es nur dreimal bei Bernasconis.

Grusslos erteilte Gross seinem Leutnant eine Reihe von Befehlen, die er am kommenden Morgen umgehend auszuführen habe. Für Bernasconi war klar, dass er gleich jetzt damit beginnen musste. Er riss per Telefon an die dreissig Polizisten aus dem Schlaf und teilte ihnen mit, sich um sieben Uhr früh für eine umfangreiche Suchaktion bereitzuhalten.

***

Bereits am frühen Abend waren in der «Taube» in Kobelwald viele Gäste versammelt. Das war üblich am Tag der Bundesfeier. Man sprach über die Vermisstmeldung in den Mittagsnachrichten. Auch der Grossvater von Bruno und Ulrich sass dort am Stammtisch. Er berichtete, was er von seinen Enkeln erfahren hatte. Noch andere hatten die bepackten Velos gesehen und sich gefragt, wie es möglich sei, diese über Stunden stehen zu lassen. Das sei halt die heutige Jugend, meinte ein weisshaariger Alter, man trage keine Sorge zu den Sachen, der Vater ersetze es ja, wenn es abhandengekommen sei. Einer wollte gesehen haben, dass am Abend eine Streife der Kapo vorbeigefahren war und die Räder und die Rucksäcke untersucht hatte.

Ein anderer Gast war auch dabei, Gustav. Käsebleich und sichtlich nervös. Er hörte aufmerksam zu, sagte aber kein Wort.

***

Besser könnte es nicht laufen. Es war eine gute Idee, die beiden Leichen zwischenzulagern. Eine schwere Last ist von mir abgefallen. Ich fühle mich frei und glücklich wie noch nie. Ich bin ja gespannt, was jetzt die Polizei unternimmt. Ich wette, sie wird das Gelände um die Kristallhöhle absuchen. Die Spuren haben wir, soweit es ging, beseitigt. Ein winziges Risiko ist nicht auszuschliessen. Der eine oder andere getrocknete Blutstropfen könnte noch am Höhlenboden haften. Aber auch dieses Problem werden wir bewältigen.

Ich bin sehr erregt. Es geht nicht anders, ich werde mein Mäd-

chen wieder mal windelweich prügeln. Sie wird entsetzlich schreien. Doch ich weiss, dass sie das aufgeilt. Dann werde ich sie so richtig durchficken.

***

Gustav traf sich mit Marlis Buschor um zwanzig Uhr im Café an der Bahnhofstrasse in Oberriet. Sie wohnte bei ihren Eltern im benachbarten Rüthi. Marlis war einige Minuten früher im Lokal, strahlte, als sie den Hereinkommenden erblickte. Fünf Tage zuvor hatte er ihr einen Heiratsantrag gemacht. Und sie hatte zur Verwunderung von Gustav gleich Ja gesagt. Marlis war hübsch, zierlich, blond und Gustav als Volkschullehrer eine gute Partie.

Gustav lächelte, aber das Lächeln stand in einem seltsamen Gegensatz zu seiner Miene. Sein Blick drückte mehr eine Mischung aus Trauer und Scham als eine freudige Erwartung aus.

Marlis sah Gustav verunsichert an. «Was ist dir denn über die Leber gekrochen, mein Schatz?»

«Ich weiss selber nicht so recht. Vielleicht ist es die Bratwurst, die ich vorgestern gegessen habe. Seitdem ist es mir nicht gut. Eine Magenverstimmung, nehme ich mal an. Aber das geht vorüber.»

«Wirklich? Ich fand sie ausgezeichnet. Mir ist sie gut bekommen.»

Marlis war viel temperamentvoller als Gustav. Sie riss wie gewohnt das Gespräch an sich. Es ging um die Verlobungsfeier, die für den kommenden November im Gasthof «Adler» in Oberriet geplant war. Marlis stellte sich ein grosses Fest vor, Gustav hätte es lieber im familiären Rahmen gesehen. Marlis setzte sich durch, nicht nur weil Gustav an diesem Tag überhaupt kein Durchsetzungsvermögen zeigte. Er fügte sich schon von Beginn der Beziehung an ihren Wünschen.

«Kommst du noch zu mir nach Hause? Meine Eltern sind für ein paar Tage verreist.»

«Ja», antwortete Gustav.

Sie legte ihren Arm um ihn. «Ja … mehr fällt dir nicht ein, du Pflock? Wenn ich nicht wüsste, dass du heute ein bisschen grantig bist, hätte ich dir ins Ohr gebissen und gesagt, lass es doch bleiben.»

Gustav verbrachte die Nacht mit Marlis. Er war in der Lage, ihr das zu bieten, was sie von ihm erwartete.

⋆⋆⋆

Rosemarie sah es an seinen Augen. Arthur war betrunken, als er in der gemeinsamen Wohnung in Rorschach ankam. Aber nicht nur das. Irgendetwas musste ihn erregt haben.

Er ging schwankend auf seine Lebenspartnerin zu, machte sich daran, ihre Bluse aufzuknöpfen, was ihm misslang. Schliesslich riss er ihr das Oberteil vom Leib. Rosemarie brüllte: «Hör sofort auf, Michael schaut uns zu.»

«Komm mit mir ins Bett, du geile Schlampe.»

Rosemarie schossen die Tränen in die Augen. Sie versuchte, Michael ins Kinderzimmer zu schieben, wollte ihm nachgehen, aber Arthur krallte seine Rechte in ihren Oberarm und hielt sie zurück. Michael blieb im Türrahmen stehen. Seine Gesichtszüge erstarrten vor Schreck.

«Nimm Vernunft an, Arthur. Ich habe etwas Feines zubereitet: Rösti und Bratwürste. Das magst du doch so sehr. Lass uns zuerst essen, dann bringe ich Michael ins Bett.»

«Komm mit mir ins Bett, jetzt gleich. Das ist ein Befehl.»

Arthur torkelte in sein Zimmer und kam mit der Peitsche zurück.

«Kannst du nicht noch eine Stunde warten? Bitte, bitte.»

Michael schrie laut auf, rannte zur Wohnungstür, drehte sich um und rief tränenerstickt: «Mami, Mami, Mami, ich habe dich so lieb.» Er öffnete die Tür und rannte hinaus.

Er läutete bei der Nachbarin einen Stock tiefer. Die alte Frau öffnete und nahm Michael in die Arme. Sie führte ihn ins Wohnzimmer, setzte sich auf das Sofa, hob ihn auf den Schoss. «Du darfst heute Nacht im Kinderzimmer schlafen.»

Die betagte Frau hatte vor vielen Jahren ihren einzigen Sohn durch einen tragischen Verkehrsunfall verloren. Ihr Junge war damals gerade fünf Jahre alt gewesen. Seitdem schliefen immer wieder kleine Kinder in diesem Zimmer.

Michael hörte Schreie, die Schreie seiner Mutter. Er drückte seinen Kopf an die Brust der alten Frau. Sie streichelte sein Haar und sagte: «Morgen wird wieder alles gut.»

***

Bei der Familie Moser war es Pflicht, an der Bundesfeier teilzunehmen. Oskar hätte sich nie getraut, nicht mitzugehen, obwohl er seit seinem Eintritt ins Lehrerseminar immer mehr am Sinn patriotischer Veranstaltungen zweifelte. Der Grund war sein Geschichtslehrer, der vieles in Frage stellte, was Oskar noch in der Sekundarschule erfahren hatte. Bei seinen Eltern kam das nicht gut an. Oskars Vater Theo sah sich als katholisch-konservativ, obwohl seine Partei seit vielen Jahren nicht mehr so hiess. Diesmal wollte die Familie nicht in der Heimatgemeinde Goldach feiern, sondern in Altstätten, wo Theos Bruder Pius die Festansprache halten durfte. Pius Moser war Multimillionär und Fabrikbesitzer im benachbarten Rorschach, Hauptmann der Panzertruppen und ledig. Er hatte mit seinem Neffen Oskar Grosses vor. Im Herzen war Pius Moser immer noch ein politischer Denker des 19. Jahrhunderts. Er wünschte sich, dass diese Tradition mit Oskar ihre Fortsetzung finden würde.

Nach der Rede Pius Mosers unterzogen sich die Festteilnehmer noch verschiedenen Darbietungen wie flotten Blechmusikmärschen, einem Jodlerchörli, dem Tanz des örtlichen Trachtenvereins, drei Alphornbläsern und dem ohrenbetäubenden Feuerwerk. Erst dann wurde vom Stadtrat zum Bankett in die noblen «Drei Könige» geladen. Links neben dem Festredner sass der Stadtpräsident, rechts Oskar. Hätte Pius Moser eine Frau gehabt, hätte sie diesen Platz eingenommen.

Beim Essen blieb der Teller von Oskars Onkel lange unberührt. Offensichtlich hatte er in seiner langen Ansprache noch vieles nicht loswerden können. Oskar ass zögernd, nicht weil ihn die Worte Pius Mosers gefesselt hätten, sondern weil ihm der Appetit fehlte.

3

Im Morgengrauen des 2. August fuhren mehrere Polizeiwagen beim «Bad Kobelwies» vor. Etwa dreissig Polizisten und vier Hunde entstiegen den Fahrzeugen. Das Kommando führte Leutnant Bernasconi. Er teilte jedem der vier Korporale eine Landkarte, ein Funkgerät, Kletterseile, Steigeisen und Grubenlampen zu. Dazu kam je ein Hundeführer mit seinem Tier. Die vier Gruppen setzten sich in Richtung Kristallhöhle in Marsch.

Der Milchmann beobachtete das Spektakel. Er erkundigte sich bei einem Polizisten, was denn los sei. Dieser zuckte mit den Schultern. Er wisse das auch nicht so recht, wahrscheinlich eine Übung.

Die Polizisten durchkämmten das felsige Gebiet rund um die Kristallhöhle den ganzen Tag, ohne dass die Bevölkerung von Kobelwies und dem benachbarten Kobelwald davon Notiz nahm.

Am Abend erstattete Bernasconi Gross Bericht. Er zeigte ihm eine Karte, darauf war ein Gebiet von etwa siebenhundert mal siebenhundert Meter abgesteckt, das durchsucht worden war. Von den verschwundenen Mädchen keine Spur. Doch etwas sei sonderbar: Das eiserne Eingangstor zur Kristallhöhle sei aufgebrochen gewesen.

Gross war nicht zufrieden. «Und? Was war in der Höhle?»

«Wenn eine Leiche dort gelegen hätte, hätten unsere Hunde sie aufgespürt.»

«Was ist mit Spuren, Blutresten?»

Bernasconi seufzte: «Das ist es ja. Die Höhle ist überall tropfnass. Da kann auch der beste Schweisshund nichts finden.»

Gross stützte den Kopf auf beide Hände und dachte nach. Das konnte gut und gerne eine Weile dauern, was Bernasconi jeweils nervte.

Nach fünf Minuten schaute Gross auf, zeigte mit dem Finger auf Bernasconi. «Was soll ich jetzt Meierhans sagen? Was? Sag mir verdammt noch mal, wie ich das diesem Kerl beibringen muss.»

«Wir brauchen mehr Mannen.»

«Mehr Mannen? Hast du nicht alle Tassen im Schrank? Es

gibt noch andere Aufgaben der Polizei. In den laufenden zwei Fällen sind wir bis jetzt keinen Millimeter weitergekommen. Ich kann doch aus den beiden Mordkommissionen nicht wegen zwei ausgebüxten Gören Leute abziehen.»

«Du glaubst nicht an ein Verbrechen?»

Gross schlug mit der Faust auf seinen Schreibtisch. «Nein, glaub ich nicht. Für mich gibt es da zwei Möglichkeiten. Die beiden Mädchen sind über einen Felsen gestürzt –»

«Das kannst du vergessen. Dann hätten unsere Hunde sie gefunden. Ganz sicher.»

«So bleibt noch die zweite: Die beiden haben sich bei ihrer Wanderung im Alpstein verirrt und in einer leer stehenden Sennhütte vor einem heraufziehenden Gewitter Zuflucht gesucht. Nun warten sie ab, bis sie dort jemand findet.»

«Das glaube ich nicht», maulte Bernasconi.

Gross sah ihn mit zusammengekniffenen Augen an.

«Ich habe da eine Idee. Wenn Meierhans auf eine intensivere Suche besteht, soll er mir Polizisten aus Innerrhoden herschaffen. Die Grenze liegt nicht weit von der Kristallhöhle. Falls tatsächlich ein Verbrechen stattgefunden hätte, könnte das ebenso gut dort geschehen sein.»

Bernasconi nickte. «Unter welchem Kommando?»

«Unter meinem natürlich, du wirst mein Unterhund sein.»

Eine leichte Röte überzog Bernasconis Gesicht, aber er sagte nichts darauf.

***

Am Dienstag suchte der Grossvater von Bruno und Ulrich den Polizeiposten von Oberriet auf. Dienst hatte Polizeikorporal Furgler, ein gross gewachsener, korpulenter Mittfünfziger mit einer Vollglatze. Von Weitem hätte man in ihm einen brutalen Boxer gesehen. Stand man ihm gegenüber, strahlten einen warme, gütige Augen an. Sie waren blau, ein bisschen wässrig. Obwohl er eine übergrosse Knollennase hatte, wirkte sein Gesicht nicht grob. Der Grossvater erzählte dem Polizisten, was seine Enkel am vergangenen Samstagabend beobachtet hatten.

Furgler fand das interessant und fragte nach, warum er erst

jetzt auf den Posten komme. Der Grossvater wusste keine Antwort.

Furgler bat den Grossvater, mit den Enkeln wiederzukommen. Dieser machte einen schiefen Mund und fragte, ob denn das nötig sei. Ein klein wenig von oben herab, war er doch ein pensionierter Beamter der Kantonalbank, der sich weit über einem einfachen Dorfpolizisten wähnte.

Furgler erwiderte freundlich, aber bestimmt: «Ja.»

Es entstand eine kurze Pause. Der Grossvater ging davon aus, der Polizist werde seine Antwort entschuldigend begründen. Stattdessen sagte dieser: «Danke, ich erwarte Sie und Ihre Enkel …», er sah auf die Uhr, «… in etwa einer Dreiviertelstunde.» Mürrisch brummte der Grossvater etwas, das Furgler als Zustimmung interpretierte.

Anderthalb Stunden später hatte Furgler einen Bericht im Umfang einer A4-Seite auf seiner kleinen Hermes getippt. Auf diese Weise Texte zu verfassen machte ihm sichtlich Mühe, denn er hatte massige Finger, die einen an Bratwürste erinnerten. Er erwischte oft nicht den richtigen Buchstaben. Aber zum Glück gab es Tipp-Ex und bequeme Vervielfältigungsmaschinen. Zudem hatte die Kapo im letzten Jahr Fernkopierer eingeführt. Wenig später spuckte das Empfangsgerät im Klosterhof den Text auf Thermopapier aus.

Als Gross die Nachricht gelesen hatte, erhob er sich und ging raschen Schrittes in Bernasconis Büro. Das geschah selten, denn normalerweise liess er seinen Leutnant antraben. Dieser musste dann noch einige Minuten warten, bis er seinen Blick von den Akten löste und gelangweilt zum vor ihm stehenden Bernasconi aufschaute. Diesmal stand aber Gross, und Bernasconi sass.

Gross schlug mit dem noch warmen Papier seinem verblüfften Untergebenen rechts und links auf die Backe. «Diese verdammten Rheintaler. Warum erfahren wir das erst jetzt? Lies das durch und schick eine Streife nach Kobelwies und Kobelwald. Die sollen dort an jeder Haustür läuten, die Bewohner auf Herz und Nieren prüfen und ausquetschen. Ich will wissen, was dieses Gesindel beobachtet und uns verschwiegen hat.» Bernasconi sah drein, als ob er in eine Zitrone gebissen hätte, er war nämlich selber Rheintaler.

Bernasconi unterliess es, Gross darauf hinzuweisen, dass er ihm ein solches Vorgehen bereits am Vortag vorgeschlagen hatte, allerdings nicht mit derart despektierlichen Worten.

***

Am Mittwochmorgen um sieben parkierte gleichzeitig ein Streifenwagen vor dem Schulhaus Kobelwald und vor dem «Bad Kobelwies». Je vier uniformierte Kantonspolizisten schwärmten aus und klopften sämtliche Häuser und Wohnungen der beiden Siedlungen ab. Gegen Mittag hatten sie umfangreiches Datenmaterial beisammen.

Diesmal verlangte Gross nicht einen detaillierten Bericht, sondern gab sich mit einem handgeschriebenen Aufnahmeprotokoll zufrieden. Von einem der Kripoleute forderte er allerdings eine mit Schreibmaschine verfasste Abschrift, da für ihn das Original nicht entzifferbar war.

Es war sehr heiss. Gross liess deshalb die Bürotür einen Spalt weit offen. Seine Flüche wurden im ganzen Gebäude wahrgenommen. Die Zeugenaussagen waren entweder widersprüchlich oder entbehrten häufig jeglicher Logik, waren Meinungsäusserungen statt Beobachtungen, kurzum: Allesamt waren sie wertlos.

Gross hätte das ja noch geschluckt, wenn ihm am späten Nachmittag nicht die Medien auf die Pelle gerückt wären. Die Umfrage in den beiden Weilern unterhalb der Kristallhöhle hatte offenbar einige Bewohner veranlasst, Zeitungen und Radiostationen darauf aufmerksam zu machen. Da sonst nicht allzu viel los war, konnte er sich ausmalen, wie das Verschwinden der beiden Mädchen für den Donnerstag die Schlagzeilen lieferte.

Um nicht weiter belästigt zu werden, entschloss er sich, seinen Arbeitsplatz frühzeitig zu verlassen. Das kam in letzter Zeit immer häufiger vor. Er ging aber nicht nach Hause, sondern besuchte zwielichtige Bars in der Altstadt. Nach zwei, drei Stunden löste sich seine Zunge, und er sprach mit Gästen, die er zufällig dort antraf, über das, was ihm als Kadermann der Kripo Verdruss bereitete. Diese Leute, es waren häufig Frauen aus dem Milieu, hingen ihm buchstäblich an den Lippen. Besonders schlecht kam dabei jeweils der Untersuchungsrichter weg. Unfähig sei der, ein

Aufschneider, ein dämlicher Achtundsechziger, der glaube, jeden Gesetzesbrecher mit Glacéhandschuhen anfassen zu müssen.

Gross hatte schon einige Gläser intus. Er sprach über die beiden vermissten Mädchen. Nach den neuesten Erkenntnissen stehe für ihn fest, dass es sich da um ein Sexualverbrechen handle.

***

Untersuchungsrichter Urs Nabholz betrat am Donnerstagmorgen wie üblich um halb acht sein Büro. Auf dem Schreibtisch lag eine Tonbandkassette, daran klebte ein Zettel mit der handschriftlichen Notiz:

Hören Sie sich das einmal an.

Solche Sendungen waren für Nabholz nicht aussergewöhnlich. Der interne Postbote suchte jeweils am frühen Morgen die Arbeitsräume der Richter auf.

Nabholz spielte das Band ab, schmunzelte, legte es in seinen Tresor, zu dem nur er Zugang hatte.

***

Zwei Stunden später öffnete Gross die Tür zu seinem Büro. Er war in keinem guten Zustand, heftige Kopfschmerzen plagten ihn. Das war schon so, als er seine Wohnung verlassen hatte. Statt seinem Magen ein Morgenessen zu gönnen, musste er sich bereits nach dem Aufstehen mehrmals übergeben.

Was am Abend zuvor geschehen war, daran konnte er sich nur schlecht erinnern. Seinen Dienstwagen fand er auch nicht am gewohnten Platz in der Tiefgarage unter seiner Wohnung, er fand ihn überhaupt nicht. Wahrscheinlich hatte er ihn irgendwo in der Stadt stehen gelassen und sich mit einem Taxi nach Hause chauffieren lassen. Gross machte sich deswegen keine Gedanken.

Man kannte ja seine Gewohnheiten in den Spunten der Stadt. Spätestens wenn er von seinem Barhocker kippte, stellte eine wohlmeinende Barmaid seine Autoschlüssel sicher. Man war überhaupt nicht daran interessiert, ihn als Gast zu verlieren. Das wäre mit Sicherheit geschehen, hätte er voll verladen einen Unfall gebaut.

Missmutig warf Gross einen Blick auf seinen unaufgeräumten Schreibtisch. Er war noch unordentlicher, als er ihn am Vortag verlassen hatte. In der Zwischenzeit hatte der interne Postbote noch eine Reihe von Briefen und einen Stoss Zeitungen über die ausgestreuten Unterlagen geworfen. Dass ihm jemand Zeitungen brachte, das kam selten vor, nur dann, wenn darin etwas Besonderes über einen Fall stand, den er gerade bearbeitete. Gewöhnlich waren diese Presseberichte nicht gerade schmeichelhaft, heute ganz und gar nicht.

Schon vier Tage keine Spur von den verschwundenen Mädchen, und die Polizei tut nichts. Hilflose Kripo. Warum schaut die Polizei weg? Wann schlägt die Bestie erneut zu?

Diese Schlagzeilen waren in den Tageszeitungen der Region Ostschweiz zu lesen.

Das fand Gross überhaupt nicht lustig, im Gegensatz zu einigen seiner Untergebenen, die ihm die Medienschelte gönnten. Gross zermarterte sich sein Gehirn, wie er sich bei Meierhans herausreden könnte, falls dieser ihn in den nächsten Stunden mit einem Anruf beehrte, was er als möglich ansah. Seine Sumpftour vom Abend zuvor könnte vielleicht auch dem Landammann zu Ohren gekommen sein. Und was Gross ganz besonders beunruhigte: Der interne Postbote, der ihn ab und zu auf seinen Beizenkehren begleitete, sagte ihm etwas von einem Päckchen, das er Nabholz an diesem Morgen auf den Schreibtisch gelegt habe.

«Der Polizist, der es mir gegeben hatte, machte eine sonderbare Bemerkung. ‹Leg das auf die Postablage in Nabholz' Büro. Es ist ein eindrückliches Dokument über Gross' Auftritte von gestern Abend›.»

Gross verschüttete vor Schreck seinen Kaffee, den er eben vom Automaten geholt hatte.

Meierhans rief nicht an.

Dann war da noch Metzler, sein direkter Vorgesetzter, der seit Montag in den Ferien weilte. Dieser war erst seit drei Jahren bei der Kripo, Gross mehr als sieben. Die beiden hatten von

Anfang an ein gespanntes Verhältnis zueinander. Der Einfluss des Kripochefs ging allerdings nicht so weit, dass er hätte bewirken können, Gross seines Postens zu entheben.

Gross hatte zwar Schwächen, aber auch Stärken. Seine Ausbildung an der Polizeischule hatte er als Klassenbester abgeschlossen. Er bildete sich zum Kriminalisten weiter, wurde bereits mit fünfundzwanzig Polizeioffizier. Es gelang ihm, die Täter mehrerer spektakulärer Verbrechen zu überführen. Er und sein Team brachten bereits ein halbes Jahr nach seinem Amtsantritt das Kunststück fertig, eine fünfköpfige Drogenbande aus Italien am Grenzübergang Oberriet dingfest zu machen. Dabei wurden fünfzig Kilogramm Heroin beschlagnahmt. Ein Jahr später klärte er einen in St. Gallen begangenen Doppelmord auf, der als Unfall getarnt worden war.

Diese Fahndungserfolge führten aber auch dazu, dass ihm viele im Polizeicorps mit Neid und Missgunst begegneten. Die Fehlschläge im Privatleben mochte man ihm von Herzen gönnen. Einige Kollegen hofften, seine Verfehlungen ausserhalb der Dienstzeit würden dazu führen, ihn in absehbarer Zeit zu entlassen.

4

Am Donnerstagabend trafen sich Arthur, Gustav und Oskar wieder im «Ybis» in Rorschach. Alle drei waren häufig dort. Sie wurden von den andern Gästen, dem Wirt und dem Servierpersonal auf eine sonderbare Weise bewundert. Besonders Arthur, der die aussergewöhnliche Gabe hatte, sich mit ganz einfachen wie mit hochgebildeten Menschen zu unterhalten. Auch Oskar und Gustav zogen respektvolle Blicke auf sich. Alle drei waren sie Absolventen des Lehrerseminars im Städtchen. An ihnen haftete aber auch ein zweifelhafter Ruf. Es war allgemein bekannt, dass sie Dinge drehten, die mit ihrem Beruf nicht zu vereinbaren waren.

An einer warmen Föhnnacht in diesem Juni zogen sie stockbetrunken grölend durch die Strassen Rorschachs. Eine Polizeipatrouille griff sie wegen Nachtruhestörung auf. Für den Rest der Nacht wurden alle drei in die Ausnüchterungszelle des örtlichen Polizeipostens gesperrt. Das hatte zu Folge, dass Arthur und Gustav am folgenden Morgen die ersten zwei Stunden ihres Unterrichts ausfallen lassen mussten. Oskar, der bei Arthur im Praktikumseinsatz war, schwänzte den ganzen Vormittag.

Ein Jahr zuvor hatten sie mit einer Schar junger Frauen in einer leer stehenden Wohnung in Goldach eine feuchtfröhliche Nacktparty gefeiert. Die Hausbewohner, belästigt durch den dabei verursachten Höllenlärm, avisierten die Polizei. Es kam zu einer Anzeige gegen Arthur, Gustav und Oskar. Beide Vorfälle gaben in Rorschach und Goldach zu reden. Nicht zuletzt deswegen, weil die drei, wo es nur ging, damit prahlten. Vielleicht war es gerade dieses Benehmen, das die Gäste vom «Ybis» – es waren häufig Menschen am Rande der Gesellschaft – faszinierte.

Arthur, Oskar und Gustav umgab eine geheimnisvolle Aura, die etwas Verschwörerisches an sich hatte, wenn sie zusammensassen und leise miteinander diskutierten. Das weckte natürlich die Neugier der andern. Sie versuchten, Gesprächsfetzen aufzuschnappen, um ein klein wenig zu erfahren, was wieder Aufregendes anstand. Niemandem im «Ybis» wäre es aber im

Traum eingefallen, das Gehörte weiterzutragen, schon gar nicht bis auf den Polizeiposten. Die drei konnten sich in diesem Lokal sicher fühlen.

Gustav erkundigte sich bei Arthur, ob man die «Ware» wieder dorthin zurückbringen könne, wo man sie hergeholt habe. Er wolle die Angelegenheit endlich abschliessen, um wieder Ruhe zu finden.

«Du hast sie wohl nicht alle», wies ihn Arthur zurecht, «die werden noch einmal zurückkommen und die Gegend peinlich genau absuchen, mit noch viel mehr Leuten als beim ersten Mal. Wir lassen diese Sachen vorerst dort, wo wir sie zwischengelagert haben, im kühlen Nass.»

***

Ich erinnere mich noch immer an den Aufsatz, den ich über Gewissensbisse geschrieben hatte. Er schien meinen Deutschlehrer so richtig beeindruckt zu haben. Er hat mir dafür die Note «gut» gegeben. «Ausgezeichnet formuliert, spannend geschrieben, und doch mache ich mir jetzt noch mehr Sorgen über Ihre Eignung als angehender Pädagoge. In Ihrem Text steckt so viel Verachtung, so viel unterschwellige Brutalität, dass es mir heiss und kalt den Rücken hinunterläuft.» Er sagte mir das nicht vertraulich, sondern vor der ganzen Klasse. Ich nahm es ihm nicht übel. Im Gegenteil. Ich genoss die anerkennenden Blicke einiger Mitschüler und ganz besonders von zwei ausnehmend hübschen Mitschülerinnen.

***

Am selben Abend besuchte der Leiter der Polizeistation Goldach, Herbert Manser, die Tante und den Onkel von Elena Brüllhardt. Er habe leider immer noch keine Nachricht von ihrer Nichte und deren Freundin. Dass sie einem Verbrechen zum Opfer gefallen seien, könne er nicht ausschliessen. Die Medien würden bereits schreiben, das sei sehr wahrscheinlich. Da habe er eine andere Meinung. Immer noch bestehe die Hoffnung, dass die beiden Mädchen plötzlich wieder auftauchten. Die Augen von Hedi Brüllhardt füllten sich mit Tränen. Ihr Mann blickte starr zu Boden. Manser erkundigte sich, ob er etwas für sie tun könne.

Albert Brüllhardt schüttelte resigniert den Kopf. Seine Frau sah ihn nur fragend an.

Mit den Worten, er werde sofort von sich hören lassen, wenn er etwas Neues wisse, verliess Manser die Wohnung. Er wusste, dass Lydia Müller häufig im «Ybis» in Rorschach verkehrt hatte, wie viele Mädchen in ihrem Alter. Er beschloss, das Lokal aufzusuchen und sich bei den Gästen nach ihr zu erkundigen. Manser hatte häufig mit Leuten zu tun, die dort Gäste waren.

Als er das Lokal betrat, fielen ihm sofort drei junge Männer auf. Er schritt auf sie zu. Dabei bemerkte er, dass einer von ihnen blitzartig kreideweiss wurde. Manser fragte sich, ob der was zu verbergen hatte. «Wie heisst er denn, der junge Mann? Irgendwie kommen Sie mir bekannt vor. Ich habe Sie schon in Goldach gesehen. Stimmt das?»

Der Angesprochene war Gustav. Er antwortete nicht, sondern zuckte lediglich mit den Augenlidern.

«Zeigen Sie mir bitte einen Ausweis. Führerausweis oder ID.»

Gustav nestelte fahrig in seiner Brieftasche und streckte ihm nach langem Suchen wortlos seinen Führerausweis entgegen.

Manser notierte seinen Namen und Vornamen. Er sah Gustav mit zusammengekniffenen Augen an und sagte: «Nervös, Herr Glanzmann? Warum, frage ich mich. Sie sind mir noch eine Antwort auf meine Frage schuldig. Was tun Sie in Goldach?»

«Ich unterrichte dort an der Oberstufe.»

Manser konnte seine Überraschung nicht verbergen. Dass er einen Lehrer vor sich hatte, hätte er nicht gedacht.

Er wandte sich von Gustav ab und bat Arthur um einen Ausweis. Arthur grinste ihm frech ins Gesicht. Das missfiel Manser. Ihm war klar, dass das kein Vergehen war, ebenso klar war ihm aber, dass er diesen Mann nicht mochte.

Arthur klaubte die Identitätskarte aus seinem Portemonnaie und streckte sie in die Luft. Er rief laut: «Leute, ein Bulle steht vor mir, ich muss mich ausweisen. All diejenigen von euch, die etwas auszufressen haben, sollten jetzt verduften.»

Etwa fünf Jungs verliessen fluchtartig das «Ybis».

Manser warf Arthur einen wütenden Blick zu.

«Warum sehen Sie mich so an, Herr Gefreiter? Habe ich etwa jetzt eine Straftat begangen?»

Dass Manser den Rang eines Wachtmeisters hatte, wusste Arthur genau. Als ehemaliger Armeeoffizier kannte er natürlich auch die Gradabzeichen bei der Polizei.

Als Manser die Angaben auf der ID notiert hatte, erkundigt er sich nach Arthurs Beschäftigung.

«Das geht Sie einen Dreck an.»

«Bürschen, passen Sie auf. Sie müssen mir zwar diese Frage nicht beantworten. Aber ich werde herausfinden, wo Sie angestellt sind.»

Manser ging zur Serviererin und fragte nach dem Wirt. Sie holte ihn aus der Küche.

«Grüss dich, Herbert, was führt dich denn in mein Lokal?»

Die beiden kannten sich schon von Jugend auf.

«Darf ich unter vier Augen mit dir reden?»

Manser, der erst seit Anfang Juli auf dem Posten in Goldach arbeitete, erfuhr vom Wirt einiges mehr, als ihm die jungen Kerle erzählt hatten. Dass die drei in letzter Zeit mehrmals durch unanständiges Benehmen aufgefallen waren. Dass auch Arthur Busch an der Schule Goldach unterrichtete, nahm er irritiert zur Kenntnis. Lehrer waren für Manser Respektspersonen. Die Männer, die er eben kontrollierte, waren das in seinen Augen aber eindeutig nicht.

Nach dem Gespräch mit dem Wirt ging Manser zu Arthur, Gustav und Oskar zurück.

Er sah alle drei der Reihe nach an. «Mich nähme wunder, an welcher Schule Sie Ihre Ausbildung als Lehrer absolviert haben.»

Arthur grinste Manser wieder unverschämt ins Gesicht und sagte: «Wir haben alle drei am Lehrerseminar Rorschach studiert.»

Manser nickte nachdenklich, dann verliess er grusslos das Lokal.

Arthur sagte zu seinen zwei Kumpeln: «Wir gehen noch auf einen Sprung an den See. Ich glaube, wir müssen uns ernsthaft unterhalten – ohne Zaungäste.»

***

Sie setzten sich auf eine Parkbank am Ufer. Arthur in der Mitte. Er zog Gustav unsanft am Ohr. «Du machst uns echt Schwierigkeiten. Du bist einfach nicht belastbar. Nimm dich das nächste Mal mehr zusammen. Hast du nicht realisiert, wie auffällig du dich gegenüber dem Bullen verhalten hast? Dabei warst du es, der uns in die Scheisse geritten hat.»

«Das sehe ich nicht so ...»

«Mist bauen und uns andere hineinziehen ... Kein Wort mehr, Gustav.»

Arthur fuhr nach einem Augenblick des Nachdenkens fort. «Wenn wir kaltes Blut bewahren, wird uns nichts passieren. Kann sein, dass einer von euch eine Vorladung bekommt. Dann gilt ein eisernes Prinzip: Schweigen. Auf gar keinen Fall dürfen die Namen der beiden andern zwei genannt werden. Wer das missachtet, wird es schwer bereuen.»

Arthur zog sein Sackmesser aus dem Hosensack, zog eine Klinge heraus und berührte damit die Gurgel von Gustav. «Hab ich mich klar ausgedrückt?»

Mit kaum vernehmbarer Stimme hauchte Gustav ein «Ja».

«Wir treffen uns genau in einer Woche zur gleichen Zeit im ‹Ybis›. Dann beratschlagen wir, was als Nächstes zu tun ist. In der Zwischenzeit wollen wir jeglichen Kontakt untereinander vermeiden. Es sei denn, einer von euch bekommt Besuch von der Polizei. Dann lasst es mich wissen. Ein Telefonanruf an die Serviertochter im ‹Ybis› genügt.» Arthur sagte das mit ruhiger, freundlicher Stimme.

«Und wenn einer von uns festgenommen wird?», fragte Oskar.

«Kein Problem: Ich werde jeden zweiten Tag um elf Uhr ein Telefon an deine Eltern, Oskar, und deine Freundin, Gustav, machen und nach euch fragen. Seht zu, dass dann keiner von euch zu Hause ist.»

***

Es war Freitag, sechs Tage her, seit Lydia und Elena vermisst wurden. Schlecht gelaunt betrat Gross um sieben Uhr sein Büro. Er erwartete immer noch einen Anruf von Meierhans oder Nabholz. Wenn Meierhans einen Mitarbeiter seines Departements anrief, tat er dies häufig um kurz nach sieben. Nicht immer war der Gesuchte zu dieser frühen Stunde am Arbeitsplatz. In einem solchen Fall telefonierte er nach fünf, zehn Minuten erneut. Das so lange, bis er den Untergebenen am Draht hatte und ihn darauf aufmerksam machte, dass tüchtige Leute bereits vor sieben mit ihrer Arbeit begännen.

Gross machte sich keine Illusionen. In dieser Woche war einiges schiefgelaufen, und ihm war klar, dass er dafür geradestehen musste. Er konnte zwar versuchen, die Schuld auf seine Untergebenen abzuwälzen. Aber Meierhans würde auf diese altbewährte Methode nicht hereinfallen.

Nach dem Mittagessen beschloss Gross, den Fall der beiden vermissten Mädchen selbst in die Hand zu nehmen. Er bestellte Bernasconi in sein Büro, um ihm seinen Plan zu eröffnen. Und diesen Plan gedachte er später Meierhans vorzuführen.

Es sollte die grösste Suchaktion werden, die der Kanton St. Gallen und die angrenzenden Gebiete je erlebt hatten. Etwas unterschlug Gross Bernasconi allerdings. Dass es nicht seine Idee war. Im Laufe der Morgens hatte Gross nämlich einen Telefonanruf des Gemeindeschreibers von Goldach erhalten. Dieser riet ihm, auch die Feuerwehren von Goldach sowie Oberriet für eine gross angelegte Suchaktion einzuspannen und auf zivile Organisationen zurückzugreifen, auf Hundeführer aus der Umgebung und Männer des Schweizerischen Vereins für Katastrophenhunde. Gross telefonierte wie ein Irrer im ganzen Kanton herum.

Am Mittag hatte er hundertzehn Feuerwehrleute, zweiundzwanzig Polizisten und elf Hundeführer mit ihren gut ausgebildeten Tieren zusammen. Auch das Militär machte mit: Es stellte einen Armeehelikopter mit Pilot zur Verfügung. Die Suche sollte am kommenden Mittwoch im Morgengrauen beginnen. Die Beteiligten durften erst einen Tag vor der Aktion davon wissen.

Gross fragte sich, weshalb der Gemeindeschreiber sich mit dieser Idee nicht direkt an Meierhans gewandt hatte, und wusste gleich die Antwort darauf. Der Gemeindeschreiber gehörte nicht derselben Partei an wie Meierhans.

Nun musste Gross nur noch Meierhans davon überzeugen. Gross zweifelte allerdings kaum daran, dass dies gelingen würde. Die Bevölkerung der ganzen Ostschweiz nahm mittlerweile am Schicksal der vermissten Mädchen Anteil. Die Regierung hätte ihren Kredit verspielt, würde sie sich einem solchen Vorhaben widersetzen.

Kaum hatte Gross Bernasconi in den Plan eingeweiht, liess er sich zu Meierhans durchstellen und bat ihn um einen Besprechungstermin in Sachen Lydia Müller und Elena Brüllhardt.

«Können wir das nicht telefonisch erledigen?», erkundigte sich Meierhans.

«Können wir nicht», sagte Gross mit Nachdruck.

«Also gut, melden Sie sich am Montagmorgen um halb sieben in meinem Büro. Danke, Gross.»

Der Summton erklang. Meierhans hatte nicht einmal den Abschiedsgruss von Gross abgewartet.

Wütend knallte Gross den Hörer auf die Gabel und brüllte: «Verdammtes Soziarschloch!» Er hatte erwartet, dass ihn Meierhans sofort in seinem Büro, das kaum hundert Schritte von seinem entfernt war, empfangen würde. Nun stellte er sich auf ein schlimmes Wochenende ein. Er war fast sicher, dass Meierhans seinen Plan genehmigen würde, fast sicher, aber eben nicht ganz. Gross hasste solche Situationen. Das Warten in Ungewissheit war ihm ein Gräuel. Auch ein Beizenkehr, der ihm hätte helfen können, die Zeit bis Montag zu überbrücken, lag nach dem Debakel vom vergangenen Mittwoch nicht mehr drin.

***

Untersuchungsrichter Urs Nabholz kam nicht umhin, sich mit dem Verschwinden der beiden Goldacher Mädchen zu befassen. Eigentlich hätte er das gerne aufgeschoben, denn ihm war klar, zuerst musste die Polizei den Tatbestand abklären. Doch die Leserbriefspalten überquollen von Beiträgen zum «Sexualverbrechen» bei der Kristallhöhle. Dass ein ausgewiesener Jurist erst von einem Mord oder einer Tötung sprechen durfte, wenn eine Leiche gefunden war oder handfeste Indizien für eine solche Tat vorlagen, spielte da eine untergeordnete Rolle. Massgebend war die Stimme des Volkes. Das hatte ihm sein Parteifreund Meierhans bereits am frühen Morgen in Erinnerung gerufen.

Dazu kam noch, dass Meierhans ihm nahelegte, der Kripo genau auf die Finger zu schauen. Dort funktioniere ziemlich viel mehr schlecht als recht. Nicht zuletzt dieser Gross sei ein Problem. Im Moment könne man leider nicht auf ihn verzichten.

Den ganzen Nachmittag vertiefte sich Nabholz in die Akten des Falls Lydia und Elena. Kopien davon hatte er von Meierhans bekommen. Vollständig waren sie mit Sicherheit nicht, denn Gross belieferte den Justizdirektor entgegen dessen Weisungen nur unvollständig mit Unterlagen. Nabholz kam zu folgendem Schluss: Sollten die Leichen nicht gefunden werden oder die verschwundenen Mädchen nicht mehr auftauchen, sei die Chance verschwindend klein, den Vorfall aufzuklären.

Kurz vor Feierabend rief er Meierhans an und teilte ihm mit, die Suche nach den Mädchen solle energischer vorangetrieben werden. Darunter verstehe er allerdings nicht bloss das Absuchen der Umgebung der Kristallhöhle nach Spuren, sondern auch das systematische Befragen von Leuten aus Kobelwald, Kobelwies und andern Siedlungen auf dem Gemeindegebiet Oberriet. Auch in Goldach und den umliegenden Regionen sollte man sich umhören. Nach seinen Erkenntnissen sei das bis jetzt nur unvollständig geschehen.

Meierhans seufzte. Nach einer kurzen Pause entschuldigte er sich, dass er nur Politiker sei und unmöglich jeden Ablauf bei der Kripo im Griff haben könne. Er werde aber machen, was er könne.

Auf den Kapo-Stationen Goldach und Oberriet kamen seit dem 1. August laufend Meldungen herein. Sie wurden von den diensthabenden Beamten aufgenommen, an die Zentrale in St. Gallen weitergeleitet, meist mit einem Kommentar versehen.

Mehrmals täglich suchte ein Polizist Zeugen auf, die vorgaben, etwas beobachtet zu haben. Nabholz studierte alle Aussagen am Freitagabend nochmals und zog Bilanz. Sie fiel ernüchternd aus. Indizien auf eine eventuelle Täterschaft gab es nicht, ganz zu schweigen von Beweisen.

Die aussagekräftigste Beobachtung war immer noch diejenige des Brüderpaares Bruno und Ulrich, die sie beide am letzten Dienstag auf dem Posten Oberriet zu Protokoll gegeben hatten.

Nabholz hatte frustriert sein Büro abgeschlossen, machte einige Schritte Richtung Ausgang, als er plötzlich stehen blieb. Bruno und Ulrich Bänziger waren Augenzeugen. Warum sie nicht noch einmal vernehmen und mit ihnen Phantombilder erstellen? Bei zwei Personen war die Chance schon recht hoch, eine brauchbare Zeichnung zu erhalten. Nabholz kehrte ins Büro zurück und wählte die Nummer von Gross. Gross meldete sich nicht. War er bereits auf dem Heimweg, oder hob er absichtlich nicht ab?

***

Irgendwie bekomme ich das kribblige Gefühl, plötzlich eine unheimliche Macht zu besitzen. Die Medienleute zerbrechen sich den Kopf über etwas, das ich klarstellen könnte.

Soll ich das? Natürlich will ich das nicht. Ich lasse sie zappeln. Mir genügt es, diesen nachrichtengeilen Kreaturen von Zeit zu Zeit einen Happen hinzuwerfen, auf den sie sich wie gierige Hunde stürzen werden.

Besteht die Gefahr, dass ich mich dabei verrate? Kaum. Diese Gefahr schätze ich als gering ein. Ich habe mich mittlerweile überzeugen können, wie stümperhaft die Polizei arbeitet. Ich werde ihr stets um eine Nasenlänge voraus sein.

Und doch überkommen mich bisweilen Zweifel. Machen meine Nerven das mit? Ich bin nicht so abgebrüht, wie mich meine Umgebung wahrnimmt. Oft erwache ich des Nachts durchnässt von Schweiss.

***

«Nun ist es bald eine Woche her, seit unsere Elena wie vom Erdboden verschwunden ist», sagte Hedi Brüllhardt traurig zu ihrem Mann. «Glaubst du noch, dass sie lebendig gefunden wird?»

Albert Brüllhardt schüttelte resigniert den Kopf. «Elena würde uns das nie antun, einfach ausreissen.»

«Vielleicht sind sie und Lydia Opfer einer Entführung geworden.»

«Das kann ich mir beim besten Willen nicht vorstellen. Die Entführer hätten sich längst gemeldet und Geldforderungen gestellt.»

Sie hielt die zitternden Hände vor das Gesicht. «Warum haben die Übeltäter gerade Elena und Lydia ausgesucht? Sie haben doch niemandem etwas zuleide getan.»

«Wenn die beiden Mädchen Opfer eines Sexualdelikts geworden wären, hätten die Täter sie nicht extra, sondern zufällig ausgesucht. Mir gehen viele Gedanken durch den Kopf. Vielleicht kennen sie Elena und Lydia tatsächlich. Dass die Mädchen einfach ihre Velos an ein Gebüsch angelehnt und sich ohne Rucksäcke von ihnen entfernt haben, spricht eher dafür, dass sie dachten, sie würden bald wieder zurückkehren. Kann ja sein, dass sich Freunde von ihnen einen dummen Scherz erlaubt haben.»

«Dann müssten sie sehr viel Vertrauen zu ihnen gehabt haben.»

Er nickte stumm. «Hast du eine Ahnung, wer dafür in Frage käme?»

Sie schluchzte. «Nein, ich darf nicht daran denken.»

«Vertrau es mir bitte an. Jetzt darfst du keine Geheimnisse mehr vor mir haben. Mir ist nicht entgangen, dass du am Abend vor ihrer Abreise mit Elena in ihrem Zimmer gesprochen hast. Dass du mit feuchten Augen zurückgekehrt bist. Dass ich dich darauf angesprochen habe. Dass du mir gesagt hast, das sei eine Sache zwischen Elena und dir.»

Sie sah ihn mit verschleierten Augen lange an. Mit erstickter Stimme begann sie zu sprechen. «Elena sagte mir, dass sie verliebt sei.»

«Und wer ist der Junge?»

«Nicht mehr ein Junge, sondern ein Mann. Der Sohn des Bankdirektors von nebenan.»

Brüllhardt wurde kreidebleich. «Der Sohn des Bruders meines Chefs? Verdammt, der ist doch gerade zwanzig geworden, vier Jahre älter als Elena.» Nach einer langen Pause fuhr er weiter. «Hatten die beiden ein Verhältnis? Hat Elena dir gebeichtet, sie sei schwanger?»

«Hat sie nicht. Wo denkst du hin? Es sei noch zu keinen Intimitäten gekommen, hat sie mir versichert. Sie sei auch nicht sicher, ob Oskar sie überhaupt möge.»

«Was hast du ihr darauf gesagt?»

«Ich habe sie in die Arme genommen. ‹Elena, Liebes, das geht vorüber. Das ist ganz normal. Fast jedes Mädchen verliebt sich in diesem Alter in einen Jungen. Oskar ist ja noch gar kein richtiger

Mann. Er benimmt sich wie ein Bub. Ich denke nicht, dass eine junge Frau in seinem Alter sich in ihn verliebt. Deshalb macht er Mädchen, die drei, vier Jahre jünger sind als er, schöne Augen. Bist du einmal tausend Wochen alt, wirst du denken: Wie konnte ich nur? Ein solcher Kindskopf, der wird nie erwachsen werden.»

Er schlug mit der Faust auf den Tisch. «Dieser Bursche hatte ja in diesem Frühling als Praktikant an der Oberstufe gewirkt, beim … wie heisst er noch?»

«Typisch, erst jetzt beginnt dich das zu interessieren. Ja, Oskar war Praktikant bei Herrn Busch, einem Lehrer an der Schule, die Elena besuchte. Er hatte aber nie Unterricht in ihrer Klasse.»

Er stützte seinen Kopf mit beiden Händen und stierte auf den Boden. So vergingen wortlose fünf, zehn und mehr Minuten. Dann schoss er auf. «Schlag dir das aus dem Kopf. Mir ist zwar dieser Oskar nicht geheuer, er war es nie. Aber dass einer aus so gutem Hause zu solch schrecklichen Taten fähig wäre, das halte ich für ausgeschlossen.»

Die Brüllhardts sassen weiter auf dem Sofa ihres Wohnzimmers und sahen fern. Sie weinte still vor sich hin. Er sah gedankenverloren auf den Bildschirm. Hätte jemand die beiden gefragt, was gerade für ein Film laufe, hätten sie keine Antwort geben können.

***

Am Samstagmorgen um neun trafen sich Gross und Bernasconi in der «Wirtschaft zur alten Post», einen Hasensprung von der Klosterkirche entfernt. Gross war sich bewusst, dass er die nächsten Tage ohne Bernasconi kaum durchstehen würde. Entsprechend freundlich verhielt er sich ihm gegenüber. Es galt jetzt, die für den kommenden Mittwoch geplante Grossfahndung im Detail vorzubereiten. Das versprach ein tückisches Unterfangen zu werden. Die problemlos zu führenden Polizisten waren in der Minderheit, die Zivilisten dagegen, Feuerwehrmänner und Hundeführer, in der Überzahl.

Kam dazu, dass ein Führungsstab einzurichten war, in dem neben zwei Feuerwehrkommandanten noch Pius Moser, der Fabrikbesitzer aus Rorschach, sowie Meierhans mitmischten. Der Beizug des Grossunternehmers machte durchaus Sinn. Bei solch heiklen Vorhaben versuchte man immer auch, die Wirtschaft mit einzubinden. Meierhans, der die ganze Aktion noch absegnen musste, konnte er erst am kommenden Montag in die Sache einweihen. Und was war mit Nabholz? Gross stiess es schon sauer auf, wenn nur dessen Name in seinen Gedanken auftauchte. Nabholz, das nahm er sich fest vor, sollte seine dreckigen Finger nicht in diese Sache stecken.

Am Nachmittag rekognoszierten Gross und Bernasconi gemeinsam das Gelände um den vermeintlichen Tatort bei der Kristallhöhle oberhalb Kobelwies.

Die beiden Herren gerieten sich dabei zu wiederholten Malen in die Haare. Bernasconi, der Einsätze leitete und mit der Mannschaft in engem Kontakt stand, machte Gross, den Strategen mit sozusagen null Führungserfahrung, darauf aufmerksam, dass es in diesem Falle nicht um Sandkastenspiele gehe, sondern darum, hundertdreissig Männer sinnvoll zu leiten.

Immerhin, am Abend hatten sich beide zu einem gemeinsamen Einsatzplan durchgerungen. Bernasconi konnte es nicht unterlassen, Gross noch einen letzten Tritt ans Schienbein zu verpassen. «Was, glaubst du, wird dein Freund Meierhans zu diesem Mist sagen?»

Als Untergebener hatte sich Bernasconi seinem Vorgesetzten zu fügen. Er war nämlich alles andere als zufrieden mit dem Konzept, das als zehnseitiges Papier am frühen Montagmorgen dem Polizeidirektor zur Unterschrift vorzulegen war.

Gross lief rot an und ballte seine Fäuste in den Hosensäcken. «Komm mir bitte nicht mit Meierhans, diesem Halunken. Bilde dir ja nicht ein, der verstehe etwas von Polizeieinsätzen. Ebenso wenig die andern, besonders Moser und Co.»

***

Am Samstagmittag schlug Arthur vor, mit Rosemarie und Michael am Nachmittag im Migros-Restaurant in St. Gallen Pommes frites essen zu gehen. Er wollte Michael eine Freude machen. Rosemarie war das auch recht. In der Migros gab es keinen Alkohol. Nüchtern war Arthur berechenbar.

Auf der Hinfahrt erzählte Arthur Michael eine Geschichte.

Geschichten erzählen konnte er wirklich gut. Michael hörte gerne zu. Er wünschte sich, Arthur wäre immer so.

Für Michael war Arthur sein Vater. Rosemarie wollte abwarten, bis Michael fast erwachsen war, um ihm zu gestehen, dass Arthur nicht sein leiblicher Vater war.

Nachdem er mit der Geschichte zu Ende war, drehte Arthur das Autoradio an.

DRS 1, Nachrichten. Noch immer gibt es keine Spur von den beiden vermissten Mädchen Lydia Müller und Elena Brüllhardt aus Goldach. Bis jetzt sind mehrere hundert Hinweise eingegangen. Die Polizei wertet diese aus. «Leider widersprechen sich viele dieser Aussagen», beklagte der Pressesprecher der Kripo. In der Bevölkerung und den Medien werden Stimmen laut, die den Behörden vorwerfen, sie würden zu wenig intensiv suchen. Landammann Meierhans widersprach dem in einem heute Mittag ausgestrahlten Interview in aller Schärfe. Die Kripo-Leute im Klosterhof seien rund um die Uhr im Einsatz, einige von ihnen würden bis zur Erschöpfung arbeiten.

Arthur drehte das Radio wieder ab.

«Was sind denn das für Mädchen, die vermisst werden?», fragte Michael.

«Das verstehst du noch nicht, Michael», sagte Rosemarie.

«Da bin ich anderer Meinung, Rosemarie. Ich denke, wir können das Michael schon erklären. In seinem Alter kann man so etwas schon verstehen.»

«Also, tu du es. Ich bin dazu nicht in der Lage. Es ist zu schrecklich.»

«Es gibt Männer oder Frauen, die anderen Menschen Böses antun. Vielleicht wurde den beiden Mädchen etwas Böses angetan. Das wissen wir aber noch nicht. Es kann ja sein, dass die beiden Mädchen zornig auf ihre Eltern waren, für eine Weile weggegangen sind und später wieder zurückkehren werden.»

«Und wenn sie zurückkommen, schlägt sie dann der Vater?», fragte Michael.

«Michael, warum sagst du das? Papa hat dich noch nie geschlagen.»

«Ja … Mama, aber dich hat Papi schon geschlagen.»

«Michael, bitte, bitte, sag das nicht. Papi hat mich noch nie geschlagen. Manchmal machen wir ein Spiel zusammen, dann schreie ich. Aber das verstehst du noch nicht.»

Arthur legte den rechten Arm über die Schulter von Rosemarie, die neben ihm auf dem Beifahrersitz sass. «Michael, Mami hat recht. Das verstehst du noch nicht.»

***

Genau um dieselbe Zeit wie Arthur Busch drehte auch der Grossvater von Bruno und Ulrich das Radio auf. Wie oft in der Ferienzeit weilten die beiden Buben bei ihren Grosseltern. Bruno hörte aufmerksam zu, sein jüngerer Bruder wollte etwas dazwischensagen, der Grossvater hielt ihm den Mund zu. Der alte Bänziger sah es als Pflicht, seinen Enkeln eiserne Disziplin zu verordnen.

Als die Regionalnachrichten zu Ende waren, fragte der Grossvater: «Ulrich, du weisst genau, dass ich es nicht mag, wenn jemand während der Radionachrichten stört.»

«Ich wollte nicht stören, ich wollte nur etwas fragen.»

«Also, dann frag.»

«Was heisst das, ‹mehrere hundert Hinweise sind eingegangen›?»

Bruno schoss auf und rief: «Grossvater, das versteht Ulrich noch nicht.»

Der alte Bänziger hob den Finger. «Bruno, schweig bitte. Ulrich hat nicht dich, sondern mich gefragt.» Er wandte sich Ulrich zu. «Hinweise sind Mitteilungen, die Leute der Polizei überbringen. Und diese wertet sie aus.» Ulrich nickte folgsam.

Die Grossmutter sah Ulrich lächelnd an. «Mein Junge, ich bin stolz auf dich. Ein Jahr lang bist du in die erste Klasse gegangen und kannst schon so gut schriftdeutsche Worte nachsprechen. Am Ende des nächsten Schuljahrs wirst du sie auch verstehen.»

«Ich konnte deutsche Worte schon vor der Schule gut sagen. Unsere Kindergärtnerin war eine Deutsche.»

Zornesröte stieg dem alten Bänziger ins Gesicht. «Da haben wir es. Ich finde es völlig daneben, dass man eine aus dem Schwabenland anstellt. Die verderben unsere Kleinen nur. Bringen ihnen grossdeutsche Manieren bei und leiten sie an, wie man dumme Fragen stellt. Die verstehen unsere Mentalität nicht. Ich hoffe sehr, dass sich bald einige Politiker ans Herz greifen und durchsetzen, dass im Kindergarten und in der Primarschule noch Schweizerdeutsch gesprochen wird.»

Ulrich schaute mehrmals von der Grossmutter zum Grossvater. Dann wollte er vom Grossvater wissen, was denn «Mentalität» bedeute.

«Es gibt Dinge, die du einfach noch nicht verstehen kannst. Vergiss das Wort ‹Mentalität›. Über solches Zeugs brauchst du dir noch keine Gedanken zu machen. Jetzt wird die Grossmutter gleich die Suppe schöpfen. Und beim Essen wird nicht mehr geredet. Punkt.»

***

Gustav war gleichentags bei den Eltern von Marlis eingeladen. Er musste ja noch beim Vater von Marlis um ihre Hand bitten.

Marlis und ihre Mutter standen den ganzen Samstagnachmittag in der Küche. Der angehende Bräutigam sollte nicht den Eindruck bekommen, seine künftigen Schwiegereltern seien knauserig. Marlis hatte Gustav zuvor gebeten, einen gesunden Appetit mitzubringen, denn es wäre peinlich, würde er einen halb vollen Teller stehen lassen, wie er das schon nach den beiden letzten Besuchen bei Buschors getan hatte.

Gustav schien sich von seinem Unwohlsein, das ihn während des vergangenen Wochenendes ziemlich heftig getroffen hatte, langsam zu erholen. Er war immer noch bleich, aber sein Appetit kehrte langsam zurück. Das Essen lief so ab, wie es sich Marlis vorgestellt hatte.

Marlis' Vater erläuterte Gustav die Bedingungen, an die er sich als angehender Schwiegersohn zu halten habe. Er erwarte von ihm, dass er zu mindestens dreissig Prozent die Mittel für ein Eigenheim aufbringen werde. Er, Philippe Buschor, gedenke, vierzig Prozent als Mitgift beizusteuern. Die restlichen dreissig Prozent müsse das Ehepaar als Hypothek aufnehmen. Bei einem Lehrerlohn und einer Teilzeitbeschäftigung der Gattin liege das bei einem sparsamen Lebenswandel drin.

Kein Thema war die Treue, im Gegensatz dazu wurde aber der Ehebruch nicht toleriert. Die Ehe müsse auch Bestand haben, wenn ein Partner durch Krankheit oder Unfall nicht mehr in der Lage sein würde, die ehelichen Pflichten zu erfüllen.

Gustav versprach hoch und heilig, diese Bedingungen zu erfüllen.

***

Am selben Abend führte Oskar ein langes Gespräch mit seinem Vater Theo und seinem Onkel Pius. Darin bat er beide, ihm ein Studium der Geschichte oder der Theologie an einer Universität zu ermöglichen.

Sein Vater war ein klein wenig irritiert, dass Oskars Wahl allenfalls auf Theologie fiel. Der ledige Onkel schmunzelte und fragte Oskar, ob er etwa schwul sei. Dann würde er auch Theologie wählen, andernfalls wäre Geschichte vorzuziehen. Schwul sei er nicht, versicherte Oskar unter leichtem Erröten. Man kam überein, dass ein Geschichtsstudium die bessere Lösung sei.

Welche Universität er denn bevorzuge, fragte der Vater.

«Gar keine Frage, dein Junge geht nach Fribourg», fiel ihm Pius ins Wort.

«Warum nicht Zürich?», erkundigte sich Oskar.

Wieder war es Pius, der gleich eine Antwort parat hatte. «Fribourg ist eine traditionsreiche katholische Universität. Alle katholischen Akademiker, die in unserer Bewegung den Anspruch erheben, ernst genommen zu werden, haben in Fribourg studiert. Punkt.» Damit war die Standortwahl entschieden.

***

Um halb sieben am Montag stand Gross vor der Rezeption des Justizdepartements beim Regierungsgebäude. Er musste feststellen, dass das Eingangstor verschlossen war. Er verschaffte sich mit einer Kaskade von Flüchen Luft. Die war so laut, dass Meierhans aus dem obersten Stock den Kopf zum Fenster rausstreckte. «Sind Sie es, Gross?», rief eine tiefe Männerstimme. «Ich betätige jetzt den Türöffner, dann treten Sie ein, steigen bis in den fünften

Stock und drücken die Glocke, und ich werde Ihnen Einlass gewähren.

«Gibt es denn hier keinen Lift?»

«Gibt es schon, aber nur für Leute mit einem Passepartout. Sie können es gemütlich nehmen, so bleibt mir noch genügend Zeit, den Kaffee in Ruhe zu trinken.»

Gross zischte wüste Verwünschungen, während sich die Tür vor ihm öffnete.

Meierhans war zu dieser frühen Stunde die einzige Seele im palastartigen Gebäude des Justizdepartements. Seine Angestellten tröpfelten am Montagmorgen bis zum offiziellen Arbeitsbeginn um halb acht gemächlich in ihre Büros.

Der Justizdirektor und seit Januar Vorsitzende der Kantonsregierung war eigentlich kein Despot. Seine engsten Mitarbeiter schätzten, respektierten und mochten ihn. Was man allerdings nicht von allen Kaderleuten der Kapo sagen konnte. Vor allem die Polizeioffiziere vertrugen es schlecht, wenn ein Sozialdemokrat über ihnen stand.

Meierhans war sich dessen wohl bewusst und handelte danach, deckte sie mit «Liebenswürdigkeiten» seiner Art ein, was wiederum nicht zu einem besseren Einvernehmen beitrug. «Schlecht geschlafen, Herr Gross? Sie sehen bleich aus. Oder haben Sie sich etwa wieder etwas zu viel hinter die Binde gegossen?»

Gross revanchierte sich mit einem zornigen Blick, hielt es aber für angebracht, die Aussagen seines obersten Chefs nicht zu kommentieren.

«Bevor ich mich in Ihr Papier vertiefe, möchte ich Ihnen noch ein Tonband abspielen.»

Auf Gross' Stirn bildeten sich grosse Schweisstropfen. Seine Visage mutierte von bleich zu schneeweiss.

Als die Vorführung zu Ende war, zeigte sich Meierhans von der menschlichen Seite. «Ich hole Ihnen aus dem Automaten einen Pappbecher mit starkem schwarzem Kaffee. Ich möchte es nicht riskieren, dass Sie mir noch ohnmächtig vom Sessel fallen.»

Nach zwei, drei Minuten sass ein in sich zusammengesunkener Gross am Besuchertisch im mondänen Büro von Meierhans und nippte an seinem Kaffee.

Der einfühlsame Meierhans liess ihm ausreichend Zeit. Als

Gross ausgetrunken hatte, fragte er mit betont sanfter Stimme: «Was sagen Sie dazu?»

Gross' Gesichtsfarbe wechselte zu einem tiefen Rot. «Hmm … ich bin ausgebildeter Kriminalbeamter. Und somit weiss ich, dass solche Tonbandaufnahmen keine Beweiskraft haben.»

«Weiss ich, Gross. Aber sie haben eine Informationskraft. Das genügt zwar nicht, um Sie rechtlich zu belangen. Es steht Ihnen frei, sich in Ihrer Freizeit zu besaufen, so sehr, bis Sie vom Barhocker kippen. Sollten Sie aber im Vollrausch Gesetzeswidrigkeiten begehen, werden wir nicht zögern, Sie hart anzufassen. Unter Gesetzeswidrigkeiten fällt auch das Ausplaudern von Interna und das Führen von Motorfahrzeugen mit zwei Promille und so … Erwischen wir Sie einmal damit, sind Sie geliefert, Gross. … So, nun setzen Sie sich aufs Sofa. … Aha, Sie müssen ja noch etwas zu lesen haben, bis ich Ihr Geschreibsel verdaut habe. Ich hole Ihnen aus meinem Vorzimmer die ‹Schweizer Illustrierte›. Aber falten Sie sie nach beendeter Lektüre wieder ordentlich zusammen, meine Sekretärin liest sie nämlich in den Pausen ausführlich. Ich habe mich mit diesem Blatt eigentlich nie befasst.»

«Ich auch nicht, aber immerhin weiss ich, dass man sie nicht zusammenfalten kann, sie ist nämlich geheftet», maulte Gross zornig.

Es war nahezu acht Uhr, als Meierhans das Papier durchgearbeitet hatte. Er machte sich immer wieder Randnotizen.

Er schaute auf und richtete seinen Blick auf Gross. «Ganz passabel. Ob es wirklich funktioniert, werden wir erst am Mittwochabend wissen.» Er räusperte sich und fragte: «Was tun Sie, wenn weder die Leichen noch andere Spuren gefunden werden?»

«Dass gar keine neuen Spuren gefunden werden, halte ich für ziemlich ausgeschlossen.»

«‹Ziemlich ausgeschlossen›, das haben Sie gesagt, Gross. Ich wäre mir da nicht so sicher. Ich lasse mich gerne überraschen.» Er erhob sich und geleitete Gross zum Ausgang des Regierungsgebäudes.

Trotz der herabwürdigen Behandlung durch Meierhans fühlte sich Gross etwas besser. Sein Plan war von der obersten Stelle genehmigt worden. Dass Meierhans bei der Aktion dabei sein wollte, hatte er ja bereits im Voraus angenommen. Das musste kein Nachteil sein. Der auch mitmischende Moser war ebenfalls mit von der Partie, und da bestand immerhin die Chance, dass sich die beiden gegenseitig neutralisierten.

Ein bisschen wider den Strich ging ihm, dass Bernasconi die Einsatzleitung übertragen werden sollte. Meierhans wollte das so. Das hatte auch einen Vorteil. Sollte die Sache in die Hosen gehen, konnte er das Fiasko auf seinen Untergebenen abschieben.

***

Am Dienstag erhielten die Medien der Region ein anonymes Schreiben, in dem die Grossfahndung für den nächsten Tag angekündigt wurde. Wann und wo sie starten, wer alles dabei sein würde.

Für die Empfänger dieser Nachricht war es klar, dass sie nur aus der Zentrale der Kripo stammen konnte.

5

Auf dem Vorplatz des Werkhofs der Gemeinde Oberriet versammelten sich im Morgengrauen am Mittwoch zweiundzwanzig Kantonspolizisten, hundertzehn Feuerwehrmänner aus Goldach und Oberriet, vier Spezialisten des Schweizerischen Vereins für Katastrophenhunde mit vier besonders ausgebildeten Tieren.

Die Miene des Landammanns Meierhans verriet, dass er beeindruckt war. Allerdings fiel ihm noch ein halbes Dutzend Leute mit Fotoausrüstung auf. Einige von diesen erkannte er auch gleich.

«Was wollen denn diese Pressefritzen hier? Habe ich nicht veranlasst, dass die ganze Übung unter strikter Geheimhaltung vollzogen werden sollte?», sagte er barsch zum neben ihm stehenden Gross.

Dieser zuckte mit den Schultern und sagte: «Keine Ahnung.»

«Gross, jetzt ganz ehrlich, halten Sie mich eigentlich für bescheuert? Tun Sie bitte nicht so, als hätten Sie keine Ahnung, wer den Medien die Sache gesteckt hat. Na ja, im Nachhinein muss ich eingestehen, dass das gar nicht so blöd war. Sollte die Geschichte schief ausgehen, werde ich dafür sorgen, Sie als Hauptverantwortlichen hinzustellen.»

Meierhans hielt eine kurze Ansprache, Pius Moser eine deutlich längere, was von den versammelten Einsatzkräften mit Unmutsäusserungen kommentiert wurde.

Ganz still wurde es, als Bernasconi den Einsatzplan erläuterte.

Kurze Zeit später bewegte sich eine Fahrzeugkolonne auf der Strasse nach Kobelwald/Kobelwies.

Vor dem Werkhof in Oberriet wartete der Führungsstab aus Bernasconi, Gross, Meierhans und Moser auf den angekündigten Armeehelikopter von der Helibasis Alpnach.

Den ganzen Tag donnerte der Helikopter über dem steilen zerklüfteten Waldgebiet um die Kristallhöhle. Etwa jede Stunde kehrte er zum Werkhof zurück, um aufgetankt zu werden.

Um achtzehn Uhr luden die Organisatoren der Suchaktion zu einer Medienorientierung im Schulhaus Kobelwald ein.

Ans Rednerpult ging zunächst Bernasconi. Mit kurzen Sätzen

rapportierte er nüchtern das Geschehen des ganzen Tages. Das Berggebiet westlich der Linie Eichberg–Rüthi sei bis weit über die Kantonsgrenze hinaus intensiv abgesucht worden. Zum Teil sei systematisch Quadratmeter um Quadratmeter durchkämmt worden, vor allem in der Umgebung der Kristallhöhle mit ihren Töbel- und Felspartien. Ein besonderes Augenmerk habe man auch auf frei stehende Ställe, Scheunen und Schuppen gerichtet. Vom Helikopter aus sei die Fahndung koordiniert worden, aber nicht nur das. Man habe aus der Luft einen grossen Teil der Talebene ausgekundschaftet, dabei seien die Mais- und Getreidefelder, die Windschutzstreifen, die Schilfe, verschiedene Tümpel und Bachläufe besonders ins Visier genommen worden.

Nach einer Kunstpause fuhr Bernasconi weiter: «Nun zum Ergebnis.»

Es wurde mucksmäuschenstill im Saal. Man hätte eine Stecknadel fallen hören.

Und mit völlig emotionsloser Stimme sagte Bernasconi: «Die Suchaktion in den Waldungen, den Tälern, Felsbändern wie auch jene in der Luft ist ohne jegliches Ergebnis verlaufen. Ich danke Ihnen für die Aufmerksamkeit.»

Ein Raunen ging durch den Saal.

Nach einer längeren Pause ging Meierhans mit zögernden Schritten und ein klein wenig schwankend ans Rednerpult. «Das ist eine bittere Stunde für die Angehörigen von Lydia Müller und Elena Brüllhardt. Eine bittere Stunde für den Kanton St. Gallen. Eine bittere Stunde für die ganze Ostschweiz. Die Einsatzkräfte haben ihr Bestes gegeben. Sie konnten die verschollenen Mädchen nicht finden, wahrscheinlich weil sie nicht dort sind, wo wir gesucht haben. Wir dürfen die Hoffnung nicht aufgeben, dass die Wahrheit darüber, was ihnen widerfahren ist, irgendwann noch an den Tag kommt. Ich bitte Sie, diese Worte in Ihre Berichte einfliessen zu lassen.»

Meierhans faltete die Hände, senkte den Kopf und verharrte so eine gute halbe Minute. Er bedankte sich bei allen und verabschiedete sich.

***

Alles ist bis jetzt so gelaufen, wie ich es geplant habe. Ich bin sehr zufrieden.

In den letzten Tagen befürchtete ich, mich könnten Gewissensbisse plagen. Aber das geschieht nicht. Ich spüre nicht die geringste Spur von Reue. Ich wünschte, das wäre bei meinen beiden Mitstreitern auch so, mache mir aber keine Illusionen, dass sie schon so weit sind. Ich habe das unangenehme Gefühl, dass sie von Reue- und Schuldgefühlen heimgesucht werden. Sie haben einfach noch nicht verinnerlicht, dass wir aus den gleichen Bausteinen zusammengesetzt sind wie die andern Säuger auch, wie alle Produkte der Natur.

Wer sieht denn etwas Schlimmes daran, wenn die Katze eine Maus frisst? Sie tut es, um zu überleben. Und wir wollen auch überleben.

★★★

Am nächsten Tag erschienen landesweit in den Zeitungen ausführliche Artikel über die erfolglose Suchaktion. In einigen Kommentaren war verhaltene Kritik am Vorgehen der St. Galler Polizei herauszulesen. Doch das waren Ausnahmen. In vielen Beiträgen überwogen Ratlosigkeit und Resignation. Gegen Verbrechen dieser Art könne man eben kaum etwas ausrichten.

In St. Gallen selbst kam kaum Kritik auf. Im Gegenteil. Man lobte die Polizei und die zivilen Helfer. Dem Einsatzleiter Bernasconi brachte man sogar viel Sympathie entgegen.

An den folgenden Tagen erschienen zwar keine neuen Medienbeiträge über das Drama bei der Kristallhöhle. Doch an den Stammtischen und innerhalb der eigenen vier Wände war das, was am 31. Juli geschehen war, immer noch Gesprächsthema.

Viele Eltern schienen vorsichtig, ja ängstlich geworden zu sein. Es waren auffallend weniger Kinder und Jugendliche ohne Begleitung von Erwachsenen auf den Strassen und Plätzen.

6

Am Samstag, dem 2. Oktober 1982, auf den Tag genau neun Wochen nach dem mysteriösen Verschwinden der beiden Mädchen, fiel einem Wanderer am Fusse eines steilen Felsbandes unweit der Kristallhöhle ein starker, ekelerregender Geruch auf. Bei näherem Hinsehen sah er rund zehn Meter unter seinem Standort etwas, das so aussah wie eine verwesende Gliedmasse. Zum Glück hatte der Wanderer ein Kletterseil in seinem Rucksack. Er befestigte es an einem Baumstamm und liess sich langsam daran hinuntergleiten. Unten angekommen, packte ihn das Entsetzen. Er stellte fest, dass es sich um den Teil einer menschlichen Leiche handelte, der Rest des Körpers war mit einer Felsplatte zugedeckt.

Er machte sich sofort nach Kobelwald auf, wo er von der «Taube» den Polizeiposten in Oberriet anrief.

Der diensthabende Beamte machte sich, um einen ersten Augenschein zu nehmen, selbst auf den Weg. In seinem Bericht, den er an die Kripozentrale in St. Gallen übermittelte, stand der Satz: «Es handelt sich eindeutig um die Leiche eines Mädchens unter zwanzig Jahren, das mit Jeans und einer roten Regenjacke bekleidet war.»

Für den Sender und den Empfänger der Nachricht, der zufällig der Einsatzleiter der Grossfahndung vom 11. August war, bestanden keine Zweifel. Es musste sich um eines der seit dem 31. Juli vermissten Mädchen handeln. Noch am selben Tag wurden die Medien informiert.

***

Schlechte Nachrichten. Etwas ist schiefgelaufen. Wir hätten uns da ein bisschen mehr Zeit nehmen sollen. Nun müssen wir auf der Hut sein. Kein Fehler darf mehr passieren. Man wird Fragen stellen. Ganz sicher den Verantwortlichen der kombinierten Grossfahndung. Die Medien werden ihnen vorwerfen, nicht genügend seriös gesucht zu haben. Was unternimmt die Kripo dagegen? Vielleicht setzt sich dort die Meinung durch, dass tatsächlich bei der Suche geschlampt worden ist. Das wäre gut für uns.

***

Am Sonntagmorgen suchten zwei Züge der Kapo das Gelände unterhalb der Kristallhöhle ab. Bald wurde die besser versteckte zweite Leiche zwanzig Meter von der ersten entfernt gefunden. Verdeckt mit Ästen und Geröll in einer Felsnische.

Die sterblichen Überreste der Toten wurden in die Gerichtsmedizin nach St. Gallen überführt und dort sogleich untersucht. Am Montagmittag war es offiziell: Bei den Opfern handelte es sich um Lydia Müller und Elena Brüllhardt.

***

Meierhans, Nabholz, Gross und Bernasconi hatten kein gutes Gefühl, als ihnen am Dienstagmorgen die Aushänge der Tageszeitungen in die Augen sprangen.

Warum hatte die Polizei nichts gefunden?
Stümperhafte Grossfahndung der Kripo St. Gallen
St. Galler Justiz und Polizei stehen als Versager da
Die Flickschuster vom Klosterhof

Alle vier hatten sichtlich Mühe, die Zeitungen zu lesen. Aber darum herum kamen sie nicht. Und sie mussten befürchten, dass alles noch schlimmer wurde. Dass die Öffentlichkeit erfuhr, wie Regierung, Justiz und Polizei mehr gegeneinander als miteinander arbeiteten. Dass sich die Verantwortlichen innerhalb der Kripo sogar das Zahnweh missgönnten.

Meierhans, seinem politischen Instinkt folgend, zitierte Gross, Bernasconi und Nabholz zu sich ins Büro. Er beschwor die drei, endlich von den Grabenkämpfen zu lassen und zusammenzuarbeiten. Schuldzuweisungen würden jetzt nichts mehr bringen.

«Das Volk unterscheidet nicht zwischen Richter und Polizisten. Für die gewöhnlichen Leute sind wir gemeinsam schuld. Ab jetzt wollen wir mit einer Stimme sprechen.»

Als dem Landammann diese Worte über die Lippen gerutscht waren, bemerkte er die Mienen der drei andern und wusste, dass er damit bloss fromme Wünsche gepredigt hatte.

Nabholz machte den Vorschlag, sich gemeinsam in der «Wirtschaft zur alten Post» einen Frühschoppen zu genehmigen, um sich zu versöhnen. Meierhans begrüsste das. Gross klagte, er sei von einem heftigen Sodbrennen geplagt, Bernasconi maulte, er habe keine Zeit zum Pläuschlen.

***

Verärgert hastete Nabholz in sein Büro zurück und begann sämtliche Akten über den Fall Lydia/Elena auf seinem grossen Besuchertisch auszubreiten. Irgendetwas, das sagte ihm sein kleiner Finger, musste er übersehen haben. Er liess für die nächsten zwei Tage alle Termine absagen und vertiefte sich in die über den Tisch verstreuten Papiere.

Er verpasste die Mittagspause, die er üblicherweise zu Hause mit seiner Familie verbrachte. Seine Frau rief ihn an und erkundigte sich, was denn los sei. Seine bessere Hälfte hatte nicht nur Verständnis für ihren Gatten, sondern bewunderte ihn auch.

Nabholz stellte in Aussicht, dass er wahrscheinlich die ganze Nacht an seinem Arbeitsplatz verbringen müsse. In der Abstellkammer neben seinem Büro befand sich ein Feldbett und auf seiner Etage auch eine Dusche.

Nachmittags um fünf Uhr wurde er fündig. Er stiess auf den Namen Oskar Moser, den Neffen des Industriellen, der im Stab an der Grossfahndung vom 11. August mitgemacht hatte. Ausgerechnet dieser Moser, der sich so um die beiden verschollenen Mädchen gekümmert hatte.

Oskar Moser war laut Polizeiprotokollen am 31. Juli von mehreren Personen in Kobelwies, Kobelwald und bei der Kristallhöhle gesehen worden. Die genaueste Schilderung von ihm lieferte der Wirt der «Taube» in Kobelwald. Gegen Abend sollte er sich auch im «Bad Kobelwies» aufgehalten haben. Allerdings ohne ein Wort mit Gästen zu wechseln. Aber die blauen dreckigen Turnschuhe waren aufgefallen.

Am späteren Nachmittag wurde ein Spaziergänger auf ihn aufmerksam, als vermutlich Moser die Waldstrasse nach Kobelwies hinunterrannte. Der Wanderer glaubte, ihn von irgendwo zu kennen, und konnte sich auch an seinen Namen erinnern. Nachdem die Presse über die zweite Grossfahndung ausführlich berichtet hatte, meldete er seine Beobachtung der Polizei in Oberriet.

Ein Angestellter des Werkhofs Oberriet hatte am 30. Juli den Zugang zur Kristallhöhle inspiziert. Als er das Tor der Höhle gerade abschloss, gewahrte er einen jüngeren Mann, der sich ins Gebüsch verziehen wollte, als dieser das Gefühl hatte, beobachtet zu werden. Der Angestellte rief ihm zu, er solle sich vor ihm nicht fürchten, und bat ihn, wieder den Fussweg zu betreten. Das Gelände sei hier heimtückisch, man könnte abstürzen und sich leicht den Hals brechen.

Der Mann, der einen mächtigen Rucksack trug, machte aber kehrt und eilte den Weg hinauf Richtung Parkplatz. Dem Gemeindeangestellten kam das verdächtig vor. Er machte eine Meldung beim Polizeiposten. Das Signalement des Flüchtenden, das er dabei angab, stimmte gut mit den andern Zeugenbeschreibungen von Oskar Moser überein.

Das machte Nabholz misstrauisch, denn er fand in den Unterlagen auch einen Polizeirapport, aus dem hervorging, dass zwischen dem 31. Juli und dem 1. August das schmiedeeiserne Tor zur Höhle aufgebrochen worden war.

Nabholz war sich bewusst, dass das, was er vorerst in der Hand hatte, für eine Anklage nicht genügte, aber für eine vorläufige Festnahme allemal. Allerdings stand dem das persönliche Umfeld des Verdächtigten im Wege. Immerhin war sein Onkel eine wichtige Persönlichkeit im Kanton mit einem Netzwerk, das bis in die oberste Liga von Politik und Wirtschaft reichte. Auf der andern Seite kam Nabholz die Stimmung in der Bevölkerung entgegen. Eine solche Spur nicht weiterzuverfolgen, nur um bedeutende Leute nicht in Schwierigkeiten zu bringen, wäre weitherum nicht verstanden worden.

Nabholz wählte die Nummer von Meierhans und bat ihn, beim Gerichtspräsidenten vorstellig zu werden, um einen Haftbefehl gegen Oskar Moser auszustellen. Meierhans war damit einverstanden. Er bearbeitete den Gerichtspräsidenten so lange, bis dieser zähneknirschend das tat, was Meierhans von ihm erwartete.

Der Zeitpunkt für die Verhaftung wurde auf morgen Mittwoch, sechzehn Uhr festgesetzt. Sie sollte vom Chef der Polizeistation Goldach persönlich vorgenommen werden.

***

Nach der Medienschelte gegen die Justiz und Polizei bin ich zuversichtlich, dass man im Klosterhof den Schwanz einzieht. Man dürfte alles daransetzen, die ganze Geschichte herunterzuspielen, und darauf hoffen, dass sie bald aus den Schlagzeilen verschwindet. Dem würde eine Rechtfertigungskampagne zuwiderlaufen. Kommt dazu, dass Oskar und Gustav sozusagen Immunität geniessen. Immunität, weil sie mit Leuten aus einflussreichen Kreisen verwandt sind.

Komisch ist auch, dass in den Communiqués der Behörden sozusagen nichts darüber steht, wie die beiden Mädchen ums Leben gekommen sein könnten. Gut, einfach war das nicht. Ein abgebrochener Kristall und ein aufgebrochenes Eingangstor. Das Erstere scheint niemandem aufgefallen zu sein.

Der Obduktionsbericht dürfte wenig helfen. Eingeschlagene Schädel und Knochenbrüche. Alles andere wäre Spekulation. Ein Sexualdelikt wurde vermutet, aber weil die Leichen zu stark verwest waren, wird man das nicht beweisen können. Die Ermittler haben offenbar nicht hinterfragt, warum die Körper der Mädchen derart zersetzt waren. Ich darf zusammenfassen: Wir haben gute Arbeit geleistet.

***

Anfang Oktober waren Herbstferien. Bruno und Ulrich weilten wiederum bei ihren Grosseltern in Kobelwies. Der Drittklässler Bruno suchte die Zeitung nach Berichten über den Fund der beiden toten Mädchen unterhalb der Kristallhöhle ab. Der alte Bänziger sah ihm dabei über die Schultern. «Ich finde es gut, dass du Zeitungen liest. Nicht alle sind zwar geeignet für Jungen in deinem Alter. Das Boulevardblatt solltest du dabei meiden. Da hat es zu viel Sex drin.»

«Hmmm – Sex? Hab schon davon gehört, aber weiss nicht so recht, was das ist.»

«Das musst du auch gar nicht wissen, das ist etwas vom Teufel. Aber wie ich feststelle, interessierst du dich jetzt besonders für den Mordfall unter der Kristallhöhle. Warum eigentlich?»

«Ich interessiere mich für das, was die Polizei macht. Ich möchte einmal Polizist werden.»

«Nicht Angestellter bei einer Bank?»

«Wenn die mich bei der Polizei nicht nehmen, kann ich mir das ja mal überlegen.»

Der Grossvater machte ein leicht beleidigtes Gesicht. Einige Augenblicke später sagte er: «Das ist es eben: Polizisten verdienen in der Regel nicht so viel wie Bankangestellte. Sie müssen oft zu Unzeiten arbeiten, nicht selten in der Nacht oder auch am Sonntag. Und vergiss nicht, es ist ein gefährlicher Beruf. Es kommt immer wieder vor, dass einer von ihnen von Verbrechern umgebracht wird.»

Bruno überlegte einige Augenblicke, bis er antwortete: «Mir macht es nichts aus, in der Nacht zu arbeiten. Ich finde es sowieso nicht gut, dass ich bereits abends um halb neun Uhr zu Bett gehen muss. Vor dem Umgebrachtwerden habe ich auch keine Angst. Ich würde sehr vorsichtig sein, bei Gefahr einem Kollegen den Vortritt lassen. Und Geld? Der Vater hat mir gesagt, dass du viel davon hast. Irgendwann werden Ulrich und ich das auch erben.»

Bänziger schwieg betreten.

«Grossvater, darf ich, bevor die Grossmutter die Zeitung zum Altpapier gibt, die Artikel über die Kristallhöhle ausschneiden und auf ein Blatt kleben? Dazu bräuchte ich Papier, Leim, eine Schere, einen Locher und einen Ordner, damit ich sie dort der Reihe nach einheften kann. Ich möchte alles dazu sammeln.»

«Das darfst du. Den Ordner und einige Papierblätter kann ich dir geben. Nach der Schere und dem Leim musst du bei der Grossmutter fragen. Sag ihr einfach, dass ich dir all das erlaubt habe.»

7

Manser vom Posten Goldach liess Oskar Moser am Mittwoch, dem 6. Oktober, bereits vom frühen Morgen an beschatten. Er traute diesem Früchtchen aus gutem Haus ganz und gar nicht über den Weg, hielt ihn durchaus für fähig, Verbrechen zu begehen. Nach dem Mittagessen, etwa um ein Uhr, verliess Moser die elterliche Wohnung, wo er sich immer noch die meiste Zeit aufhielt, und ging zu Fuss in ein Café in der Nähe des Bahnhofs.

Dort schäkerte er mit der Serviererin, die zwar recht ansehnlich, aber mindestens zehn Jahre älter als er war. Um drei Uhr stieg er in den Zug nach Rorschach und schlenderte ins «Ybis», wo er ungefähr um zwanzig nach drei eintraf, zur Erleichterung Mansers, der über Sprechfunk über die Bewegungen Mosers in kurzen Abständen informiert wurde.

«Herr Moser, Sie sind vorläufig festgenommen», sagte Manser in einer Lautstärke zu ihm, die man in der hintersten Ecke des Lokals noch immer gut verstand.

Moser streckte empört die Hände in die Luft und wollte protestieren. Der begleitende Polizeigefreite fasste diese, drückte sie zusammen, sodass Manser sie bequem in Handschellen legen konnte.

Dem Kellner fiel vor Staunen der Kinnladen herunter. Er erholte sich rasch wieder und sagte mit Verzweiflung in der Stimme: «Der Mann hat noch nicht bezahlt.»

«Wie viel ist er Ihnen schuldig?», wollte Manser wissen.

«Sechs Franken zehn.»

Manser blickte seinen Gefreiten an, und dieser knöpfte die Gesässtasche Mosers auf und entnahm daraus das Portemonnaie, zählte seelenruhig das geschuldete Geld heraus und legte es auf den Tresen.

«Dürfen Sie das überhaupt?», fragte ein aufgebrachter Gast, der in der Nähe von Moser sass.

«Warum fragen Sie?», putzte ihn Manser herunter, um gleich weiterzufahren. «Wenn Sie noch weiter so dummes Zeugs von sich geben, nehme ich Sie auch gleich mit. Ohne Haftbefehl, das dürfen wir nämlich.»

Der Gemassregelte setzte zu einer Antwort an; als ihm aber Manser in die Augen blickte, unterbrach er seinen Redefluss.

Das ganze Prozedere hatte nicht viel mehr als ein paar Minuten gedauert. Das Polizeiauto fuhr mit Oskar Moser weg.

Kaum eine Viertelstunde später kreuzten Arthur und Gustav im «Ybis» auf. Der Kellner stürzte gleich auf sie zu und beschrieb ihnen wortreich, was sich kurz zuvor im Lokal zugetragen hatte.

Arthur stiess einen leisen Pfiff aus und zischte: «Verdammt, das darf doch nicht wahr sein.» Er riss Gustav am Arm und stürzte mit ihm aus dem «Ybis». Auf dem Parkplatz vor dem Haus befahl er ihm, unverzüglich einzusteigen. Er startete den Motor und fuhr forsch los. Erst dann verriet er Gustav, was er vorhatte: «Wir müssen die Schweiz unverzüglich verlassen. Wenn Oskar zu singen beginnt, sind wir alle geliefert.»

«Das verstehe ich nicht. Du hast mir immer versichert, Oskar sei ein pickelharter Bursche, der auf seinem Mund sitze und uns niemals verraten würde.»

«Zu neunzig Prozent ist das so. Doch zehn Prozent Unsicherheit bleiben.»

«Du willst also alle Brücken hinter dir abbrechen und ins Ausland verduften? In zehn Tagen sind die Herbstferien zu Ende, und wir müssen mit dem Unterricht beginnen. Zudem findet in einem Monat meine Verlobung statt.»

«Glaubst du im Ernst daran, die will dich noch, wenn du im Knast sitzt? … Vielleicht klärt sich bis Schulbeginn alles zu unseren Gunsten auf. Vielleicht wird Oskar nach ein, zwei Tagen wieder auf freien Fuss gesetzt. Wenn er die Nerven nicht verliert, durchhält und nicht Geheimnisse ausplaudert, sehe ich eine grosse Chance, dass man ihm nichts anhaben kann.»

***

Als Manser Oskar Moser im Untersuchungsgefängnis von St. Gallen abgeliefert hatte und wieder zurück auf seinem Posten war, schrieb er den Dienstvorschriften entsprechend einen

Rapport über die Festnahme Mosers, heftete daran aber noch ein A5-Papier, auf das er Folgendes notierte:

Der Verhaftete ist häufig zusammen mit Glanzmann Gustav und Busch Arthur, beide Lehrer an der Oberstufe in Goldach. Ich bitte, diese Verbindung eingehend zu überprüfen.

***

Um siebzehn Uhr wurde Moser im Untersuchungsgefängnis von Nabholz ein erstes Mal einvernommen.

Der Untersuchungsrichter war bekannt dafür, dass er sich bei den Verhören Zeit nahm. Die Befragten wenn möglich von sich aus reden liess, dann das, was sie berichtet hatten, mit den Zeugenaussagen verglich.

Dieses Mal war es allerdings anders. Nabholz konfrontierte Moser mit dem, was die Zeugen berichtet hatten. Wenn bis zu diesem Zeitpunkt Moser sich noch sehr gelassen verhielt, änderte sich das schlagartig, als er erfuhr, was die Wirte von Kobelwies und Kobelwald zu Protokoll gegeben hatten, und ganz besonders schockierten ihn die Äusserungen jenes Wanderers, der ihm auf der Waldstrasse nach der Kreuzung in Kobelwies begegnet war.

Allzu gerne hätte Nabholz die Gelegenheit beim Schopf gepackt und Moser vollends weichgekocht. Doch dann klopfte es an die Tür, und der Gerichtspräsident höchstpersönlich stand davor. Er ordnete an, das Verhör zu unterbrechen. In den Abendstunden müsse Moser die Gelegenheit gegeben werden, sich mit seinem Anwalt zu unterhalten.

Erst am Donnerstagmorgen dürfe Moser im Beisein seines Anwalts weiter vernommen werden.

Nabholz musste gute Miene zum bösen Spiel machen, hätte aber den Gerichtspräsidenten erwürgen können.

***

Bei den Mosers in Goldach stand die Frau des Hauses bereits um halb sechs in der Küche und begann damit, das Abendessen zuzubereiten. Das hatte sie auch schon getan, bevor Oskar, ihr einziger Sohn, geboren wurde. Theo, ihr Gatte, der Bankdirektor, hoch geachtet und gut zehn Jahre älter, legte Wert auf einen geordneten Haushalt.

Wenige Minuten später läutete es zweimal kurz. Frau Moser begrüsste ihren Gatten mit einem flüchtigen Kuss. Er fragte wie immer: «Wo ist der Junge?»

«Er ist noch nicht da. Komisch, hat er mir doch angekündigt, er würde nur kurz essen, dann habe er einen Termin in Rorschach.»

«Einen Termin in Rorschach …», wiederholte, jede Silbe betonend, Theo Moser.

Oskar erschien nicht. Das kam ausserordentlich selten vor. Und wenn, kündete er das kurz zuvor telefonisch an.

Als um halb sieben Frau Moser die Suppe auftrug, schellte das Telefon. Ohne abzuwarten, dass sich der Anrufer meldete, sagte sie: «Diesmal bist du spät dran, Oskar. Rufe das nächste Mal gefälligst früher an. Papa mag solche Nachlässigkeiten nicht …» Dann hielt sie inne. «Entschuldigen Sie vielmals, Herr Gerichtspräsident. Ich rufe gleich meinen Mann. Einen Moment bitte.»

Es war ein kurzes Gespräch. Zitternd und käsebleich kam er an den Tisch zurück. «Mir ist der Appetit vergangen … Oskar ist am späteren Nachmittag verhaftet worden.»

Frau Moser verfiel in ein hysterisches Geschrei.

***

Am selben Abend ging es in der Wohnung der Buschs hektisch zu und her. Rosemarie packte in aller Eile Kleider in Plastiksäcke, für Arthur, ihren fünfjährigen Jungen Michael und für sich. Sie sollten für mindestens zehn Tage reichen. Gustav hatte zwei Sporttaschen voll Klamotten mitgebracht. An Toilettenartikel hatte er nicht gedacht.

Arthur half ihm aus. Zuletzt kam der ganze Küchenvorrat dazu. Platzprobleme gab es keine. Der grüne VW-Bus war geräumig genug.

Bevor sie wegfuhren, bereitete Rosemarie ein reichhaltiges Nachtessen zu. Gustav fielen die blauen Flecken an ihren Armen und Beinen auf. «Um Himmels willen, wie siehst du denn aus, Rosemarie? Was ist dir zugestossen?»

Sie sah zunächst Arthur an, und das etwas zu lange, dann warf sie einen Blick auf Gustav. «Ich hatte einen kleinen Unfall. Du bist ein komischer Kerl, Gustav. Schaust mich nie an, wenn du mich begrüsst. Jemand anders hätte meine Blessuren gleich bemerkt.»

Gustav stierte verlegen auf seinen Teller. Er antwortete nicht. Arthur setzte sein eigenartiges Grinsen auf, das ihm schon während der gemeinsamen Studienzeit am Lehrerseminar Rorschach aufgefallen war. Wenn Arthur so grinste, bekam Gustav immer ein mulmiges Gefühl. Das sonst freundliche Gesicht Arthurs wurde plötzlich zu einer brutalen, überheblichen und hinterhältigen Fratze. Er hasste seinen langjährigen Kollegen und Freund in diesen Augenblicken.

«Wir haben jetzt Gescheiteres zu tun, als uns an Veilchen zu ergötzen. Eigentlich hätte ich erwartet, dass du fragst, wohin wir heute Abend verreisen. Verreisen tun wir wegen dir und Oskar. Ihr beide habt mir das eingebrockt.»

Gustav wollte aufbegehren, doch Arthur brachte ihn mit einer dezidierten Handbewegung zum Schweigen, noch bevor er ein Wort gesprochen hatte. «Wir fahren auf einen Zeltplatz in Südfrankreich.» Er erhob sich vom Tisch, öffnete eine Schublade im Küchenschrank, zog vier kleinformatige Büchlein hervor und streckte sie in die Luft.

«Das sind niederländische Pässe mit Fotos von Rosemarie, von dir und mir. Der Kleine ist im Pass von Rosemarie eingetragen. Die Vornamen darauf sind die unseren, die Nachnamen verändert. Du heisst ab sofort van de Kerkhof, Rosemarie und ich de Haan. Auch für Oskar habe ich einen holländischen Pass anfertigen lassen. Den nehme ich auch mit. Die Bullen könnten eine Hausdurchsuchung vornehmen.»

Gustav schüttelte irritiert den Kopf. «Etwas scheint nicht in deinen Kopf zu dringen. Werden gegen uns Haftbefehle ausgestellt, sind sie auch international.»

«Haben wir niederländische Papiere und machen in Frankreich Ferien, wird niemand unsere wirkliche Identität lüften. Übrigens, irgendwo auf einer Nebenstrasse im Kanton Genf werden wir die Schweizer Kennzeichen durch niederländische austauschen. Ich lasse nichts anbrennen, wie du jetzt feststellen kannst.»

Gustav nickte eingeschüchtert. «Von wem hast du die Pässe?»

«Kurz nachdem du und Oskar diesen Mist in der Kristallhöhle gebaut hattet, bin ich zu einem Spezialisten für Passfälschungen gegangen.»

«Wie heisst dieser Mann?»

«Das geht dich einen Dreck an.»

***

Die zweite Einvernahme Mosers begann am nächsten Morgen um acht Uhr. Diesmal im Beisein des Anwalts Alfred Eggenberger. Moser schien sich vom gestrigen Abend erstaunlich gut erholt zu haben, was Nabholz leicht beunruhigte.

Das Verhör verlief entsprechend. Eggenberger unterbrach es bei jeder sich bietenden Gelegenheit. Moser gab sich sehr selbstsicher und bisweilen auch richtig frech.

Als Nabholz die Einvernahme beendet hatte, las er das von seinem Assistenten verfasste Protokoll sehr sorgfältig durch, was eine gute Viertelstunde beanspruchte und den beisitzenden Anwalt ziemlich nervte. Dieser schaute dabei immer auf die Uhr und scharrte mit den Füssen.

Vor allem der letzte Teil stiess Nabholz sauer auf, und ihm war klar, dass, sollte in der Zwischenzeit nicht noch eine neue Information dazukommen, er keine andere Wahl hatte, als Moser wieder laufen zu lassen.

Nabholz: *Herr Moser, Sie wurden am 30. Juli um fünfzehn Uhr vor der Kristallhöhle vom Gemeindebediensteten A. B. beobachtet. War Ihnen das bewusst?*
Moser: *Nein.*
Nabholz: *Mit dieser Antwort geben Sie aber zu, dass Sie am Nachmittag des 30. Juli bei der Kristallhöhle waren.*
Moser *(lacht): Dazu möchte ich nichts sagen.*
Eggenberger: *Es steht keineswegs fest, dass mein Mandant damals bei der Kristallhöhle war.*
Nabholz: *Moser hat kein Alibi für diese Zeit. Und gestern hat er mir gegenüber zugegeben, dass er zu dieser Zeit bei der Kristallhöhle war.*

Eggenberger: *Das ist nicht fair, Herr Untersuchungsrichter. Gestern Abend war mein Mandant eingeschüchtert. Das Verhör fand nicht unter regulären Bedingungen stand. Die Aussagen des Zeugen A. B. stufe ich als ziemlich vage ein. Sollte es zu einer Anklage kommen, verlange ich, dass er unter Eid aussagt. Da würde ich mich wundern, beharrte er auf seiner Aussage. Kaum einer würde in einer solchen Situation eine Gefängnisstrafe riskieren.*
Nabholz: *A. B. ist nicht der einzige Zeuge, der Moser belastet. Im Übrigen werde ich Ihnen, Herr Eggenberger, peinlich genau auf die Finger schauen. Sollte es Ihnen etwa einfallen, Zeugen auf irgendeine Art und Weise unter Druck zu setzen, werde ich das zu verhindern wissen.*
Eggenberger *(grinst): Sie nehmen den Mund gehörig voll. Und lassen Sie es sich gesagt sein: Ich verlange allenfalls, dass sämtliche Zeugen unter Eid aussagen.*
Nabholz: *Herr Moser, was verbindet Sie eigentlich mit der Kristallhöhle und der Gemeinde Oberriet?*
Moser: *Ich kenne niemanden näher, der in der Gemeinde Oberriet wohnt oder dort arbeitet. Mein Interesse an der Kristallhöhle ist rein wissenschaftlicher Natur.*
Nabholz: *Erklären Sie mir das näher.*
Moser: *Ich habe vor, Geschichte zu studieren und mich im kommenden Frühjahr an der Universität Freiburg im Üechtland zu immatrikulieren. Mein Interesse gilt vor allem den Gemeinden im St. Galler Rheintal.*
Nabholz: *Was die Kristallhöhle mit lokaler Geschichte zu tun hat, müssen Sie mir noch erklären.*
Eggenberger: *Einspruch. Diese Bemerkung geht zu weit. Ich stelle fest, Herr Nabholz, dass Sie krampfhaft versuchen, zwischen Oberriet und Oskar Moser eine Beziehung herbeizureden. Wenn Sie bis heute Abend dafür keine Belege haben, werden Sie nicht umhinkommen, meinen Mandanten wieder auf freien Fuss zu setzen.*
Nabholz: *Ich unterbreche das Verhör.*

***

Nabholz kämmte in seinem Büro noch einmal alle Unterlagen über die Todesfälle Elena Brüllhardt und Lydia Müller durch. Einen Beleg für eine Verbindung zwischen Oberriet und Moser konnte er nicht finden. Er rief den zuständigen Sachbearbeiter bei der Kripo an. Der sagte, Manser, der Postenchef von Goldach, habe einen Rapport über die Festnahme geschrieben. «Moment mal, ich lese Ihnen den vor ...»

Das tat er, allerdings ohne den beigehefteten Anhang. Den hatte er offensichtlich auch nicht gelesen, als ihm der interne Postbote den Rapport in die Hand gedrückt hatte. Denn er wusste von Manser, dass dieser zu jedem Rapport noch seinen Senf dazu beisteuerte. Und diese Beigaben sparte er sich für Zeiten auf, in denen nicht viel lief.

***

Am Morgen danach erschien in der Zeitung, die üblicherweise bei Bänzigers am Frühstückstisch neben dem Gedeck des Hausherrn lag, folgende Meldung:

> *Die Kriminalpolizei des Kantons St. Gallen teilt mit: In diesen Tagen wurde ein junger Mann aus Goldach festgenommen. Er stand im Verdacht, am Doppelmord bei der Kristallhöhle beteiligt gewesen zu sein. Nach anderthalb Tagen Untersuchungshaft stellte sich heraus, dass der Goldacher ein zweihundertprozentiges Alibi für die Tatzeit ausweisen konnte.*
> *Wir haben uns bei diesem Mann und seinen Angehörigen angemessen entschuldigt. Es ist uns an dieser Stelle ein Anliegen, darauf hinzuweisen, dass auch Zeugen der Wahrheit verpflichtet sind. Bewusste Falschaussagen können geahndet werden.*

Bruno beobachtete seinen Grossvater, der neben ihm sass, mit Argusaugen. Da der alte Bänziger die Gewohnheit hatte, den Texten, die er las, mit dem Finger zu folgen, wusste Bruno gleich, worum es darin ging.

«Grossmama, wirf am Abend die Zeitung nicht weg. Ich möchte noch etwas daraus ausschneiden und archivieren.»

Frau Bänziger lachte laut und bemerkte: «Hei, Bruno, du

drückst dich plötzlich gewählt aus. Weisst du überhaupt, was ‹archivieren› heisst?»

«Das weiss mein Grossbub sehr genau», mischte sich der alte Bänziger ein. «Ich habe ihm diesen Begriff ausführlich erklärt.»

***

Oskar übernachtete bei seinem Onkel, der ihn abgeholt hatte. Erst am Donnerstag kehrte er zu seinen Eltern zurück. Pius Moser begleitete ihn. Zu viert nahm man das Mittagessen ein. Oskar wurde nicht gefragt, wie und warum es zur seiner Verhaftung gekommen war.

Das Gespräch drehte sich um die berufliche Zukunft von Oskar. Sein Onkel riet ihm, sich in diesem Herbst noch an der Universität Fribourg einzuschreiben. Das gehe jetzt nicht mehr, die Anmeldefrist für das Wintersemester sei abgelaufen, belehrte ihn Oskar. Aber er werde sich im kommenden Dezember für das nächste Sommersemester anmelden.

«Und was tust du in der Zwischenzeit?»

«Ich habe noch einen Lehrauftrag an der Oberstufe in Goldach.»

«Ist das geschickt, weiter an dieser Schule zu unterrichten?», fragte Theo Moser.

«Lass doch deinen Sohn das entscheiden. An seiner Stelle würde ich diesen Job behalten. Oskar hat sich nichts vorzuwerfen.»

Oskar nickte.

8

Das war ein schwarzer Tag für Nabholz. Er hatte geglaubt, er sei kurz vor der Lösung des Falles. Er war immer noch davon überzeugt, der junge Moser habe etwas mit dem Tod der beiden Mädchen zu tun. Aber er musste sich eingestehen, dass der Einfluss des Rorschacher Fabrikbesitzers Pius Moser zu tief in die Justiz reichte, um in dieser Richtung weiterzuermitteln.

Nabholz stand zwar noch der Weg über die Medien offen. Aber er war Pragmatiker genug, um davon abzusehen. Er hatte so oder so nicht genug Belege, um eine Anklage durchzuziehen. Mit Hilfe von Volkes Stimme einen Prozess gewinnen wäre ein Pyrrhussieg. Es würde ihn mit Sicherheit seine Karriere als Richter kosten. Ganz abgesehen davon, dass Nabholz als pedantischem Juristen ein solcher Weg ohnehin wider den Strich gegangen wäre.

Dass ihm der Gerichtspräsident kurz vor Feierabend noch einen Besuch abstattete, auf die Schultern klopfte und zu seiner Einsicht gratulierte, gab ihm den Rest. Nabholz verlor die Kontrolle über sich und nannte seinen vorgesetzten Kollegen einen erbärmlichen Heuchler, was dieser gelassen über sich ergehen liess.

***

Arthur rief am Freitag von einer öffentlichen Sprechstelle des Campingplatzes «Le Soleil» in Argelès-sur-Mer, nahe der spanischen Grenze, bei Mosers an. Er hatte Glück. Oskar nahm ab. Arthur stiess Freudenschreie aus und tanzte wie ein Besessener in der Kabine herum. «Komm doch gleich zu uns, das müssen wir feiern.»

Auf dem Campingplatz wartete man allerdings die Ankunft von Oskar gar nicht ab. Arthur kaufte im kleinen Laden mehrere Flaschen Wein und Spirituosen ein. Auf dem fünfhundert Meter langen Weg zu seinem Zelt hatte er bereits den Viertel einer Flasche Aprikosenschnaps geleert.

Alle umarmten sich, als Arthur schon leicht torkelnd mit der freudigen Nachricht bei ihnen eintrudelte. Gustav begann gleich, mitzutrinken. Die noch nüchterne Rosemarie machte sich zunächst ein wenig Sorgen um Michael. Doch sie fand eine Lösung für dieses Problem. Gegenüber stand der Wohnwagen einer französischen Familie, mit der sich Rosemarie bereits am Vortag angefreundet hatte. Man kam überein, dass der Junge bei der Nachbarsfamilie nächtigen dürfe, was er selber sehnlichst wünschte.

Es dauerte nicht lange, bis Arthur, Rosemarie und Gustav stockbetrunken waren. Arthur schlug vor, es einmal zu dritt zu machen. Gustav lallte noch etwas von seiner Freundin, die eifersüchtig würde.

Daraufhin zog Rosemarie ihre Jeans aus und entledigte sich des Slips, nahm die Hand von Gustav und schob sie zwischen ihre Beine. «Hei, wie fühlt es sich an? So hol deine Rübe hervor und gib's mir. Arthur ist zu besoffen, der bringt seinen Schwanz nicht mehr hoch.» Was Gustav unter dem Applaus von Arthur denn auch tat oder zumindest versuchte. Genau konnte er sich nicht mehr daran erinnern.

Im Morgengrauen kam Gustav wieder zu sich. Er fühlte sich hundeelend. Als er auf allen vieren zum Zelt hinauskroch, griff er mit seinen Händen in Erbrochenes.

***

Der Kristallhöhlenmord, wie er unpassend genannt wird, bleibt für immer ein Geheimnis. Die Fahnder der Polizei und die Leute vom Gericht werden sich noch jahrelang die Zähne daran ausbeissen. Wie dumm und schwach sind diese Bullen! Ich empfinde nichts als Verachtung für sie. Die Spur, die sie am 7. Oktober verlassen haben, werden sie nie mehr aufnehmen. Wir dürfen uns sicher fühlen.

Und das gibt mir eine ungeheure Befriedigung.

***

Am Freitagnachmittag packte Oskar alles Nötige für eine Woche, bestieg damit in Rorschach den Zug nach Zürich. Von dort erreichte er gerade noch den Nachtzug nach Paris. Am Samstagmittag kam er auf dem Zeltplatz in Südfrankreich an.

***

Marlis war verzweifelt. Seit Mittwoch versuchte sie, ihren Verlobten telefonisch zu erreichen. Er hob nicht ab. Am Donnerstagabend hatten sie eigentlich im Café beim Bahnhof in Oberriet abgemacht. Gustav erschien nicht. Sie ging zu seiner Wohnung nicht weit vom Café. Die Wohnungstür war verschlossen. Gustav hatte ihr einen Schlüssel nachmachen lassen. Sie zögerte ein wenig, dann aber steckte sie den Schlüssel in das Schloss.

In der kleinen Wohnung fand sie ein ziemliches Chaos vor. Reste des Mittagessens waren noch auf dem Küchentisch. Das Bett war nicht gemacht. Nicht typisch für Gustav, denn er war eigentlich sehr ordentlich.

Gustav musste etwas zugestossen sein. In Tränen aufgelöst ging sie zurück zum elterlichen Einfamilienhaus. Vater und Mutter versuchten sie zu trösten. Man beriet, was zu tun sei. Den Vorschlag der Mutter, eine Vermisstenanzeige aufzugeben, verwarf Philippe Buschor. Man sollte noch einige Tage zuwarten. Gustav sei ein netter Kerl und aus gutem Haus. Aber ein wenig labil sei der junge Mann schon. Er gehe einmal davon aus, dass Gustav wegen der bevorstehenden Verlobung in eine Art Panik verfallen sei und für einige Tage Reissaus genommen habe.

Vater Buschor legte seine Hand auf die Schulter seiner Tochter. «Ich bin zuversichtlich, dass dein Verlobter sich in den nächsten Tagen wieder bei dir meldet. Frag ihn nicht, was passiert ist. Kann sein, dass er es dir später einmal bekennt. Nimm ihn einfach in die Arme, küss ihn herzhaft und sage: ‹Jetzt ist alles wieder gut.› Marlis, du bist eine starke Frau, kommst mit so was zurecht.»

Zwei Tage später rief Gustav bei Buschors an und bat, Marlis solle an den Apparat kommen.

«Schatz, ich muss dir etwas gestehen …»

«Schon gut, Gustav. Du musst dich nicht rechtfertigen. Ich kenne dich doch. Wann bist du wieder zu Hause? – Am Sonntag in einer Woche? Ist gut, ja … Ich erwarte dich in deiner Wohnung. Ich mache dir ein feines Nachtessen.» Marlis weinte laut vor Freude.

***

Erst Mitte Oktober nahm sich der Polizist, der den Rapport von Manser entgegengenommen hatte, endlich Zeit, auch den persönlichen Kommentar im Anhang zu lesen. Ihm wurde schlagartig klar, dass er diesen an Gross hätte weiterreichen sollen. Er kämpfte mit sich, den Fehler seinem Vorgesetzten zu beichten. Doch von diesem wusste er, dass er mit Nabholz auf Kriegsfuss stand. Schliesslich entschloss er sich schweren Herzens, das Papier, auf dem die Notiz Mansers festgehalten war, in klitzekleine Fetzen zu zerreissen und diese im Aschenbecher sorgfältig zu verbrennen. Dann war ihm wohler.

Kurz darauf klopfte es an der Tür seines Arbeitszimmers. Es war Gross. Der in den letzten Wochen stets bedrückt dreinblickende Gross schien plötzlich guter Dinge zu sein. Er gab sich für einmal nicht von oben herab. «Hei, Kumpel, wie läuft's denn so?»

«Nicht schlecht, nach all dieser Aufregung.»

«‹Nach all dieser Aufregung›?»

«Ich meine die Geschichte mit diesem Moser.»

«Genau. Deshalb suche ich dich auf. Ich mag es diesem Nabholz aus vollem Herzen gönnen, dass er auf die Schnauze gefallen ist. Aber ich habe in der ganzen Sache ein mulmiges Gefühl. Wenn ich mir alle Unterlagen genau ansehe, komme ich zum Schluss, dass dieses Herrensöhnchen durchaus etwas mit der Sache zu tun gehabt haben könnte.»

«Da komme ich nicht ganz mit. Könntest du ein bisschen konkreter werden?»

«Na ja … es würde zu lange dauern, wenn ich dir jetzt alle Zusammenhänge im Fall ‹Kristallhöhle› aufdecken würde. Nur so viel: Die Ermittlungsarbeit wäre eigentlich mein Job. Wäre Nabholz mit seinen Erkenntnissen zu mir gekommen, bevor er den Haftbefehl ausgestellt hätte, würde Oskar Moser heute noch im Kittchen schmachten.» Gross sah den Polizisten so an, dass dieser nicht ganz sicher war, ob er vielleicht doch von der Zusatzbemerkung Mansers erfahren hatte. Schliesslich fragte er:

«Ist der Rapport des Postenchefs aus Goldach alles, was du von ihm erhalten hast?»

Der Polizist errötete leicht. «Wenn ich ehrlich sein will … da war noch eine Notiz dabei, die ich leider verlegt habe und nicht mehr finde.»

«Heraus mit der Sprache. Was stand dort drauf?»

«Wenn ich das noch so genau wüsste … Zwei weitere Namen, die mit Oskar Moser zusammen krumme Dinger gedreht haben.»

Gross mimte den Empörten. «Und das vernehme ich erst jetzt? Ich überlege noch, Manser danach zu fragen.»

***

Am 18. Oktober waren die Schulferien vorüber. Arthur und Oskar nahmen ihren Unterricht wieder auf. Gustav, der neben seiner Hauptbeschäftigung in Goldach auch ein kleines Pensum jeweils am Montag in Oberriet abdeckte, erteilte seine ersten Lektionen dort.

Die Orgien in Südfrankreich bereiteten Gustav Mühe. Er war schlecht vorbereitet und kam mit seinen Gedanken von der wilden Party auf dem Zeltplatz nicht los. Er wunderte sich eigentlich darüber, dass ihn das derart beschäftigte, ihn auf der anderen Seite die Sache mit der Kristallhöhle kaltliess.

Arthur trat mit einer ansteckenden Fröhlichkeit vor seine Klasse und schwärmte von der Schönheit des herbstlichen Südfrankreichs. Er habe seine Batterien wieder voll aufgeladen.

Oskar, der im selben Schulhaus wie Arthur die Stellvertretung einer neunten Mädchenklasse übernommen hatte, strahlte vor Energie und Begeisterung. Als die Unterrichtsstunde zu Ende war, klatschten die Teenager Beifall. Das war so rührend, dass er einige Tränen von der Backe wegstreichen musste.

Abends trafen sich alle drei im «Ybis» und feierten feuchtfröhlich den Schulanfang.

***

Die in den Medien hin und wieder geäusserte Behauptung, Polizei und Justiz würden sich nicht mehr um den Doppelmord bei der Kristallhöhle kümmern, stimmte so nicht. Keiner wusste das besser als Gross.

Die sechzehnköpfige erweiterte Sonderkommission «Soko Kristallhöhle» zur Aufklärung dieses Verbrechens war gegründet worden. Er war Mitglied, zudem weitere Kripoleute, der zuständige Untersuchungsrichter, der Sekretär des Justiz- und Polizeidepartements, eine Person aus der Wirtschaft sowie je ein Vertreter der evangelisch-reformierten und der katholischen Kirche. Beim Wirtschaftsmann handelte es ich um den Rorschacher Pius Moser.

Man kam jeden Monat einmal zusammen, und es wurde über neue Erkenntnisse informiert. Diese fielen von Mal zu Mal spärlicher aus.

Gross und ein paar Kollegen hatten sich zu Beginn gefragt, was Kirchenleute in einem solchen Gremium zu suchen hatten. Diejenigen, die die Soko zusammengestellt hatten, hatten sich dabei aber durchaus etwas gedacht. Geistliche beider Konfessionen vernehmen oft unter dem Deckel gehaltene Informationen, die Polizisten und Richter nie erfahren würden.

Die Tätigkeit der Soko lastete aber dennoch auf der Kripo, die zu diesem Zweck immer noch einen Beamten zu hundert Prozent freigestellt hatte.

***

Mitte November, an einem warmen, sonnigen Spätherbsttag, gab es im Gasthof «Adler» in Oberriet ein grosses Essen. Marlis und Gustav feierten Verlobung. Eingeladen dazu waren auch die Berufskollegen von Gustav: Arthur und Oskar. Oskar war in Begleitung einer Frau aus seinem gesellschaftlichen Umfeld. Die Festgesellschaft realisierte bald, dass sich die beiden ziemlich gleichgültig waren. Arthur erschien mit Rosemarie und Michael.

Es war ein schönes harmonisches Fest.

Nur Gustav schien es nicht besonders gut zu gehen. Er lächelte brav und oft. Doch seine Gesichtszüge verrieten keine Freude. Niemand hielt es für angebracht, ihn darauf anzusprechen. Nur der kleine Michael flüsterte zu Rosemarie, seiner Mutter: «Hat Gustav Schmerzen?»

Am 15. Januar 1983, einem schönen, bitterkalten Samstagmorgen, läuteten für Gustav die Hochzeitsglocken in der katholischen Kirche Kobelwald. Auch Oskar, Arthur und Rosemarie nahmen an der Feier teil. Es sei ein ausnehmend schönes Brautpaar, war man sich einig. Gustav war ein wenig bleich und still. Aber das machte seine frisch Angetraute mit ihrer temperamentvollen Art wett.

Im November desselben Jahres wurde Gustav Vater eines Knaben. Einige Wochen später wurde das Kind auf den Namen Carolus getauft. Gustav kam dabei etwas in Erklärungsnotstand.

«Das war eine Idee meines Schwiegervaters. Er dachte dabei an Karol Wojtyła, den Heiligen Vater. ‹Karol› wird bei uns oft mit dem Anfangsbuchstaben C geschrieben. Auf ‹Carol› hört aber in unseren Breitengraden ein Mädchen. So schlossen wir einen Kompromiss und entschieden uns für die lateinische Form von ‹Karl›.»

Zur Taufe lud das junge Elternpaar nur den engsten Familienkreis ein. Vater, Mutter und der Onkel von Gustav hätten sich gewünscht, dass er auch Oskar einladen würde, aber nicht Arthur. Sie verstanden nicht, warum er darauf bestand, entweder keinen oder beide einzuladen.

***

Mitte Februar begann Oskar mit seinem Geschichtsstudium an der Universität Fribourg. Man sah ihn seitdem nicht mehr oft im «Ybis». Zuweilen an Wochenenden oder während der Semesterferien, wenn er sich bei seinen Eltern in Goldach aufhielt. Arthur und Gustav trafen sich ab und zu noch dort, aber längst nicht mehr so oft, wie sie das bis zu Oskars Wegzug getan hatten.

***

Die «Soko Kristallhöhle» hielt in diesem Jahr wie geplant monatlich ihre Sitzungen ab. Erst diejenige im September brachte eine Neuigkeit, und die kam ausgerechnet von dem katholischen Geistlichen. Er teilte den verblüfften Teilnehmern der Versammlung mit, ein Kollege habe ihm schweren Herzens eröffnet, er glaube zu wissen, wer das Verbrechen begangen habe. Es seien mehrere Personen daran beteiligt gewesen. Allerdings verbiete ihm das Beichtgeheimnis, Namen zu nennen.

Gross horchte auf, sah den Pater interessiert an. «Ich bin in den letzten Tagen die wichtigsten Unterlagen des Kristallhöhlenmords nochmals durchgegangen. Es gibt darin durchaus Hinweise, dass dieses Verbrechen mehrere Täter verübt haben. Ich möchte auch nicht ausschliessen, dass die Opfer die Täter gekannt haben. Ich möchte gerne Ihre Meinung dazu hören.»

Der Pater, ein schon betagter Herr mit üppigen schlohweissen Haaren, liess sich nicht auf die Äste hinaus. Er versprach, lediglich dann einzugreifen, wenn einem Unschuldigen der Prozess gemacht würde.

«Das ist schon etwas», sagte Gross.

Pius Moser, der es nicht mehr auf seinem Stuhl aushielt, schoss in die Höhe. «So geht das nicht, meine Herren. Oberleutnant Gross, von Ihnen erwarte ich Beweise, nicht wilde Spekulationen. Und Herr Pater, ich möchte Sie eindringlich ans Beichtgeheimnis erinnern. Was Sie eben von sich gegeben haben, ist an der Grenze des Zulässigen.» Moser sah dabei den Partner böse an, wechselte dann den Blick nochmals zu Gross. «Ich erwarte eine Antwort von Ihnen.»

Gross zuckte mit den Schultern und schwieg.

***

Wir trafen uns heute, an diesem schönen Herbstwochenende, nach Langem wieder einmal alle drei im «Ybis». Natürlich war es nicht zu vermeiden, dass einer meiner Kumpel das Thema Kristallhöhle anschnitt.

Er habe immer noch Probleme damit. In der Nacht plagten ihn bisweilen Alpträume. Ich wollte von ihm wissen, ob er im Schlaf rede. Das sei schon möglich, gab er zu. Die Person, mit der er bisweilen sein Bett teile, behaupte das jedenfalls.

«Was können wir dagegen tun?», fragte ich.

Auch die andern zwei wussten keine Lösung. Ich versuchte, den geplagten Freund ein wenig zu beruhigen. Die Worte, die man im Schlaf von sich gebe, seien fast immer undeutlich. Doch über etwas müsse er sich im Klaren sein: Keine Menschenseele dürfe erfahren, was am 31. Juli 1982 in der Kristallhöhle geschehen sei, das hätten wir uns damals gemeinsam geschworen. «Wer von uns dreien diese Regel bricht, hat sein Leben verwirkt.»

9

In der ersten Sitzung der Soko des Jahres 1984 überraschte Gross mit einer eigenartigen Information. Es gehe um den Bachverbauer Koller, der im Auftrag des Liegenschaftsbesitzers unterhalb der Kristallhöhle die Wasserzufuhr zu dessen Grundstück unterhalte.

«Von anonymer Seite habe ich kürzlich erfahren, Koller trage wegen eines Beinleidens Stützstrümpfe. Wie Sie alle wissen, ist ein Stützstrumpf in der Nähe der im Oktober 1982 entdeckten Leichen gefunden worden.»

Pius Moser unterbrach Gross. «Wir sind alle gespannt wie ein Regenschirm, ob sie dem nachgegangen sind.»

Gross sah Moser amüsiert an. «Wenn Sie mich ausreden lassen, erfahren Sie das vielleicht.»

«Ja, Koller trägt Stützstrümpfe. Seine Grösse passt zum gefundenen Strumpf. Wir suchten dann nach Beziehungen von Koller zu den beiden Opfern. Da gibt es mit Sicherheit keine. Die Kollers haben selbst zwei Töchter. In unseren Unterlagen ist über den Bachverbauer Koller einiges zu finden. Aber nichts, was auf eine Gewalttat hinweisen würde. Wir zogen in der Nachbarschaft Erkundigungen über ihn ein. Die waren nicht alle wohlwollend. Doch niemand von denen, die an Koller etwas auszusetzen hatten, konnten sich auch nur im Entferntesten vorstellen, dass er sich an halbwüchsigen Mädchen vergreifen würde.»

«Gross, ich erwarte von Ihnen, dass Sie an dieser Sache dranbleiben», sagte Moser scharf.

«Das hängt nicht allein von mir ab.»

Die Mitglieder kamen überein, der Untersuchungsrichter sollte ein Ermittlungsverfahren gegen Koller einleiten.

Nabholz war skeptisch, gab zu bedenken, dass der gefundene Stützstrumpf nicht zwingend mit diesem Verbrechen etwas zu tun habe. Allerdings sei Koller eine zwiespältige Figur. Er, Nabholz, wisse zufällig, dass gegen Koller bereits ermittelt werde wegen Vermögensdelikten und Versicherungsbetrugs. Indes habe er in diesem Zusammenhang aber weder von Gewalttätigkeiten noch Sexualdelikten gehört.

Der Sekretär des Justiz- und Polizeidepartements, der die Soko leitete, ermahnte alle, striktes Stillschweigen zu bewahren. Auf gar keinen Fall dürften die Medien Wind davon bekommen.

Schon am nächsten Tag erhielt Koller eine Vorladung zu einem Gespräch mit dem Untersuchungsrichter.

Nabholz informierte die Kommission an der nächsten Sitzung darüber. Er habe nicht den Eindruck, dass Koller der Mörder der beiden Teenager sei. «Dass er unterhalb der Kristallhöhle einen Stützstrumpf verloren haben könnte, gab er unumwunden zu. Natürlich hakte ich genau da nach. ‹Wie ist es möglich, einen solchen Strumpf zu verlieren? Man kann einen Handschuh, ein Sackmesser, ein Portemonnaie verlieren und es vorerst nicht bemerken. Aber einen Strumpf? Den muss man bewusst ausziehen.›»

Nabholz hielt inne und suchte etwas in seiner Mappe. Er zog ein kleines Aufnahmegerät hervor. «Ich spiele Ihnen gleich die Passage ab, wo Koller darauf antwortet.»

«Es war heiss damals, am 31. Juli 1982. Ich schwitzte und zog die Stützstrümpfe aus. Als ich mit den Arbeiten fertig war, habe ich offenbar nur einen Strumpf mitgenommen.»

Gross brachte sich ein. «Mir hat Nabholz das ganze Verhör abgespielt. Ich kann seine Beurteilung, Koller habe nichts mit den Morden zu tun, nachvollziehen, gebe aber zu bedenken, dass da noch einiges unklar ist. Koller konnte nicht genau darüber Auskunft geben, wann er am 31. Juli unter der Kristallhöhle gearbeitet hatte. Er habe auch nichts Aussergewöhnliches beobachtet. Allerdings lag der Eingang der Höhle nicht in seinem Blickwinkel. Doch Stimmen könnte er gehört haben. Ich denke, wir sollten Koller nochmals befragen.»

Nabholz hatte keine Einwände dagegen.

Eine Mehrheit der Soko war der Meinung, Nabholz und Gross sollten der Sache weiter nachgehen.

Ende Februar 1984 steckte ein Kripobeamter entgegen der Weisung des Soko-Präsidenten dem «St. Galler Volksblatt», Koller werde dringend verdächtigt, Täter des Kristallhöhlenmordes zu sein.

Am nächsten Tag erschien auf der Frontseite in grosser Aufmachung ein Artikel mit dem Titel: «Sensationelle Wende in den Ermittlungen des Doppelmordes bei der Kristallhöhle». Das Verbrechen vom 31. Juli 1982 war wieder in aller Munde.

Obwohl die Zeitung nicht den richtigen Namen nannte, wusste man in Oberriet und den umliegenden Gemeinden gleich, wer damit gemeint war.

***

So ein Tag, so wunderschön wie heute. Wie doof können Bullen sein? Ich fass es nicht.

***

Nur Stunden nach Erscheinen dieser Nachricht fuhr ein Streifenwagen der Kapo zum Wohnhaus der Kollers in Kobelwald.

Zwei Beamte nahmen Koller fest und führten ihn ab.

Eine Stunde später war Koller im Vernehmungsraum des Untersuchungsgefängnisses. Untersuchungsrichter Nabholz, der ihn dort bereits erwartete, bat den Wärter, der den Gefangenen begleitete, diesen von den Handschellen zu befreien.

Nabholz schüttelte Koller freundlich die Hand und erkundigte sich, ob er vor der Vernehmung noch etwas loswerden möchte.

Das möchte er in der Tat, sagte er mit zittriger Stimme. Er beschrieb dem Richter den rüden Umgang, der ihm bei der Verhaftung zuteilgeworden war.

Nabholz entschuldigte sich. «Offenbar haben die Polizisten in Ihnen den Übeltäter gesehen, der die beiden Mädchen bei der Kristallhöhle auf bestialische Weise umgebracht hatte. Damit haben sie sozusagen den Volkszorn nach dem gestern erschienenen Artikel auf Sie übertragen. Aber für mich als Mann der Justiz gilt bis zu einer rechtmässigen Verurteilung die Unschuldsvermutung.»

«Wie? Bis jetzt weiss man bei der St. Galler Justiz kaum etwas über die Umstände dieser Morde?»

Nabholz sagt nichts darauf. Er zuckte lediglich mit den Achseln.

«Heisst das, dass ich angeklagt werde?»

«Eine Anklage steht, was die Sache bei der Kristallhöhle betrifft, noch nicht im Raum. Da haben wir vorläufig nichts als einige vage Indizien. Bei dem Versicherungsbetrug und den Vermögensdelikten, die Ihnen zur Last gelegt werden, sieht es schon anders aus. Da gibt es handfeste Beweise. Die Staatsanwaltschaft hat dafür bereits eine Anklageschrift vorbereitet. In Anbetracht dieser Straftaten haben Sie mit einer längeren Gefängnisstrafe zu rechnen. Sie müssen sich, ganz abgesehen vom Verdacht, an den Kristallhöhlenmorden beteiligt zu sein, auf eine mehrmonatige Untersuchungshaft einstellen.»

Koller, der sich in seinem Leben stets als knallharter Mensch gegeben hatte, brach wegen dieser Nachricht richtig zusammen. Er begann heftig zu schluchzen.

Nabholz legte ihm beide Hände auf die Schultern. «Wenn Sie nichts mit dem Verbrechen bei der Kristallhöhle zu tun haben, was ich immer noch annehme, werden Sie in ein, zwei Jahren wieder ein freier Mann sein und ein neues Leben beginnen können.»

Im ersten Verhör, das Nabholz als unverbindliches Gespräch ausgab, ging es um den Doppelmord. Es fand unter vier Augen, ohne Protokollführer, statt. Nabholz fragte hartnäckig. Koller begriff rasch, dass er sich keinesfalls in Widersprüche verwickeln durfte. Am Schluss des Gesprächs meinte Nabholz, wenn er, Koller, die Wahrheit gesagt habe, brauche er keine Mordanklage zu befürchten. Wenn er in dieser Angelegenheit unschuldig sei, würden sie das auf jeden Fall herausfinden.

Teil 2

10

Am Sonntag, dem 13. Mai 1984, schreckte die Vermisstmeldung des siebenjährigen Pirmin Schwarz vor den Mittagsnachrichten die Öffentlichkeit auf. Er verschwand am Vortag auf dem Heimweg von der Schule zu dem elterlichen entlegenen Bauernhof auf einem Waldstück oberhalb der Gemeinde Rorschacherberg.

***

Ich hatte das nicht geplant. Er lief mir buchstäblich in die Hände. Ich konnte es einfach nicht mehr abwenden. Diesmal ziehe ich die Sache alleine durch. Ich möchte meine Freunde nicht damit belasten. Auf die Vorsichtsmassnahmen, die ich noch in Oberriet für angezeigt hielt, kann ich in diesem Gelände verzichten. Mich hat niemand gesehen. Ich habe auch keine Spuren hinterlassen.

***

Im St. Galler Rheintal und in den Gemeinden um Rorschach wurden sofort Erinnerungen an den Mord bei der Kristallhöhle wach.

Auch bei der Kripo in St. Gallen suchte man nach Parallelen zu diesem Verbrechen. Allerdings glaubte niemand an dieselbe Täterschaft.

Offiziell ging man beim Mord von Oberriet von einem Sexualdelikt an schon fast erwachsenen Mädchen aus. Im aktuellen Fall war das Opfer ein Zweitklässler. Als Täter sah Gross einen Pädophilen.

Wie in Oberriet fanden umfangreiche Fahndungen statt, sofort nach der Vermisstmeldung und noch Wochen später. Für das Wochenende vom 9. auf den 10. Juni rief eine Gruppe von Bürgerinnen und Bürgern aus der ganzen Ostschweiz zu einer grossen Suchaktion auf.

Auch Arthur Busch meldete sich, rief Gustav Glanzmann und Oskar Moser an und bat sie, ebenfalls mitzuhelfen. Sie fanden das eine gute Idee und stimmten sofort zu. Man traf sich am Vorabend im «Ybis», um sich auf diesen Einsatz einzustimmen und einzutrinken.

Zum vereinbarten Zeitpunkt meldeten sich die drei auf dem Bahnhofplatz von Rorschach, wo bereits gegen hundert Leute herumstanden.

Die Aktion koordinierte der Feuerwehrkommandant der Gemeinde. Auch die Leute vom Polizeiposten standen den meist zivilen Fahndern mit Rat und Tat zur Seite.

Kurz bevor die Suche beginnen sollte, fuhr ein Streifenwagen vor.

Per Megafon teilte der Gemeindeammann den versammelten Frauen, Männern und Kindern mit, es werde noch eine Personenkontrolle durch die Kantonspolizei St. Gallen durchgeführt. Diese Ankündigung wurde mit Buhrufen quittiert.

Arthur, Gustav und Oskar schauten einander befremdet an. Gustav war drauf und dran, sich dem Zugriff der Polizisten zu entziehen, aber Arthur fasste ihn unsanft am Arm und hielt ihn fest. «Sei kein Feigling. Ich wüsste nicht, warum du da etwas zu befürchten hättest.»

Als die Reihe an den dreien war, trat Arthur als Erster vor und zückte seine ID. Der Polizist fragte ihn, wo er am Mittag des 12. Mai gewesen sei.

Arthur tat so, als ob er angestrengt nachdenken würde. Nach einigen Momenten antwortete er leicht zögernd. Er sei in Rheineck bei einem Freund gewesen. Der habe ihm eine Delle an seinem Wagen ausgebeult. Der Mann besitze eine Autowerkstatt. Arthur gab Name und Adresse des Freundes an.

«Danke, wir werden dem unter Umständen nachgehen.»

Weder Oskar noch Gustav hatten eine ID dabei. Der Polizei genügte aber das Halbtax-Abo oder der Führerausweis. Die Frage nach einem Alibi konnten sie problemlos beantworten. Oskar gab an, zur Tatzeit in Fribourg, Gustav, an einem Fortbildungskurs gewesen zu sein. Auch ihnen stellten sie in Aussicht, diese Angaben gegebenenfalls nachzuprüfen.

Kaum war der Polizist zur nächsten Gruppe gestapft, drückte

Arthur Oskar seinen Zeigefinger an den Brustkasten. «Ist der bescheuert, wie will er herausfinden, ob du tatsächlich in Fribourg warst?»

Auch diese Suche verlief ergebnislos.

***

Immer noch wurde von der Kripo gegen Koller wegen des Verbrechens bei der Kristallhöhle ermittelt, obwohl sich schon lange die Erkenntnis durchgesetzt hatte, dass ihm im Fall Kristallhöhlenmord nichts nachzuweisen war.

Gross sass Ende Juli am Stammtisch beim Feierabendbier mit seinen engsten Mitarbeitern, als Nabholz im Türrahmen auftauchte. «Was hat denn dieser Kerl hier verloren?», rutschte es Gross heraus in einer Lautstärke, die Nabholz immerhin der Spur nach wahrnehmen konnte.

«Darf ich mich euch anschliessen?», erkundigte sich Nabholz, der so tat, als ob er mit allen per Du wäre. Ohne die Antwort abzuwarten, setzte er sich auf den einzigen noch freien Sessel. «Gut, dass ich euch, die Elite der St. Galler Polizei, heute treffe», sagte er in einem leicht spöttischen Ton. «Was ich schon lange fragen wollte: Habt ihr etwas Neues gegen Koller herausgefunden?»

«Haben wir natürlich nicht», sagte ein Sachbearbeiter der Kripo zum Missfallen von Gross.

Nabholz warf Gross einen schadenfreudigen Blick zu, wartete einige Sekunden, dann sagte er: «Alfons, an deiner Stelle würde ich diesen Mitarbeiter ernst nehmen. Vielleicht wäre jetzt der Zeitpunkt gekommen, deine Sturheit abzulegen. Ist dir eigentlich bewusst, wie viele Steuergelder du mit dieser unnötigen Ermittlung verpulverst?»

Die meisten in der Runde nickten verhalten, Gross biss sich vor Wut in die Lippen. «Na gut, mir bleibt wohl nichts anderes übrig, als deinem Druck nachzugeben. Unter einer Bedingung allerdings. Die Öffentlichkeit darf davon nichts erfahren.»

«Die Öffentlichkeit soll nichts erfahren? Wie du willst. Doch wenn Koller der Prozess wegen der anderen Delikte gemacht wird, kommt es so oder so auf den Tisch.»

«Wann ist das so weit?»

«Bald. Ich erwarte von dir noch die Akten über die letzten Untersuchungen in Sachen Versicherungsbetrug. Da gibt es einige Lücken, die du längst hättest schliessen können, wenn du deine Leute nicht wegen nutzloser Recherchen abgezogen hättest.»

Monate später wurde Koller in einem Prozess vor dem Bezirksgericht in Altstätten zu einer mehrjährigen Gefängnisstrafe verurteilt. Bei dieser Gelegenheit sickerte durch, dass die Justiz mangels Beweisen wegen des Kristallhöhlenmords keine Anklage gegen Koller erheben könne. Das hiess für viele, Koller sei wahrscheinlich schuldig, aber man müsse ihn laufen lassen, weil man zu wenig gegen ihn in der Hand habe.

Der Druck auf die Polizei stieg wieder. Die Bevölkerung wollte zwei Jahre nach dem schrecklichen Verbrechen endlich einen Schuldigen. Dieser Druck hatte Schuldzuweisungen zwischen Polizei und Justiz sowie innerhalb der Kripo und innerhalb der Gerichte zur Folge.

Ein Sachbearbeiter der Kripo ging so weit, dass er Kollers Frau Polizeiprotokolle über den Kristallhöhlenmord zuspielte. Diese leitete sie dem Anwalt ihres Mannes weiter. Das drang wiederum an die Medien. Journalisten zogen daraus den Schluss, eine Anklage gegen Koller sei dadurch vereitelt worden. Das wollte Nabholz nicht auf sich sitzen lassen. Er liess gegen den indiskreten Beamten ermitteln. Dieser setzte sich zur Wehr, indem er eine Anzeige gegen Nabholz einreichte. Das Schmierentheater endete vorläufig mit der Entlassung des Sachbearbeiters. Gross hielt sich dabei diskret im Hintergrund.

Als hätte das noch nicht genügt, kam es zu einer weiteren Panne. Einer der Fahnder unter Gross stiess auf den Unhold Georg Pfiffner, der sich in der Ostschweiz als Vergewaltiger und Nachsteller von jungen Frauen einen Namen gemacht hatte. Das Profil des Kristallhöhlenmörders schien Pfiffner geradezu auf den Leib geschrieben zu sein, das dachte jedenfalls der Kriminalbeamte. Und Gross liess ihn wider besseres Wissen in diesem Glauben. Er spornte ihn sogar an, der Sache nachzugehen, stellte dafür einige Kripoleute frei.

Auf einer Dienstreise traf Gross im Speisewagen des Intercitys nach Zürich zufällig einen ihm bekannten Journalisten.

Um genau zu sein, hatte er gewusst, dass er den Zeitungsmann dort finden würde. Die Gelegenheit, einige Worte mit einem Kripooffizier zu wechseln, liess der Journalist sich natürlich nicht entgehen. Er offerierte Gross einen Kaffee, was dieser nicht annehmen durfte. Doch Gross machte ein sehr freundliches Gesicht und bot dem Journalisten ein Getränk an. «Ich hätte da etwas, das Sie interessieren dürfte.» Der Journalist war ganz Ohr. Gross erzählte ihm vom Verdacht gegen Georg Pfiffner.

Gross war sich sehr wohl bewusst, dass er einiges preisgab, das so nicht zutraf. Noch am selben Tag griff der Journalist in die Tasten, mit sehr viel Eifer und unter Einbezug seiner blühenden Phantasie. Er verfasste einen reisserischen Artikel, nach dessen Lektüre viele Leserinnen und Leser sicher waren, der Doppelmörder sei endlich identifiziert. Sein Text war so überzeugend, dass selbst Polizeidirektor Meierhans und Untersuchungsrichter Nabholz daran glaubten. Kripokommandant Metzler lehnte sich am meisten zum Fenster hinaus. Er gab auf den regionalen Radio- und Fernsehstationen Interviews, in denen er keine Zweifel daran liess, den Kristallhöhlenmord endlich aufgeklärt zu haben.

Dann ging er persönlich ins Büro von Gross und legte ihm nahe, diesen Fall abzugeben.

Gross stellte sich dumm und fragte: «Was für einen Fall?»

«Das weisst du genau. Ich gebe dir einen guten Rat: Halt dich von nun an vom Kristallhöhlenmord fern. Ich werde mich ab sofort damit befassen.»

«Heisst das, du entziehst mir diesen Fall? Nicht gerade die Art des feinen Mannes, mir kurz vor dem Durchbruch dieses Dossier wegzunehmen. Du möchtest die Lorbeeren einheimsen, wenn alles über dieses Verbrechen aufgedeckt ist, oder?»

«Du hast noch nicht begriffen, dass dein Job an einem dünnen Faden hängt. Sollte die heisse Spur, die wir gerade gewittert haben, sich als falsch erweisen, wärest du geliefert, läge der Fall in deinen Händen. Wenn das Verbrechen in der Kristallhöhle endlich aufgeklärt ist, wird das der ganzen Kripo zugutekommen, auch dir. Da spielt es keine Rolle, ob du in der letzten Phase noch dabei warst.»

Gross lachte in sich hinein, aber machte eine Miene, als hätte er in eine Zitrone gebissen.

Metzler erklärte den Kristallhöhlenmord ab sofort zur Chefsache. Dutzende von Kripobeamten rollten den Fall wieder neu auf. Alles auf den mutmasslichen Täter Georg Pfiffner abgestimmt. Leider hatte man im Klosterhof nicht mit dem Verteidiger gerechnet. Man ging davon aus, dass der mittellose Angeklagte sich lediglich einen Pflichtverteidiger leisten könnte, und rechnete nicht damit, dass sich ein Staranwalt um dieses Mandat bewerben würde.

Als der Name des Anwalts bekannt wurde, war es zu spät für die St. Galler Polizei und Justiz, ihre Scheuklappen abzulegen. Die Anklage stand. Statt auf Beweise stützte sie sich auf Indizien. Für den Verteidiger des Unholds, dem in der Boulevardpresse auch noch unethische Motive unterstellt wurden – er tue alles, damit eine mörderische Bestie sich der gerechten Strafe entziehen könne –, war es ein Leichtes, dieses juristische Machwerk zu zerpflücken. Der Staranwalt konnte nachweisen, dass vieles im Boulevardartikel schlicht erfunden war. Die Mordanklage gegen Pfiffner fiel wie ein Kartenhaus zusammen. Regierung, Gericht und Polizei standen vor der Bevölkerung wie begossene Pudel da. Kaum jemand traute den Behörden nach diesem Debakel noch zu, das Gewaltverbrechen aufzuklären.

Metzler wurde nahegelegt, sich nach einer anderen Stelle umzusehen, was er auch tat. Er wurde durch den Juristen Werner Schläpfer ersetzt. Schläpfer war Untersuchungsrichter im Thurgau gewesen.

Landammann Meierhans weigerte sich, nach Ablauf seiner Amtszeit auf eine erneute Kandidatur zu verzichten. Das Volk habe über seine politische Zukunft zu entscheiden, nicht die Schreiberlinge der lokalen Käseblätter. Untersuchungsrichter Nabholz überstand den Justizskandal mit einem blauen Auge.

Alfons Gross war ungeschoren aus der Affäre um Pfiffner davongekommen. Er war sich aber nicht schlüssig, ob als Verlierer oder Sieger. Seine Gemütslage wechselte in diesen dunklen, nebeligen Novembertagen von «himmelhoch jauchzend» bis «zu Tode betrübt». Wie immer in solchen Situationen suchte er nach Zerstreuung. Die fand er in dem etwas verrufenen Spunten «Der Rütlischwur» in der Altstadt. Er hatte dort eine Barmaid kennengelernt, die ihm ausnehmend gefiel. Sie war italienische Staatsangehörige, eine sogenannte Fremdarbeiterin. Für einen Mann in der gesellschaftlichen Stellung eines Kripooffiziers lag da nur ein oberflächlicher Flirt drin.

Gross bestellte gerade sein drittes Glas Whisky, als sich die attraktive Italienerin über die Theke lehnte und ihm ins Ohr flüsterte: «Alfons, halt dich zurück. Ich kann es nicht ertragen, wenn sich ein so toller Mann wie du in den Abgrund stürzt. In einer halben Stunde habe ich Feierabend. Treffen wir uns in der Bar nebenan?» Sie stellte ihm ein Glas Hahnenwasser hin.

Bald zogen Alfons und Mimi zusammen. Man munkelte im Klosterhof über die beiden, doch auf der Chefetage der Kripo war man immer noch mit den Nachwehen der Pfiffner-Geschichte beschäftigt. Der neue Kommandant wurde in sein Amt geführt. Gross erwies sich dabei als sehr hilfreich. Es entstand der Eindruck, er sei ein anderer Mensch geworden: reifer, berechenbarer und einfühlender. Man konnte auf ihn schlicht nicht mehr verzichten.

Seine Mitarbeiter konnten es nicht fassen. Er lud an die dreissig Leute aus seinem beruflichen Umfeld am Abend des ersten Arbeitsstages nach Weihnachten zu sich nach Hause ein. Kurz zuvor hatte er mit Mimi zusammen – sie war überhaupt nicht bedürftig, wie er ursprünglich annahm – eine alte, leer stehende Villa mit grossem Garten gekauft.

Es war ein schönes Fest. Viele seiner Untergebenen änderten danach ihre Meinung über Gross.

***

Es ist Ende Dezember 1984. Die Stimmung draussen ist trüb, schon seit mehreren Wochen liegt unsere Gegend unter einer dicken Nebeldecke. Die Stimmung in mir drin ist nicht trüb, aber irgendwie verspüre ich Langeweile. Ich habe es mit einem Gegner zu tun, der mir nicht gewachsen ist. Spiele mit solchen Leuten machen keinen Spass. Ich brauche eine neue Herausforderung.

***

In der Altjahreswoche stand der Betrieb an der Uni Fribourg still. Auch Gustav und Arthur hatten unterrichtsfreie Zeit. Gelegenheit, zusammen wieder einmal etwas zu unternehmen. Zu diesem Zweck trafen sie sich im «Ybis».

Oskar machte den Vorschlag, einen Nachtclub im benachbarten Bregenz aufzusuchen. Gustav meldete Bedenken an: Er sei nun schon beinahe zwei Jahre verheiratet, und seine Angetraute erwarte wieder ein Kind. Das kam bei Arthur und Oskar schlecht an. Immerhin waren sie einverstanden, damit noch einen Tag zuzuwarten, um Gustav Gelegenheit zu geben, seine Frau darauf vorzubereiten.

Die Visite in Bregenz war als harmloser Männerabend, als eine Art Zerstreuung, gedacht. Gegenüber dem Nachtclub war ein Freudenhaus. Das hatte Oskar gewusst. Wovon er nichts gewusst hatte, war die Besonderheit dieses Bordells. Als sie nach ausgiebigem Alkoholgenuss ins gegenüberliegende Lokal wechselten, fragte die mit Höschen und BH bekleidete Empfangsdame jeden, ob er lieber Schmerzen ertrage oder Schmerzen zufüge. Alle drei gaben lachend zur Antwort, dass sie das Letztere vorzögen.

Jeder wurde daraufhin in ein Zimmer geführt.

Am frühen Morgen trafen sich alle in der Bar im Untergeschoss und berichteten von ihren Erlebnissen. Arthur war die Befriedigung ins Gesicht geschrieben. Er habe kräftig zugeschlagen, und das sei ungleich schöner, wenn die Frau, die man quäle, Freude daran habe. Oskar fand es eine neue interessante Erfahrung, die ihm unter Umständen Spass machen könnte. Gustav, der keine Lust hatte, sich als Spielverderber in Szene zu setzen, meinte, dass er sich noch nicht sicher sei, ob ihm so etwas auf die Dauer zusagen würde.

An Silvester trafen sich Arthur, Gustav und Oskar am frühen Nachmittag zu einem Drink im «Ybis». Oskar brachte die «Kronenzeitung» mit. Einen Artikel darin hatte er rot angestrichen.

Bregenz. Prostituierte in Bordell tot aufgefunden. Im Nachtclub «Dracula» wurde gestern Morgen von der Gendarmerie eine dreissigjährige Liebesdienerin tot aufgefunden. Das «Dracula» ist bekannt für Sadomaso-Praktiken. Der Bordellbesitzer, dessen

Frau und weitere Person sind flüchtig. Die Polizei geht von einer nicht beabsichtigten Tötung aus.

Gustav wurde schneeweiss, beinahe wäre er vom Barhocker gefallen. Auch Oskar schien die Sache nicht zu gefallen. Auf Arthur dagegen machte diese Meldung wenig Eindruck. «Wir waren in der Nacht von vorgestern auf gestern im ‹Dracula›. Vielleicht ist es die Frau, die ich verprügelt habe. Beruhigend ist einmal, dass die Polizei in Vorarlberg von fahrlässiger Tötung ausgeht. Auch wenn sie herausfände, dass wir uns zur fraglichen Zeit dort aufgehalten haben, würde uns wenig passieren.» Er sah den völlig verstörten Gustav an und fragte: «Warst etwa du es, der sie umgebracht hat?»

«Ich weiss es nicht. Sie hat mich gebeten, mit der Peitsche zuzuschlagen. Das habe ich versucht. Sie sagte: ‹Bitte schlag härter zu.› Ich tat es, es machte mir überhaupt keinen Spass. Dann schalt sie mich einen Schlappschwanz, legte sich auf den Rücken, spreizte die Beine und befahl mir, sie zu ficken.»

«Und – hast du es getan?»

«Ja schon – und zu meinem Erstaunen funktionierte es. Sie gab mir einen Kuss, und ich schmeckte Blut in meinem Mund. Sie begann heftig zu husten und spuckte eine rote Brühe aus. Dann bat sie mich, ihr die Flasche Schnaps vom Gestell über dem Bett herunterzuholen. Sie begann gierig zu trinken. Ich zog mich an, ging an die frische Luft und machte einen Spaziergang.»

«Kehrtest du in ihr Zimmer zurück?»

«Nein.»

Arthur machte ein bedenkliches Gesicht. «Es sieht ganz danach aus, dass du der letzte Lover dieser Hure warst. Ich hoffe nur, dass du in der Aufregung im Zimmer nichts liegen gelassen hast. Wenn du das nicht hast, brauchst du dir keine Sorgen zu machen. In diesem Lokal wird Diskretion sehr grossgeschrieben. Und du hast ja nicht den richtigen Namen angegeben, will ich doch hoffen.»

Das hatte Gustav nicht.

***

Als Gustav an Silvester frühabends heimkehrte, war Marlis aufgebracht. Sie machte ihm das erste Mal in ihrem Eheleben

Vorwürfe. «Du hast mich im Stich gelassen. Musstest du denn so lange bleiben? Heute Abend kommen deine und meine Eltern zu uns, und wir haben vor, den Jahreswechsel zu feiern. Ich bin noch nirgends mit den Vorbereitungen. Nun musst du auch Hand anlegen.»

Gustav nahm Marlis in die Arme und entschuldigte sich. Dabei bemerkte Marlis, dass Gustav kaum nach Alkohol roch. Das beruhigte sie.

Längere Zeit schlief Gustav schlecht. Der Januar 1985 ging vorüber, und er hatte immer noch keinen Besuch von der Polizei bekommen. Da war er fast sicher, dass die Spritztour nach Bregenz für ihn keine weiteren Folgen haben würde. Wäre da nicht die Angst gewesen, er hätte sich in Bregenz mit dem Aidsvirus angesteckt. Er hatte einige Tage zuvor eine Radiosendung über diese neue Krankheit gehört und war schockiert. Man wusste noch nicht allzu viel über diese Seuche. Etwas beruhigte ihn aber: Es hiess, vor allem Schwule infizierten sich.

***

Mitte Februar fand die letzte Sitzung der «Soko Kristallhöhle» statt. Es wurde beschlossen, die Kommission bis auf Weiteres zu sistieren. Man spazierte danach gemeinsam zu einem Abendessen in das Restaurant «Klosterhof». Es gab Blut- und Leberwurst mit Kartoffelstock und Sauerkraut und als Zugabe Nüsslisalat mit hart gekochten Eiern.

Was man bei der offiziellen Sitzung noch tunlichst vermied, holte man beim kulinarischen Teil nach. Man diskutierte nochmals über den Mord bei der Kristallhöhle. Die meisten in der Tischrunde neigten zur Ansicht, dass es sich beim Verbrechen um ein Sexualdelikt handelte. Nicht so der katholische Geistliche.

Er glaube, die menschlichen Abgründe vielleicht noch besser zu kennen als die abgebrühten Polizisten, Richter und Politiker. Es gebe Zeitgenossen, die Spass daran hätten, Mitmenschen Qualen zuzufügen. Da gehe es nicht allein um eine Befriedigung des Sextriebs. Als er das sagte, wurde es ganz still.

Den Kriminalisten geriet das in den falschen Hals. Das dürfe man nicht so eng sehen, belehrten sie den Pater. Dieser gab keine Antwort darauf.

Anders reagierte Nabholz. «Fast dünkt mich, du hast von einem Mitbruder so viel erfahren, dass du tatsächlich in der Lage wärest, herauszufinden, welche Leute den beiden Mädchen das Leben genommen haben. Aber dieses verdammte Beichtgeheimnis hindert dich daran, eines der übelsten Verbrechen in unserer Region aufzuklären. Habe ich recht oder nicht?»

«Ich darf dir das nicht verraten, mein Freund», entgegnete ihm der Pater.

Die Öffentlichkeit erfuhr erst Ende Februar durch ein knappes Communiqué davon, dass die «Soko Kristallhöhle» bis auf Weiteres nicht mehr tagen würde.

Meierhans schrieb den Eltern der beiden ums Leben gekommenen Mädchen, der Entscheid, die Soko auf Zusehen hin stillzulegen, bedeute nicht, dass die Ermittlungsbehörden die Akte «Kristallhöhlenmord» geschlossen hätten. Wenn neue Erkenntnisse auftauchten, werde man diesen selbstverständlich nachgehen. Der Brief endete mit den Worten: «Justiz und Polizei des Kantons St. Gallen haben dieses abscheuliche Verbrechen nicht vergessen.»

***

Es war ein kalter Januarmorgen, als Gross nervös an seinem Schreibtisch sass und sich zwang, die Tischfläche aufzuräumen. Mehrere Male klingelte das Telefon. Er schoss erschrocken auf und hob ab. Erst beim fünften Mal erhielt er den erwarteten Anruf. Es war eine Krankenschwester von der Gebärabteilung des Kantonsspitals. «Herr Gross, Sie sind Vater von zwei prächtigen Mädchen geworden. Gratuliere!»

Er schwieg einige Momente, was die Anruferin zur Bemerkung veranlasste: «Das Geschlecht eines Kindes kann man zum Glück nicht vorausbestimmen.»

Die Antwort fiel für die Schwester überraschend aus. «Bitte lassen Sie mich ein wenig verschnaufen und mich freuen. Wenn ich hätte wählen könnte, würde ich mir ebenfalls Mädchen wünschen. Ich mache mich gleich auf den Weg.»

«Warten Sie nur ruhig noch eine Stunde ab. Ihre Frau ist noch ein bisschen duselig vom Kaiserschnitt.»

Noch bevor Gross Mimi mit ihren zwei Töchtern heimholte, bevölkerte sich ihr gemeinsames Haus. Es waren die Verwandten Mimis aus Italien. Eine ganz neue Erfahrung für Gross. Die weiblichen Gäste legten Hand an, sodass er für einige Tage vom Küchendienst suspendiert wurde.

Nach ein, zwei Wochen war der Spektakel vorüber. Dann kam Gross' alter, schon leicht gebrechlicher Vater zu Besuch. Er war ein pensionierte Gymnasiallehrer mit Doktortitel und der Einzige seiner Verwandtschaft, der noch zu ihm hielt, als er nach der Matura die Polizistenlaufbahn einschlug. Dabei war der Vater alles andere als ein Freund der Polizei. Das Militär mochte er noch weniger.

Bevor sich der alte Gross nach einem reichlichen Frühstück verabschiedete, nahm er Mimi herzlich in die Arme. «Danke für alles. Ohne dich wäre Alfons in der Gosse gelandet. Er ist längst nicht so hart, wie er sich gibt. Die vielen Verbrechen haben ihm schwer zu schaffen gemacht. Ganz besonders der Kristallhöhlenmord. In dieser Zeit hatte ich richtig Angst um ihn.»

***

Mitte Februar 1985 war für Bruno und Ulrich wieder mal Ferienzeit. Sie waren bei den Grosseltern Bänziger in Kobelwies einquartiert. Bruno stand mittlerweile kurz vor seinem zwölften Geburtstag. Er ging in die sechste Klasse. Seine Eltern setzten ihn gehörig unter Druck. Denn bald entschied sich, ob er im kommenden Herbst die Real- oder die Sekundarschule besuchen durfte.

Brunos Mama hatte der Grossmutter einen ganzen Bundesordner mit Schulstoff gegeben, den der Sohn während seines Aufenthalts in Kobelwies durchpauken sollte. Die alte Frau Bänziger gab sich alle erdenkliche Mühe, dass ihr Enkel jeden Tag das vorgesehene Pensum abarbeitete. Schulaufgaben bereiteten Bruno schon immer Mühe. In den Ferien ganz besonders. Ob es an einer eher mittelmässigen, Begabung lag oder an mangelndem Fleiss und Durchhaltewillen war weder den Eltern noch seinen

Lehrern klar. Allen war aber klar, dass Bruno sich nur für etwas begeistern konnte, wenn es ihm einleuchtete, wenn er darin einen Nutzen für sich sah.

Die Grossmutter wollte das Beste für ihren Enkel. Sie wusste, dass bei Männern der Erfolg im Arbeitsleben in einem hohen Masse von der Schulbildung abhing. Bei Mädchen war das weniger wichtig. Wenn ein Mädchen ansehnlich und aus einem einigermassen guten Hause stammte, kam es immer zu einem Mann, der später für es sorgen konnte, das war bei ihr jedenfalls so gewesen.

Nach den ersten drei harten Tagen, in denen er mit seinem Lernstoff eher schlecht als recht zurechtkam, entschloss sich Grossmama Bänziger, dieses Problem auf eine unkonventionelle Art anzugehen. «Bruno, es wird Zeit, dass wir einmal ernsthaft miteinander reden. Wenn du so weiterfährst, wirst du die Aufnahme in die Sekundarschule nicht schaffen.»

«Warum soll ich denn das schaffen? Aufwand und Ertrag stehen in dieser Sache in keinem Verhältnis zueinander.»

«Jetzt hör mir mal gut zu, mein Junge. Mir brauchst du nicht mit diesen geschwollenen Phrasen zu kommen. Ich weiss genau, wem du diese Sprüche nachplapperst. Dabei weisst du weder, was Aufwand, noch, was Ertrag bedeutet. Manchmal habe ich das Gefühl, dass der Mann, von dem du diesen Unsinn hast, das auch nicht so genau weiss.»

«Meinst du damit den Grosspapa?»

Die Grossmutter gab Bruno schmunzelnd einen Klaps auf die Schulter. «Auch die Scheinheiligkeit scheinst du deinem Grossvater nachzuahmen.» Sie sah Bruno ernst an.

«Was willst du werden?»

«Polizist, das weisst du. Ich werde den Kristallhöhlenmord aufklären.»

«Polizist kann nur werden, wer vorher einen guten Beruf erlernt hat und einigermassen gute Zeugnisse vorweisen kann.»

«Ich denke, für eine Lehre genügt ein Realschulabschluss.»

«Da wäre ich mir nicht so sicher. Viele Realschüler gehen nach der obligatorischen Schule einer Lohnarbeit nach, machen eine Lehre oder Anlehre. Aber an die Aufnahmeprüfung zur Polizeischule wirst du damit nicht zugelassen.»

«Das verstehe ich nicht. Grosspapa sagt doch immer, die Polizisten seien nicht die Hellsten.»

«In jedem Beruf gibt es Gescheite und Dumme, besonders in dem, den dein Grossvater ausübte.»

«Zu welcher Sorte gehört Grosspapa?»

«Frag ihn selber.»

Bruno dachte lange über das Gespräch mit der Grossmutter nach. In den kommenden Tagen fiel ihm das Lernen plötzlich viel leichter. Sein jüngerer Bruder Ulrich bewunderte ihn und bat die Grossmutter, ihm ebenfalls Aufgaben zu geben.

Als Bruno wieder zu seinen Eltern zurückkehrte, hatte er den ganzen Ordner durchgearbeitet, und im Frühling war klar, dass er in die Sek durfte. Seine Eltern waren stolz auf ihn.

Der alte Bänziger legte fünf Hunderternoten auf den Tisch, steckte sie in ein Kuvert und übergab dieses Bruno mit der Bemerkung: «Vierhundert Franken davon legst du aufs Sparheft, hundert stehen dir ab sofort zur Verfügung.»

Grossmutter Bänziger schien daran wenig Freude zu haben. Es machte ihr offensichtlich Mühe, die seltsame Grosszügigkeit ihres Gatten nicht zu kommentieren. Als er noch einmal sein Portemonnaie aus der Gesässtasche zog, ihm eine Fünfzigernote entnahm und verkündete: «Bruno, für jede Sechs im Zeugnis darfst du bei mir eine solche Note abholen», war für die Grossmutter das Mass voll. «Tja, liebe Kinder, Geld macht nicht glücklich. Es ist viel wichtiger, lieb zueinander zu sein.»

Bänziger strafte sie lautlos mit einem bitterbösen Blick.

11

Im Frühjahr 1985 begann Arthur Busch eine Ausbildung als Berufsschullehrer am Schweizerischen Institut für Berufspädagogik in Bern. Er tat das nicht ganz freiwillig. An der Oberstufe der Schule Goldach mehrten sich die Reklamationen wegen seines Verhaltens gegenüber Schülerinnen. Man warf ihm eine allzu grosse Nähe zu den Mädchen vor. Nachweisen konnte man ihm allerdings keine konkreten Übergriffe.

Bereits im August wurde er für ein Teilpensum an der Gewerbeschule in Rorschach angestellt. Die restliche Arbeitszeit setzte er für seine Weiterbildung ein, die er im Herbst 1986 abschloss.

Arthur war während der Jahre daran, einen weiteren «Freundeskreis» aufzubauen. Er fühlte sich seltsam angezogen von Menschen am Rande der Gesellschaft. Nicht so, dass er sich einbildete, ihre Lebensweise zu ändern. Er versprach sich vielmehr von ihnen Hilfe für gesetzeswidrige Taten. Die zerstörerischen heckte er lediglich in seiner Phantasie aus, da er es vorerst nicht wagte, sie auszuführen. Er verübte aber Diebstähle, beging Betrügereien und handelte mit kleinen Mengen Drogen.

Oskar und Gustav wussten darüber zwar nichts Konkretes, aber irgendwie ahnten sie etwas. Ihnen war nur aufgefallen, dass Arthur immer Geld hatte. Weit mehr, als ihm sein Broterwerb einbrachte. Er ging auch grosszügig damit um. Die Saufgelage im «Ybis», die gelegentlichen Besuche von Nachtclubs gingen stets auf seine Kosten. Das gab sowohl Gustav wie auch Oskar zu denken. Aber sie gingen dem nie auf den Grund. War es doch bequem und oft angenehm, einen solchen Freund zu haben.

***

Für Gustav war der 12. März 1985 ein schlechter Tag. Er wurde vor die Schulkommission in Goldach zitiert. Man eröffnete ihm, dass er im kommenden Jahr nicht mehr weiterbeschäftigt werden könne. Als Grund wurden disziplinarische Probleme in seinem Unterricht und ein Zwischenfall mit einer fünfzehnjährigen

Schülerin angegeben. Wenn er selbst kündige, werde man gegen ihn kein Verfahren einleiten.

Das mit der Schülerin bestritt Gustav vehement, willigte aber ein, zu demissionieren. Für Gustav war damit seine Zeit als Volksschullehrer abgelaufen, die Hilfslehrerstelle in Oberriet reichte allein nicht aus, um den Lebensunterhalt für seine Familie zu bestreiten. Der Schulvorsteher von Goldach, der bis zum Schluss zu ihm hielt, vermittelte ihm eine Stelle in einem Werbeunternehmen in Altstätten.

Gustav brauchte mehrere Wochen, bis er es wagte, mit Marlis über seinen Stellenverlust zu reden.

«Ich muss dir etwas gestehen. Ich hatte mit dem Präsidenten der Schulkommission ein längeres Gespräch. Er hat mir geraten, mit dem Unterrichten aufzuhören.»

Marlis kamen die Tränen. Sie legte beide Hände auf die Wangen von Gustav. «Ich habe schon lange gespürt, dass du leidest. Vielleicht ist es gut so, wenn du damit aufhörst. Hast du schon Aussicht auf eine neue Stelle?»

Gustavs Augen glänzten. «Ja, habe ich. Man hat mir eine Stelle als Werbetexter in Altstätten angeboten. Mit einer Lohneinbusse muss ich kaum rechnen. Ein-, zweihundert Franken weniger.»

«Das kriegen wir schon hin. Ein halbes Jahr nach meiner Schwangerschaft werde ich einen Teilzeitjob annehmen. Das hatte ich ja ohnehin vor. Mit meiner Mutter habe ich bereits darüber geredet. Sie hat sich bereit erklärt, jeweils zwei Tage in der Woche unsere Kinder zu hüten.»

«Danke, Marlis, ich liebe dich. Du bist eine gute Frau. Auch ich werde mit meiner Mutter reden. Ich bin sicher, sie wird sich auch zum Kinderhüten zur Verfügung stellen.»

Anfangs Oktober 1985 kam das dritte Kind von Gustav zur Welt. Da es keine Krankheitssymptome zeigte, ging er davon aus, dass ihn die Dirne in Bregenz nicht angesteckt hatte. Es ging ihm plötzlich viel besser. Aus seinem neuen Job, der keineswegs sein Traumberuf war, machte er das Beste.

***

Oskar nahm im Herbst 1985 sein sechstes Semester als Historiker in Angriff. Er begann, sich auf Alte Geschichte zu spezialisieren: Das Römische Reich, das alte Griechenland und was davon an Ruinen und Baudenkmälern noch übrig geblieben war, faszinierten ihn immer mehr. Aber auch der Katholizismus und seine annähernd zweitausendjährige Geschichte zogen Oskar zusehends in Bann. Zwischenzeitlich liebäugelte er sogar, zum Fach Theologie zu wechseln. Er suchte beim katholischen Universitätspfarrer Rat. Dieser riet ihm ab, sich einem Leben als Priester zu verpflichten. Er hörte auf den Pater und begann sich Gedanken zu machen, wann er eine Familie gründen sollte.

Dass er das tun sollte, war für ihn jetzt keine Frage mehr. Katholische Männer, die nicht dem geistlichen Stand angehörten und ledig waren, galten gemeinhin als schwul. Und diesen Makel wollte Oskar unbedingt vermeiden. Als schwul empfand er sich nicht gerade, aber irgendwie hatte er Probleme mit dem weiblichen Geschlecht.

Das Erlebnis in Bregenz hatte in seinem Innern tiefe Spuren hinterlassen. Er entdeckte plötzlich, dass er bisweilen von einer unbändigen Lust befallen wurde, Frauen zu quälen. Wenn er ehrlich zu sich war, musste er sich eingestehen, dass er das auch manchmal bezüglich Buben und Mädchen verspürte. Wenn ihn solche Phantasien überfielen, bekam er es mit der Angst zu tun. Er war intelligent genug, zu erkennen, dass er damit einem perversen Machttrieb zum Opfer fiel. Auf den Punkt gebracht, ging es ihm darum, Macht über schwache Menschen auszuüben.

Oskar schloss im Juni 1986 sein Studium mit dem Lizenziat ab, in der kürzestmöglichen Zeit. Er bewarb sich erfolgreich um einen kleineren Lehrauftrag an der Kantonsschule am Burggraben in St. Gallen. Gleichzeitig begann er bei einem Professor der Archäologie mit einer Dissertation. Im Herbst verbrachte er jeweils die erste Wochenhälfte in der elterlichen Wohnung in Goldach, die zweite in seinem Studierzimmer in Fribourg.

Herr und Frau Moser waren mächtig stolz auf ihren Sohn. Sie wussten aber nichts davon, ahnten nicht im Entferntesten, was in seinem Kopf vor sich ging. Er war ihr strebsamer, überaus intelligenter Junge, der halt in den Wolken schwebte und auf seine Art introvertiert war.

***

Am 30. Juli 1986 erhielt Gross einen Anruf von der Sekretärin der Kripo. «Alfons, ich habe ein Problem. Nun ruft schon zum fünften Mal ein Typ an, der behauptet, er habe wichtige Erkenntnisse vom Kristallhöhlenmord.»

«Seit wann ruft er denn an?»

«Vorgestern hat er damit begonnen. Ich verband ihn mit einem Gefreiten. Der wimmelte ihn offenbar ab. Es kam der nächste Anruf und der nächste Polizist. Das ging so weiter.»

«Der Kerl scheint hartnäckig zu sein. Wie heisst er denn? Von wo kommt er her?»

«Bruno Bänziger aus Kobelwies.»

«Hab ich diesen Namen schon mal gehört? Das muss lange her sein. Stell ihn mir durch.»

Gross zog den Notizblock zu sich.

«Kripo St. Gallen, Gross, womit kann ich Ihnen dienen?»

«Ich habe Ihnen eine sensationelle Information zum Kristallhöhlenmord.»

«Hört sich spannend an. Schiessen Sie los. Fassen Sie kurz zusammen, was Sie erfahren haben.»

«Das ist zu kompliziert. Geht nicht per Telefon. Am besten, Sie kommen bei mir vorbei. Aber bitte heute noch.»

Gross konnte nur mit Mühe ein Lachen unterdrücken. «Wie wär's, wenn Sie zu uns kämen?»

«Geht nicht.»

«Warum nicht?»

«Die Grosseltern lassen das nicht zu. Nach St. Gallen darf ich nicht allein reisen.»

«Wie alt sind Sie denn?»

«Im Juni bin ich dreizehn geworden.»

Jetzt platzte ein schallendes Lachen ins Ohr von Bruno. «Dreizehn? Ein frühreifes Kerlchen. Deine Stimme tönt schon fast erwachsen. Einen Moment ...»

Gross schaute sich auf seinem reichlich bedeckten Schreibtisch um. Er fand ausnahmsweise schnell, wonach er suchte. Den Einsatzplan der Woche 31. Er sah auf die Uhr. Es war fünf vor zwölf.

«Ich mache dir einen Vorschlag. Um halb zwei fährt ein Streifenwagen bei Kobelwies vorbei. Der nimmt dich nach St. Gallen mit. Wir können uns dann eine halbe Stunde unterhalten. Mehr Zeit habe ich leider nicht. Danach bringen dich Polizisten wieder zurück. Sag es aber bitte noch deinen Eltern.»

«Ich bin zurzeit bei Grossmama und Grosspapa in den Ferien. Ich werde Grossmama mitteilen, dass ich zu einer wichtigen Besprechung bei der Kripo St. Gallen abgeholt werde. Sie wird einverstanden sein. Sie ist fast immer einverstanden. Nur der Grosspa tut manchmal dumm. Der ist aber zum Glück nicht im Haus.»

Es war ein eigenartiges Gespräch im Büro von Gross. Bruno schleppte einen grossen Ordner mit, mit den zahlreichen Zeitungsausschnitten und etwa zwanzig vollgeschriebenen A4-Blättern.

Gross blätterte interessiert darin. «Nicht schlecht, mein Junge.» Er zeigte auf ein vollgeschriebenes Blatt. «Wann hast du das geschrieben?»

«Das Datum sollte unten auf der Rückseite stehen.»

Es war der 10. Juli 1983.

Bruno sagte voller Stolz: «Damals habe ich zwei alte Leute aus Kobelwald verhört. Das Protokoll hat mein jüngerer Bruder aufgenommen.»

Gross nahm sich Zeit, es zu lesen.

«Da steht geschrieben, dass das ältere Ehepaar am 31. Juli 1982 um etwa zweiundzwanzig Uhr die Scheinwerfer eines Autos gesehen hat. Das Auto sei Richtung Parkplatz der Kristallhöhle gefahren. Stimmt das?»

«Ja, das haben sie so ausgesagt.»

«Das könnte uns tatsächlich interessieren. Warum wohl?» Gross sah Bruno fragend an.

«Möglichweise handelte es sich bei denen im Auto um die Täter des Mordes. Vielleicht sind sie dorthin gefahren, um die Leichen zu verstecken.»

Gross nickte ganz langsam. «Die Sache hat nur einen Haken.

Um zehn Uhr war damals Nacht. Dort, wo die beiden Opfer tot aufgefunden wurden, ist es steil und schlecht zugänglich. Die Täter hätten dafür starke Lampen gebraucht, das hätte man von unten sehen können. Ich glaub nicht, dass sie ein solches Risiko auf sich genommen hätten.»

Bruno überlegte, Gross sah ihn an.

Schliesslich sagte Bruno: «Könnte sein, dass die Mörder die Leichen in der Höhle versteckt, sie Wochen danach wieder hervorgeholt und sie dort vergraben haben, wo sie später gefunden wurden.»

«Kluges Kerlchen. Das könnte tatsächlich so gewesen sein.»

Bruno kam sich plötzlich sehr wichtig und ernst genommen vor. Sein Gespräch mit Gross zog sich fast eine Stunde hin.

***

Ende September 1986 rief Arthur sowohl Gustav als auch Oskar an. Er bat sie, sich gegen achtzehn Uhr an seinem Arbeitsplatz zu melden. Er teile an der Gewerbeschule mit einem Kollegen ein kleines Arbeitszimmer. Der Kollege habe heute keinen Unterricht, und so könne er sich mit ihnen ungestört unterhalten. Es gehe um eine heikle Angelegenheit.

Oskar, der sich in der elterlichen Wohnung aufhielt, sagte sofort zu. Gustav, der seit mehr als einem Jahr in Altstätten arbeitete, bat um Verständnis, etwas später in Rorschach einzutreffen. Er getraute sich nicht, abzusagen, obwohl er sich von Arthur distanzieren wollte.

Arthur überraschte seine beiden Kumpel mit einer nach eigenen Worten vielversprechenden Neuigkeit. Er habe Aussicht auf einen lukrativen Deal, der, sollte er gelingen, seine finanzielle Situation schlagartig verbessern würde. «Da könnte auch für euch etwas abfallen. Sofern ihr bereit seid, mir dabei zu helfen. Ihr müsst wenig dafür tun.»

«Dürfen wir wissen, um was es dabei geht?», erkundigte sich Oskar.

«Detailliert möchte ich euch das nicht verraten. Es geht um ein Bankgeschäft, das nicht ganz gesetzeskonform ist.»

Gustav verzog das Gesicht. «Was für ein Risiko gehen wir dabei ein? Ich meine, womit haben wir zu rechnen, wenn die Sache schiefgeht?»

Arthur trommelte mit seinen Fingern auf die Tischplatte. «Ihr kennt mich zu gut, um daran zu zweifeln. Die Sache wird nicht schiefgehen. Trotzdem habe ich mir für den unwahrscheinlichen Fall Gedanken gemacht, falls nicht alles so läuft, wie ich es geplant habe. Euch wird nichts passieren, überhaupt nichts.»

«Was sollen wir denn tun?», fragte Oskar.

«Es geht um eine Art logistische Dienstleistung. Euch würde die Aufgabe zufallen, das erbeutete Geld weisszuwaschen.»

«Konkreter», forderte Gustav.

«Hast du denn kein Vertrauen in mich?»

Gustav presste die Lippen zusammen, er sagte nichts darauf.

«Niemand zwingt dich, mitzumachen. Aber wenn ich mir so überlege, dass du in deinem neuen Job Einkommenseinbussen hinnehmen musstest, habe ich Mühe, dein Zögern zu verstehen.»

Gustav gab auf. Er akzeptierte, mitzumachen, ebenso wie Oskar. Beide wussten nicht einmal, was Arthur mit «Weisswaschen von Geld» genau meinte. Ging es lediglich darum, Geld für eine Weile zu verstecken oder es durch mehrere An- und Verkäufe zu verschieben? Sie fragten auch nicht nach, was das mit Logistik zu tun haben sollte.

Der Deal war für den nächsten Montag um achtzehn Uhr vorgesehen. Gustav und Oskar bekamen den Auftrag, mit einem Wagen, der für sie kurz zuvor in einer Parkgarage in der Nähe des Hafens bereitgestellt war, vor die Filiale der Bankgesellschaft an der Hauptstrasse in Rorschach zu fahren und dort auf einem vereinbarten Parkfeld zu warten.

Einige Minuten später würde ein junger Mann mit einer Tasche die linke Hintertür öffnen und auf dem Rücksitz Platz nehmen. In diesem Moment müssten sie den Wagen starten und Richtung Arbon davonfahren.

Auf dem Parkplatz beim Bahnhof Arbon sollten sie den Wagen verlassen, die Tasche des jungen Mannes nehmen und den nächsten Zug nach Rorschach besteigen. Der junge Mann werde sich um den Wagen kümmern. Am Bahnhof Rorschach Hafen müssten sie aussteigen, die Tasche in einem Schliessfach deponieren und zu Fuss ins «Ybis» kommen. Dort werde er, Arthur, auf sie warten, den Schlüssel in Empfang nehmen und ihnen ein Nachtessen spendieren.

***

Ein Geldsegen ist ja immer schön. Aber es ist nicht meine Herzensangelegenheit. Ich finde Geldgier verwerflich. Etwas anderes vermag meine Lust weit mehr anzufachen. Lange wollte ich mir das nicht eingestehen. Doch nun bin ich so weit, das zu akzeptieren. Es erregt mich ungemein, wenn ich andern Menschen Schmerzen zufüge. Vor einigen Tagen habe ich einer Liebsten mit einer Nadel in beide Brüste gestochen. Sie wünschte es so. Ich bekam eine Pollution.

***

Das «Bankgeschäft» wurde zum vereinbarten Zeitpunkt genau nach Plan abgewickelt. Das Nachtessen im «Ybis» war üppig. Das hatten Gustav und Oskar nicht anders erwartet, denn Arthur war schon immer grosszügig gewesen.

***

Für Gustav kam das böse Erwachen am nächsten Morgen. Marlis schenkte ihm gerade Kaffee ein. Er stand kurz auf und drehte das Radio an.

> *Regionaljournal DRS 1. Zusammengefasst die neuesten Meldungen.*
> *Die Sicherheits- und Kriminalpolizei des Kantons St. Gallen teilt mit: Gestern um achtzehn Uhr wurde die Filiale der Schweizerischen Bankgesellschaft in Rorschach überfallen. Die Räuber hatten dabei in einer blauen Tasche eine Summe von mehr als einer halben Million Schweizer Franken erbeutet. Die Täter, von denen bis jetzt noch jede Spur fehlt, sollen mit einem grauen Personenwagen Marke VW Golf Richtung Arbon geflüchtet sein. Nach anderen Zeugenaussagen sollen zwei jüngere Herren um achtzehn Uhr dreissig mit einer blauen Tasche in Arbon in den*

Zug gestiegen sein, den sie in Rorschach wieder verlassen hätten. Zurzeit arbeiten Zeichner der Polizei an einem Phantombild der beiden Männer. Das Bild soll um zwölf Uhr im Schweizer Fernsehen ausgestrahlt werden.

Gustav verschluckte sich bei dieser Meldung am Kaffee. Marlis fiel dabei auf, dass er bleich wurde. Sie machte ihn auf den Farbwechsel aufmerksam, fragte nach, ob er sich unpässlich fühle. Sie brachte aber seinen Stimmungswechsel nicht mit der Nachricht über den Bankraub in Zusammenhang.

Gustav ging etwas früher in die Mittagspause. Diesmal nicht in die Kantine der Firma, sondern in ein nahe gelegenes Speiserestaurant. Der Fernseher lief bereits. In den Mittagsnachrichten erschienen tatsächlich zwei Phantombilder. Keines glich nur annähernd ihm, eines aber ein bisschen Oskar. Gustav war beruhigt.

***

Bruno und Ulrich waren bei ihren Grosseltern in Kobelwies. Der Grossvater verpasste sozusagen keine Nachrichtensendung von DRS 1. So bekamen beide mit, was im Regionaljournal Ostschweiz berichtet wurde.

Bruno spitzte die Ohren. Der künftigen Polizist, als den sah er sich, nahm jede Meldung über ein Verbrechen gierig auf.

Wie oft bei solchen Nachrichten gab der alte Bänziger gleich einen Kommentar ab. «Das verstehe ich nicht. Warum hat eine Bank nicht bewaffnete Wächter, die solche Räuber sofort abknallen?» Er formte seine Rechte so, dass sie einer Pistole glich, und lärmte: «Bumm, bumm, bumm, bumm …»

«Pssst …» zischte die Grossmutter. «Ich finde es nicht gut, Kindern so etwas vorzumachen.»

«Ich tue das mit Vergnügen. Wenn Bruno sechzehn geworden ist, werde ich dafür sorgen, dass er den Jungschützenkurs besucht. Ein rechter Schweizer Bub kann nicht früh genug das Schiessen lernen.»

Ein Zittern ging durch Brunos Körper. Die Grossmutter legte ihm die Arme um die Schultern. «Bruno, mache dir nichts daraus, ich weiss doch, dass dir Blitz, Donner und lauter Knall einen Schrecken einjagen.»

«Ich werde dafür sorgen, dass er das überwindet. Mein Grossbub darf kein Waschlappen sein. Und übrigens, Bruno, wenn du später Polizist werden möchtest, muss du mit Schusswaffen umgehen können.»

Bruno wurde schlagartig klar, dass sein Grossvater damit recht hatte. «Grosspapa, ich verspreche dir, den Jungschützenkurs zu besuchen. Ich werde daran arbeiten, Explosionen zu ertragen.»

Der alte Bänziger warf seiner Frau einen triumphierenden Blick zu. Dann sah er mit ernster Miene Bruno an. «Was würdest du nach dem Banküberfall in Rorschach als Erstes tun, wenn du Polizist wärest?»

Bruno biss sich auf die Lippen. Diese Frage hatte er nicht erwartet. Doch irgendwie freute es ihn, dass sein Grossvater plötzlich auf ihn einging und ihn offensichtlich ernst nahm. Augenblicke später antwortete er: «Zuerst würde ich alle Angestellten der Bank in einem Raum einsperren. Einen nach dem andern in ein anderes Zimmer führen, wo ich ihn verhören würde. Wenn ich Glück habe, ist nach dieser Befragung der Fall gelöst. Ich habe irgendwo gelesen, dass Bankräuber meist Komplizen bei den Angestellten der Bank haben.»

«Nicht schlecht. Vielleicht wirst du tatsächlich ein Kommissar, aber kaum nur ein einfacher Polizist, das wäre schade um dich.»

Ulrich musterte Bruno mit Bewunderung. Dass sein älterer Bruder einmal Polizist sein und eine schmucke Uniform tragen würde, erfüllte ihn mit Stolz.

***

Gross führte gerade einen neuen Mitarbeiter ein, den Gefreiten Max Peter, frisch vom Kriminalistenkurs. Gross überreichte ihm die Akte von Arthur Busch. «Schau dir diese mal an. Er könnte einer der Bankräuber von Rorschach sein. Könnte. Ein Berufsschüler war heute Morgen bei mir. Er hat zur Zeit des Überfalls in der Filiale der Rorschacher Filiale der Bankgesellschaft einen Mann gesehen. Obwohl sein Gesicht verhüllt war, seien ihm die

Gesten eines der Räuber aufgefallen. Sie hätten denen seines Staatskundelehrers aufs Haar geglichen. Dieser Lehrer heisse Arthur Busch. Ich habe in unserem Archiv gesucht und bin fündig geworden. Es gibt tatsächlich eine Akte von diesem Mann. Darin steht wenig Spektakuläres: dumme Streiche, wie sie halt junge Männer manchmal machen.

Wir haben also vorläufig nichts Konkretes gegen ihn in der Hand. Sonderbar ist, dass der Mann einen angesehenen Beruf ausübt. Wenn du die Akte studierst hast, orientiere dich über sein Umfeld. Wichtig: Du musst dich diskret an seinem Arbeitsplatz umsehen.»

***

Wie abgemacht trafen sich zwei Tage später Gustav, Oskar und Arthur im «Ybis». Arthur hielt ihnen einen Vortrag über das Geldwaschen. Ganz sachlich, ganz ohne Bezug auf den Bankraub.

Sie hatten sogar zwei interessierte Mithörer, die Fragen stellten. Arthur meinte, die Polizei sollte bei diesen Machenschaften rigoroser durchgreifen. Aber sie sehe ja keinen Anlass dazu, denn er vermute, dass die meisten Polizisten von den Banken geschmiert würden.

Vor allem Gustav hatte dabei grosse Mühe, seine Fassung zu behalten. Er war sich reuig, Arthur bei seinem Überfall geholfen zu haben. Wenigstens wusste er jetzt, was mit logistischer Dienstleistung gemeint war. Er schwor sich, beim zweiten Teil, dem Waschen von Geldern, nicht mehr dabei zu sein.

Das sagte er Arthur auch, als sie nach einigen Bieren einen Spaziergang zum Hafen machten. Er könne seinen Schwur nicht halten. Er habe A gesagt, nun müsse er auch B sagen, wurde er von Arthur belehrt. Immerhin bringe ihm die Sache hunderttausend Franken ein.

Das überraschte ihn doch etwas. Arthur hatte nie in Aussicht gestellt, wie viel dabei für ihn und Oskar herausschauen würde. Wieder wurde Gustav schwach und versprach Arthur, das zu tun, was er von ihm verlange.

Oskar hatte das alles mitgekriegt, aber bis jetzt noch kein Wort gesagt. Nun sagte er kurz und leise: «Auf mich kannst du zählen, Arthur.»

***

Es war Freitagnachmittag, kurz vor dem Wochenende. Gefreiter Peter klopfte an die Bürotür von Gross.

«Herein», rief Gross, in seiner Stimme schwang ein leicht verärgerter Unterton. Er sah auf. «Hätte das nicht bis Montagmorgen Zeit gehabt?»

«Ich denke nicht. Habe eine ganze Woche bis zum Umfallen geschuftet. Ich glaube, handfeste Indizien zu haben, dass dieser Arthur Busch einer der Bankräuber war. Auch einen seiner Helfer habe ich identifiziert. Ein Schüler von ihm.»

«Zeig her.»

Gross blätterte im gut fünfzigseitigen Dokument, hielt zwischendurch inne und las einen rot eingerahmten Absatz. Als er die letzte Seite umgeblättert hatte, griff er zum Telefonhörer. «Mimi, ich muss mich für heute Abend entschuldigen. Wir haben gerade einen Dicken an der Angel.»

***

Am Montag, dem 20. Oktober, bestellte Arthur seine beiden Kumpel wieder ins «Ybis». Sie hatten die letzten Wochen nichts voneinander gehört.

Als Gustav und Oskar um acht dort eintrafen, war Arthur noch nicht da. Das machte sie stutzig, denn er war bislang immer pünktlich gewesen. Sie konnten sich nicht erinnern, dass er je eine Vereinbarung nicht eingehalten hätte.

Sie warteten und warteten. Als neun Uhr vorüber war, setzte sich ein anderer Gast, den sie nur vom Sehen kannten, zu ihnen.

«Habt ihr das Neueste schon vernommen? Arthur ist heute während des Unterrichts aus der Gewerbeschule Rorschach in Handschellen von der Polizei abgeführt worden. Mit ihm einer seiner Schüler. Man munkelt, Arthur sei es gewesen, der die Bankgesellschaft beim Hafen Rorschach überfallen hat.»

Gustav wurde schneeweiss, Oskar zeigte äusserlich keine Regung. Der schon angetrunkene Gast legte Gustav beide Hände auf die Schultern. «Nimm das nicht so tragisch. Eigentlich wundere ich mich, dass du bis heute Abend nicht gemerkt hast, was Arthur für ein Gauner ist. Klar, auf Freunde lässt man nichts Schlechtes kommen. Aber bei so einem wie Arthur gilt das nicht mehr. Er betrügt und manipuliert alle, die mit ihm auf irgendeine Art verkehren.»

Oskar sagte zu Gustav: «Das reicht für heute, gehen wir.»

***

Am Dienstagmorgen kam für Gustav die Bestätigung im Regionaljournal.

Das war zu viel für Gustav. Ein heftiger Schwindel erfasste ihn, sodass er sich mit beiden Händen am Frühstückstisch festhalten musste. Marlis sagte zu ihm: «Heute gehst du nicht auf die Arbeit. Ich werde deinem Chef telefonisch mitteilen, dass es dir schlecht geht, dass du von einem heftigen Migräneanfall heimgesucht worden bist. Das ist doch Migräne, oder?»

Wilde Gedanken schwirrten Gustav durch den Kopf. Er sah schon den Ortspolizisten und dessen Gehilfen mit Handschellen vor seiner Haustür stehen. Was, wenn der Schüler auch von ihm sprach? Er klammerte sich noch an die Hoffnung, dass der Schüler seinen Namen ja gar nicht kenne, aber auch das wusste er nicht sicher. Der Junge könnte ihn beschreiben. Und er könnte auch Oskar beschreiben. Wie lange hielt Arthur den Verhören stand? Soviel er wusste, war es das erste Mal, dass Arthur festgenommen worden war. Er fragte sich, ob es nicht besser wäre, Oskar anzurufen. Er verwarf diese Idee sofort wieder. Ein Kontakt mit Oskar könnte ihn vollends verraten. Vielleicht würden bereits ihre Telefone abgehört.

Am Nachmittag hatte sich Gustav so weit erholt, dass er wieder an seinen Arbeitsplatz in Altstätten fahren konnte.

***

Oskar war nach dieser Nachricht paralysiert. Er schaffte es gerade noch, seinen Kaffee auszutrinken. Dann ging er in seine Mansarde zurück und sass stundenlang regungslos auf dem Sofa. Gegen Mittag rief die Sekretärin des Gymnasiums an, weil er um elf eine Lektion hätte erteilen sollen. Seine Mutter nahm ab, entschuldigte sich und sagte, ihrem Sohn gehe es nicht gut, obwohl sie gar keine Ahnung hatte, ob Oskar noch zu Hause weilte.

Sie rannte die Treppe hinauf, polterte an seine Zimmertür und rief: «Oskar, mein Junge, du hast dich wohl verschlafen. Sie erwarten dich in der Schule. Habe ihnen vorsorglich mitgeteilt, du seist unpässlich.»

Oskar schoss auf, stiess einige wüste Flüche aus, bat seine Mutter, noch einmal anzurufen, um dem Sekretariat zu sagen, ihm gehe es wieder besser. Für die Lektion um fünfzehn Uhr sei er einigermassen fit.

Auch er stellte sich darauf ein, dass ihn die Polizei in den nächsten Stunden abholen würde. Dass es dann nicht nur um den Bankraub gehe, dass er möglicherweise die nächsten zwanzig Jahre im Zuchthaus verbringen müsse …

***

An einem nebligen, feuchten Novembermorgen klopfte es wieder mal an der Tür des Büros von Gross. Davor stand der Gefreite Peter.

«Chef, ich habe mich in der Sache Busch noch näher umgesehen. Dabei ist mir aufgefallen, dass Busch zwei enge Freunde haben soll. Gustav Glanzmann und Oskar Moser.»

Gross zog seine Augenbrauen zusammen. «Oskar Moser?»

«Was ist mit diesem Oskar Moser?»

«Er wurde kurzzeitig wegen des Kristallhöhlenmordes in Haft genommen.»

«Könnte es sein, dass Busch einer der Mittäter war?»

Gross schüttelte resigniert den Kopf. «Halt bitte den verdammten Kristallhöhlenmord von mir fern. Diese ganze Scheisse hätte mich beinahe den Job gekostet, weil wir die falschen verdächtigt hatten. Ich verspüre überhaupt keine Lust, diesem Ganoven auch das noch anzuhängen.»

***

Der November ging vorüber, ohne dass etwas geschah. Am 23. Dezember wurde Arthur auf Zusehen hin aus der Untersuchungshaft entlassen. Das war in solchen Fällen üblich. Die Dauer der Untersuchungshaft wurde jeweils so angesetzt, dass sie auf keinen Fall länger war als die zu erwartende vom Gericht verordnete Gefängnisstrafe.

Er setzte sich danach gleich mit Oskar und Gustav in Verbindung. Eigentlich hätten beide ihm am liebsten gesagt, sie möchten nichts mehr mit ihm zu tun haben. Doch sie wussten, dass er sich das nicht bieten lassen würde. Er wusste zu viel, und er hatte sie in der zweimonatigen Haft offenbar nicht verraten.

Sie trafen sich am Abend nicht mehr im «Ybis», sondern im Bahnhofsrestaurant von Rorschach. Die Selbstsicherheit, mit der Arthur auftrat, irritierte und befremdete sie. Dass er seine Stelle an der Gewerbeschule verloren hatte, schien ihn nicht im Geringsten zu stören. Im Gegenteil. Er fühle sich befreit, brauche von nun an nicht mehr auf die Bünzlis Rücksicht zu nehmen, er könne von jetzt an tun und lassen, was er wolle.

«Hast du dir denn auch Gedanken gemacht, wie du deinen Lebensunterhalt bestreiten wirst?», erkundigte sich Gustav etwas kleinlaut.

Arthur prustete los. «Mach dir da keine Sorgen. Ich kenne Mittel und Wege, wie ich zu Geld kommen kann. Als Notnagel gibt es ja noch die Sozialhilfe und die Arbeitslosenkasse. Dazu wird noch die Invalidenversicherung kommen. Das sind aber lediglich Alibi-Zuschüsse. Die würden meinen Ansprüchen nie gerecht werden.»

Gustav und Oskar verstanden die Welt nicht mehr. Für Arthur schien es so etwas wie Stolz oder Ehre nicht zu geben. Ihn kümmerte es offenbar nicht, was andere über ihn sagten oder dachten. Arthur sah ihre betretenen Mienen und legte noch einen drauf. «Im Januar gehe ich in die Psychiatrische Klinik Wil. Nach einem Monat werde ich diese mit dem Attest verlassen, psychisch ein Krüppel zu sein. Von nun an bin ich ein Mensch mit stark eingeschränkter Zurechnungsfähigkeit. Verordnete Freiheitsentzüge werde ich nicht mehr im Gefängnis, sondern in Klapsmühlen absitzen.»

Für Gustav und Oskar war das ein schwacher Trost. Ein Arthur, der sich für verrückt erklären lässt, bleibt immer noch derselbe.

Er hatte keineswegs seine intellektuelle Überlegenheit und ganz sicher nicht die Macht über seine Freunde und Mitmenschen eingebüsst. Er liess das Gustav und Oskar auch an diesem Abend spüren, dass sie sich keine Illusionen machen sollten, er würde das Heft aus der Hand geben.

Er kam auch auf die Ausbeute des Banküberfalls zu sprechen. Das Geld sei sicher verwahrt. Man müsse sich aber noch Zeit lassen, um es auszugeben. Wegen seiner Verhaftung sei das etwas komplizierter geworden. Zunächst gelte es, den Prozess gegen ihn abzuwarten. Mit einer schmerzlichen Verurteilung rechne er überhaupt nicht. Im schlimmsten Falle werde ihm eine bedingte Gefängnisstrafe aufgebrummt.

***

Der Prozess gegen Arthur fand im Juni 1987 statt. Er dauerte mehrere Tage. Arthur kam mit drei Monaten Gefängnis unbedingt davon. Die meiste Zeit hatte er bereits in der Untersuchungshaft abgesessen. Der Richter begründete das milde Urteil damit, dass Arthur bislang nur wegen geringfügiger Delikte straffällig geworden war, dass er seit einiger Zeit an einer psychischen Erkrankung leide und deshalb nur bedingt zurechnungsfähig sei. Zudem gehe das Gericht davon aus, dass Arthur Busch nicht der Haupttäter sei.

Mit etwas hatte Arthur allerdings nicht gerechnet. Als er das Urteil in einer St. Galler Bar mit Gustav und Oskar feuchtfröhlich gefeiert hatte, kehrte er erheblich angetrunken in seine Wohnung nach Rorschach zurück. Da fand er einen Zettel auf dem Küchentisch.

Es ist aus mit uns. Ich mag mein Leben nicht mehr mit dir teilen. Ich habe es viel zu lange getan. Du warst meine grosse Liebe. Du hast mich gedemütigt und geschlagen. Nun bist du für ein Verbrechen, das andere mit einer langen Zuchthausstrafe abgelten müssen, mit wenigen Wochen Haft belohnt worden. Wie habe ich gehofft, ein paar Jahre Ruhe von dir zu haben. Vielleicht wärest du danach zur Besinnung gekommen.
Rosemarie

Als er diese Zeilen gelesen hatte, schrie Arthur wie ein Besessener. «Ich bringe sie um. Aber langsam, sodass sie qualvoll stirbt. Was hat sie für ein Recht, mich so zu behandeln? Sie gehört mir und niemandem sonst. Wenn sie nicht bei mir bleiben will, hat sie ihr Leben verwirkt.»

Er riss die Schränke in der Küche auf, schmiss Teller, Tassen, Schalen und Krüge auf den steinernen Küchenboden, was einen infernalischen Lärm verursachte. Er öffnete das Fenster, begann Stühle, Schubladen und Pfannen vom vierten Stock auf die Strasse hinunterzuwerfen.

Da sich die Wohnung nicht weit von der städtischen Polizeistation befand, ging es lediglich fünf Minuten, bis ein halbes Dutzend Ordnungshüter Arthurs Wohnung stürmte, ihn festnahm und in die Psychiatrische Klinik in Wil verfrachtete.

Nach einigen Tagen wurde er dort wieder entlassen. Er begann, nach Rosemarie zu suchen. Lediglich eine Woche dauerte es, bis er fündig wurde. Sie hielt sich mit ihrem zehnjährigen Sohn im Frauenhaus St. Gallen auf.

Er bat sie auf Knien, wieder zu ihm zurückzukehren. Als das nicht fruchtete, versuchte er es mit Gewalt. Was schmählich scheiterte, ihm eine Nacht in einer Gefängniszelle bescherte und eine Strafanzeige zur Folge hatte.

Arthur kündigte seine Wohnung in Rorschach und zog in ein Logis in St. Gallen. Nicht weit davon mietete Rosemarie mit ihrem Sohn eine Wohnung. Erst Anfang der neunziger Jahre schaffte es Rosemarie, sich endgültig von Arthur zu lösen. Sie fing in der Westschweiz ein neues Leben an, machte eine Ausbildung als Floristin und heiratete.

12

Nach seiner Verurteilung wegen des Banküberfalls bekam Arthur ab und zu Besuch von der Polizei. Es ging dabei nie um Gewaltdelikte. Es waren raffinierte Betrügereien, Diebstähle und mehrmals Nachtruhestörungen infolge von Trunkenheit.

Im Frühjahr 1988 wurde der Boden in der Schweiz für Arthur zu heiss. Aber wo sollte er hingehen? In die USA? Das Land bot zwar Menschen Unterschlupf, die es mit der Gesetzestreue nicht so genau nahmen. War man aber einmal im Netz der Justiz hängen geblieben, wurde es ungemütlich. Arthur verwarf den Gedanken, dorthin abzuhauen.

Er ging in ein Reisebüro und sah sich Prospekte an. Ihm fiel ein Katalog über Südafrika ins Auge. Südafrika wäre eine Möglichkeit, sagte er sich. Arthur wusste, dass in diesem Land die Weissen gegenüber der grossen schwarzen Mehrheit privilegiert waren. Man bekämpfte die Schwarzen, die weissen Kriminellen liess man gewähren. Er wusste auch, dass dort zunehmend Aufstände ausbrachen. So ging er in eine Buchhandlung. Dort lagen mehrere Bücher über Apartheid aus. Er kaufte das aktuellste, las es und kam zu dem Schluss, dass die weisse Herrschaft in Südafrika bald zusammenbrechen würde. Nach Südafrika auszuwandern wäre ein noch grösseres Risiko gewesen, als in der Schweiz zu bleiben. Arthur suchte weiter nach einem passenden Auswanderungsland. In einem St. Galler Restaurant traf er zufällig auf einen hageren, etwa vierzigjährigen Mann.

«Seit mehr als anderthalb Wochen regnet es in Strömen, und Sie sind immer noch so braun. Wie machen Sie das?»

Der Mann, der sich Josef Franz Strache nannte und der Sprache nach ein Österreicher war, erzählte ihm von seinem Domizil an der Küste in Kenia. Es wurde ein sehr langes Gespräch. So hatte Arthur seine Fluchtburg gefunden. Einen Monat später reiste er nach Kenia in das Ferienparadies Diani Beach. Dort traf er Strache wieder an.

Strache hatte für Arthur alles vorbereitet: Wohnung, Anmeldung bei der Einwohnerkontrolle und der Polizei. Arthur staunte nur: Alles lief wie geschmiert. Strache hatte offenbar glänzende Beziehungen zu den Behörden in Kenia. Das habe eben seinen Preis, bekannte ihm sein neuer Freund. Bezahlt werde in US-Dollar, nicht in Kenia-Schilling, der landesüblichen Währung.

Er übergab Arthur eine Liste, auf der zu jeder Dienstleistung eine Preisangabe stand. Es sei empfehlenswert, diesen Betrag noch etwas aufzurunden, dann gehe alles schneller. Die Übergabe sei unbürokratisch und einfach. Bei jedem Gang zu einer Behörde müsse man sich mit dem Pass ausweisen. Die Geldscheine sollten zwischen das erste und zweite Blatt des Passes gelegt werden. Diese «Gebühren» seien übrigens fair, sagte Strache. Halte man sich an die Regeln, würden einen die Beamten und Polizisten zuvorkommend behandeln. Kenianische Beamte seien liebenswürdig und ausgesprochen hilfsbereit, sofern man ihnen mit dem nötigen Respekt begegne.

Arthur lebte sich in Diani Beach rasch ein. Schon im Laufe seiner ersten Woche in diesem Land stellte ihm Strache mehrere Landsleute aus dem St. Galler Rheintal und der schweizerischen Bodenseeküste vor. Diesen Menschen ging es gut, das realisierte Arthur sofort. Sie weihten ihn auch in die Tätigkeiten ein, die sie ausübten.

Sie vermittelten junge schwarze Frauen an Schweizer, Deutsche und Österreicher im mittleren und fortgeschrittenen Alter und, was noch lukrativer war, an Nachtclubs in der Schweiz, in Deutschland und Österreich als Tänzerinnen und Animierdamen. Arthur wurde das Angebot gemacht, in diese Geschäfte einzusteigen. Man sei für jeden Landsmann froh, der mitmache. Er liess sich das nicht zweimal sagen. Er willigte sofort ein. Einige Monate später war Arthur ein gemachter Mann in Kenias Schweiz-Deutschland-Österreich-Kolonie. Obwohl er keine kaufmännische Ausbildung vorzuweisen hatte, entwickelte er in kürzester Zeit einen kreativen und äusserst erfolgreichen Geschäftssinn. Bald baute er einen neuen Geschäftszweig auf. Es war eine Marktlücke, auf die bis anhin noch niemand gekommen war: einsame Frauen zwischen fünfzig und siebzig aus dem deutschsprachigen Raum, die das gleiche Recht beanspruchten wie ihre männlichen Altersgenossen. Er vermittelte sie an jüngere schwarze Männer. Arthur nahm diese Frauen zusammen mit seinen kenianischen Helfern gnadenlos aus.

***

Am Sonntagmorgen des 31. Juli 1988 um acht Uhr klingelte bei Gross das Telefon. Alfons und Mimi sassen gerade beim Frühstück. Alfons stiess einen Fluch aus. Nur einen. Mimi arbeitete daran, ihm das Fluchen zu Hause abzugewöhnen. An seinem Arbeitsplatz dürfe er das ja tun. Aber in den gemeinsamen vier Wänden solle er es unterlassen, sie hasse grobe Wörter.

Alfons ging an den Apparat. «Was? Bruno Bänziger? Wer ist denn das?»

Bruno Bänziger klärte ihn auf, und Gross begann sich allmählich zu erinnern. «Ach ja, dieser Bub, der mir vor ein paar Jahren interessante Informationen über die Kristallhöhle gegeben hat.»

«Ich habe eine weitere.»

«Herr Bänziger, heute ist Sonntag, und ich habe dienstfrei. Wenn es etwas Dringendes ist, wählen Sie die Nummer 17 und berichten, was Sie Aufregendes beobachtet haben.»

«Ich möchte aber mit Ihnen sprechen, und zwar jetzt.»

«Das macht mir schon etwas Mühe. Lassen Sie mich zuerst frühstücken, ich rufe Sie dann zurück.»

Gross rief nach einer halben Stunde zurück. Bruno Bänziger musste am Telefon gewartet haben. Nach einmal Läuten hob er ab.

«Gehen Sie noch in die Schule?»

«Ich werde im Herbst die Handelsschule in St. Gallen besuchen. Vorerst mal für ein Jahr. Dann werden wir weitersehen. Vielleicht werde ich nachher mit einer Lehre beginnen.»

«Gut. Dann sage ich dir Bruno. Also, Bruno, was ist so dringend, dass du mich an einem Sonntag frühmorgens mit einem Anruf überraschst?»

«Ich habe in den vergangenen Tagen einige Zeugen befragt und glaube nun, zu wissen, wer die Morde am 31. Juli 1982 bei der Kristallhöhle verübt hat.»

«Na toll. Gratuliere. Ruf übermorgen, Dienstag, auf der Kripozentrale an und verlange bei der Sekretärin nach dem Wachtmeister, der sich mit dem Fall Kristallhöhle befasst. Alle Fäden dazu laufen bei ihm zusammen. Er weiss viel mehr als ich. Ich wünsche dir noch einen schönen Sonntag.» Gross legte auf.

Statt eines Anrufs erhielt die Kripo am Dienstag einen Brief von Bruno. Er wurde von der Sekretärin an Gross weitergeleitet. Auf dem Kuvert war geschrieben:

Niemand sonst will den Brief lesen. Alfons, ich glaube, du musst es tun.

Gross widerstand der Versuchung, nach den ersten paar Zeilen das Schreiben wegzulegen, machte sich Randnotizen und kämpfte sich bis zum letzten Wort durch.

Er riss aus einem der zahlreichen A4-Blocks, die auf der Tischplatte verstreut waren, ein Blatt heraus und schrieb darauf folgenden Text an Kripochef Schläpfer.

Werner,
auch wenn es recht mühsam ist, du solltest diesen Brief lesen. Der 15-jährige Bruno Bänziger befasst sich seit dem August 1982 mit dem Kristallhöhlenmord. Ich gehe davon aus, dass er und sein Bruder die letzten Zeugen waren, die Lydia Müller und Elena Brüllhardt noch lebend gesehen haben. Ihre Aussagen auf dem Polizeiposten Oberriet wurden seinerzeit als sehr wichtig eingestuft. Ich lege dir Kopien der Protokolle davon bei.
Bruno scheint die Beobachtung bei der Wegkreuzung unterhalb Kobelwies derart unter die Haut gegangen sein, dass er bis heute nicht davon losgekommen ist. Auch wenn der Umgang mit dem Jungen schwierig ist, nehme ich ihn ernst.
Er hat in Kobelwald und Kobelwies nahezu alle Zeitzeugen des Dramas vom 31. Juli 1982 befragt.
Dieses unaufgeklärte Verbrechen wird uns noch über Jahre beschäftigen. Auch wenn du damals noch nicht bei der Kripo St. Gallen tätig warst, wirst du künftig immer wieder darauf angesprochen werden. Mir ist es ein Anliegen, dass du umfassend darüber informiert bist. Das bist du aber noch ungenügend, denn es ist in unseren Reihen immer noch ein Tabu, darüber zu sprechen. Auch für mich war es das. Ich bin aber zur Ansicht gelangt, dass

es an der Zeit ist, dieses Tabu zu brechen. Wir sollten uns endlich der Wahrheit stellen und zugeben, dass wir bei den Ermittlungen schwere Fehler begangen haben. Du, der du damals nicht dabei warst, musst das auch wissen und nicht aus Rücksicht auf uns die Augen davor verschliessen.
Der Brief von Bruno enthält keine sensationellen Erkenntnisse, nicht viel, was wir noch nicht wissen. Er bestätigt aber, dass wir bislang immer versucht haben, etwas zu verdrängen. Die Bevölkerung in unserer Region macht der Justiz und der Polizei schwere Vorwürfe. Wir hätten bei den Untersuchungen weggeschaut, wenn Leute aus den «oberen Schichten» in Verdacht gerieten, dem Täterkreis anzugehören. Machen wir uns nichts vor. Es fehlt nicht an Hinweisen, die diesen Vorwurf stützen.

***

Gustav und Oskar erhielten am 10. August 1988 Post. Der Brief war am 31. Juli in Mombasa abgestempelt worden, es war eine Nachricht von Arthur: die Ankündigung, auf ihrem Konto seien je hunderttausend Franken gutgeschrieben worden. Das Datum der Überweisung weckte unangenehme Erinnerungen. Für Gustav und Oskar stand fest, dass dies kein Zufall war. Ihnen war klar, dass Arthur dafür bald einmal eine neue Gegenleistung einfordern würde. Obwohl sie ja lediglich den Betrag erhalten hatten, der ihnen zustand. Natürlich zogen sie beide in Erwägung, das Geld nicht anzunehmen, doch sie wussten, dass sie damit weder den Bankraub noch das, was sechs Jahre zuvor in der Kristallhöhle geschehen war, ungeschehen machen konnten.

***

Anfangs September rief Arthur Oskar von Lichtensteig aus an. Es war der Wohnsitz seiner noch lebenden Mutter. Sie hatte ihm ihr Haus vermacht und war in eine nahe Blockwohnung gezogen. Arthur war für ein paar Wochen in die Schweiz zurückgekehrt. Er bat Oskar, ihm einen Besuch abzustatten. Er brauche seine Hilfe. Selbstverständlich gegen ein grosszügiges Entgelt. Das Risiko, das er dabei eingehe, sei minimal.

Oskar ahnte Unheilvolles. Wenn Arthur von Risiko sprach, ging es um eine kriminelle Aktion, da machte er sich keine Illusionen. Aber immerhin hatte Arthur ihn und Gustav beim Banküberfall nicht verraten. Zumal konnte er davon ausgehen, dass Arthur diesmal vorsichtiger handeln würde.

Als Oskar vor der Haustür Arthurs stand, war er überrascht, dass ihm eine junge Schwarze öffnete. Er schätzte sie kaum älter als sechzehn. Sie war spärlich bekleidet, trug Slip und BH. Sie sprach Oskar auf Englisch an: «*Welcome, darling.*» Einen Augenblick später erschien Arthur mit einer anderen Schwarzen. Sie war etwas älter, so zwischen zwanzig und dreissig.

Arthur klatschte in die Hände und zeigte mit dem Daumen nach oben. Die jungen Frauen eilten die Treppe hinauf ins Obergeschoss.

«Zuerst die Arbeit, dann das Vergnügen, mein Freund.» Er umarmte Oskar überschwänglich.

Er ging mit ihm in sein Arbeitszimmer. Es war sehr modern eingerichtet. Oskar staunte, dass auf seinem Schreibtisch der neueste IBM-Personalcomputer stand, verbunden mit einem Nadeldrucker. «Die ganze Anlage habe ich für siebentausend Franken erstanden. Sie ist sehr effizient, für mein Unternehmen von enormem Nutzen.»

Arthur weihte Oskar in den Auftrag ein, den er für ihn vorgesehen hatte. Er sollte seine Verbindungen über den einflussreichen Onkel mit den Mächtigen im Kanton einsetzen, damit Aufenthaltsbewilligungen und Asylanträge bessere Chancen hätten, ausgestellt zu werden. Es ging dabei meist um kurze Einsätze von kenianischen Frauen als Tänzerinnen in Nachtclubs. Oskar schluckte leer, als er das hörte. Er, der Sprössling einer frommen katholischen Familie, hatte die mit der Muttermilch eingesogene Moralvorstellung längst schon über Bord geworfen. Das verstiess gegen kein Gesetz. Aber nun sollte er sich an Beamte der Fremdenpolizei anpirschen und ihnen attraktive Angebote machen, damit sie sich bei der Vergabe von Aufenthalts- und Arbeitsbewilligungen für die schwarzen Sexarbeiterinnen in Bordellen grosszügig zeigten. Das war illegal. Würde er dabei erwischt, wäre er seine Stelle als Lehrer an der Kantonsschule los.

Kam dazu, dass Onkel Pius kaum Hand bieten würde, vertiefte Beziehungen zu Beamten aufzubauen. Pius kannte zwar viele davon und pflegte sogar mit einigen freundlichen Umgang. Weniger aus Zuneigung, mehr aus geschäftlichem Kalkül. Er war Unternehmer und verachtete im tiefsten Innern die Diener des Staates. Auf gar keinen Fall hätte er Hand geboten, Polizisten und andere Funktionäre der kantonalen Verwaltung zu bestechen.

Oskar musste sich etwas anderes einfallen lassen. Ihm kam der Zufall zu Hilfe. In dieser Zeit wurde eine Teilzeitstelle im Amt für Kultur frei. Oskar bewarb sich und wurde dank Referenzen von Onkel Pius eingestellt. Die Lehrerstelle am Gymnasium kündigte er.

Nun war Oskar wissenschaftlicher Mitarbeiter in der kantonalen Verwaltung und gehörte damit zur Elite der Beamtenschaft.

Oskar versuchte, den Anweisungen Arthurs nachzukommen.

Es konnten von nun an bei Weitem noch nicht ausreichend Anträge genehmigt werden, aber deutlich mehr als vorher. Eine grosse Anzahl der Frauen reiste sowieso ohne Papiere in die Schweiz ein. Besser gesagt, sie wurden auf Schmugglerpfaden über die grüne Grenze und gerade nicht besetzte Zollstationen in die Schweiz eingeschleust. Das war nicht so schwierig, Probleme gab es erst nachher, wenn die Etablissements, in denen sie arbeiteten, plötzlich von der Kripo kontrolliert wurden. Und das geschah regelmässig. Arthur forderte deshalb von Oskar, Angehörige der Sittenpolizei dazu zu bringen, bei diesen Einsätzen wegzuschauen. Das könnte durch eine altbewährte Methode ablaufen. Einigen Kripokontrolleuren sollten Sexdienste angeboten werden.

Oskar hatte Glück. Bei einem seiner Besuche in Au traf er seinen ehemaligen Studienkollegen Konrad Oberholzer. Er war Offizier der Sittenpolizei, einer der Höchsten in der Hierarchie. Zwei Jahre lang sass Oskar mit ihm in den Vorlesungen in Fribourg, dann hatte Konrad in die juristische Fakultät gewechselt. Er war in der gleichen Studentenverbindung wie Oskar, das stellte sicher, dass man sich nicht aus den Augen verlor. Heute war er ziemlich angetrunken.

Konrad Oberholzer schmunzelte. «Wir beide müssen uns nichts vormachen.»

«Womit du recht hast. Aber sag mal, was geschieht, wenn die im Klosterhof plötzlich eine Razzia vom Zaun reissen und dich im Bett einer Illegalen erwischen?»

«Oskar, für wie bescheuert hältst du mich? Ohne mein Zutun findet im St. Galler Rotlichtmilieu keine Hausdurchsuchung statt. Und übrigens, wenn du es wissen willst, ich vögle hier unentgeltlich.»

Oskar hielt den Zeigefinger an seine Lippen und flüsterte: «Ich auch!»

«Mensch, hast du etwa Aktien hier?»

«Das nicht gerade, aber ich stehe dem Betreiber dieses Etablissements bisweilen hilfreich zur Seite.»

«Und springt dabei etwas heraus?»

«Ich denke schon, ja. Möchtest du ein bisschen daran teilhaben?»

Konrad sah Oskar mit seinen glasigen Augen an. «Nicht so einfach», kam es lallend über seine schwere Zunge. «Ich habe in dieser Sache Mitesser.»

Oskar lachte laut auf. «Mitesser? Das ist ja der Hammer. Kumpel, du hast es faustdick hinter den Ohren.»

Von nun an gab es in Au und einigen anderen Lokalen deutlich weniger Razzien.

***

Arthur war hochzufrieden. Er schwärmte. «Diese Geschäfte erweisen sich als sehr einträglich.» Für die Freier des St. Galler Rheintals und Bodenseegebiets sei es eine Marktlücke. Schwarze Liebesdienerinnen gebe es derzeit nur wenige. «Wir haben in dieser Sparte sozusagen das Monopol. Für dich, Oskar, fällt da einiges ab.»

«Du sagst es. Aber wir sollten nicht zu unvorsichtig werden. Wäre es nicht ratsam, unseren gegenseitigen Kontakt auf ein Minimum zu reduzieren?»

Arthur stimmte ihm zu.

***

Für Gustav hatte Arthur eine weniger riskante Aufgabe ausgesucht. Allerdings immer noch heikel genug, um ihn an den Rand der Verzweiflung zu bringen. Auch ihn hatte er in seine Wohnung nach Lichtensteig zitiert. Auch ihm hatte er einen Empfang ähnlich demjenigen von Oskar bereitet und genau das bewirkt, was er beabsichtigte. Gustav zu verunsichern, ihn an etwas zu erinnern, das ihn seit Jahren belastete. Denn Arthur wusste, dass Gustav mittlerweile eine Familie hatte, an der er sehr hing, also keinesfalls bereit war, sich mit einer jungen schwarzen Prostituierten einzulassen, von der er nicht einmal wusste, ob sie das Schutzalter von sechzehn Lebensjahren hinter sich gelassen hatte.

«Du gehst einer finanziell rosigen Zukunft entgegen. Ich habe etwas für dich, das dir erlaubt, deinen Lebensstil deinen Fähigkeiten anzupassen. Du musst künftig dein Leben nicht in einem verschissenen kleinen Reihenhäuschen fristen und im gemeindeeigenen Schrebergarten Gemüse und Salat anpflanzen, um die hungrigen Mäuler deiner Gofen zu stopfen.»

Arthur strahlte, öffnete den Mund, wohl um seine makellosen schönen weissen Zähne zu präsentieren. Es waren kostspielige Implantate. Gustav konnte von so etwas nur träumen. Dann hob Arthur gönnerhaft beide Hände und fuhr fort. «Dabei erwarte ich von dir gar nicht viel. Du musst mir für die Werbeabteilung meines Unternehmens Ideen entwickeln und umsetzen.»

Gustav wollte dagegen Einspruch erheben. Arthur liess ihn nicht ausreden.

«Ich weiss, du willst nicht ein Angestellter meiner Firma werden. Da bin ich sogar froh. Du bleibst ein externer Mitarbeiter auf Augenhöhe des Chefs.»

«Sag mir jetzt endlich, um was es genau geht.»

«Das tue ich bewusst nicht, die Details sind deine Sache. Aber umschreiben kann ich es: Du sollst ‹Werbetexte› verfassen. Nicht auf Hochglanzprospekten. Aber deine Texte müssen makellos sein. Nach meinen Vorgaben. Auf ihnen beschreibst du meine Etablissements in den schönsten Farben, so, dass potenzielle Kunden nicht widerstehen können.»

Arthur hielt inne und schüttelte indigniert den Kopf.

«Mach nicht so ein Gesicht, als ob du keine Ahnung hättest, was in diesen Häusern abgeht. Das weisst du mittlerweile ziemlich genau. Ob du das mit deinem katholischen Moralkodex auf eine Reihe bringst, ist mir scheissegal.»

Auf Gustavs Stirn erschienen grosse Schweisstropfen.

Nach einer kurzen Pause redete Arthur weiter. «Das mit den Texten ist noch nicht alles. Du musst sie auch unterbringen. In Form von Inseraten in der einschlägigen Presse.» Er stand wieder auf, ging an seinen Schreibtisch, griff nach einem daumendicken Stapel A4-Papier, stapfte provozierend auf Gustav zu und schlug ihm damit auf den Kopf. «Kollege, all das muss in deinen Schädel. Lies es gründlich durch. In einer Stunde bin ich wieder zurück.» Er verliess das Zimmer.

Danach wusste Gustav, was von ihm alles erwartet wurde. Er hatte zusätzlich den Auftrag, die Männerclubs in der Umgebung des Dreiländerecks Rheintal, Vorarlberg und Bayern anzuschreiben: Fastnachtsgesellschaften, Freiwilligenfeuerwehr-, Schützen-, Offiziers- und Unteroffiziersvereine.

Es ging darum, sogenannte Herrenabende mit allem Drum und Dran anzupreisen. Und an die Adresslisten der Mitglieder dieser Körperschaften sollte Gustav herankommen.

Als Gustav das Haus von Arthur verliess, ging es ihm sehr schlecht.

***

Bis Ende Juni 1989 verkehrten Oskar und Gustav mit Arthur nur per Telefon. Dann erreichte beide wieder ein Brief von Arthur. Es war eine Einladung zu einer Geburtstagsparty für die Mutter von Arthur. Datum: 31. Juli. «Dieser verdammte 31. Juli! Dabei hat Arthurs Mutter vierzehn Tage früher Geburtstag», fluchte Oskar, als er den Brief gelesen hatte.

***

Diesmal fasste sich Gustav ein Herz und sagte tatsächlich ab. Er wusste, dass das bei Arthur gar nicht gut ankam. Eine Einladung von ihm zu übergehen grenzte an Unverschämtheit. Aber er wollte und konnte seine Familie nicht über eine Woche im Stich lassen.

Anders Oskar, er kam gut zurecht mit den Aufträgen von

Arthur. Dass es so leicht war, Polizisten kostenlose Liebesdienste anzudrehen, hätte er sich nicht träumen lassen. Noch weniger Schwierigkeiten machten ihm die Leute von der Fremdenpolizei. Das hatte handfeste Gründe. In der Sowjetunion verlor Gorbatschow langsam die Kontrolle. An ihren westlichen und südlichen Rändern kam es immer mehr zu Aufständen. Der ganze Ostblock drohte zu zerfallen. Im Westen stellte man sich ohnehin darauf ein, vorübergehend eine grössere Anzahl von Flüchtlingen aufzunehmen. Da kam es auf ein paar schwarze Frauen mehr oder wenig nicht an. Zudem hatte es für Oskar einen angenehmen Nebeneffekt. Seine Kasse klimperte, ohne dass er sich besonders anstrengen musste.

Am 29. Juli checkte Oskar in Kloten ein, um rechtzeitig auf Arthurs Ranch in Diani Beach einzutreffen. Arthur holte ihn am International Airport Mombasa mit seinem Land Rover ab.

Als sie die Siedlung Waa erreichten, bog Arthur rechts ab, um dort eine weitere Person abzuholen. Einen Österreicher, den Arthur als seinen wichtigsten Geschäftspartner vorstellte. Diesem Herrn habe er es zu verdanken, dass er in Kenia so rasch habe Fuss fassen können.

Kurz bevor sie wieder in die Küstenstrasse, die Likon Ukunda Road, einbiegen wollten, drückte Arthur voll aufs Gaspedal und übersah einen Fussgänger, einen Schwarzen. Sein Jeep erfasste ihn mit dem Kotflügel. Der Mann blieb am rechten Strassenrand liegen.

Arthur riss einen Stopp. Der Österreicher, der auf dem rechten der zwei Beifahrersitze Platz genommen hatte, sprang aus dem Wagen, eilte zum Unfallopfer. Dieses stöhnte, bewegte sich, war offensichtlich bei Sinnen. Er rief Arthur, der auch ausgestiegen war, zu: «Der Bursche lebt noch. Ich deute dir per Handzeichen an, wie du dieses Problem lösen kannst.»

Oskar, der das durch die geöffnete Fahrertür hörte, fragte, was der Mann damit meine. Arthur lachte schallend. «Das wirst du gleich sehen.» Arthur stieg wieder ein, fuhr, gebannt in den Rückspiegel spähend, rückwärts. Der Österreicher wies ihm per Handzeichen den Weg. Der Wagen hob sich plötzlich auf der rechten Seite. Oskar realisierte, dass der Schwarze überrollt wurde. Arthur fuhr wieder vorwärts und überfuhr den Schwarzen ein zweites Mal. Das wurde mehrere Male wiederholt, bis Arthur erleichtert sagte: «So, jetzt ist er hin.»

«Warum tust du das?», fragte Oskar.

«Die Leute hier ticken anders als in der Schweiz. Hätten wir ihn einfach halb krepiert liegen gelassen, wäre es ihm möglicherweise gelungen, sich unser Kennzeichen zu merken. Dann wäre die Hölle los gewesen. Leute seiner Sippe hätten an uns Rache genommen. Einer meiner Leute wäre malträtiert worden, möglicherweise sogar ich.»

«Du kannst von Glück reden, dass Gustav nicht dabei war. Der hätte dir den Wagen vollgekotzt.»

Arthur lächelte und nickte verständnisvoll und fragte: «Wie kommst du zurecht mit der Kripo im Klosterhof?»

Diese Frage überraschte ihn, denn Arthur wusste genau Bescheid, wie viele Kripobeamte sich bestechen liessen. Das waren immerhin drei. Aus Sicht von Oskar war das viel. «Besser, als ich anfänglich erwartet habe», antwortete er.

«Es könnten mehr sein, Oskar. Wir kommen da nicht drum herum, auch noch Schmiergelder zu zahlen.»

«Wenn ich dich richtig verstehe, meinst du, die Bullen sollten nicht nur gratis in den Bordellen vögeln dürfen, sondern auch noch dafür bezahlt werden.»

«Genau das meine ich. Wir werden dein Budget erhöhen. Das ist es uns wert.» Arthur klopfte Oskar kräftig auf die Schultern. «Übrigens, das mit den Aufenthaltsbewilligungen klappt ausserordentlich gut. Da hast du bewundernswertes Geschick bewiesen.»

***

Mein Leben hat sich verändert. Ich habe nun das Land entdeckt, wo ich meine Triebe ungestört und ohne Angst vor Verfolgung ausleben kann.

Ein Psychiater würde Sadismus so definieren: Eine Person verspürt Lust, indem er Mitmenschen erniedrigt, unterdrückt oder ihnen Schmerzen zufügt. Auf mich trifft genau das zu.

Synonyme für Sadismus nach Duden: Grausamkeit, Barbarei, Brutalität, Gefühllosigkeit, Gewalttätigkeit, Gnadenlosigkeit, Grobheit, Hartherzigkeit, Herzlosigkeit, Radikalität, Rohheit, Rücksichts-

losigkeit, Schonungslosigkeit, Unbarmherzigkeit, Unerbittlichkeit, Unmenschlichkeit, Zynismus.

Ich habe die Biografie von Donatien-Alphonse-François, Marquis de Sade (2. Juni 1740 in Paris; † 2 Dezember 1814 in Charenton-Saint-Maurice bei Paris), gelesen. Er war ein französischer Adeliger und verfasste etliche pornografische, kirchenfeindliche und philosophische Romane. Er wurde deswegen mehrere Male ins Gefängnis geworfen. Sades Werke beeinflussten zahlreiche Literaten und bildende Künstler. Ihm zu unterstellen, er habe den Sadismus erfunden, wäre aber vermessen. Das, was man heute im medizinischen Sinne unter Sadismus versteht, gibt es schon, seit Menschen die Erde bevölkern. Der Sadismus zieht eine unendlich lange Blutspur durch die Geschichte. Hätte ich vor 1798 – damals wurde die Alte Eidgenossenschaft zu Grabe getragen – schon gelebt, wäre ich Scharfrichter geworden. Die Menschen, die mir damals begegnet wären, hätten vor mir gezittert. Man hätte noch lange nach meinen Tod nicht gewagt, meinen Namen in den Mund zu nehmen.*

Sadismus beobachtet man nicht nur beim Menschen, sondern auch bei vielen Tieren. Schauen wir uns doch einmal an, wie die Katze eine Maus fängt und tötet. Das ist Sadismus pur. Ich habe als Kind oft einer Katze zugesehen, wenn sie eine Maus quälte. Im Alter von zwölf Jahren spürte ich dabei das erste Mal eine sexuelle Erregung.

***

Oskar blieb ein paar Tage länger in Diani Beach, als er ursprünglich vorgehabt hatte. Arthur lieh ihm seinen Land Rover, mit dem er ausgiebige Touren ins Landesinnere unternahm.

Als er in der zweiten Augustwoche wieder in Goldach eintraf, fand er eine Vorladung der Kripo auf seinem Schreibtisch. Sie war für den 14. August um Punkt acht Uhr, einem Montag, ausgestellt. Weshalb er vorgeladen wurde, stand nicht drin. Es stand aber drin, dass das Verhör von Oberleutnant Gross durchgeführt werde. Das irritierte Oskar. Ein Verhör mit einem Polizeioffizier? Ginge es um eine Kleinigkeit, wäre er vor einen Wachtmeister zitiert worden. Seinen Eltern war dieses Schriftstück auch aufgefallen. Sie sprachen ihn darauf an, Vater und Mutter löcherten ihn mit Fragen, was denn der Grund dieser Vorladung sein könnte. Oskar tat so, als ob er keine Ahnung hätte. Die Mutter schien sehr besorgt, sie rätselte, ob das nochmals etwas mit der Sache bei der Kristallhöhle zu tun haben könnte. Theo Moser reagierte gereizt auf diese Anspielung. «Diese Angelegenheit ist abgeschlossen. Nach seiner kurzen Untersuchungshaft hatte die Polizei eindeutig festgestellt, dass Oskar damit nichts zu tun hat. Gar nichts.»

***

«Herr Moser, was haben Sie vom 29. Juli bis zum 8. August in Diani Beach gemacht?»

Oskar machte grosse Augen. Die Polizei schien also genau zu wissen, wann er in Kloten abgeflogen und wieder gelandet war.

«Ich wollte mir mal dieses Ferienparadies anschauen.»

«Haben Sie dort auch Leute getroffen? Ich meine damit nicht Schwarze, sondern solche aus der Schweiz oder umliegenden Ländern.»

«Da kommt man nicht darum herum. Dort wimmelt es von Deutschen, auch Österreicher und Landsleute trifft man an.»

«Da kommen wir der Sache schon näher. Haben Sie einen Österreicher getroffen, mit ihm geredet?»

«Könnte sein, ja.»

«Erinnern Sie sich noch an seinen Namen?»

Oskar machte den Eindruck, angestrengt nachzudenken. «Mir will dieser Name nicht einfallen.»

Gross schmunzelte. «Nicht einfallen? Sie sind noch jung, haben erfolgreich ein Geschichtsstudium absolviert, sind Oberleutnant der Schweizer Armee. Leistungen, die eigentlich ein intaktes Gedächtnis voraussetzen. Könnte es sein, dass Sie sich nicht daran erinnern wollen, weil es Ihnen peinlich ist?»

Oskar sagte trotzig: «Ich kann mich nicht daran erinnern.»

«Gut, ich verrate Ihnen den Namen: Josef Franz Strache aus Villach in Kärnten. … Stimmt's?»

«Könnte etwa hinkommen, ja, so dürfte der Mann geheissen haben.»

«Sie fragen sich wohl, warum wir das so genau wissen. Da kläre ich Sie gerne auf.»

Gross griff nach einer Klarsichtmappe auf seinem Schreibtisch, zog das oberste Blatt heraus und begann zu lesen.

Strache, Josef Franz, geboren 8. September 1949, Magister der Kunstpädagogik.

Gross unterbrach kurz, schaute Oskar scharf in die Augen. «So etwas wie ein Berufskollege von Ihnen. Komisch, dass Ihnen sein Name nicht einfallen will.» Er las weiter.

Gegen Strache, Josef Franz, hat die Bundesrepublik Österreich im Mai 1988 einen internationalen Haftbefehl erlassen wegen folgender Delikte: Begünstigung von Prostitution, Pornografie, insbesondere solcher von Kindern, Mordversuchs und anderer Gewaltdelikte.
Die Republik Kenia hat sich bislang geweigert, ihn an Österreich auszuliefern.

«Haben Sie eine Bemerkung dazu, Herr Moser?»

«Keine.»

Gross atmete geräuschvoll ein, blies seine Backen auf und entliess die Luft wieder unter lautem Zischen. «Sie fragen sich, ob wir wissen, wo Sie ihn in Kenia getroffen haben?»

Oskar nickte wortlos.

«In einer Bar im Hotelkomplex ‹Diani Campsite and Cottages›, und zwar fünf Mal zwischen dem 29. Juli und dem 5. August.»

«Gratulation an die Schnüffler. Die scheinen wirklich hinter Strache her zu sein. Aber was liegt denn gegen mich vor?»

«Bis jetzt noch nichts. Doch das könnte sich ändern. Wir haben Sie nämlich herbestellt, um zu verhindern, dass Sie mit diesem Strache eine geschäftliche Beziehung eingehen. Sollte Ihnen das etwa einfallen, würden Sie Probleme bekommen. Wer sich mit Strache einlässt, den betrachten die Österreicher als Komplizen eines Schwerverbrechers. Betreten Sie mit dieser Hypothek österreichischen Boden, können wir für nichts garantieren. Man würde Sie womöglich festnehmen. Einsitzen in einem Knast in Österreich ist kein Zuckerschlecken, dagegen sind unsere Gefängnisse die reinsten Erholungsheime.»

Alfons Gross streckte Oskar Moser seine rechte Pranke entgegen und sagte beinahe väterlich: «Wir meinen es nur gut mit Ihnen. Lassen Sie bitte die Finger von Strache.»

Oskar war ungemein erleichtert, als er den Klosterhof verliess.

***

Auf seinem Weg ins Büro dachte Gross angestrengt nach. Dieser verdammte Oskar Moser tauchte immer wieder auf. Warum, wann, wo? Gross war klar, dass er sich Oskar Moser an die Fersen heften musste.

Er zog aus seiner untersten Schublade den Bericht des Gefreiten Peter hervor. Peter, der einige Monate nach seinem Dienstantritt seinen Job im Klosterhof kündete, in die Bündner Berge zog und dort Biobauer wurde. Wie viele Stunden er im Bericht las, konnte er nicht sagen. Es war jedenfalls spätabends, als er sich auf den Weg nach Hause machte. Danach rief er Wachtmeister Manser vom Kapo-Posten Goldach an. Während des längeren Gesprächs schrieb er drei Namen auf: Oskar Moser, Gustav Glanzmann und Arthur Busch.

Sollte er seinem Chef, Oberstleutnant Werner Schläpfer, darüber berichten? Gross überlegte lange, dann entschied er sich, es zu tun.

Schläpfer bedankte sich für diese Information. In dieser Sache jetzt Schritte zu unternehmen sei aber nicht ganz einfach. Man müsse die Staatsanwaltschaft davon in Kenntnis setzen. Sie habe letztendlich zu entscheiden, ob der Fall «Kristallhöhle» wieder neu aufgerollt werden solle.

«Was wir aber auf jeden Fall ohne Segen der Staatsanwaltschaft machen dürfen: diese drei Burschen im Auge behalten», sagte Schläpfer.

Die Staatsanwaltschaft lehnte eine Wiederaufnahme der Ermittlungen im Fall «Kristallhöhlenmord» ab.

Das war zu viel für Gross. Es war um drei Uhr nachmittags, als ihn Schläpfer telefonisch über den Entscheid des Staatsanwalts informierte. Es sprudelte aus Gross' Mund nur so heraus, in einer Lautstärke, dass es die Passanten unten auf der Strasse mitbekommen mussten. «Hab ich es nicht immer gewusst, die himmeltraurigsten Kerle sind einmal die Staatsanwälte. Hinterhältig, karrieresüchtig und feig. Einen kleinen Ganoven fassen sie brutal an und verarbeiten ihn zu Hackfleisch. Geht es aber darum, den Neffen einer einflussreichen Persönlichkeit wegen einem Kapitalverbrechen zu überführen, machen sie sich die Hosen voll.»

Gross zog das Tischtelefon zu sich und wählte seine Nummer zu Hause. «Hei, Mimi, Schatz, ich habe die Nase voll von diesem Scheissjob. Pack die Koffer, wir machen ein verlängertes Wochenende zusammen mit unseren Kleinen in Salzburg. In einem Hotel mit ausgezeichneter Kinderbetreuung. Dorthin wolltest du ja schon lange einmal.»

***

Ende August 1989 begann Bruno Bänziger in der Migros in Rorschach mit einer Lehre als Verkäufer. Nicht gerade sein Traumberuf. Aber er sagte sich, auch mit einem Fähigkeitszeugnis als Verkäufer würde er zur Aufnahmeprüfung an der Polizeischule zugelassen. Er müsste sich darauf gut vorbereiten. Er war überzeugt, dass er diese Prüfung bestehen würde. Ein halbes Jahr zuvor war sein Grossvater in Kobelwies gestorben. Obwohl der alte Bänziger schonungslos mit seinen Enkeln umging, schätzten ihn beide. Ulrich etwas mehr als Bruno. Auch Ulrich schaffte es in die Sekundarschule. Im Gegensatz zu Bruno war er aber ein guter Schüler. Nach jedem Zeugnis durfte er bei seinem Grossvater drei bis sechs Fünfzigernoten abholen. Bruno immer nur eine und immer für dasselbe Fach: Religion. Der Religionslehrer verteilte fast immer Sechser. Ausnahmen machte er nur bei Schülern, die frech waren oder den Unterricht störten. Ulrich brachte im Fach Biblische Geschichte selten eine Sechs nach Hause.

13

Im November 1989 fand ein Spaziergänger in einem Wald bei Schaan in Liechtenstein die schon ziemlich stark verweste Leiche einer Schwarzen. Die herbeigerufene Polizei schätzte den Todeszeitpunkt auf Anfang September. Die Frau war nur mit Unterwäsche bekleidet. Im Büstenhalter wurde eine Visitenkarte des Bordells «Goldener Bock» in Au gefunden. Die Tote sei aber nie als vermisst gemeldet worden.

Einige Tage später wurde kurz in den St. Galler Medien darüber berichtet. Nur durch Zufall erfuhr Oskar davon. Er war alarmiert, denn er wusste, dass der «Goldene Bock» ein Etablissement war, mit dem auch Arthur irgendwie zu tun hatte. Umgehend informierte er telefonisch den gerade in Diani Beach weilenden Arthur und konnte ihn insofern beruhigen, als die Leiche einer nicht identifizierten Schwarzen in St. Gallen kaum hohe Wellen werfen würde. Dass aber eine Visitenkarte gefunden worden war, die auf ihr Betätigungsfeld hinwies, sei schlicht unverzeihlich. Das dürfe nicht mehr geschehen.

Arthur versprach Oskar, beim «Goldenen Bock» zu intervenieren. Er machte Oskar indes klar, dass Huren stets gefährlich lebten. Dass weitere Todesfälle möglich seien. Allerdings könne er ihm garantieren, dass die Entsorgung der «Unfallopfer» künftig sorgfältiger ablaufen werde.

***

In der zweiten Dezemberwoche erhielt der Kripochef von St. Gallen, Werner Schläpfer, ein Schreiben seines Kollegen aus Vaduz. Darin bat er Schläpfer um Beistand bei der Untersuchung des mysteriösen Leichenfundes. Schläpfer wunderte sich über die späte Reaktion. Bisher hatte er ohne offizielles Hilfegesuch der Liechtensteiner Kripo nichts unternehmen können.

Schläpfer betraute Gross mit der Vorabklärung. Mitte Januar lieferte er Schläpfer den Bericht seiner Recherchen ab.

Mit grosser Wahrscheinlichkeit war die tot aufgefundene Frau eine Angestellte im «Goldenen Bock». Welcher Tätigkeit sie dort nachging, lässt sich nicht mit Sicherheit feststellen. Bei der Fremdenpolizei nicht registrierte Personen arbeiten dort im Service, im Putzdienst oder als Prostituierte. Wir gehen davon aus, dass das Letztere zutrifft. So oder so stellt sich aber die Frage, weshalb keine Vermisstmeldung aufgegeben wurde. Kommen Menschen ohne Aufenthaltsbewilligung beziehungsweise ohne Papiere zu Schaden oder bleiben sie ohne Angabe von Gründen weg, wäre der Arbeitgeber verpflichtet, unverzüglich die Behörden zu avisieren, was allerdings in den meisten Fällen nicht so gehandhabt wird.
Ein Gespräch mit dem Geschäftsführer, einem Vorarlberger, brachte wenig Klarheit. Er behauptet entgegen Aussagen von mehreren dort beschäftigten Liebesdienerinnen, die Tote nicht gekannt zu haben. Über die Besitzverhältnisse des Etablissements konnte oder wollte er keine präzisen Angaben machen. Da die meisten Angestellten des «Goldenen Bockes» aus der Gegend um Mombasa in Kenia stammen, kann davon ausgegangen werden, dass der/die Inhaber dieses Bordells aus dem genannten Land stammen oder enge Beziehungen zu ihm haben.
Von Angestellten wurden unter vielen zwei Namen genannt: Josef Franz Strache und Arthur Busch.

Der Name «Arthur Busch» war unterstrichen und mit einer Randbemerkung versehen. «Sein Strafregister ist alles andere als blank.»

***

Bereits am nächsten Tag fand eine Razzia im «Goldenen Bock» statt. Der Geschäftsführer, der Gérant und sämtliche nicht registrierte Personen wurden in Handschellen abgeführt. Der «Goldene Bock» wurde bis auf Weiteres geschlossen.

Schläpfer informierte seinen Kollegen in Vaduz über die Abklärungen von Gross beziehungsweise die über den «Goldenen Bock» verhängten Sanktionen. Das Schreiben endete mit dem lapidaren Satz: «Mehr können wir zurzeit nicht tun.»

Der Geschäftsführer und die anderen Kader des Bordells wurden angeklagt und später zu Gefängnisstrafen verurteilt. Die bei der Fremdenpolizei nicht angemeldeten Personen, ausnahmslos schwarze Frauen, wurden in Ausschaffungshaft genommen und nach Kenia ausgeflogen.

***

Gross und Schläpfer unterhielten sich längere Zeit über die Razzia. Noch einmal wurden die im «Goldenen Bock» beschlagnahmten Dokumente durchgekämmt. Die Namen Oskar Moser und Gustav Glanzmann wurden nicht gefunden.

«Und was ist mit Arthur Busch? Sollen wir den Staatsanwalt bitten, gegen ihn einen Haftbefehl auszustellen?», erkundigte sich Gross.

«Denkst du, das bringt etwas? Die Mädchen im ‹Goldenen Bock› haben vielleicht zwanzig Namen genannt, Busch und Strache sind uns aufgefallen. Pflücken wir uns Busch, müssen wir den andern auch nachgehen.»

«Das dürfte wenig ergiebig ausfallen. Denkst du, die seien so blöd gewesen und hätten ihren richtigen Namen genannt?»

«Dass sie das nicht getan haben, dessen bin ich mir sicher. Was die feinen Besucher allerdings nicht wussten: Über den flauschigen Himmelbetten waren überall Videokameras montiert. Wir haben eine Menge Bänder sichergestellt.»

Schläpfer hielt seine Hände vors Gesicht. «Ist dir bewusst, dass wir nur diejenigen verwerten dürfen, die bis ein paar Tage vor dem Verschwinden der schwarzen Prostituierten aufgenommen wurden? Immerhin konnten wir rekonstruieren, welches die letzte Nacht dieser Dirne war.»

«Ich habe die Filme angesehen. Mir war, als seien einige bekannte Gesichter darunter.»

«Du weisst genau wie ich, dass wir diese Gesichter nur mit jemandem abgleichen dürfen, gegen den ein dringender Verdacht besteht, etwas mit dem Verschwinden der später tot aufgefundenen Frau zu tun gehabt zu haben», gab Schläpfer zu bedenken.

«Was sollen wir jetzt tun?»

«Lass die Bänder kopieren und schicke die Originale der Staatsanwaltschaft», entschied Schläpfer.

«Was macht wohl der Staatsanwalt mit dieser heissen Kartoffel in den Händen?», fragte Gross.

«Er lässt sie fallen.»

***

Der Fall der Mauer und der Kollaps des Ostblocks hinterliessen auch Spuren im Kanton St. Gallen. Die Geschäfte mit den schwarzen Prostituierten waren plötzlich nicht mehr so ertragreich. Viele Frauen aus den ehemaligen Staaten des Warschauer Paktes verdingten sich besonders im Dreiländereck Au/St. Margrethen als Dirnen, was einen akuten Preiszerfall der Liebesdienstleistungen zur Folge hatte.

Nacheinander wurden die Nachtclubs und Bordelle, mit denen Arthur zu tun hatte, durch Zuhälter aus Polen, Rumänien und der Ukraine übernommen. Zu einem durchaus guten Preis. Oskar und vor allem Gustav waren darüber erleichtert. Arthur beschloss, sich vorerst nach Kenia zurückzuziehen.

***

Es war Silvester 1990. Oskar Moser lebte immer noch bei seinen Eltern. Mittlerweile war er bald neunundzwanzig Jahre alt. Seit Oskars Promotion luden Vater und Mutter Moser über die Festtage stets eine junge standesgemässe Dame zum Jahreswechsel ein, weil ihrem einzigen Sohn noch eine Frau an seiner Seite fehlte. Ein Mann mit einem Doktorat in Händen aus gutem Haus durfte nicht ledig bleiben.

Die fünfundzwanzigjährige Dame Fernanda war eine blasse, zurückhaltende Person, leicht untergewichtig mit dünnen Lippen. Sie war Krankenschwester. Diese Beschäftigung übte sie teilzeitlich aus. Ihre Eltern waren gut betucht, aber schon ziemlich alt. Sie standen an der Schwelle ihres siebzigsten Geburtstages. Ihre Villa in Goldach mit wunderbarer Seesicht war gross genug, um zusätzlich einer Familie mit Kindern Unterschlupf zu bieten.

Gegen Mittag am Neujahrsmorgen nach einem üppigen Champagnerfrühstück war alles geregelt. Die Verlobung war für Mitte Februar, die Hochzeit für Anfang Mai geplant.

Für Oskar veränderte sich mit dem Ehestand kaum etwas. Fernanda umsorgte ihn, wie das von ihr erwartet wurde. Sie schien sich nicht für die berufliche Tätigkeit von Oskar zu interessieren, jedenfalls fragte sie ihn nie danach. Das taten bisweilen sein Vater und manchmal auch seine Mutter. Allerdings vermied es Oskar, mit den Eltern über seine Nebenbeschäftigungen zu sprechen.

Jedes Jahr besuchte Oskar mindestens einmal Arthur in Kenia, allerdings ohne Fernanda mitzunehmen. Diese Reisetätigkeit missfiel seinem Vater und seinem Onkel, denn sie wussten, wem sie galt. Seit dem Banküberfall in Rorschach war Arthur Busch für beide eine Unperson.

***

Das Jahr 1991 brachte auch für Bruno Bänziger eine schicksalhafte Veränderung. In der ersten Januarwoche brach er an seinem Arbeitsplatz zusammen. Er wurde mit der Ambulanz ins Kantonsspital St. Gallen eingeliefert. Dort wurde ein gravierender Herzfehler, der eine sofortige Operation notwendig machte, diagnostiziert. Die Operation verlief nach Aussagen der Ärzte gut. Allerdings bedeute das nicht, sagten die Ärzte, dass Bruno nach diesem Eingriff völlig gesund sei. Grosse Kraftanstrengungen wie ausgedehnte Bergwanderungen oder Ausdauersportarten dürfe er sich nicht zumuten.

Bruno dachte dabei an seine geplante Karriere als Polizist. Er fragte seinen Hausarzt, ob er es wagen könne, die Rekrutenschule zu besuchen. «Auf gar keinen Fall», war die Antwort. Für Bruno fiel eine Welt zusammen. Sein heiss ersehnter Wunsch, Kommissar zu werden, löste sich in Luft auf. Im Juni bestand er knapp die Abschlussprüfung als Verkäufer. Sein Lehrmeister führte dieses schwache Abschneiden auf Brunos Erkrankung zurück. Er bot Bruno an, weiter an seinem Arbeitsplatz zu bleiben. Er solle den Mut nicht verlieren. Als Verkäufer in einem Grossmarkt habe er durchaus Aufstiegschancen. Dass Bruno seinen eben erlernten Beruf überhaupt nicht liebte, behielt er zunächst für sich. Immerhin: Als Überbrückung für eine ihm mehr zusagende Tätigkeit nahm er das Angebot an. Als Arbeitsloser zu gelten, stempeln zu gehen, das verbot ihm sein Stolz. Das hätten auch seine Eltern, bei denen er immer noch wohnte, nicht akzeptiert.

Ulrich, seit 1990 als Mechanikerlehrling in einem Rorschacher Industriebetrieb, nahm mitfühlend an Brunos Schicksal Anteil. Er gab sich alle erdenkliche Mühe, seinem Bruder wieder Lebensmut zu machen. Er überlegte sich, was es noch für Beschäftigungen geben könnte, die Brunos nicht erfülltem Berufswunsch am nächsten kamen. Schliesslich schlug Ulrich Bruno vor, sich um eine Stelle in einer Sicherheitsfirma zu bewerben. Dort sei man flexibler als bei der Polizei, das Gehalt könnte je nach Tätigkeit sogar um einiges höher liegen. Bruno fand das eine gute Idee. Er liess sich Unterlagen von Sicherheitsfirmen zuschicken.

Er ging diese Papiere durch und realisierte, dass es im Sicherheitsbereich Arbeitsmöglichkeiten gab, die durchaus interessant sein können. Ins Auge fiel ihm eine Stelle als «Ladendetektiv für den Detailhandel (mit Diplomabschluss)». Leicht irritierten ihn die Anforderungen: mindestens achtzehn Jahre alt, gute Kenntnisse der deutschen Sprache, Grundschulabschluss. Kleingedruckt war noch vermerkt, wie man zum Diplom kam. Durch einen einwöchigen Kurs, der neunhundertneunzig Franken kostete. Das war mehr als die Hälfte seines Monatslohnes in der Migros. Warum war er denn in die Sekundarschule gegangen? Warum hatte er mit viel Schweiss ein Fähigkeitszeugnis als Detaillist/Verkäufer erworben? Und der Hinweis auf Deutschkenntnisse: Waren das Zielpublikum etwa Ausländer mit rudimentärer Schulbildung und ohne Berufsabschluss? Im Prospekt stand auch eine Telefonnummer für Fragen. Er rief gleich an. Da realisierte er, dass es Sonntagnachmittag war.

Am Montagvormittag rief er nochmals an, Montag war sein Freitag. Bruno war positiv überrascht, wie man in dieser Firma seinen Anruf entgegennahm. «Sie sind ausgebildeter Verkäufer? Das hatten wir noch nie. Da greifen wir geschwind zu. Sie können bei uns gleich anfangen. Die Kurskosten für die Ausbildung übernehmen wir selbstverständlich. Wir bieten ihnen ein Gehalt von zweitausend Franken an.»

Das Gespräch mit dem Personalchef des Migrosmarktes verlief unerwartet gut. Man hatte Verständnis für Brunos Anliegen. Anfang Oktober trat er bei der Security Services St. Gallen seine

Stelle als Ladendetektiv an. Die neue Arbeit gefiel Bruno. Er lebte richtig auf. Statt stundenlang an der Ladenkasse zu tippen, wurde er fast jeden Tagen in ein anderes Einkaufszentrum der Ostschweiz vermittelt. Er wurde ein ausserordentlich erfolgreicher Detektiv.

An einem schönen Frühlingstag wurde Bruno Bänziger nach Oberriet aufgeboten. Dort hatte er zwei grössere Ladengeschäfte zu betreuen. Dabei konnte er vier Diebinnen und zwei Diebe überführen. Nach Ladenschluss machte er sich daran, eine Idee umzusetzen, die er schon einige Wochen mit sich herumtrug. Er wollte einmal die Kristallhöhle besuchen, sich den Tatort des unheimlichen Verbrechens von 1982 nochmals ansehen. Er hatte in seinem Ordner «Archiv Kristallhöhlenmord» bereits vieles eingeheftet: Zeitungsartikel, die allerdings in den letzten Jahren weitgehend ausblieben, und Notizen über Befragungen von Menschen, die damals etwas beobachtet haben wollten. Er läutete bei Kilian Brogli in Kobelwies, Wart der Kristallhöhle seit 1975. Brogli öffnete einige Augenblicke später. Er brachte zunächst kein Wort hervor, denn Bruno schien ihn beim Nachtessen gestört zu haben. Brogli musste noch einen Bissen Steak hinunterschlingen.

«Was für eine Überraschung, da steht ja der Bruno vor mir. Bist immer noch derselbe. Schon als du ein Junge warst, hast du mich immer während des Essens herausgeläutet. Komm auf einen Sprung herein. Was hast du denn auf dem Herzen?»

«Ich würde gerne der Kristallhöhle einen Besuch abstatten. Aber das funktionierte bis jetzt nicht. Immer wenn ich dort war, fand ich die Eingangstür verschlossen.»

Brogli schmunzelte. «Soll auch nicht funktionieren. Stell dir vor, was dort für Abfallhaufen liegen würden, wenn jeder Zugelaufene dort herumstreichen würde. Aber du bist natürlich eine Ausnahme. Dir kann ich ja einen Schlüssel anvertrauen. Unter der Bedingung, dass du mir ihn nächste Woche wieder zurückbringst.»

Das war mehr, als Bruno erwartet hatte. Er bedankte sich überschwänglich. Am kommenden Tag liess er in St. Gallen eine Kopie des Schlüssels nachmachen. Nicht bei einem offiziellen

Schlüsselservice, sondern bei einer Privatperson, einem drogensüchtigen Kleinganoven, den er bei einem Ladendiebstahl erwischt hatte. Bruno war stets zuvorkommend mit seinen «Kunden», vielleicht auch mit dem Hintergedanken, dass sich das später einmal auszahlen könnte.

Mitte Juli 1992 rief er seinen Bruder Ulrich an. Er bat ihn, bei seinem Lehrmeister nachzufragen, ob er sich am 31. Juli freimachen könne. Ulrich fragte nach, weshalb er das tun sollte.

«Wir wollen zusammen die Kristallhöhle besuchen und dort als Hommage an die 1982 ermordeten Mädchen einen Kranz niederlegen.»

«Oje. Du kanntest ja diese Mädels gar nicht. Ich finde das einen bescheuerten Einfall. Aber wenn dir so viel daran liegt, mache ich halt mit.»

Nachmittags um drei Uhr trafen sich Bruno und Ulrich vor dem Höhleneingang. Die vereinbarte Stunde, so mutmasste Bruno, sei die wahrscheinliche Todeszeit der beiden Opfer. Bruno war ganz in Schwarz gekleidet, Ulrich trug seinen Strassenanzug.

«Nun hör mal, grosser Bruder, spinnst du eigentlich? Man könnte den Eindruck bekommen, du gingest an eine Beerdigung.»

«Richtig. Ich sehe das als Beerdigung. Wir schulden den beiden Opfern diese Ehrerbietung.»

«Lass dir ja nicht einfallen, das von mir zu verlangen, dass ich das nächste Mal auch in Trauerklamotten anrücke.»

«Ich habe mich an deine Pietätlosigkeit gewöhnt. Aber immerhin: Du sprichst vom nächsten Mal. Ja, wir werden auch 2002, 2012 … dort einen Kranz niederlegen. Wir werden es in diesem Rhythmus so lange tun, bis die Täter gefunden sind oder sich freiwillig gemeldet haben.»

«Freiwillig gemeldet haben? Ich glaub's nicht. Langsam befürchte ich, bei dir ist da oben eine Schraube locker.» Ulrich zeigte bei diesen Worten mit dem Finger auf die Stirn.

Bruno öffnete das Eingangstor mit seinem nachgemachten Schlüssel.

«Von wo hast du denn den her?»

Bruno erzählte freimütig, wie er dazu gekommen war.

Er knipste seine Taschenlampe an. Als sie einige Meter in der Höhle waren, vernahmen sie aus dem Innern Schritte. Weiter hinten in der Höhle tauchte plötzlich eine kräftig leuchtende Stirnlampe auf.

«Verdammt. Verlassen wir blitzartig diese Grotte und verstecken uns im Gebüsch vor dem Eingang», flüsterte Bruno Ulrich ins Ohr.

Dummerweise unterliess es Bruno, das Eingangstor zu schliessen. Als der Mann mit der Stirnlampe dort ankam, blieb er unschlüssig stehen und sah sich nach allen Richtungen um. Er war eher klein, schlank und kräftig. Doch die Brüder konnten sein Gesicht nicht erkennen, da es verhüllt war. Schliesslich entfernte sich der Mann. Bruno und Ulrich liessen einige Minute verstreichen, bis sie die Höhle zum zweiten Mal betraten.

Weit hinten in der Grotte legte Bruno den Kranz nieder und sprach flüsternd ein Gebet, dessen Worte Ulrich nicht verstehen konnte.

***

Am 31. Juli 1992, einem Freitag, erschienen Artikel und Leserbriefe in der Presse der Ostschweiz. Darin wurde an den Doppelmord bei der Kristallhöhle erinnert. Unter den Leserzuschriften war auch eine mit den Initialen B. B. unterzeichnet. Der Autor gab sich als derjenige Zeuge aus, der 1982 als neunjähriger Junge an der Kreuzung in Kobelwies die beiden später zu Tode gekommenen Mädchen zum letzten Mal gesehen hatte.

Es ist ein grauenhaftes Verbrechen, das am 31. Juli 1982 in der Kristallhöhle geschehen ist. Warum wurde der Täter nicht gefasst? Das frage ich mich. Aber nicht nur ich, sondern mit mir viele andere Menschen aus der Gegend. Eines steht fest: Der Mörder musste seine Opfer gekannt haben. Die Stelle, wo die beiden Mädchen zwei Monate nach ihrem Verschwinden gefunden wurden, verrät auch ganz eindeutig: Der Täter verfügte über ausgezeichnete Ortskenntnisse.

All das hätte eigentlich auch die Kripo St. Gallen wissen kön-

nen. Wahrscheinlich hat sie das auch. Aber aus irgendeinem unerfindlichen Grund hat sie es der Öffentlichkeit vorenthalten. War der Täter etwa eine bedeutende Persönlichkeit in unserem Kanton oder der Sohn von einer solchen? Wir wissen es nicht. Wir können es nur ahnen.

Eigentlich war es bei Lesermeinungen nicht üblich, doch diesmal hängte die Redaktion eine Bemerkung des damals zuständigen Untersuchungsrichters Nabholz und heutigen Gerichtspräsidenten an:

Über die Kristallhöhlenmorde wurde viel geschrieben. Und noch mehr darüber geredet. In solchen Situationen kommt die Gerüchteküche zum Brodeln. Ich, der selber in die Ermittlungen involviert war, darf mit Überzeugung sagen: Die Polizei arbeitete damals äusserst professionell. Die Zusammenarbeit zwischen Justiz und Polizei war vorbildlich. Dass wir trotzdem nicht erfolgreich waren, den Täter zu überführen, tut uns sehr leid. Doch es war nicht unsere Schuld. Es gab in unserem Land immer unaufgeklärte Verbrechen, und es wird sie auch künftig geben. Wir hoffen immer noch darauf, dass in diesem Falle die Wahrheit doch noch ans Licht kommt. Die Kriminalgeschichte ist voll von Fällen, wo der oder die Täter auch nach zehn, zwanzig oder mehr Jahren gefasst werden konnten.

***

Auch Gross las den Leserbrief und die Replik des Richters. Das geschah beim Frühstück mit Mimi.

Sie sah Alfons plötzlich besorgt an. «Was hast du eben so Schreckliches gelesen, du bist ganz bleich geworden.»

«Ja, Mimi, das ist eine ganz üble Geschichte. Es geht um den Kristallhöhlenmord. Ein Richter hat einen Artikel geschrieben, der mir die Galle bis in den Gaumen hochtreibt. Aber lies es lieber selber. Ich möchte gerne wissen, wie du darüber denkst.» Er reichte Mimi die Zeitung über den Tisch.

Als Mimi den Leserbrief und die Antwort des Richters gelesen hatte, sah sie Alfons ernst an.

«Du musst darauf reagieren. Auch wenn du dir Schwierigkeiten einhandelst. Du hast allzu lange die Faust im Sack gemacht. Du bist ja nicht unschuldig daran, dass dieses Verbrechen damals nicht aufgeklärt worden ist. Ich mache dir keinen Vorwurf deswegen. Ich weiss, wie du damals gelitten hast. Du wolltest ein loyaler Diener des Staates sein, hast dich schützend vor deine Vorgesetzten, vor den Staatsanwalt und die Richter gestellt. Ich kann das sehr wohl nachvollziehen. Es ging um deinen Job. Wer hätte nicht so gehandelt? Nun bist du älter und reifer geworden. Du hast es nicht mehr nötig, für andere die Kastanien aus dem Feuer zu holen. Schreib Bruno Bänziger und antworte dem Gerichtspräsidenten mit einem offenen Brief. Er wird lostoben wie ein Berserker, aber ich würde mich sehr wundern, wenn er etwas gegen dich unternähme. Auch Schläpfer wird schweigen. Er ist nicht so blöd und mischt sich in Sachen ein, die er gar nicht zu verantworten hat.»

Eine Woche später stand ein Leserbrief von Gross in der Ostschweizer Presse. Darin räumte er ein, dass die Untersuchungsbehörden im Fall Kristallhöhlenmord gepatzt und falsche Rücksichten genommen hätten. Bis zur Publikation hatte es so lange gedauert, weil die zuständigen Redaktoren nachgefragt hatten, ob die Zuschrift wirklich vom Kripooffizier Gross stamme. Ob er sich das nicht noch einmal überlegen wolle. Eine solche Stellungnahme sei unüblich und könne ihm womöglich die Stelle kosten.

Doch Gross blieb dabei. «Koste es, was es wolle, der Artikel muss erscheinen», sagte er den Redaktoren.

Reaktionen blieben nicht aus. Eine Flut von Zuschriften ergoss sich über die Leserbriefspalten. Die überwiegende Mehrheit stellte sich auf die Seite von Gross. Auch Bruno Bänziger meldete sich. Schriftlich, nur mit einem Wort: «Danke.»

Im Justiz- und Polizeidepartement bauten sich bedrohliche Gewitterwolken auf, die sich auch entleerten. Wie hätte es anders sein können? Am meisten im Platzregen stand Gross' Vorgesetzter Schläpfer. Auf Geheiss des zuständigen Regierungsrates musste er sich den Störenfried vornehmen. Herausfinden, warum Gross zu einem derartigen Rundumschlag, wie sich der Chef des Sicherheits- und Justizdepartements ausdrückte, ausgeholt hatte.

Mit den Worten «Da hast du mir etwas Schönes eingebrockt, Alfons» empfing er Gross in seinem Büro. Es wurde ein langes Gespräch. Danach verabschiedete sich Schläpfer von Gross mit Handschlag und sagte: «Ich halte zu dir.»

So weit ging der Regierungsrat nicht. Er griff zur Schadenbegrenzung ordnend ein. All seinen Mitarbeitern im Sicherheits- und Justizdepartement verbot er, sich öffentlich zu den Leserbriefen von Bänziger, Gross und dem Gerichtspräsidenten zu äussern.

Gross erhielt einen geharnischten Brief vom Justiz- und Sicherheitsdirektor, der mit der Drohung endete: «Wenn Sie sich nochmals unter Umgehung des Dienstweges an die Medien wenden, sieht sich die Regierung des Kantons St. Gallen gezwungen, das Arbeitsverhältnis mit Ihnen aufzulösen.»

***

In der «Taube» von Kobelwald las ich im «St. Galler Volksblatt» den Leserbrief von B. B. und den Kommentar von Gerichtspräsident Nabholz. Ich musste mich ungeheuer zusammennehmen, nicht laut zu lachen. Aber das durfte ich natürlich nicht. Es war Freitag am späten Nachmittag, eine Zeit, in der sich stets recht viele Gäste in dieser Wirtschaft aufhalten. Stattdessen hob ich die Zeitung in die Höhe, sprach einen älteren Herrn an, der am selben Tisch wie ich sass und in sein Bierglas stierte.

«Haben Sie das auch schon gelesen? Ich fass es nicht.»

Er hatte nicht. Ich reichte ihm die Zeitung. Er klaubte seine Lesebrille aus der Tasche und begann, laut zu lesen. Zuerst die Zuschrift von B. B, dann die Replik des Richters. Die Menschen an den Nebentischen sahen zunächst halb belustigt zu ihm hinüber. Dann wurde es plötzlich still.

Nachdem er den Satz «Die Zusammenarbeit zwischen Justiz und Polizei war vorbildlich» gesprochen hatte, brach ein lautes Gelächter los. Die Witze und Bemerkungen, die danach über Nabholz zum Besten gegeben wurden, möchte ich hier nicht wiedergeben.

Ich fühlte mich ungemein gut.

***

Nach dem Vorfall mit Gross kam die seit mehr als sechseinhalb Jahren stillgelegte «Soko Kristallhöhle» wieder zusammen. Diejenigen, die aus dem Polizeidienst ausgeschieden waren, wurden durch ihre Nachfolger ersetzt. Gross und Schläpfer waren die Einzigen, die daran glaubten, noch etwas zur Aufklärung dieses Verbrechens beizutragen. Gross informierte über die neuen Erkenntnisse seit der Affäre Pfiffner. Er stiess dabei auf wenig Musikgehör. Es ging den meisten Teilnehmern vielmehr darum, der beiden Opfer zu gedenken und vielleicht aus dem Misserfolg der Fahndung einige Lehren zu ziehen.

Schläpfer wurde gefragt, wie er sich in einem solchen Fall verhalten würde. «Anders, als es nach dem Verbrechen von 1982 von der Kripo praktiziert wurde. Ich würde vom ersten Tag an mit der Justiz, den Polizeien und Richtern der Nachbarkantone zusammenarbeiten.»

Mehrere Soko-Angehörige wollten von Gross wissen, ob in der Kriminalistik seit 1982 Fortschritte erzielt worden seien.

Das sei tatsächlich der Fall. 1984 habe der Molekularbiologe Alec Jeffreys durch Zufall den genetischen Fingerabdruck entdeckt. «Darunter versteht man das DNA-Profil eines Lebewesens. Wie die Abdrücke an den Fingern ist dieses für jedes Individuum verschieden. Die DNA kann aus Zellen von Sperma, der Haut, von Haaren oder Speichel gewonnen werden.»

In Deutschland sei es erstmals 1988, als Beweis in einem Strafprozess, vor Gericht anerkannt worden. Auch in der Schweiz würden in naher Zukunft die gesetzlichen Grundlagen für diese Ermittlungsmethode geschaffen.

Ein Mitglied stellte die Frage, ob es möglich sei, auch lange nach einem Mord von einer exhumierten Leiche DNA-Proben zu entnehmen. Gross zuckte mit den Schultern. Er könne das nicht schlüssig beantworten. Da müsse er bei einer Fachperson für DNA-Analysen nachfragen. Er könne sich aber vorstellen, dass dies machbar wäre, wenn die Leiche noch gut erhalten sei. Beim Kristallhöhlenmord sei das nicht so gewesen. Der genetische Fingerabdruck sei aber eine noch nicht vervollkommnete Technik. In einigen Jahren dürfte man darüber entscheidend mehr wissen.

Dann kam die Frage, auf die sich Gross vorbereitet hatte. Ob er glaube, dass der Kristallhöhlenmord je aufgeklärt werden könne.

«Ein Kripomann darf sich nicht auf sein Bauchgefühl verlassen. Die Wahrscheinlichkeit, zu erfahren, was am 31. Juli 1982 wirklich geschehen ist, stufe ich als gering ein. Aber null ist sie nicht. Am ehesten könnte ich mir vorstellen, dass der Täter – oder waren es mehrere? – so sehr von Gewissensbissen geplagt wird, dass er sich irgendwann selbst meldet. Macht er das nach dem 1. August 2012, hat er keine rechtlichen Konsequenzen mehr zu befürchten.»

Die Soko ging danach ins «Neubad» in der St. Galler Altstadt vollzählig zu einem Abendessen und vertagte die nächste Sitzung auf ungewisse Zeit.

***

In der letzten Adventswoche 1992 erhielt Gross einen Brief von Bruno Bänziger. Zuerst schrieb er sich die Seele frei, über das, was er in der Zwischenzeit zur Aufklärung des Kristallhöhlenmordes unternommen habe. Für Gross war kaum Brauchbares darunter.

Auf den letzten Zeilen fiel ihm aber ein Name auf, dem er schon mehrmals begegnet war. Arthur Busch. Bruno behauptete, Busch sei im Menschenhandel zwischen Ostafrika und der Schweiz tätig. Davon habe er sich auf einer Ferienreise selbst überzeugen können. Er sei im Tessin einer jungen Schwarzen begegnet, die nun in der Schweiz lebe und mit Busch üble Erfahrungen gemacht habe. Allerdings fehlten dabei die Einzelheiten. Ein Hinweis machte Gross aber stutzig. Busch kenne möglicherweise die Täter des Kristallhöhlenmordes. Gross wollte mehr davon wissen. Er vertiefte sich in die Akte Busch, die eine beträchtliche Dicke erreicht hatte. Er sah sich auch noch einige Papiere aus der viele tausend Seiten umfassenden Akte Kristallhöhlenmord an. Da realisierte er etwas, was ihm bislang noch nicht aufgefallen war. Die Namen Oskar Moser, Gustav Glanzmann und Arthur Busch tauchten zusammen auf, auf einem klitzekleinen Notizzettel, den er nach einem Telefonat mit dem derzeitigen Chef des Postens Goldach, Herbert Manser, auf eine Seite der Akte geklebt hatte.

Es fiel ihm wie Schuppen von den Augen. Die Meldung war wegen der Nachlässigkeit eines Polizisten 1982 untergegangen.

Doch es gab damals keinen Anlass, den Namen Busch in Zusammenhang mit dem Kristallhöhlenmord zu bringen.

Dann der Banküberfall. Dort stand Busch im Fokus, nicht aber Moser und Glanzmann.

Was sollte Gross mit der Meldung von Bruno Bänziger anfangen? Vage Zusammenhänge konstruieren, darauf wilde Theorien bauen war seine Spezialität. Das wusste Gross, nachdem er die schriftlichen Zeugnisse von Bruno kritisch begutachtet hatte. Auf so etwas konnte sich Gross nicht einlassen. Aber Hinweise, die daraus hervorgingen, denen durfte er allemal nachgehen.

Er entschloss sich, Arthur Busch genauer anzusehen.

***

Am 23. Dezember 1992 wurde Arthur in Kloten von der Flughafenpolizei festgenommen, als seine Maschine aus Mombasa gelandet war. Er wollte die Festtage in Lichtensteig bei seiner Mutter verbringen. Er wurde ins Flughafengefängnis gebracht, wo zwei Stunden später Gross eintraf.

Die Vernehmung dauerte nicht mehr als dreissig Minuten, dann wurde Arthur wieder laufen gelassen. Das Verhörprotokoll lag bereits am frühen Nachmittag auf Schläpfers Schreibtisch.

Gross: *Herr Arthur Busch, Sie haben im vergangenen Frühjahr Ihren Wohnsitz nach Diani Beach, Kenia, verlegt. Warum?*
Busch: *Ich bin nicht verpflichtet, Ihnen das zu verraten. Als unbescholtenem Bürger der Schweiz steht es mir frei, mein Land zu verlassen oder es wieder zu betreten, wann immer ich das möchte.*
(Längere Pause, Gross sucht ein Blatt in seinem Papierstoss.)
Busch: *Kann ich Ihnen behilflich sein?*
Gross: *Es steht Ihnen nicht zu, mir Fragen zu stellen.*
(Nach einem erneuten Unterbruch von circa einer Minute wird das Verhör fortgesetzt.)
Gross: *Wie bestreiten Sie Ihren Lebensunterhalt in Kenia?*
Busch: *Auch darüber brauche ich Ihnen keine Auskunft zu geben. Für das, was ich in diesem Land mache oder nicht mache, sind allein die Behörden dort zuständig.*

Gross: *Nicht, wenn Sie etwas tun, das unser Land betrifft.*
Busch: *Das müssen Sie mir schon genauer erklären.*
Gross: *Nach unseren Erkenntnissen vermitteln Sie von Kenia aus, für dort ansässige Frauen, illegale Arbeitsstellen im St. Galler Rheintal.*
Busch: *Was verstehen Sie unter illegalen Arbeitsstellen?*
Gross: *Solche im Rotlichtmilieu, Jobs für Prostituierte.*
Busch: *Das müssten Sie mir zuerst noch beweisen. Ich habe zwar Frauen aus Kenia Arbeit in der Schweiz vermittelt, doch nicht in der Prostitution, sondern im Showbusiness, als Tänzerinnen zum Beispiel. All diese haben eine Aufenthalts- und Arbeitsbewilligung.*
Gross: *Uns sind zahlreiche Fälle bekannt, wo das schlicht nicht stimmt. Diese Frauen haben zum Teil gefälschte oder überhaupt keine Papiere. Bei den Verhören ist auch Ihr Name gefallen.*
Busch: *Wollen Sie mich jetzt auch noch für illegale Grenzübertritte haftbar machen? Da bin ich ja gespannt, ob Sie das belegen können. Sollten Sie weiter zu diesem Thema Fragen stellen, möchte ich von meinem Recht Gebrauch machen, einen Anwalt beizuziehen.*
Gross: *Das ist im Moment noch nicht nötig. Gegen Sie liegt zurzeit kein Haftbefehl vor. Es geht lediglich um eine polizeiliche Vernehmung. Ich rate Ihnen aber, dabei zu kooperieren.*
Busch: *Ich kooperiere gerne mit Ihnen. Auskünfte erhalten Sie von mir. Wenn Sie aber Antworten von mir erwarten, die mich selbst belasten, dann beissen Sie auf Granit.*
Gross: *Kennen Sie einen Gustav Glanzmann und einen Oskar Moser?*
Busch: *Ja, die beiden Herren sind mir bekannt. Es dürfte für Sie ein Leichtes sein, mir das nachzuweisen.*
Gross: *Haben die beiden Aufträge für Sie ausgeführt?*
Busch: *Ja.*
Gross: *Was für Aufträge?*
Busch: *Sie haben bei Grillpartys Würste und Spirituosen für mich eingekauft.*
Gross (*hebt empört den Zeigefinger*)*: Busch, wenn Sie glauben, Sie könnten mich hier ungestraft lächerlich machen, geht der Schuss nach hinten los.*

Busch: *Schon gut. Wenn wir schon von Aufträgen reden, geht es doch darum, wer sie ausgeführt hat. Warum gehen Sie nicht zuerst diesen nach? Offenbar wissen Sie genau, wer sie sind. Aber eben: Von Leuten, die in unserer Gesellschaft gut verankert sind, lässt man lieber die Finger.*
Gross: *Wechseln wir das Thema. Was war Ihre Beteiligung am behördlich geschlossenen «Goldenen Bock»?*
Busch: *Soweit ich meine Besitzverhältnisse rückwirkend überblicken kann, hatte ich von dieser Firma nie Aktien.*
Gross: *Es geht in diesem Falle nicht um Aktien. Die wenigen, übrigens wertlosen Papiere besass ein Strohmann, der das Weite suchte, als die Sache aufflog.*
Busch: *Wenn Sie mehr wissen, wenn Sie belegen können, ich hätte dieses Lokal gesponsert, legen Sie bitte Beweise vor.*
Gross: *Dass das alles andere als einfach ist, da mögen Sie recht haben. Aber vergessen Sie nicht, es gibt auch Mitwisser. Und Sie können nie ganz sicher sein, ob die nicht ihre Nerven verlieren und auspacken. Dann hat auch Kenia eine Polizei und eine Justiz. Uns stehen Mittel und Wege offen, mit denen in Kontakt zu treten.*
Busch *(lacht laut auf): Da bin ja gespannt, was Sie dort herausbringen. Bilden Sie sich ja nicht ein, die Leute dort unten nähmen Sie für voll.*
Gross: *Herr Busch, ich hatte lediglich den Auftrag, mit Ihnen ein informelles Gespräch zu führen. Sie hätten eine gute Gelegenheit gehabt, reinen Tisch zu machen. Wir wären sehr zuvorkommend mit Ihnen umgegangen. Über einige Ihrer Delikte hätten wir mit Blick aufs Ganze weggesehen. Natürlich würden Sie rechtlich belangt werden. Aber Sie hätten lediglich eine milde Strafe zu gewärtigen. Wir gehen nämlich davon aus, dass Sie nur ein kleines Rädchen im komplizierten Getriebe einer internationalen Bande von Menschenhändlern sind. Derzeit zeigen Sie sich noch halsstarrig. Wir geben Ihnen Bedenkzeit, bis Sie das Flugzeug nach Kenia wieder besteigen. Falls Sie möchten, werde ich wieder nach Kloten kommen, um vor dem Abflug mit Ihnen zu reden. Sollten Sie noch mehr Zeit zum Überdenken brauchen, lassen Sie mich das wissen. Dann dürfen Sie sich auch von Kenia mit uns telefonisch in Verbindung setzen.*

Busch: *Das hört sich gar nicht übel an. Ich werde, bevor ich nach Afrika ausfliege, wieder von mir hören lassen. Aber ich kann Ihnen jetzt schon verraten, dass ich dafür viel Zeit brauche.*

***

Bevor Busch wieder nach Kenia abflog, meldete er sich telefonisch bei Gross. Er müsse sich gründlich überlegen, ob er aussagen wolle. Er sei sich keiner Schuld bewusst. Und seine Freunde mit Informationen zu belasten, das widerstrebe ihm. Selbstverständlich habe er Verständnis, dass die Kripo die Prostitution und den Frauenhandel in den Griff bekommen wolle und nach jeder denkbaren Informationsquelle Ausschau halten werde. Wenn er ihr dabei zur Seite stehen könne, tue er das gerne.

Den Kontakt mit Gustav und Oskar liess Arthur nicht einschlafen. Er verschonte sie aber für den Moment mit weiteren Aufträgen.

***

Bruno Bänziger liess nicht locker. Anfang März versuchte er, mit Gross zu telefonieren. Die Sekretärin stellte ihn aber nicht durch.

Um sich doch noch Gehör zu verschaffen, schrieb er Gross an die Privatadresse. Er erkundigte sich darin, was in Sachen Kristallhöhle in der Zwischenzeit unternommen worden sei. Er wollte auch wissen, ob er seinem Hinweis auf Busch nachgegangen sei.

Kurz vor Ostern erhielt Bruno einen Brief von Gross. Busch sei Ende 1992 verhört worden. Eine Beteiligung von ihm am Kristallhöhlenmord könne derzeit nicht belegt werden. Dass Busch die Täter gekannt habe, sei vorerst reine Spekulation. «Herr Bänziger, wir wissen ja gar nicht, wer die Täter sind. Es gibt mehrere Verdächtige. Doch Verdacht allein genügt uns nicht. Wir brauchen Beweise. Ich möchte Ihnen eines ans Herz legen: Glauben Sie, eine bestimmte Person habe etwas mit dem Verbrechen zu tun, dann teilen Sie uns bitte ihren Namen mit. Wir werden dem nachgehen. Unter keinen Umständen dürfen Sie diesen Namen an Personen weitergeben, die nicht der Justiz oder der Polizei angehören. Sie würden sich damit strafbar machen.»

***

Es war am Montag, dem 31. Juli 1995, als die Boulevardzeitung aufgeschlagen auf Gross' Schreibtisch lag. In dicken Lettern stand dort:

Auf den Tag genau dreizehn Jahre sind es her, als zwei junge Mädchen bei der Kristallhöhle in Oberriet/SG grausam ermordet wurden.

Und etwas kleiner:

Es gibt Hinweise, dass dieses Verbrechen aufgeklärt werden könnte. Waren zwei Lehrer der Mädchen die Mörder?

Es folgten die Bilder der beiden Opfer und der Strassenkreuzung unterhalb Kobelwies, wo ihre Velos gefunden worden waren.

Darunter ein kurzer Text, der kaum mehr verriet als der Untertitel.

Wer hatte der Boulevardzeitung diese Information gesteckt?, fragte sich Gross.

Sein erster Gedanke war: Das musste Bruno Bänziger gewesen sein. Er war gerade daran, seine Nummer zu wählen, als ihm die Sekretärin einen Anruf durchstellte.

Es war Bruno Bänziger. Er war ganz aufgeregt. «Haben Sie den Artikel in der Boulevardzeitung gelesen?», fragte er, ohne vorher zu grüssen.

«Haben Sie etwa die Zeitung informiert?»

«Nein, das wollte ich gleich Sie fragen. Ich zerbreche mir den Kopf, wer das gewesen sein könnte.»

«Ich mir auch. Wer ausser Ihnen hätte das noch weitergeben können?»

«Ich habe schon bei der Boulevardzeitung angerufen und mich danach erkundigt. Aber die sagen mir nichts.»

«Auch mir würden sie es nicht verraten. Tut mir leid, Herr Bänziger, dass ich Ihnen nicht helfen kann. Vielen Dank, dass Sie heute angerufen haben.»

«Ach so, ‹die Polizei, dein Freund und Helfer›.»

Gross ging mit der Zeitung zu Schläpfer. Er hatte den Artikel bereits gelesen. Auch er fragte sich, wer die Information dazu geliefert haben könnte.

«Was, denkst du, sollen wir unternehmen?», fragte Gross.

«Abwarten und Tee trinken.»

«Nein», kam es wie aus der Pistole geschossen. «Wir müssen darauf reagieren. Mit einem kurzen Communiqué.»

«Also gut. Schreibst du es?»

«Mach ich. Am Mittag liegt es auf deinem Schreibtisch.»

Die Kriminalpolizei des Kantons St. Gallen teilt mit: In der Boulevardzeitung und anderen Medien erschien am 31. Juli 1995 ein Artikel über den Kristallhöhlenmord. Darin wurde der Eindruck vermittelt, das Verbrechen stehe kurz vor der Aufklärung. Davon kann leider keine Rede sein. Zwar gibt es Zeugenaussagen, die Täter könnten die Opfer gekannt haben. Auch Lehrpersonen wurden in diesem Zusammenhang genannt. Diese Aussagen konnten aber bis jetzt nicht verifiziert werden. Die Kripo St. Gallen nimmt weiterhin Hinweise entgegen, die zur Aufklärung dieses Verbrechens beitragen könnten.

Auch Gustav und Oskar lasen den Artikel. Gustav geriet in Panik. Er rief sofort Oskar an. Dieser reagierte etwas gelassener, aber auch beunruhigt. Er versprach Gustav, umgehend mit Arthur zu telefonieren.

Er tat das noch am selben Tag. Arthur war zu einem Kurzbesuch in Lichtensteig. Er schien sich über die Aufregung von Oskar und Gustav zu amüsieren. «Ist das wirklich erschienen? Mach dir keine grosse Sorgen. Notfalls könnt ihr auf mich zählen. Lass mir ein wenig Zeit, ich werde mir überlegen, wie man darauf reagieren könnte.»

Oskar beruhigte diese Antwort nicht. Im Gegenteil. Mit dem Artikel in der Boulevardzeitung, das wurde ihm jetzt schlagartig klar, würde die Abhängigkeit von Arthur wieder grösser werden.

Für einige Tage redete man in Ostschweiz wieder über den Kristallhöhlenmord.

Arthur meldete sich bald wieder bei Oskar und Gustav, diesmal von Kenia aus. Er erkundigte sich, ob in den Medien weitere Beiträge über den Kristallhöhlenmord erschienen seien. Im Nachhinein beginne er sich auch Sorgen zu machen. Jemand müsse wissen, dass sie beide, Gustav und Oskar, die Täter waren. Dieser Jemand sei eine Gefahr. Er könnte jederzeit zur Polizei gehen und «singen».

Arthur machte den Vorschlag, für diesen Fall bereit zu sein. «Dann bleibt euch nichts anderes übrig, als zu mir nach Kenia zu kommen. Ich werde mich vorsehen und alles Notwendige veranlassen. Ihr könnt notfalls bei mir sofort einsteigen.» Als Gustav das hörte, dachte er daran, sich umzubringen. Seine Angst wich erst allmählich. Als das Jahr vorüber war und der Informant der Boulevardzeitung immer noch still blieb, schöpfte Gustav wieder neuen Mut.

Oskar schien sich äusserlich keine grossen Sorgen zu machen, diesen Eindruck jedenfalls hatte Gustav. Das half ihm über die schwere Zeit hinweg. Oskar war schliesslich sein engster Freund.

***

Anfang Sommer 1997 liess Arthur sich wieder in der Schweiz nieder. Er kam in Begleitung einer Schwarzen und zweier gerade noch vorschulpflichtiger Kinder, eines Mädchens und eines Buben. Kurz darauf besuchten ihn Oskar und Gustav in seinem Einfamilienhaus in Lichtensteig.

Als Gustav den Hauseingang betrat, erstarrte ihm beinahe das Blut in den Adern. An den Wänden hingen Fotos von der Kristallhöhle. Ein grossformatiges Bild stach ihm besonders in die Augen: das mit dem abgebrochenen Kristall. Arthur musste es am 31. Juli 1982 aufgenommen haben. Er hatte schon damals immer eine Kamera dabei, hatte sich früher schon zu Hause ein Fotolabor eingerichtet.

Gustav kämpfte gegen Übelkeit. Arthur, der ihn aufmerksam beobachtete, liess eine Bemerkung fallen, die ihm durch Mark und Bein ging. «Schade um diesen Kristall, zehntausend oder mehr Jahre dürfte es gedauert haben, bis er zu dem geworden war: mehr als einen Meter lang, spitz, messerscharf. Dann fiel er der menschlichen Unaufmerksamkeit zum Opfer. Was für eine Schande.»

Gustav wandte sich von Arthur ab und hauchte ganz leise: «Du Scheusal, fahr endlich zur Hölle!»

Oskar, der seinen Blick abwechselnd zu Gustav und zu Arthur warf, schüttelte ungläubig den Kopf, ohne ein Wort fallen zu lassen.

Die farbige Frau, die sehr hübsch war, stellte Arthur den alten Freunden als seine Gattin vor. Die beiden Kinder stammten aus einer früheren Ehe seiner neuen Lebenspartnerin.

Warum Arthur Kenia den Rücken gekehrt hatte, fanden weder Gustav noch Oskar heraus. Heimweh nach der heimatlichen Schweiz war es sicher nicht. Offensichtlich hatte er Kenia auch nicht wegen krimineller Machenschaften verlassen. Wahrscheinlicher war, dass seine Geschäfte in Kenia nicht mehr viel abwarfen.

Als sich Gustav und Oskar nach einigen Stunden wieder verabschieden wollten, bat Arthur beide in sein Arbeitszimmer. Er eröffnete ihnen, dass er in Kenia nach wie vor über ein enges Beziehungsnetz verfüge. Ihm schwebe ein touristischer Austausch zwischen der Schweiz und dem afrikanischen Land vor. Da lasse sich nämlich echt Geld machen.

«Ich erwarte von euch beiden, dass ihr mich dabei unterstützt.»

Gustav war über diese Nachricht entsetzt, Oskar sah darin eigentlich keine Probleme. Bis jetzt waren ja die krummen Geschäfte mit Arthur nicht zu seinem Nachteil verlaufen. Die Aussicht auf einen finanziellen Zustupf nahm er sogar mit Wohlwollen zur Kenntnis.

Nach einigen Wochen meldete sich Arthur erneut bei Oskar und Gustav. Er lud die beiden für das kommende Wochenende zu sich nach Lichtensteig ein. Sie nahmen die Einladung an. Gustav zähneknirschend, nach seinem letzten Besuch bei Arthur wusste er genau, dass ihm nichts anderes übrig blieb.

«Willkommen, Gustav, willkommen, Oskar. Ich möchte euch einen Freund vorstellen. Er heisst Reinhard Storz.»

Im Flur von Arthurs Hauseingang tauchte ein schmächtiger,

bleicher, nicht sehr grosser Mann auf. Im Alter von Arthur, vielleicht einige Jahre jünger.

«Ich kenne Reinhard schon von Jugend an. Er weiss ausgezeichnet mit Computern umzugehen. Er hat meinen PC ans Netz angeschlossen und ist jetzt gerade daran, mir eine Website mit dem Namen ‹Mzungu-Phone› einzurichten.»

«Mzungu?», fragte Oskar.

«‹Mzungu› bedeutet ‹Weisser›, ‹Reicher›, ‹Fremder›, ebendas, was ich in Afrika bin.»

Reinhard streckte zuerst Oskar, dann Gustav die Hand entgegen. «Dein Gesicht kommt mir bekannt vor», sagte er zu Gustav. «Wahrscheinlich hast du mich kaum beachtet. Ich verkehrte damals in Rorschach halt in anderen Kreisen. Du studiertest, und ich machte eine Lehre. Bei Arthur war das anders. Er hatte nicht vergessen, dass er in einfachen Verhältnissen aufgewachsen war.»

Arthur legte die Arme um Reinhards Schulter. «Er ist ein guter, loyaler Kerl. Uns trennen keine Geheimnisse. Über das, was im Jahre 1982 geschehen ist, weiss er genau gleich viel wie ich.»

Das traf Gustav wie ein Blitz. Er sackte richtiggehend zusammen. Oskar riss ihn am Kragen hoch.

«Reinhard, wie du ja weisst, Gustav hat schwache Nerven. Behandle ihn wie ein rohes Ei.»

Gustav hielt es bei Arthur nicht mehr aus. Ihm sei plötzlich schlecht geworden. Er müsse nach Hause, sagte er. Arthur gestattete ihm das. Da er im Wagen von Oskar mitgefahren war, begab er sich zum Bahnhof, bestieg den nächsten Zug Richtung St. Gallen. Am Spätnachmittag war er wieder bei seiner Familie.

Das «Mzungu-Phone» erwies sich als Goldgrube. Arthurs Website fand regen Zuspruch. Er reaktivierte damit den Sextourismus zwischen weissen Männern und jungen schwarzen Frauen, aber auch zwischen reifen Frauen aus dem Raum St. Gallen, Vorarlberg, den bayrischen Bodenseeanrainern und jungen schwarzen Männern aus dem Ferienparadies Diani Beach. Damit hatte er den Faden wieder aufgenommen, den er Anfang der 1990er mehr oder weniger unfreiwillig losgelassen hatte.

Und diesmal, so prahlte er in seinem Freundeskreis, ständen die

Chancen gut, dass er auf eine nachhaltige Geldquelle gestossen sei. Es gehe ihm eigentlich weniger um Geld, vielmehr strebe er nach Einfluss und Macht und noch mehr danach, seine Empfindungen in die Tat umzusetzen. Was mit «Empfindungen» gemeint war, konnten wahrscheinlich längst nicht alle, die von ihm abhängig waren, verstehen. Ganz sicher aber taten das Gustav Glanzmann, Oskar Moser und Reinhard Storz.

***

Pünktlich zum fünfzehnten Jahrestag des Kristallhöhlenmords erhielt Gross eine Postkarte.

Guten Tag, Herr Kommissar,
vergessen Sie bitte nicht, was am 31. Juli 1982 geschehen ist. Ich bin in der Zwischenzeit nicht untätig gewesen. Es wäre eigentlich Ihr Job, in dieser Sache zu ermitteln.
Bruno Bänziger

Gross war unschlüssig, ob er diese Nachricht in den Papierkorb werfen sollte. Doch er besann sich anders und wählte Bänzigers Nummer.

Er verdankte die Nachricht, bat Bruno aber, ihm künftig einen Brief in einem Kuvert zuzustellen. Er sei interessiert daran, weitere Informationen zu diesem Verbrechen zu erhalten. Es würden sich immer wieder Leute deswegen bei der Kripo melden. All diese hätten, wie er, aber keinen Anspruch, über den Stand der Ermittlungen informiert zu werden.

Das geriet Bruno in den falschen Hals. «Herr Gross, mir reicht es langsam, ich habe es satt, mich von Ihnen gängeln zu lassen. Ich werde andere Mittel und Wege finden, das Geheimnis dieser Schreckenstat zu lüften.»

Gross beendete das Gespräch.

***

Aufgebracht rief Bruno Ulrich an und erzählte ihm vom Telefonat mit dem Kripochefermittler. Ulrich versuchte zu beschwichtigen.

Immer noch hatte er die Hoffnung, sein Bruder würde endlich von seinen Ermittlungen ablassen.

***

Gross hatte nach dem Gespräch mit Bänziger ein ungutes Gefühl. Er bat Schläpfer um eine Unterredung.

Noch einmal erinnerte Gross seinen Vorgesetzten an die Aktennotiz des Goldacher Postenchefs Manser, von der er erst 1989 erfahren hatte. Sie war vom damaligen Staatsanwalt nicht beachtet worden. Nun seien andere Leute in der Staatsanwaltschaft. Man sollte dort noch mal anklopfen, schlug Gross vor.

Schläpfer machte ein bedenkliches Gesicht. «Wir können das versuchen. Ich glaube allerdings nicht daran, dass wir damit Erfolg haben werden. Es gibt zwar neue Köpfe, aber sie sind in das genau gleiche System eingebunden wie ihre Vorgänger von damals.»

«Ich will dich jetzt nicht in Verlegenheit bringen und fragen, was du mit dem ‹gleichen System› meinst. Mir liegt aber viel daran, dir klarzumachen, dass ich genau an das Gleiche denke wie du.

In unserer Justiz gibt es einige Persönlichkeiten von der SP und etwas mehr von der CVP. Ein prominenter SP-Richter hat Jahre später erfahren, dass bei den Ermittlungen etwas untergegangen war, das bereits 1982 zur Aufklärung des Falles hätte führen können. Der SP-Richter ist ehrgeizig und möchte national in der obersten Liga der Justiz mitspielen. Das kann er aber nur, wenn auch die Leute von der CVP für ihn stimmen. Das Dumme ist aber, die unter den Teppich gekehrte Aktennotiz würde jemanden belasten, der ein naher Verwandter des grössten Sponsors der CVP ist.»

Schläpfer zuckte mit den Schultern, gab dann doch noch einen Kommentar ab. «Du bist nicht der Einzige, der solche Vermutungen anstellt. Das war lange Zeit die vorherrschende Meinung an den Stammtischen, nachdem ein Journalist nach einer Indiskretion aus der «Soko Kristallhöhle» das der Öffentlichkeit preisgegeben hatte. Natürlich ohne Namen zu nennen. Das müsste zuerst einmal untersucht und bewiesen werden.»

Das Begehren, den Kristallhöhlenmord neu aufzurollen, wurde von der Staatsanwaltschaft erneut abgelehnt.

***

Je länger das Verbrechen ungesühnt blieb, desto verbissener recherchierte Bruno. Er klingelte erneut an fast jeder Haustür in Kobelwald und Kobelwies. Hartnäckig befragte er Frauen, Männer und Kinder dort nach ihren Beobachtungen, die sie am 31. Juli 1982 gemacht haben könnten. Nicht selten wurde er in harschem Ton unter der Androhung, man werde die Polizei rufen, abgewiesen.

Gegen Ende 1997 bekam Bruno Besuch von einem Polizisten. Dieser bat ihn, künftig solche «Hausvisiten» zu unterlassen. Bruno liess davon ab, rief stattdessen die Leute telefonisch an, was auch nicht besonders gut ankam.

Ulrich absolvierte zu dieser Zeit gerade einen Einführungskurs als Gefangenenwärter. Sein angestammter Beruf als Mechaniker gefiel ihm nicht mehr.

Auch Bruno orientierte sich beruflich um. Das ständige Herumreisen als Ladendetektiv zerrte mit der Zeit an seinen Kräften. Er suchte nach einer ruhigeren Beschäftigung und fand sie als Sicherheitsbeauftragter bei der St. Galler Niederlassung einer schweizerischen Grossbank.

14

Der 31. Juli 1982 liegt zwei Jahrzehnte zurück. Dieses Ereignis hat mein Leben stark verändert. Im Laufe der Jahre überkamen mich immer wieder Zweifel, ob ich damals richtig gehandelt hatte. Ich hatte ja nur Hand geboten, etwas zu vertuschen. Ich hatte nicht getötet. Ja, immer wieder kam ich zu dem Schluss, ich musste es tun. Ich musste es aus Nächstenliebe tun. Das ist ein Paragraf, der in keinem Gesetzbuch festgehalten ist, ein Paragraf, über den kein Richter befinden kann.

Ich werde heute Nachmittag dort einen Kranz niederlegen mit dem Schriftzug «Eine Hommage an die beiden Opfer». Würde ich schreiben «unschuldige Opfer», wäre ich nicht ehrlich. Lydia und Elena hatten sich ja in voller Absicht in die Obhut der Vernichter ihres Lebens begeben. Ich wähle das Wort ‹Vernichter›, weil es sich nicht um Mörder handelte. Die beiden Mädchen waren sozusagen Opfer einer höheren Gewalt. Ja, ich werde den Schriftzug noch mit dem Satz ergänzen: «Sie sind Heldinnen.»

Jetzt, nach so vielen Jahren, kann ich das. Ich hasse die verstorbenen Mädchen nicht. Ich spüre eine tiefe Zuneigung ihnen gegenüber.

★★★

An einem frühen Morgen Ende Juni 2002 rief Bruno seinen Bruder Ulrich an und machte ihn darauf aufmerksam, dass, wie vorbesprochen, am 31. Juli eine Kranzniederlegung in der Kristallhöhle fällig sei. Ulrich tat so, als ob er sich nicht mehr daran erinnern würde. Aber er werde selbstverständlich auch daran teilnehmen, obwohl er eigentlich keinen Sinn darin sehe.

Bruno reagierte verärgert auf diese Unmutsäusserung. Allerdings hielt er mit seiner Schelte zurück, denn er wollte nicht riskieren, dass Ulrich sich anders besann und am 31. Juli nicht in der Kristallhöhle erschien.

Sie trafen sich wie schon 1992 nachmittgas um drei vor der Höhle. Wieder trug Bruno Schwarz, Ulrich zerschlissene Jeans und ein nicht mehr ganz sauberes T-Shirt.

«Am liebsten würde ich dich mit der Aufforderung nach Hause schicken, dich anständig einzukleiden, um dann wieder anzutreten. Leider geht das jetzt nicht, das brächte unseren Zeitplan durcheinander.»

Ulrich sagte nichts darauf, aber lachte Bruno ins Gesicht.

Wieder wie 1992 wurden die Brüder Bänziger bei ihrem Vorhaben gestört. Als sie einige Meter im Höhleninnern waren, leuchtete plötzlich eine Stirnlampe auf. Anders als vor zehn Jahren realisierte offenbar der Träger, dass sich beim Höhleneingang Leute aufhielten. «Hallo, bitte bleiben Sie stehen, ich komme gleich.» Bruno und Ulrich blieb nichts anderes übrig, als auf ihn zu warten.

Wie schon 1992 hatte der Mann sein Gesicht mit einem schwarzen Strumpf verhüllt, vor den Augen waren zwei Löcher herausgeschnitten. «Wie seid ihr denn hier reingekommen? Ohne Führer darf niemand diese Höhle betreten. Ich bin übrigens der Höhlenwart. Kann sein, dass ich vergessen habe, das Eingangstor zu schliessen. Sie haben beide unwahrscheinlich Glück gehabt. Hätte ja sein können, dass wir einander gar nicht begegnet wären. Hinten im Stollen gibt es noch eine grosse Ausbuchtung. Wäre ich dort gestanden, hätten Sie mich möglicherweise nicht gesehen. Ich mag nicht daran denken, was geschehen wäre. Ich hätte die Höhle verlassen und die Tür verriegelt. Und Sie wären für einige Tage eingesperrt gewesen.»

Bruno, der alle Höhlenwarte bestens kannte, überlegte einige Augenblicke, bevor er antwortete. «Ach so, in dieser Grotte gibt es einen Höhlenwart», fragte er scheinheilig.

«Nicht nur einen, sondern deren drei.»

Das stimmte so. Für Bruno war nun klar, dass der Mann mit dem verhüllten Gesicht sich über die Kristallhöhle auskannte.

«Warum haben Sie Ihr Gesicht verhüllt? Für einen Höhlenwart ist das sonderbar», erkundigte sich Ulrich.

Bruno sah seinen Bruder entsetzt an. Doch der Mann gab mit freundlicher Stimme Auskunft: «Mich plagt schon seit Jahren ein Ohrenleiden. Das kaltnasse Klima in dieser Höhle kann ich nur mit einem Strumpf über dem Kopf ertragen. Aber begeben wir uns doch auf den Vorplatz ans Tageslicht. Dort können wir uns ungestört unterhalten.»

Sein Gesicht blieb weiterhin unkenntlich. Erst jetzt schien ihm aufzufallen, dass Bruno Schwarz und einen Kranz trug. «Könnte es sein, dass Sie die Höhle mit einem Friedhof verwechseln?», fragte er. Dabei warf er Bruno einen spotttriefenden Blick zu.

«Für mich ist sie ein Friedhof», rechtfertigte sich Bruno trotzig.

«Eigentlich müsste ich jetzt die Höhle schliessen. Und wo wollen Sie Ihren Kranz niederlegen?»

Bruno zuckte mit den Schultern.

«Ich werde mich erkenntlich zeigen und das Höhlentor für einige Stunden unverschlossen lassen.» Danach drehte er sich auf dem Absatz um und verschwand grusslos.

Bruno wartete, bis er die Schritte des Mannes nicht mehr hörte. Er sprach im Flüsterton zu Ulrich. «Der Kerl kommt mir unheimlich vor. Ich könnte mir vorstellen, dass er mit dem Verbrechen von 1982 etwas zu tun hat. Als du ihn nach seiner Verhüllung fragtest, fürchtete ich, er würde aus seiner Tasche eine Pistole ziehen und uns kaltmachen.»

Ulrich nickte schuldbewusst und fragte: «Sollten wir nicht die Polizei informieren?»

«Ich habe das Vertrauen zu diesem Club endgültig verloren.»

***

Arthur lud am selben Abend Reinhard, samt seiner jungen Frau, zu sich nach Lichtensteig ein. Eingeladen wurden auch Gustav und Oskar. Der Letztere schlug für einmal die Einladung aus, was von Arthur mit Verständnis aufgenommen wurde.

Es war ein Abend, der sowohl Reinhard als auch Gustav lange in Erinnerung bleiben sollte. Arthur betrank sich sinnlos und begann im Rausch zu pöbeln. Er verprügelte seine Lebenspartnerin so massiv, dass Gustav und Reinhard eingriffen. Im Stillen wurden Gustav und Reinhard zu Verbündeten, und Gustav ahnte, dass Reinhard unter Arthurs Fittichen war, wie er selbst. Der Grund dafür blieb ihm verborgen. Arthur verursachte einen derartigen Lärm, dass kurze Zeit später ein Streifenwagen der Kantonspolizei vor dem Haus mit quietschenden Reifen stoppte.

Arthur wurde abgeführt und nach einem nächtlichen Aufenthalt in der Arrestzelle der Polizeistation in die Psychiatrische Klinik von Wil überstellt. Das, weil in einer Blut- und Urinprobe nicht nur ein hoher Promillegehalt an Alkohol, sondern auch eine erhebliche Menge an Psychopharmaka festgestellt wurde. Nun war er nach Jahren wieder für längere Zeit dort.

***

Alfons Gross war mittlerweile etwas in die Jahre gekommen. Er stand vor seinem fünfzigsten Geburtstag. Sein leichter Bauchansatz verriet eine zunehmende Bequemlichkeit. Die Gelassen- und Zufriedenheit, die er ausstrahlte, wirkte auf seine Umgebung ansteckend. Er hatte sich damit abgefunden, dass er bis zur Pensionierung seine Arbeitsstelle nicht mehr wechseln würde. Die Vorgesetzten respektierten ihn nach wie vor, und von seinen Untergebenen wurde er sogar geliebt. Mimi, seine Ehefrau, und die beiden im Teenageralter stehenden Töchter bedeuteten ihm sehr viel.

Wie schon zehn Jahre zuvor kam die «Soko Kristallhöhle» wieder zusammen. Mit gelichteten Reihen freilich. Einige ihrer einstigen Mitglieder lebten nicht mehr, andere waren physisch oder psychisch nicht in der Lage, daran teilzunehmen. Es war eigentlich gar nicht mehr eine Kommission mit Kompetenzen, eher ein Beratungsgremium. Nicht einmal das, sondern ein Veteranenverein, der zusammenkam, um sich an etwas Grausames zu erinnern, das vor zwanzig Jahren geschehen war und bislang nicht geklärt werden konnte.

Gross, der das Einführungsreferat hielt, bezeichnete die Zusammenkunft als eine Art Gedenkfeier, die zum Ziel habe, das zu verarbeiten, was seit zwei Jahrzehnten tief unten in der Volksseele glomm und in absehbarer Zeit vielleicht einen unkontrollierten Brand zu entfachen drohte. Das würde dann der Fall sein, wenn einer der Täter oder ein Zeuge, der bislang geschwiegen hatte, plötzlich zu sprechen begann und damit die verantwortlichen Ermittler von 1982 belastete.

Anschliessend meldete sich Werner Schläpfer zu Wort. In seiner Rede berichtete er über das, was seit der letzten Sitzung von 1992 geschehen war und möglicherweise mit dem Doppelmord in Zusammenhang stehen könnte. Allerdings gebe es dafür nicht einmal Ansätze von Beweisen. Deshalb müsse das, was er jetzt preisgebe, unbedingt unter den noch verbleibenden Mitgliedern der Soko bleiben. Er erwähnte die Namen Gustav Glanzmann, Oskar Moser und Arthur Busch. Wenn man die drei damaligen Lehrpersonen genauer unter die Lupe genommen hätte, wäre vielleicht das Verbrechen geklärt worden.

Das führte zu einem heftigen Protest von Pius Moser. «Oskar hat nichts mit diesem Verbrechen zu tun. Das wurde schon 1982 eindeutig festgestellt.»

Nabholz, jetzt Oberrichter des Kantons St. Gallen, widersprach Pius Moser. In einem solchen Fall dürfe es keine Tabus geben. In diesem Kreis könnten und müssten eben Namen genannt werden. Er habe inzwischen herausgefunden, dass ihm damals aus Nachlässigkeit eines Kripobeamten eine wichtige Information vorenthalten worden war. Wäre ihm damals bekannt gewesen, dass Arthur Busch, Gustav Glanzmann und Oskar Moser sich sehr gut kannten und regelmässig trafen, wäre Oskar nicht schon nach vierundzwanzig Stunden wieder freigelassen worden. Er hätte auch die beiden andern festnehmen lassen. Aber eben: Man hätte das damals tun sollen. Oskar Moser nach so langer Zeit etwas nachzuweisen sei heute schlicht nicht mehr möglich. Dass ein Wiederaufnahmeverfahren von der Staatsanwaltschaft zweimal abgelehnt worden sei, habe nichts mit Rücksichtnahme gewissen Kreisen gegenüber zu tun, sondern müsse als Gebot der Vernunft gewertet werden.

Nach diesem Votum erhob sich Pius Moser und verliess die Sitzung.

***

Es war anfangs Oktober, als Arthur aus der Psychiatrischen Klinik Wil entlassen wurde. Oskar Moser und Gustav Glanzmann wunderten sich, dass Arthurs Geschäfte genauso gut liefen, wie wenn er sie vom Toggenburg aus getätigt hätte. Von der Klinik in Wil aus konnte er das jedenfalls nicht tun, denn er war in einer geschlossenen Abteilung interniert gewesen.

Einen Monat später verliess Arthur samt seiner Familie Lichtensteig. Gustav, Oskar und Reinhard vernahmen dies erst durch einen Brief, den Arthur ihnen von Diani Beach aus schrieb. «Macht eure Aufgaben genauso wie bisher. Was ihr zu tun habt, wird euch von nun an durch eine andere Person übermittelt. Ich weiss genau Bescheid, was diese euch aufträgt.»

Zum ersten Mal überkamen Gustav, Oskar und Reinhard Zweifel, ob Arthur tatsächlich der starke Mann war, der er vorgab zu sein. Bestimmte er wirklich über die Tätigkeit, die sie in seinem Auftrag ausüben mussten? Oder war er lediglich ein Strohmann, hinter dem eine ganze Organisation steckte? Aber auch wenn das Letztere zutraf, hatte sie Arthur in der Hand und konnte sie erpressen.

***

Gustav setzte diese Tätigkeit immer mehr zu. Er wusste keinen Ausweg, sich ihr zu entziehen. Da brach er plötzlich zusammen. Seine Umgebung, die Arbeitskollegen, aber auch seine Frau wunderten sich, dass das nicht schon lange geschehen war. Er wurde in die Psychiatrische Klinik Wil überstellt. Die Ärzte diagnostizierten ein Burn-out.

Von seiner Familie, die Gustav als guten und einfühlsamen Vater liebte, wurde der Klinikaufenthalt als Erleichterung empfunden. Ein Burn-out, das könne schliesslich jeden tüchtigen, arbeitsamen und gewissenhaften Mann befallen. Und Gustav sei all das. Marlis rechtfertigte den Ausfall ihres Gatten so und stiess auf viel Verständnis bei den Verwandten und Bekannten. Auch die Kinder versuchten, das zu verstehen.

Es dauerte fast drei Monate, bis Gustav wieder arbeitsfähig war.

***

Ob etwas legal oder illegal war, das kümmerte Oskar nur insofern, als er wegen der Gesetzeswidrigkeit zur Rechenschaft gezogen werden würde. Er schätzte die Aussicht, dass es dazu kam, als gering ein.

Im Sommer 2006 verstarb Oskars Vater Theo und einen Monat später auch seine Mutter. Fernanda war einsam, weil die Ehe kinderlos blieb und sie nicht mehr als Krankenschwester arbeiten durfte.

Als er an einem finsteren Novembertag von seinem Büro nach Hause zurückkehrte, lag ein Brief auf dem Küchentisch.

Oskar, ich halte es nicht mehr aus. Ich bin zu einer Freundin gezogen.
Fernanda

Oskar rief seinen Onkel Pius an.

«Fernanda ist weg.»

«Wo ist sie hingegangen?»

«Zu einer Freundin. Aber ich weiss weder, wie diese Frau heisst, noch, wo sie wohnt.»

«Ruf deine Putzfrau an. Die könnte dir helfen, das herauszufinden.»

So erfuhr Oskar noch am selben Abend, wo Fernanda sich aufhielt. Das reichte ihm vorläufig. Er ging in das nahe gelegene Restaurant und genehmigte sich ein üppiges Abendessen, das er genoss, denn Fernanda war keine gute Köchin. Seit dem Tod seiner Mutter, die meist die Mahlzeiten zubereitet hatte, verlor er kontinuierlich an Gewicht. Während er an einem dicken Steak kaute, überlegte er sich, wie lange sein Vorrat an Wäsche noch reichte. Eine Woche etwa. Dann musste er Fernanda zurückholen.

***

Ulrich Bänziger war bass erstaunt, als ihn Mitte Juli 2007 Bruno anrief, um ihn aufzufordern, mitzuhelfen, am 31. Juli in der Kristallhöhle einen Kranz niederzulegen. «Wenn es unbedingt sein muss.»

«Es muss sein.»

«Aber erwarte nicht, dass ich in Trauerkleidung erscheine.»

Bruno war in der Zwischenzeit nicht untätig geblieben. Verbissen hatte er weiter an der Aufklärung des Kristallhöhlenmordes ermittelt. Zwei Partnerschaften gingen deswegen in die Brüche. Viel weiter gekommen war er mit den Recherchen nicht. Er machte Ulrich zunehmend Vorwürfe, dass er ihn zu wenig unterstütze.

Ulrich gab es auf, Bruno überzeugen zu wollen, endlich die Finger vom Kristallhöhlenmord zu lassen.

Teil 3

15

Am Dienstag, dem 31. Juli, weilte die achtjährige Mirjam für einige Tage bei ihrer Grossmutter Martha in Appenzell. Sie war während der Schulferien oft dort. Mirjams Eltern lebten in St. Gallen und fanden es ganz gut, ihre Tochter zwischendurch von der Hektik einer grossen Stadt fernzuhalten und an einem ruhigen, idyllischen Ort bei einer vertrauten Person in Obhut zu bringen.

«Mirjam, wo hast du dein Shampoo?»

«Oh Scheisse, ich habe es gestern im Hallenbad vergessen.»

«Mirjam, bitte sage nicht immer so wüste Wörter.» Sie schaute auf die Uhr. «Es ist jetzt Viertel vor neun. Geh rasch in die Migros und kaufe ein neues, es war sowieso nicht mehr viel im Fläschchen.» Martha Langenegger gab Mirjam eine Zehnernote. «In einer halben Stunde bist du wieder zurück, dann gibt's einen Nussgipfel und Tee.»

Es war zehn, und Mirjam war immer noch nicht zurück. Martha Langenegger machte sich auf den Weg zur Migros. Keine Spur von Mirjam. Sie erkundigte sich bei einer Frau am Kundendienst. Sie wusste von nichts, liess Mirjam ausrufen. Das Mädchen meldete sich nicht. Dann fragte sie bei ihren Kolleginnen nach. Eine Kassiererin sagte, sie habe vor Kurzem ein Mädchen gesehen, das etwa auf die Beschreibung passe. Die Kleine habe bei ihr an der Kasse etwas bezahlt. Die Frau begann zu überlegen, dann sagte sie: «Ich war auf dem Weg in die Pause, das sah ich sie nochmals beim Ausgang. Neben ihr standen zwei Männer.»

«Und Mirjam hat mit denen geredet?»

«So genau habe ich das nicht gesehen.»

«Waren es denn Hiesige?»

«Das weiss ich nicht, aber ich arbeite auch nur hier, ich wohne in Gais.»

«Wie sahen die denn aus?»

«Einer war älter, ziemlich ungepflegt mit einem auffallenden Bart, der andere jünger, eher klein, lange blonde Haare, einen Scheitel in der Mitte, auffallend sonnengebräunt, schlank.»

«Um Himmels willen», rief Martha Langenegger entsetzt.

«Gehen Sie zur Polizei. Bitte, bitte, gehen Sie sofort», sagte die Kassiererin.

Martha Langenegger irrte zunächst ziellos durchs Dorf, quälte sich durch die vielen Touristen in der Hauptgasse und suchte verzweifelt Mirjam. Das führte zu nichts. Schliesslich sah sie auf die Uhr. Es war eine Minute nach zwölf. Sie hastete zum Polizeiposten und stand vor verschlossenen Türen.

Sie hatte das Handy nicht dabei und konnte deshalb die Polizei über die Nummer 117 nicht anrufen. So blieb ihr nichts anderes übrig, als weiterzusuchen. Vielleicht fand sie bis zur Schalteröffnung um zwei Uhr ihre Enkelin doch noch.

Der Polizist, der die Vermisstenanzeige aufnahm, sah Martha Langenegger besorgt an. Er machte ihr keine Vorwürfe, dass sie bis zur Schalteröffnung gewartet hatte. Aber er sagte ihr, man nehme diese Sache sehr ernst. Sie habe übrigens richtig gehandelt, bis um zwei Uhr zu warten. Die Vermisstenanzeige hätte sie sowieso nicht telefonisch durchgeben können. Die Kripo werde sofort etwas unternehmen. Er notierte Adresse, Handy- und Festnetznummer von ihr und überreichte ihr seine Visitenkarte. Als Martha Langenegger den Polizeiposten verliess, liefen ihr die Tränen übers Gesicht.

***

Punkt drei Uhr traf Ulrich am Portal der Kristallhöhle ein. Bruno war schon eine Viertelstunde früher dort und war bereits ungeduldig geworden. «Möglich, dass uns dieser Typ mit der Stirnlampe wieder entgegenkommt. Wir müssen unbedingt vermeiden, dass er uns entdeckt. Ich habe mir eine Lampe besorgt, die einen dünnen Lichtstrahl aussendet. Zünde ich damit auf den Boden, kann uns ein Entgegenkommender erst sehen, wenn er einige Meter vor uns ist. Die Stirnlampe dieses verhüllten Verrückten können wir aber schon aus grösserer Entfernung wahrnehmen, sodass uns genügend Zeit bleibt, einen Seitengang oder eine Nische aufzusuchen.»

«Und wenn er uns trotzdem sieht?»

«Auch daran habe ich gedacht.» Er zog aus seiner rechten Seitentasche am Hosenbein einen Revolver hervor.

Ulrich vergass vor Staunen, seinen Mund zu schliessen. «Jetzt verstehe ich überhaupt nichts mehr. Du hattest immer eine panische Angst vor Schusswaffen. Ich habe nie vergessen, wie schweissgebadet du immer vom Jungschützenkurs nach Hause kamst. Diesem idiotischen Kurs, den dir unser despotischer Grossvater unterjubelte, den du nur besucht hast, weil du Polizist werden wolltest. Zum Glück ist das schiefgegangen. Du wärest ein miserabler Bulle geworden.»

«Kleiner Bruder, ich wachse über mich hinaus, wenn ich ein Ziel vor Augen habe. Ich habe im vergangenen Jahr erfolgreich einen Kurs zum Schiessen mit Handfeuerwaffen abgeschlossen. Bin zuvor in einen Pistolenschiessclub gegangen. Die Mitglieder dieses Clubs sind ausnehmend nette Leute. Sie haben mir eine Therapie gegen Knallphobie vermittelt und diese auch noch bezahlt, stell dir das einmal vor.»

«Das möchte ich mir lieber nicht vorstellen. Ich würde mehrere Monatslöhne daran geben, dich in eine Therapie zu schicken, um dich von deinem Kristallhöhlenwahn zu befreien.»

«Lassen wir das. Du wirst nie Verständnis für Menschen mit einem Sendungsbewusstsein aufbringen können. Bevor wir hier eindringen, noch etwas: Sollten wir diesem vermummten Typ mit der Stirnlampe nicht ausweichen können, gehst du nach vorn und sprichst ihn an. Wir können nicht ausschliessen, dass er dabei eine Waffe zieht und gegen dich richtet. In diesem Fall würde ich blitzschnell reagieren und den Kerl ausser Gefecht setzen.»

«Bitte achte darauf, dass du dabei nicht mich erschiesst.»

Die Brüder betraten die Höhle. Der vermummte Mann mit der Stirnlampe tauchte diesmal nicht auf.

***

Als am Nachmittag das Radio über das Verschwinden von Mirjam berichtete, gingen zahlreiche Meldungen bei den verschiedenen Polizeistationen der Ostschweiz ein. Gross wurde von der Kapo Appenzell Innerrhoden benachrichtigt und stellte sofort ein Ermittlungsteam zusammen. In solchen Fällen war es üblich, dass die Appenzeller sich an die St. Galler wandten. In seinem Büro las er die ersten Protokolle mit Zeugenaussagen durch und versuchte, sich einen Überblick zu verschaffen.

Teufen, 31.07.2007, 16.32 Uhr
Um Viertel vor zehn passierte Hulda K. Oberuzwil, fuhr auf der Wilerstrasse nach Westen und zweigte etwa einen Kilometer danach zum Bettenauer Weiher ab. An der Verzweigung stand ein weisser Renault Traffic mit spanischen Nummernschildern. Da der Lieferwagen die Einfahrt versperrte, musste sie anhalten und sachte über den Strassenrand ausweichen. Ihr fiel auf, dass alle Vordersitze unbesetzt waren. Zu der hinteren Sitzreihe vermochte sie nicht zu sehen, da dort die Fenster fehlten. Sie glaubte, aus dem Wageninneren ein Klopfen zu vernehmen. Es war bereits sehr heiss, sowohl ihre Fenster wie die des andern Fahrzeugs waren geöffnet. Als sie in den Vier-Uhr-Nachrichten von der möglichen Entführung Mirjams hörte, begab sie sich gleich zum Polizeiposten Teufen an ihrem Wohnort und meldete dort, was sie am Vormittag beobachtet hatte. (p. z.)

Bischofszell, 31.07.2007, 17.20 Uhr
Im Bischofszeller Wald, etwa zwei Kilometer Luftlinie vom Zentrum des Städtchens Bischofszell, sass kurz vor Mittag der Rentner J. R. auf der Bank vor seiner Hütte. Plötzlich sah er einen weissen Kastenwagen den Weg zu seiner Liegenschaft hinauffahren. Kurz vor der Behausung musste das Fahrzeug anhalten, da der Weg zu wenig breit für das Fahrzeug war.
Der Fahrer, ein älterer Mann mit auffallendem Vollbart, stieg aus. J. R. stellte ihn zur Rede, denn für das Strässchen zu ihm hinauf galt ein Fahrverbot.
Der Alte entschuldigte sich freundlich, bat, seinen Wagen noch ein wenig stehen lassen zu können, er möchte sich einige Minuten die Füsse vertreten, zusammen mit seinem Grosskind, das sich noch im Auto befinde.
J. R. erfüllte ihm diesen Wunsch. Als der Fremde mit dem Mädchen an seinem Sitzplatz vorbeispazierte, sagte J. R. zu ihm: «Grossvater ist ein schöner Beruf. Vor allem, wenn man eine so hübsche Enkelin ausführen darf.»

Etwas am Mädchen irritierte J. R. Es schwankte leicht, machte den Eindruck, nicht in der Lage zu sein, selbstständig zu gehen. Als J. R. zum Kastenwagen hinüberblickte, kam es ihm vor, als sässe ein Mann neben dem Fahrersitz. Er sah allerdings nicht genau hin, und so war er ausserstande, ein ungefähres Signalement von dieser Person anzugeben.
Am frühen Abend hörte J. R. aus den Radionachrichten, dass in Appenzell ein junges Mädchen vermisst werde. Die Personenbeschreibung machte ihn stutzig. Sie traf präzise auf das kleine Mädchen zu. Er ging dann persönlich zum Polizeiposten Bischofszell und schilderte dort seine Beobachtungen. (u. m.)

Herisau, 31.02.2007, 17.10 Uhr
Christa B. fuhr kurz nach ein Uhr mit ihrem VW Golf auf der Kantonstrasse von Gossau nach Oberbüren. Auf dem rechten Hintersitz sass ihr achtzehnjähriger Sohn Louis und bereitete sich auf den Unterricht vor, der um halb zwei in der Berufsschule Uzwil beginnen sollte. Frau B. ärgerte sich über den weissen Kastenwagen Marke Renault Traffic mit spanischem Kennzeichen vor ihr. Er fuhr extrem langsam und wechselte stets von der einen zur anderen Strassenseite, sodass ein Überholen aussichtslos war. Sie betätigte die Lichthupe. Ohne Erfolg. Etwa anderthalb Kilometer vor der Industriezone Oberbürens bog der Lieferwagen nach rechts ab. Christa B. hatte wieder freie Fahrt. Wenig später tauchte der weisse Lieferwagen im Rückspiegel erneut auf. Einige Minuten danach erreichte sie die Strassenverzweigung bei der Ortseinfahrt Oberbüren. Sie war im Begriff, nach links abzubiegen. Da stand plötzlich der Renault Traffic rechts neben dem VW Golf. Er war schlecht eingespurt, die Nase des Fahrzeugs ragte in die einzubiegende Strasse. Der Blinker zeigte nach rechts. Der Fahrer wollte offenbar ins Zentrum von Oberbüren abbiegen. Er versperrte damit Christa B. die Sicht. Sie würde erst weiterfahren können, wenn der Kastenwagen weg war. Auf der Strasse, in die sie einbiegen wollte, war reger Verkehr. Wegen der brütenden Mittagshitze hatte sie die Seitenscheiben heruntergekurbelt. Deshalb hörte sie, dass sich im Gefährt neben ihr Fahrer und Beifahrer heftig stritten. Auch dort waren die vorderen Seitenfenster offen. Das Steuerrad umklammerte ein Herr, so um die fünfzig. Er hatte

lange, gepflegte blonde Haare mit einem Scheitel in der Mitte. Christa B. fiel sein sonnengebräuntes Gesicht auf. Neben ihm sass ein mindestens zehn Jahre älterer, ziemlich ergrauter Mann mit einem auffallend üppigen Bart.
Plötzlich sah sie, wie sich ein kleines blondes Mädchen über das geöffnete linke Seitenfenster beim Fahrersitz lehnte und rief: «Grossmami, Grossmami, wo bist du? Ich möchte zu dir.» Woraufhin der Blonde mit den langen Haaren das Kind unsanft auf die hintere Sitzreihe stiess. Sie hörte die Stimme eines weiteren Mannes aus dem Fond, konnte aber nicht erkennen, wie er aussah, da es dort zu dunkel war. Es gab nur zwei relativ kleine Seitenfenster an der vorderen Sitzreihe.
Da hörte sie aus dem Wageninneren etwas, das wie ein Schuss tönte. Unmittelbar darauf wechselten Beifahrer und Fahrer die Plätze. Der weisse Kastenwagen fuhr Richtung Oberbüren davon. Nachdem Christa B. endlich abgebogen war, fragte sie ihren Sohn nach der Zeit. «Genau dreizehn Uhr fünfzehn», antwortete er. (t. u.)

Gross entschied, die ersten beiden Meldungen an die Medien weiterzugeben, die dritte aber zurückzuhalten, weil sie auch anderen Zeugenaussagen, die er gelesen hatte, widersprach. Er ordnete an, dass Christa B. und ihr Sohn Louis gebeten wurden, morgen nochmals auf dem Posten in Herisau zu erscheinen, dabei sollte ein St. Galler Kripobeamter die Aussage aufnehmen.

***

Etwa um drei Uhr nachmittags läutete eine Frau am Notfalleingang des Spitals Flawil. In ihrem Wagen befinde sich ein Herr namens Alois Schnyder, der am Unterkörper stark blute. Sie habe ihn an der Kantonsstrasse unweit der Abzweigung zum Hartmannsholz aufgelesen. Nach seinen Angaben sei er angeschossen worden. Der diensthabende Arzt stellte einen Streifschuss am Bauch fest. Die Wunde von Schnyder wurde desinfiziert und zugepflastert. Eine Stunde später konnte Schnyder mit einem Polizisten reden. Er gab Folgendes zu Protokoll:

Kantonsspital Flawil, 31.07.2007, 16.30 Uhr
Am Mittag des 31. Juli war ich im Begriff, das Hartmannsholz zu betreten. Am Waldrand, nahe der Autobahnbrücke, tauchte wie aus dem Nichts ein älterer bärtiger Mann auf. Der Mann sprach mich freundlich an. «Wie schön. Das riecht hier so gut nach Pilzen.» – «Mit Pilzen kenne ich mich nicht besonders gut aus», antwortete ich ihm. «Aber mein verstorbener Vater war ein begeisterter Pilzsammler. Ich könnte Ihnen verraten, wo essbare Pilze zu finden sind.»
Ich bot dem Alten an, ihm den einen oder anderen Platz zu nennen.
Der Mann sagte nichts darauf.
Ich musterte ihn schmunzelnd. «Ich beobachte meine Mitmenschen immer genau. Eine dumme Angewohnheit von mir. Mir fällt auf, dass Sie immer die Hände auf dem Rücken haben. So als ob Sie etwas Wertvolles von mir verstecken möchten.»
«Das tue ich in der Tat.»
Der Gesichtsausdruck des Mannes verdüsterte sich schlagartig. Nun sah ich plötzlich seine beiden Hände, sie hielten eine Waffe. Der Mann zielte, feuerte einen Schuss auf mich ab. Ich wurde am Bauch getroffen. Ich drehte mich auf dem Absatz um und rannte über die Autobahnbrücke davon. Der Mann schoss weiter. Mindestens noch fünf Mal, verfehlte mich aber immer wieder. Kurz darauf sah ich ein Auto auf mich zukommen. Ich stellte mich mitten auf die Strasse, sodass der Wagen anhalten musste. Es stieg eine Frau aus, die sich anerbot, mich sofort ins nächste Spital zu fahren. Ich schaffte es gerade noch, dort einzusteigen, dann brach ich zusammen. (v. h.)

Der vernehmende Polizist fügte dem Protokoll zwei Randbemerkungen bei.

Erstens: Verliert man wegen eines Streifschusses das Bewusstsein? Vielleicht, wenn man in Panik gerät.
Zweitens: Ist es wahrscheinlich, dass ein Schütze einen Flüchtenden aus nächster Nähe nicht trifft? Auch das kann man nicht ausschliessen. Vor allem, wenn er sehr aufgeregt ist. Es sollte auf jeden Fall nach den danebengeschossenen Kugeln gesucht werden.

Das Protokoll wurde Gross vorgelegt. Auch er schrieb eine Bemerkung auf das Papier.

Es gibt keine Hinweise, dass die Aussagen von S. nicht zutreffen. Ich werde trotzdem eine Patrouille ins Hartmannsholz schicken, um dort nach Projektilen zu suchen. Das hat aber nicht Priorität. Zuerst müssen wir nach Mirjam suchen.

***

Mehrere Bewohner aus Billwil wollten kurz vor drei Uhr einen Schuss aus Richtung des Hohrainwaldes gehört haben. Die herbeigerufene Polizei fand am Abend auf einer Waldstrasse den weissen Kastenwagen. Aus den Papieren, die im Handschuhfach des Renaults lagen, konnte der Halter identifiziert werden. Ein Hans Jakob von Allmen, siebzehn Jahre zuvor nach Spanien ausgewandert. Die Polizisten suchten weiter und fanden in der Nähe Mirjams Rucksack und Velohelm.

***

Während Gross immer noch am Lesen und Auswerten all der Zeugenaussagen war, traf die telefonische Meldung eines Bewohners der Siedlung Schollrüti bei der Kripo St. Gallen ein. Er habe am Radio vom Verschwinden eines kleinen Mädchens gehört und möchte folgende Beobachtung melden: Am späteren Vormittag sei ein Renault-Kastenwagen mit spanischen Kontrollschildern neben seinem Haus sehr langsam Richtung Hartmannsholz vorbeigefahren. Der Fahrer ein älterer bärtiger Mann. Auf den Beifahrersitzen habe er eine weitere männliche Person und ein kleines blondes Mädchen beobachtet.

Gross liess drei Detektivwachtmeister in seinem Büro einquartieren. So war es rund um die Uhr besetzt. Um sich zwischendurch noch einige Stunden Schlaf zu gönnen, wurden in einem Nebenraum zwei Feldbetten aufgestellt.

Abends um neun beugte sich Gross mit seinen drei Helfern über die auf dem grossen Besuchertisch ausgebreiteten Rapporte, die von all den umliegenden Polizeistationen eingetroffen waren.

Gross zeigte mit dem Finger auf die Meldung des Zeugen aus Schollrüti. «Sollte diese Aussage zutreffen, hätten wir es mit zwei Entführern zu tun, was die ganze Sache erheblich komplizieren würde.» Er ordnete an, dies noch näher abzuklären. Zwei Polizisten aus Flawil besuchten zu später Stunde den Mann in Schollrüti. Der Mann sei fast neunzig und mache einen eher verwirrten Eindruck, meldeten sie an die Kripozentrale in St. Gallen weiter.

Das bewog die Fahnder im Büro von Gross, an der Zuverlässigkeit des Zeugen von Schollrüti zu zweifeln. Man kam überein, diese Zeugenaussage vorläufig nicht an die Medien und die Polizeistellen der beiden Appenzell und des Thurgaus weiterzuleiten.

Dennoch bewirkte die Aussage des Alten eine erhebliche Verunsicherung bei Gross. Man musste damit rechnen, dass er seine Beobachtungen auch anderen Personen mitteilen würde, da er sich nach Aussagen von Nachbarn durch ein ausgeprägtes Mitteilungsbedürfnis auszeichne.

Weitaus die meisten Zeuginnen und Zeugen gaben an, nur einen Entführer gesehen zu haben. Aber auch von diesem fehlte jede Spur. Noch schwerer wog, dass man weiterhin keine Ahnung über den Verbleib von Mirjam hatte.

★★★

Wie bereits um sechzehn Uhr am Tag zuvor wurde in den Morgenstunden des 1. August die Vermisstmeldung von Mirjam über die Radiostationen der Ostschweiz verbreitet. Die Presse blieb stumm, da am Nationalfeiertag keine Zeitungen erschienen.

Um kurz nach acht ging eine weitere Meldung bei der Kapo-Zentrale Appenzell Innerrhoden in Appenzell ein. Eine Frau wollte den Kastenwagen mit spanischem Kennzeichen gestern Morgen so zwischen neun und zehn auf einem Parkfeld der Migros gesehen haben. Aus dem Fahrzeug sei ein älterer Mann mit grauschwarzem Vollbart ausgestiegen. Diese Nachricht wurde sofort an die Kripo St. Gallen und an die Medien weitergeleitet.

Gross sah sich mit seinen Mitarbeitern im Klosterhof in einer unangenehmen Lage. Was war mit den zahlreichen sich widersprechenden Meldungen? Es ging darum, die Spreu vom Weizen zu trennen. Was aber war der Weizen, was die Spreu? Man entschloss sich erneut, die Nachricht des Zeugen aus Schollrüti vorerst zurückzuhalten.

Kurz darauf traf im Klosterhof und bei den Kantonspolizeien in Appenzell und Trogen die Meldung ein, Suchhunde hätten die Leiche des Fahrzeughalters Jakob von Allmen kaum mehr als hundert Meter vom abgestellten Fahrzeug im Hohrainwald bei Billwil gefunden. Im Polizeibericht stand auch, von Allmen habe sich selbst mit einer Pistole in die Schläfe geschossen.

Gross vergrub sich noch einmal in die zahlreichen Polizeirapporte. Plötzlich hielt er inne. Er rief den Kollegen, der die Leiche von Allmens untersucht hatte, zu sich und bat ihn, die Waffe, mit der sich von Allmen erschossen hatte, mitzubringen.

«Sieh mal diese Waffe an», rief der sichtlich irritierte Gross aus. «Kann es die Waffe sein, mit der die Schüsse auf Schnyder abgegeben wurden?»

Der Polizist nahm die Waffe in die Hand, wog sie, drehte sie. «Ich glaube, die hat sich von Allmen selbst zusammengebastelt. Man kann damit nicht innert weniger Sekunden fünf Schüsse abgeben. Mit Sicherheit ist es nicht die Waffe, mit der auf Schnyder geschossen wurde.»

«Nun bekommen wir ein Problem. Alois Schnyder hat auf Bildern von Allmen eindeutig als denjenigen identifiziert, der auf ihn mehrere Schüsse abgefeuert hatte.»

Der regionale TV-Sender berichtete bereits um zehn Uhr über den tot aufgefundenen von Allmen.

Dann kam die Zeugenaussage des alten Mannes aus Schollrüti. Der Mann wurde im Anschluss an die Nachrichtensendung interviewt. Dort machte er einen sehr präsenten Eindruck. Kein Zuschauer wäre auf die Idee gekommen, der Mann sei senil. Auf die Frage, ob er die Polizei über seine Beobachtung informiert habe, sagte er, die Kripo St. Gallen sei von ihm gestern am frühen Abend benachrichtigt worden. Die Leute dort hätten ihm aber zu verstehen gegeben, dass sie seine Beobachtungen für unglaubwürdig hielten.

Auf eine Rückfrage der TV-Station bei der Kripo kam die Bestätigung dieser Aussage. Viele gingen jetzt davon aus, dass von Allmen einen oder mehrere Komplizen hatte. Auch wurde in Zweifel gezogen, dass er Selbstmord begangen habe.

Im Klosterhof war Feuer im Dach. Um Klarheit zu schaffen, ordnete Gross eine Medienkonferenz für den späteren Nachmittag an. Sie sollte im kleinen Presseraum der Kantonspolizei stattfinden. Da sich Journalisten von zahlreichen Zeitungen anmeldeten, musste die Sitzung in das Parlamentsgebäude verlegt werden.

***

Um zehn Uhr fuhren mehrere Streifenwagen ins Hartmannsholz bei Schollrüti. In einer kleinen Lichtung schwärmten etwa zwanzig Polizisten aus und durchkämmten das kleinflächige Gehölz mehrere Stunden lang. Am Waldrand fanden sie ein Projektil. Sie informierten Gross. Er ging davon aus, dass die Kugel aus der Waffe stammen musste, mit der Alois Schnyder angeschossen worden war.

Zur selben Stunde sah man noch mehr Streifenwagen von Billwil den Hügel zum Hohrainwald hinauffahren. Auch hier fand eine intensive Suchaktion statt.

Über dem ganzen Gemeindegebiet von Oberbüren donnerten fast den ganzen Tag zwei Helikopter der Armee.

***

Die Medienkonferenz wurde vom Pressesprecher Klaus Hermann der Kapo St. Gallen moderiert. Anwesend waren Gross, die drei Wachtmeister, die den Fall Mirjam betreuten, und der Einsatzleiter der Fahndungen im Hartmannsholz.

Gross schilderte ausführlich, was bis jetzt geschehen war. Dabei trennte er die verifizierten Informationen, die teils der polizeilichen Ermittlung und teils den eingegangenen Meldungen aus der Bevölkerung entsprangen, von den Zeugenaussagen, die noch nicht überprüft werden konnten.

Danach kam Hermann zum Zug, der die Journalisten bat, Fragen zu stellen. Als Erster streckte der Vertreter einer Gratiszeitung die Hand hoch. «Warum hat die Polizei den zweiten Mann nicht erwähnt? Ich meine denjenigen, der neben von Allmen im

Kastenwagen gesessen hatte, als er durch Schollrüti fuhr. Oder hat die Polizei gar nichts davon gewusst?»

Gross antwortete: «Diese Meldung ist auch bei uns eingegangen. Wir wollten sie zunächst überprüfen –»

«Warum denn, erschien Ihnen der Zeuge zu wenig glaubwürdig?», unterbrach ihn der Journalist.

Gross gab etwas genervt zurück: «Da geht es nicht um Glaubwürdigkeit. Wir überprüfen in der Regel Zeugenaussagen, bevor wir sie an die Medien weiterleiten. In einigen Fällen verzichten wir darauf, aber tun kund, dass noch keine Bestätigung vorliegt. Genauso, wie ich das eben getan habe. Leider halten sich einige Boulevardblätter nicht an diese Regel. Das erschwert unsere Arbeit. Wenn die Untersuchung noch am Laufen ist, kann das schwerwiegende Konsequenzen für den Gang der Untersuchung haben.»

Diese Worte wurden von mehreren Journalistinnen und Journalisten mit Applaus bedacht. Der Journalist grinste süffisant und liess als Zwischenruf die Bemerkung fallen, er werde das in seinem Bericht kritisch würdigen.

Die Vertreterin des «St. Galler Volksblatts» wollte wissen, was die Polizei als Nächstes zu tun gedenke.

Gross blies die Backen auf. «Für uns steht die Suche nach Mirjam im Vordergrund. Wir hoffen, dass sie noch am Leben ist. Ist das der Fall, könnten die Entführer mit uns Kontakt aufnehmen und allenfalls Geldforderungen stellen. Wäre es so, würden wir eine Lösung finden. Mirjam wäre bald wieder zu Hause. Deshalb suchen wir die Gegend oberhalb Billwil und zwischen der Autobahn und dem Weiler Schollrüti systematisch ab. Zum andern können wir auf weitere Meldungen aus der Bevölkerung hoffen.»

Ein Redaktor des «Appenzeller Boten» stiess sich daran, dass die Medienorientierung allein von der Kripo St. Gallen durchgeführt werde, warum eigentlich niemand von den Polizeien der Kantone Appenzell Innerrhoden und Ausserrhoden dabei sei.

Gross schien einige Augenblicke zu überlegen, bevor er antwortete: «Die Ermittlungen werden jetzt von St. Gallen ausgeführt, weil das mutmassliche Auto des Entführers auf St. Galler Boden gefunden wurde.

Heute, am Nationalfeiertag, ist eine besondere Situation. Wir stehen selbstverständlich in engem Kontakt mit den Kapos der beiden Appenzell. Wir wurden heute durch die Sendung der lokalen TV-Station überrumpelt und mussten gleich handeln. Wir gingen nicht davon aus, dass der alte Mann aus Schollrüti auch das Fernsehen über seine Beobachtungen informieren würde. Deshalb konnten wir nicht weiter zuwarten.»

Die letzten Worte Gross' wurden durch ein lautes Gelächter im Saal unterbrochen. Als wieder Ruhe einkehrte, wartete der Chefermittler eine Kunstpause ab, bevor er weitersprach.

Es folgte noch eine Reihe von belanglosen Fragen an Alfons Gross, die dieser sachlich und nüchtern beantwortete.

Nach dieser Konferenz hängte sich Gross ans Telefon und rief die Kapo-Kommandanten von Inner- und Ausserrhoden an. Er informierte die beiden über die Medienkonferenz und eröffnete ihnen, die Kripo St. Gallen plane für die nächsten Tage eine gross angelegte Suchaktion nach der vermissten Mirjam. Er benötige aus Innerrhoden zehn, aus Ausserrhoden zwanzig Fahndungspersonen.

Aus Innerrhoden kam ein schwacher Protest vom dortigen Polizeichef. Der gesamte Personalbestand der Kapo betrage fünfundzwanzig Mann und fünf Frauen. «Zehn Personen abzukommandieren, das ist für meine Truppe viel. Ich werde es trotzdem tun. Ich schicke dir alle fünf Weiber und die fünf Männer, die mir am schmerzlichsten fehlen.» Dann lachte er schallend. «Komisch magst du das finden, Alfons, aber auch die Weiber vermisse ich. Sie sind echt spitze.»

«Danke. Übrigens, die Aktion ist für den 4. und 5. August geplant. Das heisst nicht, dass wir in der Zwischenzeit die Hände in den Schoss legen. Rund um die Uhr stellen wir an die zwanzig Polizeileute für die Suche frei. Nun ja, wir haben einen Personalbestand von ungefähr siebenhundert.»

***

In der Nacht vom 1. auf den 2. August fand eine Patrouille der St. Galler Kapo Mirjams Kickboard und eine Schwanenhals-

Schaufel im Hartmannsholz. Beide Fundgegenstände waren mit Blättern und Fallholz zugedeckt.

***

Am Morgen des 2. August studierte Gross die Presseerzeugnisse. Er machte grosse Augen. Da fand er Sachen, von denen er keinen blassen Schimmer hatte.

Das Boulevardblatt legte sich kräftig ins Zeug. «Mörder von Mirjam identifiziert», stand in grossen Lettern auf der Frontseite. Etwas kleiner darunter:

> *Es war der Spanier-Schweizer mit dem weissen Kastenwagen. Auch die Kripo St. Gallen muss zugeben, dass von Allmen das Verbrechen begangen hat. Cheffahnder Gross versteckt sich zwar noch hinter der Unschuldsvermutung. Er hat offenbar Probleme, dass Aussenstehende auf eigene Faust ermitteln und in puncto Ergebnissen der Polizei um Nasenlängen voraus sind.*

Gross wählte die Nummer Hermanns, bat ihn, möglichst schnell in sein Arbeitszimmer zu kommen.

Nach wenigen Minuten klopfte es an seiner Bürotür.

Gross hob mit beiden Händen das Boulevardblatt in die Höhe. «Hast du das auch schon gelesen? Hast du mit einem Journalisten dieser Boulevardpostille gesprochen?»

Hermann hatte beides nicht. Er nahm die Zeitung aus der ausgestreckten Hand, setzte sich auf den Besuchersessel und führte sich den Artikel zu Gemüte. «Da werden seit Langem geltende journalistische Grundsätze über Bord geworfen. Der Name ‹von Allmen› wird gebracht. Dabei wissen die noch gar nicht, ob von Allmen etwas mit der Entführung von Mirjam zu tun hat. Einen Namen darf ein Medium erst nennen, wenn er von uns freigegeben wird. Wir haben auch keine Nachricht darüber, ob Mirjam tatsächlich tot ist.»

Gross nickte. «Sollen wir auf diesen Erguss reagieren?»

«Tja, da werden wir nicht drum herumkommen. Es wäre mir eine Hilfe, wenn du dir eine Antwort ausdenkst und sie mir mailen könntest. Ausführlich sollte sie nicht sein, aber kurz und deutlich. Eine Frage hätte ich noch. Könnte es sein, dass einer der an der Suchaktion beteiligten Polizisten mit *diesem* Reporter gesprochen und Infos preisgegeben hat?»

Gross schlug die Augen nieder und sah plötzlich gequält drein. «Ich kann das leider nicht ausschliessen. Den Namen von Allmen haben wohl alle mitbekommen, die an der Suche beteiligt waren.»

Nach einer knappen halben Stunde traf von Gross folgender Text in der Mailbox bei Hermann ein:

> *Die Kriminalpolizei des Kantons St. Gallen teilt mit: Aufgrund eines Artikels in der Boulevardpresse sehen wir uns zu einer vorzeitigen Meldung veranlasst. Wir bestätigen, dass es sich beim Toten, der erschossen im Hohrainwald aufgefunden wurde, um Hans Jakob von Allmen handelt. Es gibt Indizien, aber noch keine Beweise, dass von Allmen etwas mit dem Verschwinden von Mirjam Langenegger zu tun hatte. Aber es steht in keiner Weise fest, dass Mirjam tot ist.*
> *Die Kripo St. Gallen bittet die zuständigen Presseorgane, Fernseh- und Radiostationen, vorläufig nur über das zu berichten, was die Polizei als Information freigibt. Zeugenaussagen, die nicht von uns verifiziert worden sind, sollten im Interesse einer zielführenden Fahndung vorläufig zurückbehalten werden. Wir werden die Öffentlichkeit umgehend informieren, sobald gesicherte Erkenntnisse vorliegen.*

Hermann schrieb Gross umgehend zurück, seine Stellungnahme könnte einigen Journalisten in den falschen Hals geraten.

Die Antwort Gross' liess nicht lange auf sich warten. Er sei sich bewusst, dass es viele Journalisten mit falschen Hälsen gäbe.

***

Am 2. August war der Name «von Allmen» in aller Munde. Bruno las beim Frühstück das «St. Galler Volksblatt».

«Von Allmen? Den kenn ich», sagte er zu Yvonne, seiner seit einigen Wochen bei ihm eingezogenen Lebenspartnerin.

«Oh mein Gott. Jetzt scheinst du wieder Blut gerochen zu haben.»

Bruno nahm das, was Yvonne gesagt hatte, gar nicht wahr. Nach einer kurzen Pause sprach er weiter. «Ich habe diesen von Allmen Mitte der neunziger Jahre bei einem Ladendiebstahl im Coop Appenzell erwischt.»

«Der Mann war also ein Kleinkrimineller?»

«Diesen Eindruck hatte ich damals nicht. Mit Leuten, die ich beim Stehlen ertappt hatte, führte ich danach ein Gespräch im Raum, den mir das Geschäft, für das ich ermittelte, zur Verfügung stellte. Von Allmen hatte nur eine Tafel Schokolade mitgehen lassen. Die meisten Langfinger klauen mehr als einen Artikel und in der Regel teure Waren. Ich kam bald zur Einsicht, dass es wenig sinnvoll wäre, von Allmen anzuzeigen oder gar der Polizei zu überstellen. Offensichtlich hatte er den Diebstahl aus Zerstreutheit begangen. Er erzählte mir, dass er vor einigen Jahren nach Spanien emigriert sei und alle paar Monate mal in die Schweiz komme. Bei dieser Gelegenheit habe er fast immer Appenzell besucht. Bevor er auswanderte, sei er Pharmavertreter gewesen und habe dem dortigen Kantonsspital Medikamente verkauft. Er kenne viele, die in diesem Krankenhaus arbeiteten: Ärzte, Pfleger, Krankenschwestern, Hebammen.»

«Müsstest du das nicht der Polizei melden?»

«Dazu habe ich ganz und gar keine Lust. Die Kripo St. Gallen ist in meinen Augen ein korrupter Haufen, dem unter keinen Umständen zu trauen ist. Abgesehen davon dürfte eine Zeugenaussage aus der Mitte der neunziger Jahre für ein Ereignis, das sich 2007 abspielte, kaum von grossem Interesse für die Ermittler sein.»

***

Der Druck der Öffentlichkeit lastete schwer auf Gross, obwohl er sich das nicht anmerken liess. Im Viertelstundentakt kamen Anfragen via Mail, SMS oder Telefon. Und immer wollten die Leute das Gleiche wissen: ob es Neues gebe und was die Kripo als Nächstes unternehme. Je nach Fragesteller gab er einige nichtige Neuigkeiten preis. Was die nächsten Schritte der Kripo betraf, hielt er sich bedeckt.

Gross zitierte alle Mitarbeiter, die er für den Fall Mirjam ausgesucht hatte, in den Seminarraum der Kripo. Als Erstes liess er sich vom erfahrensten Detektivwachtmeister über den aktuellen Stand informieren und stellte Fragen.

«Konnten DNA-Spuren von von Allmen gesichert werden?»

«Chef, diese Frage stellst du zu früh.»

«Ich weiss, aber bis wann sehe ich Ergebnisse?»

«Vor kommendem Dienstag werden wir noch nichts vorlegen können. Im schlimmsten Fall dauert es bis Donnerstag. Was ich allerdings sagen darf, unser Labor arbeitet auf Hochtouren.»

Gross eröffnete seinen Leuten, dass eine «Soko Mirjam» gebildet werde. Alle Personen, die ihr angehören würden, seien jetzt in diesem Raum versammelt.

Ein kritischer Kripomann erkundigte sich, ob das bereits vom Kapo-Kommandanten abgesegnet sei.

«Noch nicht», räumte Gross augenzwinkernd ein. Doch damit rechne er hundertprozentig. Diese Kommission werde aber sicher noch durch einige Fahnder aus den Nachbarkantonen der beiden Appenzell und dem Kanton Thurgau erweitert.

«Was steht als Nächstes an?», wollte ein anderer wissen.

«Wir suchen weiter. Im Hartmannsholz und im bewaldeten Hügel oberhalb Billwil. Dabei wird uns ein Heli der Armee unterstützen. Der Heli wird das ganze Gebiet von Oberbüren scannen. Scannen, das ist hier genau das richtige Wort. Diese Flieger sind mit Wärmebildkameras und Kameras ausgestattet, die Gegenstände und Leichen sogar unter der Wasseroberfläche ausmachen können.» Er hielt einen Augenblick inne, legte die linke Hand auf den dicht behaarten Kopf und fuhr weiter. «Da ist noch etwas: Wir werden morgen Interpol einschalten, insbesondere mit der spanischen Polizei Kontakt aufnehmen, die Guardia Civil im spanischen Benidorm bitten, eine Hausdurchsuchung bei den von Allmens im fünfzehn Kilometer entfernten Dorf Benimantell vorzunehmen.»

Auf der Leinwand erschien die Karte von Spanien. Mit einem Laserpointer zeigte Gross die Stadt Benidorm an der Mittelmeerküste Spaniens.

Hermann hob den Finger. «Sollen wir ein weiteres Mediencommuniqué in Umlauf setzen?»

«Ja, darum werden wir kaum herumkommen. Wohl ist mir

zwar nicht ganz dabei. Aber je weniger von uns an die Öffentlichkeit dringt, umso mehr wird sich die Boulevardpresse ins Zeug legen.»

Gross schloss die Sitzung. Eine halbe Stunde später lag das Communiqué auf seinem Schreibtisch.

***

Eben habe ich die «Tagesschau» auf SF 1 angesehen. Schon erstaunlich, die Phantasie der Journalisten. Ein bisschen Bauchschmerzen macht mir die Berichterstattung über den sogenannten zweiten Mann. Vor allem dieser Greis aus Schollrüti. Wird man ihm glauben? Ein gefundenes Fressen für die Boulevardblätter. Aber ich mache mir nicht allzu viel Sorgen, es gibt andere Zeugenaussagen, die dem widersprechen. Bin ja gespannt, was morgen berichtet wird.

Wichtig scheint mir, dass es uns gelungen ist, Mirjam wegzuschaffen. Man wird sie im Hartmannsholz, aber noch intensiver im Hohrainwald suchen. Mit Leichenspürhunden und allem, was dazugehört. Man wird sie nicht finden.

Alles habe ich sorgfältig eingefädelt. Letztendlich wird den Bullen nichts anderes übrig bleiben, als von Allmen als alleinigen Täter vorzuführen. Einen, der sich nach dem Mord eine Kugel in die Schläfe jagt, weil er davon ausgehen muss, bald gefasst zu werden. Ein Toter kann nicht reden. Ein Mord ohne Leiche ist für die Polizei nur ein halber Mord. Das wird zu einer echten Knacknuss für die Kripo.

Klar, man wird zuhauf DNA-Spuren im Kastenwagen, an den Kleidern, am Rucksack, am Velohelm von Mirjam finden. Einige davon kann man von Allmen zuordnen. Längst nicht alle. Diese Sachen haben viele Menschen angefasst.

Und von mir hat die Polizei noch nie einen DNA-Test gemacht. Das hoffe ich wenigstens. Die Polizei hat mich zwar schon mehr als einmal verhört. Es soll auch hohe Offiziere, Politiker, Richter, Ärzte und Professoren geben, die mal von einem Kripomann ausgequetscht wurden. Einige von diesen sollen sogar ihre bessere Hälfte verdroschen oder im Suff Gartenzäune mitgeschleppt haben. Würden von all diesen Sündern DNA-Proben genommen, gäbe es wohl Tausende davon in der forensischen Datenbank unseres Landes. Man müsste all diese mit den vielleicht zwanzig, dreissig gesicherten unbekannten DNA-Spuren im

Auto von Allmens abgleichen. Ein solcher Aufwand wäre unverhältnismässig.

***

Noch am späten Abend waren die Polizeien des Kantons St. Gallen und der beiden Appenzell im Einsatz. Sie durchsuchten das ganze Gebiet der Gemeinde Oberbüren. Achtzehn Quadratkilometer, von oben gesehen wie ein schmales langes Band in einer hügeligen Gegend. Ein Fünftel der Fläche, vor allem die teils steilen Hügel, ist bewaldet.

In der Zentrale der Kripo im St. Galler Klosterhof gingen keine neuen Meldungen ein. Von Mirjam nach wie vor keine Spur.

16

Am nächsten Morgen war Gross bereits um halb sieben in seinem Büro. Er musste sein übliches Programm umstellen, denn es war Freitag, und an einem Freitag rief er sein Kader zusammen, um das Wichtigste, was in der Woche geschehen war, zu erfahren. Heute ging das nicht. Die Geschehnisse um Mirjam überschatteten alles andere. Hermann hatte bereits mehr als hundert Interviews gegeben und wahrscheinlich meist das Gleiche gesagt. Wer aber die Zeitungsartikel miteinander verglich, hätte nie auf die Idee kommen können, dass die Informationen von derselben Quelle stammten. Es gab Journalisten, die offenbar nicht verstehen wollten, was man ihnen berichtete, und diese Begriffsstutzigkeit mit der eigenen Phantasie vermischten.

Gross erhielt an diesem Morgen eine schmerzliche Lektion darüber. Das erste Presseerzeugnis, das er sich vornahm, war von der Boulevardzeitung. Was er da als Gemeinschaftsproduktion einer Journalistin und eines Journalisten zu lesen bekam, liess ihm die Zornesröte ins Gesicht steigen.

BENIDORM (Spanien). Die Männer der Guardia Civil trauten ihren Augen nicht, als sie in das Anwesen der von Allmens in Benimantell eindrangen. Siebzehn Jahre lebte das Schweizer Ehepaar schon in diesem Dorf. Niemand aus der Nachbarschaft hatte mitbekommen, was für unfassbare Gräuel dort geschahen. Ein Unteroffizier der Guardia Civil – so wird in Spanien die Polizei genannt – hat einen Reporter unserer Zeitung durch die Gebäude der Liegenschaft geführt. Er berichtete: «Es waren Verliese, die mich an Folterkammern erinnerten. In einer Kammer im Dachgeschoss fanden sich Hunderte von Einmachgläsern. Aus ihnen starrten mich tote Tiere an. Ich musste mich übergeben. In einem mit antiken Möbeln eingerichteten Zimmer hingen an den Wänden an die vierzig grossformatige Fotos von fünf- bis zwölfjährigen Mädchen und Knaben. Der Polizist öffnete die riesigen Wandschränke. Sie waren vollgestopft mit Kinderspielzeug.» Der Reporter erfuhr vom Guardia-Civil-Mann noch ein pi-

kantes Detail: «Ich kann von Glück reden, dass ich noch lebe. Dieser Schuft hat eine scharfe Selbstschussanlage installiert. Wie durch ein Wunder streifte eine Kugel nur meine Wange.» Der Unteroffizier fuhr mit den Fingern über die noch mit geronnenem Blut verkrustete Wunde. «Auch einem Kollegen von mir stand Gott bei: Er lief an ein messerscharfes Seil, das auf Halshöhe gespannt war. Ihn rettete die Körpergrösse. Dem Hünen schlitzte die gefährliche Henke statt der Gurgel die Uniformjacke auf. Augenblicke später entdeckten unsere Spezialisten ein raffiniertes Radarsystem. Ein Bewegungsmelder zeichnete alle Vorgänge der Einsatzkräfte auf. Wären unsere Leute gescheitert, die Stromversorgung zu unterbrechen, hätte es noch ein paar Sekunden gedauert und das ganze Haus wäre in die Luft geflogen.» Der Beamte schlug mit seinem Finger das Kreuz über seiner Brust.

Gross wählte die Nummer von Hermann. Auch er war bereits zu dieser frühen Stunde an seinem Arbeitsplatz. Gross bat ihn, in Spanien nachzufragen, was an dieser Sache wahr sei. «Ich finde es eigenartig, dass im Hause von Allmens eine Hausdurchsuchung stattgefunden haben soll, noch bevor die Schweizer Behörden die spanische Polizei vom Verschwinden Mirjams in Kenntnis setzten.»

«Und dass die Boulevardpresse zuvor Wind davon bekommen hat», schob Hermann nach.

Das Ganze dauere sowieso mindestens einen Tag, bis die Guardia Civil in Benidorm handeln könne. Um Interpol einzuschalten, mache das Begehren den Weg über das Justizdepartement in Bern, von dort gehe es nach Madrid, und erst dann werde es nach Benidorm weitergeleitet, gab Gross zu bedenken.

Es dauerte nicht einmal eine halbe Stunde, bis Hermann wieder im Türrahmen von Gross' Büro stand. «Du glaubst es nicht, an der ganzen Story ist kein Wort wahr.»

«Du hast das ja schnell herausbekommen. Wie ist das nur möglich?»

«Benidorm ist eine Stadt an der Costa Blanca in der Provinz Alicante. Manchmal steht einem Kommissar der Zufall bei. Ich mache in Alicante seit fünf Jahren jeden Sommer Ferien. Als

Kriminaler habe ich mich natürlich schon 2002 zur Guardia Civil durchgefragt und bin dort herzlich aufgenommen worden. Ich brauche also nicht den Weg über Bern und Madrid zu nehmen.»

«Und, was haben sie dir berichtet, in Benidorm?»

«Sie hatten von der ganzen Sache keinen blassen Schimmer. Es ist noch gar kein Begehren bei ihnen eingetroffen. Und von diesem Journi haben meine Freunde dort noch nie etwas gehört. Der Schreiberling hat sich die ganze Sache aus den Fingern gesogen …»

Gross hob die Hand, um eine Frage zu stellen. Er machte Hermann darauf aufmerksam, dass der Artikel durch zwei Personen verfasst worden sei. Und eine davon sei weiblich.

Für «Schreiberling» gebe es keine weibliche Form, ebenso wenig für «Schmierfink». «Aber auch Weiber könnten mit einer schmutzigen Phantasie ausgestattet sein», sagte Hermann.

Gross ermahnte seinen Untergebenen, dass er seine Ausdrucksweise überdenken sollte. In einer Medienmitteilung dürfe er auf gar keinen Fall das Wort «Weiber» verwenden. Beide lachten schallend.

«Werde ich peinlichst zu vermeiden wissen. Aber willst du damit sagen, ich sollte gerade die nächste Medienmitteilung komponieren? Sozusagen eine Replik auf diesen Märchendichter?»

«Sollst du nicht. Noch nicht. Ich kann mir vorstellen, dass da noch mehr kommt. Übrigens, ist dir nicht aufgefallen, was sich das Autorenpaar da für ein Ei gelegt hat?»

Hermann rieb sich mit dem Zeigefinger die Stirn, überlegte einige Augenblicke. «Du meinst, für sie gibt es nur einen Täter. Von Allmen.»

Gross nickte. «Genau. Und das ist nicht einmal so schlecht für uns. Die beiden helfen uns, lästige Fragen nach einem Zweittäter abzuwehren.»

«Glaubst du überhaupt, dass ausser von Allmen noch ein weiterer in den Fall verwickelt ist?»

«Bis jetzt gibt es kaum Anhaltspunkte dafür. Die Zeugenaussagen sind diesbezüglich widersprüchlich. Es gibt sogar Leute, die drei Männer im Kastenwagen gesehen haben wollen.»

«Schliesst du also aus, dass von Allmen allein gehandelt hat?»

«Diese Frage kann ich noch nicht beantworten.»

***

Im ganzen Land berichteten Radio- und Fernsehstationen sowie die Online-Plattformen der Zeitungen in kurzen Abständen über die Suche nach Mirjam und vor allem über den mutmasslichen Täter. Der Artikel aus dem Boulevardmedium wurde immer wieder zitiert und in keiner Weise hinterfragt.

Personen des öffentlichen Lebens wurden nach ihrer Meinung gefragt. Die Besonneneren verweigerten eine Auskunft. Populisten dagegen scheuten sich nicht, das tragische Ereignis als einzigartige Chance wahrzunehmen, wieder einmal zünftig auf die Pauke zu hauen. Was auch prompt eine Flut von Ausfällen gegen die Kuscheljustiz in den Kommentarspalten nach sich zog.

***

An diesem 3. August war Ulrich bei seinem Bruder und dessen Lebenspartnerin Yvonne zum Nachtessen eingeladen. Das Gesprächsthema war durch die aktuellen Ereignisse gesetzt: das Verschwinden von Mirjam und der Freitod von Hans Jakob von Allmen. Ob er, Bruno, dabei einen Zusammenhang zwischen dem Kristallhöhlenmord und der Entführung vom 31. Juli sehe, fragte Ulrich.

«Auf gar keinen Fall. Mirjam ist ein junges Mädchen, die beiden Opfer bei der Kristallhöhle waren Mädchen an der Schwelle des Erwachsenenalters.»

«Mich interessiert dieser Fall auch. Ich habe darüber vieles aus den Fernseh-, Radionachrichten und Zeitungsartikeln mitbekommen. Man scheint sich bei den meisten Medien einig zu sein: Beim Entführer muss es sich um den nun tot aufgefundenen von Allmen handeln. Vielleicht war er tatsächlich der Täter. Aber handelte er allein? Da setze ich Fragezeichen», sagte Yvonne.

Bruno fuhr ihr über den Mund. «Red keinen Unsinn. Wie willst du das wissen?»

«Etwas ist mir aufgefallen. Du hast mir anvertraut, diesen Mann vor etwas mehr als zehn Jahren flüchtig kennengelernt zu haben. Überall wird die Biografie von Allmens geschildert. Doch mit keinem Wort wird erwähnt, dass er auch als Pharmavertreter gearbeitet hat, was er dir erzählt hat. Das finde ich komisch.»

«Vielleicht hat mich von Allmen Mitte der neunziger Jahre angelogen.»

«Warum hätte er denn das tun sollen? Das ergibt doch keinen Sinn. Nur ein Dummkopf tischt unnötige Lügen auf.»

«Du spekulierst zu viel, Schätzchen.»

«Meinst du? Da bin ich ja bei dir in bester Gesellschaft.»

Für Ulrich wurde dieses Gespräch langsam ungemütlich. Er machte sich Sorgen darüber, dass sein geliebter Bruder früher oder später auch diese hübsche Frau verlieren würde. «Bruno, ich möchte mich da nicht einmischen, aber ich habe ein ungutes Gefühl. Ich glaube, du nimmst Yvonne zu wenig ernst.»

Bruno wischte diese Bemerkung weg, so wie man eine lästige Fliege verscheucht.

Ulrich liess nicht locker. «Über dein Zusammentreffen mit von Allmen wusste ich bis heute Abend nichts. Sollte er dir damals tatsächlich die Wahrheit gesagt haben, muss man sich heute fragen, weshalb sein letzter Schweizer Beruf, der als Pharmavertreter, in den Medien verschwiegen wird.»

«Pharmavertreter ist ein angesehener Beruf, den Leute wie von Allmen gar nicht ausüben sollten», erwiderte Bruno.

«Das ist übrigens nicht die einzige Meldung rund um die Entführung von Mirjam, die mich stutzig macht. Auch die angeblich von Hans Jakob von Allmen abgefeuerten Schüsse auf einen Spaziergänger. Das kann ich mir so schlicht nicht vorstellen. Ich kenne dieses Wäldchen. Es ist lediglich ein kleines Gehölz. Man kann es von der Strasse nach Schollrüti aus überblicken. Man hätte von dort aus den weissen Renault Traffic sehen müssen. Es sollen sich mehrere Wanderer dort aufgehalten haben, ihnen ist der Kastenwagen nicht aufgefallen. Kommt dazu, dass von Allmen als Waffennarr geschildert wird. Waffennarren sind doch gute Schützen, die verfehlen doch nicht vier Schüsse?»

«Ich habe übrigens heute mit einer Freundin aus der Umgebung des Hartmannsholzes telefoniert. Sie amüsierte sich darüber, dass der angeblich Angeschossene zuvor ein Mittagsschläfchen gemacht haben soll. Einen lärmigeren Ort könne man sich kaum vorstellen. Niemand aus der Gegend kaufe ihm diese Geschichte ab», ergänzte Yvonne.

«Die Kripo St. Gallen behauptet, es gebe keinen Anlass, an den Aussagen des Mannes aus dem Hartmannsholz zu zweifeln», gab Bruno zu bedenken.

«Ausgerechnet du sagst das, du, der die St. Galler Polizei als nicht vertrauenswürdig verunglimpft. Aber es stimmt schon: Solange man nicht klipp und klar beweisen kann, dass diese Schiesserei eine Erfindung ist, dürfen wir denjenigen, der sie erzählt, nicht als Lügner hinstellen. Und wer hat ihm die Verletzung überhaupt beigebracht? Kaum er selber», sagte Ulrich.

Bruno sah Ulrich unsicher an, dann seine Freundin und schmunzelte. «Vielleicht habt ihr beide ja recht. Auf unsere Kripo ist wenig Verlass. Aber auch wenn von Allmen nicht allein gehandelt hat, glaube ich nicht, dass zwischen der Entführung von Mirjam und dem Doppelmord bei der Kristallhöhle ein Zusammenhang besteht.»

«Das habe ich auch nie behauptet», sagte Yvonne und gab Bruno einen Kuss auf die Backe.

«Wär's nicht besser, wenn du die Polizei über deine eigenartige Bekanntschaft mit von Allmen informieren würdest?», fragte Ulrich.

Bruno sah wieder zu Yvonne. «Ich werde darüber nachdenken.»

Noch am selben Abend meldete sich Bruno Bänziger am Schalter eines rund um die Uhr geöffneten Polizeipostens in der Stadt St. Gallen. Man verdankte seine Aussage wegen Diebstahls mit der Bemerkung, auch eine unbedeutende Aussage könnte zu einem wichtigen Glied in der Ermittlungskette werden.

«Darf ich Sie bitten, mir Bescheid zu geben, wie meine Aussage verwertet wird», erkundigte sich der leicht düpierte Bruno Bänziger.

«Ach ja, bei der Polizei sind in dieser Sache bereits Hunderte von Meldungen eingegangen. Ich denke, dass in Ihrem Fall keine Rückfragen nötig sind.»

«Eine Frage hätte ich noch.»

«Fragen ist immer erlaubt.»

«Warum erschien bislang in der Presse nicht, dass von Allmen vor seiner Auswanderung nach Spanien in unserer Region als Medikamentenverkäufer gearbeitet hatte?»

«Herr … ähm, wie Sie auch heissen mögen, seien Sie vorsichtig mit Spekulationen. Ich bin Wachtmeister der Kripo und habe einigermassen den Überblick im Fall Mirjam/von Allmen. Es stimmt, dass von Allmen Vertreter war. Er war für verschiedene Firmen in unserer Region tätig. Ich denke, er kannte jede Ecke, jeden Weiler, jedes Wäldchen in den Kantonen St. Gallen, Inner- und Ausserrhoden sowie im Thurgau. Den Medien war das auch bekannt. Aber darauf, was sie damit machen, haben wir keinen Einfluss.» Er hob den Drohfinger. «Überlegen Sie sich, was Sie in Umlauf setzen. Im Fall Mirjam wurden schon zu viele Gerüchte herumgeboten. Zuständig sind immer noch die Untersuchungsbehörden. Auf Wiedersehen!» Der Beamte entfernte sich vom Schalter, ohne Bruno Bänziger noch eines Blickes zu würdigen.

***

Unter dem Strich gab es an diesem Freitagabend wenig Neues. Die «Soko Mirjam» kam am Abend kurz zusammen. Gross informierte über die geplanten Grossfahndungen vom morgen Samstag und übermorgen Sonntag und beendete die Sitzung mit den Worten: «Ich bin sehr zuversichtlich, dass wir bis Sonntagabend Mirjam gefunden haben werden.»

Am Samstag und Sonntag donnerten vom frühen Morgen bis zum späten Abend Helikopter der Armee über die Rheinebene, den Bodenseerücken und das dahinterliegende Hügelland. Ein Grossaufgebot von fast zweihundert Polizeipersonen, Feuerwehrleuten und Hundeführern durchkämmte das Gemeindegebiet von Oberbüren. Ohne den geringsten Erfolg. Mirjam blieb verschwunden.

Der sichtlich gezeichnete Gross eröffnete um neun Uhr am Montagmorgen, dem 6. August, im «Pfalzkeller» die Medienkonferenz. Ihm zur Seite standen die Kapo-Chefs der Kantone der Ostschweiz und mehrere Feuerwehrkommandanten.

Es hagelte kritische Fragen, Vorwürfe und Unterstellungen. Gross reagierte darauf sachlich, liess sich zu keinen unbedachten Äusserungen hinreissen. Er machte keinen Hehl daraus, dass er nur einen sehr beschränkten Einfluss auf die Berichterstattung der Medien habe. Er ermahnte die Journalistinnen und Journalisten, bei der Wahrheit zu bleiben, fügte aber resigniert an, dass das wohl ein frommer Wunsch bleiben werde.

In dem Moment, als Gross die Konferenz schliessen wollte, steckte ihm ein Bote einen Zettel in die Hand.

Der Cheffahnder bat die Anwesenden noch um eine Weile Geduld. Er bekomme gerade eine wichtige Mitteilung, die er gerne verlesen möchte.

Das kantonale Labor St. Gallen teilt mit: Die DNA-Untersuchungen bestätigen, dass der siebenundsechzigjährige Auslandschweizer von Allmen den Velohelm, den Rucksack und das Kickboard Mirjams berührt hat.

Die Fragerei ging wieder los. Ob er, Gross, das Schlimmste befürchte, dass Mirjam nicht mehr lebend gefunden werde. Ob es sich bei von Allmen möglicherweise um einen Serientäter handle, der bereits mehrere Morde auf dem Gewissen habe.

«Die Hoffnung stirbt zuletzt. Es steht auch jetzt nicht fest, dass Mirjam tot ist. Natürlich wird man abklären, ob von Allmen mit der Entführung weiterer Kinder in den siebziger und achtziger Jahren in Verbindung gebracht werden kann.» Allerdings sei die Aussicht erheblich getrübt, hier Klarheit zu schaffen. Von Allmen könne keine Auskunft mehr geben.

Ob die Polizei noch in Erwägung ziehe, dass eine weitere Person in den Fall verwickelt sei, wurde von niemandem im Saal gefragt.

***

Auch wenn er damit das Risiko einging, die Öffentlichkeit zu verärgern, ordnete Gross an, die Suche nach der vermissten Mirjam nur noch punktuell, mit wenigen Patrouillen, weiterzuführen. Es war einfach nicht mehr möglich, einen so grossen Teil des

Personalbestandes der Polizei für die Suche nach einem einzigen Mädchen freizustellen.

Um der öffentlichen Meinung entgegenzukommen, spielte er mit dem Gedanken, eine Delegation der Kripo in das spanische Dorf Benimantell zu schicken, wo sich das Anwesen der von Allmens befand. Mit Hilfe Hermanns sollte das zu machen sein. Allerdings nicht ganz so schnell, wie Gross geglaubt hatte, denn einige Formalitäten waren noch zu bewältigen, das ging nicht ohne Kontakte zum Polizeiministerium in Madrid.

Am Samstag war es so weit. Drei St. Galler Kripomänner trafen, begleitet von einer Streife der Guardia Civil, in Benimantell ein. Die spanischen Polizisten führten ihre Schweizer Kollegen durch das Anwesen der von Allmens. Dabei fiel den Schweizern auf, dass die Guardia Civil sowohl die Eingangstür zur Liegenschaft wie die des Wohnhauses und die der Scheune aufgebrochen hatte. Eine Hausdurchsuchung war offenbar bereits vorgenommen worden. Die Spanier bestätigten das. Natürlich erkundigten sich die Schweizer, ob dabei etwas beschlagnahmt worden sei. Ja, der Computer. Er werde gerade von Spezialisten in Benidorm untersucht. Man werde Bescheid sagen, ob sich darauf Hinweise auf kriminelle Aktivitäten fänden. Und selbstverständlich werde St. Gallen eine Kopie der sichergestellten Daten zugestellt. Auf die Frage, ob das Gerät den Ermittlern in St. Gallen ausgehändigt werde, gab der Streifenführer ausweichend Antwort. Das könne er nicht selbst entscheiden. Er glaube, eher nicht. Man müsse sich da an die spanischen Gesetze halten. Es sei nicht üblich, das Eigentum von Einwohnern Spaniens an Drittländer auszuliefern. Auf den Einwand der St. Galler Polizisten, es handle sich bei den von Allmens ja um Schweizer, stellte der Guardia-Mann klar, in seinem Land würden Staatsbürger wegen Delikten gleich behandelt wie Ausländer. Er habe sich sagen lassen, in der Schweiz sei das anders. Die drei Schweizer nickten leicht beschämt.

Wie abgemacht teilte der Leiter der Kripodelegation Gross per Handy mit, was er in Benimantell vorgefunden hatte. Gross leitete diese Informationen gleich an die Medien weiter. Das tat er mit Vergnügen, denn es war eine gute Gelegenheit, in Sachen Mirjam polizeiliche Präsenz zu markieren.

Mit ungläubigem Staunen musste Gross bei der Lektüre der Sonntagspresse am nächsten Morgen zur Kenntnis nehmen, dass die Boulevardzeitung bereits die Ergebnisse der Untersuchung von von Allmens Computer kannte. Die Augen kollerten ihm beinahe aus den Höhlen, als er den Artikel las.

BENIMANTELL (Spanien). Nun wissen wir es: Von Allmen war ein pädophiles Monster. Die spanische Guardia Civil hat vor einigen Tagen seine fünf Computer, an die zweihundert Disketten und CDs sichergestellt. Diese liess sie in Madrid von Spezialisten untersuchen. Das stiess zunächst auf Schwierigkeiten, wie ein hoher Justizbeamter gegenüber unserem Reporter im spanischen Benimantell erklärte. Von Allmen hatte nämlich alle Dateien auf seinen Computern gelöscht und die CDs in seinem Garten verscharrt. Warum sie trotzdem gefunden wurden, hat mir der Beamte nicht verraten. Durch ein aufwendiges Verfahren gelang es den spanischen IT-Spezialisten, die gelöschten Dateien wieder hervorzuholen. Was sie sahen, verschlug ihnen die Sprache. «Wie kann ein Mensch so tief sinken? Und das auch noch, wenn er ein Schweizer ist?», fragte mich der Ministerialbeamte.
Sieben Tage benötigten die spanischen Ermittler, bis sie alle Computer von Allmens geknackt, alle Datenträger wie CDs und Disketten wieder lesbar gemacht hatten. Was sie dabei entdeckten, läuft einem heiss und kalt den Rücken hinunter: Auch im Internet jagte der Mirjam-Entführer Kinder und Jugendliche. Von Allmen trieb sich in den widerlichsten Ecken des Internets herum. Er chattete in einschlägigen Foren mit anderen Kinderschändern, er surfte auf Kinderporno-Websites.
«Die Indizien sind eindeutig», so ein spanischer Ermittler. «Hans Jakob von Allmen war ein Pädophiler der untersten Schublade.»
Die Polizei-Profiler aus Benimantell haben den Mirjam-Entführer inzwischen analysiert: Hans Jakob von Allmen war ein eiskalter Psychopath. Der Kommandant der Guardia Civil hat den Fall Mirjam mittlerweile zur Chefsache erklärt. Nicht nur das. Ein Staatssekretär aus dem Polizei- und Justizministerium in Madrid ist gerade daran, eine Sonderkommission zusammenzustellen, die er persönlich leiten soll.
Rätsel gibt auch von Allmens Frau Käthi auf. Mehr als dreissig

Jahre lebte sie mit dem Mörder von Mirjam zusammen. Nie will sie etwas von seinen perversen Neigungen bemerkt haben. «Er war ein liebenswürdiger, hilfsbereiter und herzensguter Mensch», vertraute sie unserem Journalisten an. Die spanischen Fahnder sehen das ganz anders. «Keine Frage», sagte ein hoher Polizeioffizier gegenüber unserem Mann in Benimantell: «Käthi von Allmen deckt ihren Mann durch dick und dünn. Wir warten sehnsüchtig auf ihre Rückkehr. Die zuständige Untersuchungsrichterin in Villajoyosa, der Hauptstadt der Region, in der das Grundstück der von Allmens liegt, hat zahlreiche Fragen an die zierliche grauhaarige Frau. Vor allem geht es darum, herauszufinden, ob die von Allmens allenfalls Komplizen in ihrer Umgebung hatten. Wir fragen uns, wie von Allmen über Jahre hinweg solche Gräuel begehen konnte, ohne dass in seiner Nachbarschaft jemand etwas davon bemerkte.»
Hinter vorgehaltener Hand gab der Offizier unserem Reporter noch etwas preis: «Das Quartier, in dem von Allmen sein Unwesen trieb, ist ausschliesslich von dubiosen Ausländern bevölkert. In der Mehrheit davon Asylanten aus Nordafrika.»

In Gross' Kopf tauchten Fragen auf. Wie ist so etwas möglich? Gibt es jemanden bei der Guardia Civil, der einen guten Draht zur Chefetage des Schweizer Bouvlevardblattes hat? Eine unangenehme Vorstellung, wäre es wirklich so. Das mit der gelöschten Festplatte sollte sich ja überprüfen lassen. Auch die Kripo hat ihre Beziehungen zur Justiz und Polizei Spaniens. Aber gibt es da eine offizielle und eine inoffizielle Wahrheit? Keine Frage, für uns gilt die offizielle.

Schon am Montag erfuhr Gross die offizielle: Die von Allmens hätten gar keinen Internetanschluss gehabt. Es könnten so auch keine Pornobilder von Kindern heruntergeladen worden sein. Auch sonst seien keine anstössigen Bilder von Kindern gefunden worden. Weder auf dem PC noch sonst wo im Anwesen. Aufgrund der Hausdurchsuchung gebe es keine Anhaltspunkte dafür, dass von Allmen pädophil war.

Am Nachmittag versandte die Kripo eine kurze Mitteilung über die Ergebnisse der Ermittlungen aus Spanien an die Medien.

Das Boulevardblatt druckte sie nicht ab, unterliess es auch, seine eigene Darstellung zurückzunehmen oder zu begründen.

***

Na ja, hab ich es mir gedacht. Die Polizei, so scheint es, ist eifrig daran, den Bekanntenkreis von Allmens auszuleuchten. Sie wird nie auf mich kommen. Von Allmen kannte meinen echten Namen nicht. Erst als ich auf ihn zielte, verriet ich ihm meine Identität. Bei der Kripo St. Gallen wird man erst viel später – wenn überhaupt – erfahren, was seine Beweggründe waren, sich mit mir in Verbindung zu setzen. («Wenn überhaupt» hängt davon ab, ob ich kurz vor meinem Ableben in einem der engen Büros im Klosterhof aussagen werde. Ich denke schon, dass ich das tue. Denn es ist nicht meine Sache, sang- und klanglos ins Gras zu beissen. Die Nachwelt darf ruhig erfahren, was ich getan habe. Es schmeichelt mir, in die Kriminalgeschichte einzugehen …)

Gut möglich, dass der eine oder andere Fahnder herausfindet, dass die von Allmens völlig pleite waren. Doch kaum einer dieser kniffligen Schnüffler wird sich die Mühe machen, die Persönlichkeitsstruktur des komischen Alten genau zu studieren. Mir ist das sofort aufgefallen: Der Mann hätte sich nie ans Sozialamt gewandt, um über die Runden zu kommen. Sich von andern aushalten zu lassen, das wäre ihm ein Gräuel gewesen.

***

Es war Mittwochnachmittag, der 15. August, als die «Soko Mirjam» unter dem Vorsitz von Gross zum dritten Mal zusammenkam. Nach einer kurzen Einführung liess Gross die Mitglieder, die das wünschten, zu Wort kommen, einen nach dem andern. Er machte sich von jedem Votum Notizen. Erst als alle geredet hatten, ging er darauf ein.

Nein, er sei nicht der Meinung, die Polizei habe versagt.

Ja, der mutmassliche Täter sei gefasst. Möglich, dass er allein gehandelt habe, sicher sei das nicht.

Richtig, es stimme, man habe keine Hinweise für pädophile Neigungen von Allmens gefunden, wie in einem viel zitierten Beitrag behauptet worden sei. Seiner Meinung nach sei das Boulevardblatt einem Hochstapler auf den Leim gegangen, oder es habe die ganze Geschichte erfunden. Unverzeihlich, dass diese Zeitung den journalistischen Fauxpas nicht korrigiert habe. Rechtliche Möglichkeiten, die Boulevardzeitung deswegen vor Gericht zu zitieren, würden bestehen. Aber ob das für die Suche nach Mirjam hilfreich wäre? Er denke, nicht.

«Es sind mehrere Tatorte denkbar», fuhr Gross nach einer kurzen Kunstpause, die er immer einlegte, wenn er die Leute zum Nachdenken bewegen wollte, fort. «Die Frage ist aber, ob Mirjam noch lebt. Die Hoffnung darauf wird leider jeden Tag geringer. Ein gewöhnlicher Entführer hätte sich längst mit einer Geldforderung bemerkbar gemacht. Ausschliessen kann man aber nicht, dass das hübsche blonde Mädchen an einen Menschenhändlerring verschachert worden ist.»

An dieser Stelle wurde Gross durch einen Zwischenruf unterbrochen. «Ich finde diese Spekulation voreilig. Gibt es Indizien dafür?»

Gross überlegte einige Augenblicke, bevor er antwortete. «Haben wir nicht. Aber es ist eine Möglichkeit, die wir in Betracht ziehen müssen. Menschenhändlerringe sind leider Realität – auch in unserem Land. Und würde das zutreffen, gäbe es neben von Allmen mindestens noch einen Entführer. Nur eben Spuren von einem solchen hat bis heute niemand wirklich gefunden, sieht man von sich widersprechenden Zeugenaussagen ab.»

Gross fiel auf, dass wieder einige Hände in die Höhe gingen. Er liess alle reden, die sich meldeten. Und sie hatten ausnahmslos das gleiche Anliegen. Auch wenn Zeugenaussagen häufig widersprüchlich seien, müssten sie zunächst alle ernst genommen werden, sonst liessen sie ein ungutes Gefühl zurück. Das Motiv des mutmasslichen Täters bleibe im Dunkeln. Warum sollte ein Mann, der eigentlich nie durch pädophile Aktivitäten aufgefallen sei, plötzlich ein kleines Mädchen umbringen? Das spreche eher für eine Entführung, bei der möglicherweise etwas schiefgelaufen sei.

Wieder schoss eine Hand in die Höhe. Es war ein Kripomann aus dem Toggenburg. «Die Boulevardzeitung behauptet, sie habe eindeutige Beweise dafür, dass von Allmen pädophil war.»

«Beweise? Höre ich richtig? Wenn alles wahr wäre, was die

Schreiber dieses Blattes den lieben langen Tag verbreiten, gäbe es in unserem Land keine unaufgeklärten Verbrechen mehr.»

Lang anhaltender Beifall. Gross kam endlich zum Verschnaufen. Entspannt fuhr er weiter: «Es gibt nur einen Weg, um eine befriedigende Erklärung der eben gestellten Fragen, Theorien und Mutmassungen zu finden. Man muss weiter nach Mirjam suchen. Das Hartmannsholz bei Schollrüti hat man Quadratmeter um Quadratmeter abgesucht. Wenn sie dort nicht vier oder mehr Meter tiefer vergraben worden ist, hätte man sie gefunden. Anders ist das beim Hohrainwald oberhalb Billwil. Ein steiles, zerklüftetes Gelände, das noch nicht mit der notwendigen Intensität durchkämmt worden ist. Für übermorgen Freitag ist dort eine weitere gründliche Suchaktion geplant.»

Gross wollte die Sitzung gerade beenden, als nochmals ein Polizist seine Hand aufstreckte und bat, noch etwas sagen zu dürfen.

Er schlug eine Gratiszeitung von gestern auf und las vor:

«Die St. Galler Kantonspolizei will jetzt eine neue Suchaktion nach Mirjam durchführen. Endlich in Zetzwil ag, wo sich Käthi von Allmen im Haus ihrer Familie seit Tagen verschanzt? Es wäre längst an der Zeit.»

Gross rollte die Augen. «Ich habe das auch gelesen. Ich weiss nichts davon. Im Übrigen ist in der Schweiz die Polizeihoheit kantonal. Es besteht zwar ein Konkordat zwischen den Kantonen der Ostschweiz. Nach gegenseitigen Ansprachen ist es möglich, dass eine St. Galler Patrouille in einem der beiden Appenzell zum Einsatz kommt. Dass eine St. Galler Einheit im weit entfernten Aargau eine Liegenschaft erstürmen würde, das muss ich in den Bereich von Fieberphantasien einreihen.»

***

Die gross angelegte Suchaktion vom 17. August brachte nichts Neues an den Tag.

***

Wie versteckt man eine Leiche, damit sie die Polizei nicht findet? Man vergräbt sie dort, wo die Polizei sie schon mal gesucht hat. Das Problem ist aber, dass die Polizei diesmal immer wieder am selben Ort sucht. Also wartet man ab.

***

Nacheinander rief Arthur Gustav und Oskar an. «Wie wäre es mit einem Spaziergang in das Hartmannholz bei Schollrüti? Am nächsten Sonntag? Schön wäre, wenn ihr eure Frauen mitnehmen könntet. Nur so eine Idee von mir.»

Oskar fand die Idee gut. Er möchte aber ohne seine Angetraute kommen. Gustav war nicht begeistert. Er konnte sich auch nicht erklären, warum Arthur diesen Vorschlag machte. Nach langem Bitten von Arthur lenkte Gustav schliesslich ein.

Zur vereinbarten Zeit trafen am Sonntagnachmittag sowohl Oskar, Gustav mit Marlis als auch Arthur mit seiner Frau Fayola und ihren beiden Kindern am Rand des Hartmannsholzes ein. Fayola und Marlis hatten sich vorher noch nie gesehen und kaum je voneinander gehört. Gustav hatte immer schon versucht, seine Familie von Arthur fernzuhalten. Fayola sprach nur Englisch, das Marlis nur bruchstückweise verstand. So kam lediglich eine zähflüssige Unterhaltung zustande.

In einer kleinen Lichtung machte Oskar Fotos von der eigenartigen Gesellschaft. Dann schleppte Arthur einen grossen heruntergefallenen Ast herbei und steckte ihn mitten in der Lichtung in den Boden, sodass er aussah, als wäre er ein kleiner Baum.

«Warum tust du das, Arthur?», fragte Marlis.

Er lachte trocken. «Mir fehlen halt hier die Bäume.»

***

Erst am 24. August, einem Freitag, traf der abschliessende Bericht der DNA-Analyse aus dem kantonalen Labor bei der Kripo ein. Es stehe eindeutig fest, dass Mirjam im Kastenwagen von Allmens transportiert worden sei. Das war nicht viel Neues.

Um die Öffentlichkeit darauf hinzuwiesen, dass die Kripo zur Auffindung von Mirjam auch nicht vor unkonventionellen

Methoden zurückschrecke, liess sie verlauten, dass inzwischen Hinweisen von Pendlern und Hellsehern nachgegangen werde. Seinen Mitarbeitern gegenüber gab Gross zu, dass ihn das eine rechte Portion Überwindung gekostet habe. Er glaube nicht an diesen Hokuspokus, aber viele in der Bevölkerung sähen das anders.

An diesem Tag traf bei Gross auch eine Postsendung aus Spanien von der Guardia Civil in Benidorm ein. Das grosse Paket enthielt Material vom Anwesen von Allmens. Familienbilder, einige Briefe, einige CDs von Dateien der sichergestellten Festplatte. Doch darin stand nichts, was die Entführung von Mirjam hätte erklären können. Es entsprach weitgehend dem, was Gross bereits zwölf Tage zuvor mündlich erfahren hatte.

Gross wies Hermann an, all dies in ein Communiqué zu verpacken und den Medien zuzustellen. Sozusagen als Happen für die nachrichtengeile Journalistenschar, denn immer noch tagtäglich wurde in der Presse über den Fall Mirjam geschrieben, und das mit immer mehr boshaften Seitenhieben gegen die St. Galler Ermittlungsbehörden. Von den Online-Ausgaben der landesübergreifenden, regionalen und lokalen Blätter ganz zu schweigen.

Wieder versammelte Gross die «Soko Mirjam» im Besprechungszimmer der Kripo und eröffnete den mittlerweile resignierten Zuhörern, die Polizei werde auf Druck der Öffentlichkeit nicht umhinkommen, am 28. August eine weitere Suchaktion zu starten. In der Region Ober- und Niederbüren sowie im angrenzenden thurgauischen Städtchen Bischofszell. Ein Zwischenruf unterbrach seinen Redefluss: «Die Suche nach der Nadel im Heuhaufen.»

Gross seufzte. «Sehr passender Vergleich. Was schlagen Sie vor? Was sollen wir anderes tun?»

Der Rufer wusste keine Antwort darauf.

Auch diese Suchaktion brachte die Polizei keinen Schritt weiter.

Es schaltete sich die Fernsehsendung «Aktenzeichen XY» ein. Man erhoffte sich viel davon. Tatsächlich brachte sie auch Bewegung in die festgefahrenen Ermittlungen. Ein anonymer Sponsor setzte eine Belohnung von einundzwanzigtausend Franken für Hinweise aus, die zur Aufklärung des Falles Mirjam führten.

Prompt bildete sich am nächsten Tag, dem 31. August, ein Komitee, das für den kommenden Samstag zu einer öffentlichen Suchaktion im Hohrainwald aufrief.

***

Arthur schickte nach Bekanntwerden dieses Vorhabens an Gustav, Oskar und Reinhard ein Mail mit der Bitte, sie sollten sich unbedingt an der Suche beteiligen. Er werde es auch tun. Er enthüllte ihnen, dass er selbst zu den Initiatoren dieses Komitees gehöre.

Alle drei versprachen, zu kommen. Gustav und Reinhard mit Anhang.

Gegen vierzig Privatpersonen beteiligten sich daran. Dazu kamen mindestens noch so viele Medienleute, die die Amateurfahnder dabei begleiteten, sie interviewten, ihnen auch Ratschläge erteilten. In Nu hatte sich bei ihnen herumgesprochen, dass sich einer der Teilnehmer auffallend redegewandt und auskunftsfreudig verhielt: Arthur Busch. Er sprach an diesem Tag in viele Mikrofone, schaute in viele Kameras.

Auch die Zivilfahndung im Hohrainwald verlief ergebnislos. Busch kommentierte den Misserfolg einer grossen Zeitung gegenüber mit Tränen in den Augen. Auch die Kripo sah sich die ganze Aktion mit Argusaugen an. Dass sich Arthur dabei in den Vordergrund spielte, fiel Gross und seinen engsten Mitarbeitern auf. Sie sahen sich die Akte von Busch an. Hermann konnte sich die Bemerkung nicht verkneifen, dass es gar nicht so selten sei, dass Übeltäter andere Übeltäter jagten.

17

Wieder erschien ein Artikel in der Boulevardpresse, der im Klosterhof für Unruhe sorgte. Am 5. September, an einem Mittwoch. Was darin stand, wusste man im Fahndungsteam Mirjam bereits.

Es ging um die Beobachtungen von Christa B., die sie am 1. August gegenüber einem Detektivwachtmeister der Kripo St. Gallen auf dem Polizeiposten Herisau gemeldet hatte.

Christa B. beschwerte sich darüber, dass ihre Aussagen von der St. Galler Polizei nicht ernst genommen wurden. Unter dem ausführlichen Artikel in der Boulevardzeitung war eine Phantomzeichnung, die den mutmasslichen Komplizen von Allmens darstellte.

Hermann, der glaubte, er habe die Zeugin davon abhalten können, noch weiter an ihren irrtümlichen Beobachtungen festzuhalten, geriet der Beitrag in den falschen Hals. Das, was da geschrieben war, durfte er nicht einfach so stehen lassen. Auf der anderen Seite konnte er nicht ohne Absprache mit seinen Vorgesetzten handeln.

Es war ein langes Gespräch, das er mit Gross und dessen drei Detektivwachtmeistern führte. Gross verlangte das Vernehmungsprotokoll, das im Gebäude der Kripo Appenzell Ausserrhoden in Herisau aufgenommen worden war.

Dem Artikel aus der Boulevardpresse wurde darin eigentlich nicht widersprochen. Es war aber um einiges genauer.

Detektivwachtmeister S.: *Ich zeige Ihnen eine Reihe von Fotos, die – so glauben wir – könnten dem Täter, wie Sie ihn beschrieben haben, am ehesten entsprechen. Seien Sie sich aber bewusst, dass Ihre Vorstellung von ihm etwas von einem Foto abweicht.*
(Der Zeugin werden etwa fünfzehn Fotos, ausgebreitet auf einer grossen Tischfläche, vorgelegt. Die Zeugin nimmt sich Zeit, der Beamte bittet sie, sich endlich zu entscheiden.)
Zeugin C. B. *(zeigt auf eines): Der könnte es noch am ehesten*

sein. Die Frisur ist aber anders. Den Mann, den ich gesehen habe, trug den Scheitel genau in der Mitte, bei dem auf dem Bild ist er aber links. Und die Haare sind braun statt blond.
Detektivwachtmeister S.: *Auf das müssen Sie nicht besonders achten. Das Bild stammt von einem Mann, der seine Frisur häufig wechselt, der oft die Haare färbt, häufig blondiert.*
Zeugin C. B.: *Da habe ich Mühe. Ich möchte wirklich nicht jemanden verdächtigen, der mit dem Verschwinden von Mirjam nichts zu tun hat.*
Detektivwachtmeister S.: *Sorgen Sie sich nicht. Wir nehmen es Ihnen nicht übel, wenn Sie sich irren. Wir werden überprüfen, ob der Mann ein Alibi hat. Hat er das, ist für Sie und für uns die Sache erledigt.*
Zeugin C. B.: *Ich verstehe nicht ganz, was Sie damit meinen.*
Detektivwachtmeister S.: *Ich meine genau das, was ich sage.*
Zeugin C. B.: *Soll das etwa heissen, dass Sie dann meine Aussage nicht weiterverfolgen?*
Detektivwachtmeister S.: *Gute Frau, wir haben allein in Appenzell Ausserrhoden mehr als hundert Zeugenaussagen. Wenn Sie ihn auf dem Bild nicht erkennen, können wir Ihre Hinweise möglicherweise nicht weiterverfolgen.*
Zeugin C. B.: *Na also, wenn Sie den Fall weiterverfolgen wollen, sage ich, es sei dieser Mann.*
Detektivwachtmeister S.: *Gut, Sie erkennen also diesen Mann eindeutig als den Täter.*
Zeugin C. B.: *Er könnte es sein, aber sicher bin ich nicht.*
(Diese Aussage wurde auf Wunsch der Zeugin ins Protokoll aufgenommen, weil sie dieses sonst nicht unterschrieben hätte.)
Detektivwachtmeister S.: *Sie behaupten, Sie hätten im Auto etwas gehört, das wie ein Schuss tönte. Wie kommen Sie darauf?*
Zeugin C. B.: *Das war spontan, irgendwie naheliegend.*
Detektivwachtmeister S.: *Haben Sie in Ihrem Leben schon einmal mit einer Waffe geschossen?*
Zeugin C. B.: *Nein. Niemals.*
Detektivwachtmeister S.: *Zuvor haben wir die Aussagen Ihres Sohnes Louis aufgezeichnet. Sie widerspricht in einem wesentlichen Punkt der Ihren.*
Zeugin C. B.: *In welchem?*

Detektivwachtmeister S.: *Bezüglich des Ortes Ihrer Beobachtung.*
Zeugin C. B.: *Mein Sohn fährt noch nicht selber Auto. Er kennt sich zu wenig in dieser Gegend aus.*
Detektivwachtmeister S.: *Was Sie hier aussagen, hat keine Konsequenzen für Sie.*
Zeugin C. B.: *Wie meinen Sie das?*
Detektivwachtmeister S.: *Wir können Sie nicht belangen, wenn Sie die Unwahrheit sagen.*
Zeugin C. B.: *Wollen Sie mir etwa unterstellen, gelogen zu haben?*
Detektivwachtmeister S.: *So weit möchte ich nicht gehen. Man kann sich ja auch irren.*
Zeugin C. B.: *Ich habe mich nicht geirrt. Ich habe genau das gesagt, was ich gesehen und gehört habe.*
Detektivwachtmeister S.: *Nehmen Sie Medikamente? Wegen psychischer Probleme vielleicht?*
Zeugin C. B.: *Das geht Sie gar nichts an. Übrigens: Herr Polizist, für wie blöd halten Sie mich eigentlich? Finden Sie es fair, mich als unzurechnungsfähig hinzustellen, nur weil ich eine einfache Frau bin?*
Detektivwachtmeister S.: *Tut mir leid, ich wollte Sie nicht verletzen. Aber Ihre Aussagen klingen unglaubwürdig, sie widersprechen denen der meisten andern Zeugen. Allerdings, das gebe ich zu, sind Sie und Ihr Sohn nicht die Einzigen, die mehr als eine Person im Renault Traffic gesehen haben. Doch viele dieser Zeugenaussagen sind nicht glaubwürdig. Einer, der neben von Allen noch eine weitere Person gesehen haben will, behauptet steif und fest, von Allem habe keinen Bart getragen. Und das kann schlicht nicht sein. Es gibt Dutzende, die vorgeben, den weissen Kastenwagen an einem bestimmten Ort gesehen zu haben. Um ein Uhr mittags zum Beispiel soll er bei St. Margrethen, auf dem Rorschacherberg, in Wil und sogar in Frauenfeld aufgetaucht sein.*
Zeugin C. B.: *Unglaubwürdig? Ich habe in meinem Leben schon vieles erfahren, von dem ich nie gedacht hätte, dass es möglich wäre.*
Detektivwachtmeister S.: *Lassen wir das. Es könnte sein,*

dass Sie Ihre Aussagen vor einem Gericht wiederholen müssen. Sollten sich diese als unwahr herausstellen, hätte das ernsthafte Konsequenzen für Sie. Wer sich vor Gericht Falschaussagen schuldig macht, riskiert eine längere Gefängnisstrafe. Übrigens: Sie dürfen das, was Sie hier zu Protokoll gegeben haben, jederzeit widerrufen. Auch jetzt. Wenn Sie das möchten, zerreisse ich das Protokoll, und die Angelegenheit ist für Sie erledigt.

***Zeugin C. B.**: Ich wüsste nicht, was ich widerrufen sollte.*

Einige Passagen des Protokolls verursachten bei Gross Stirnrunzeln. «Leider habe ich den Wortlaut des Protokolls nicht gekannt. Wäre das der Fall gewesen, hätte ich sofort angeordnet, ein Phantombild zu erstellen. Die Boulevardzeitung hat uns diese Aufgabe abgenommen. Nicht zu unserem Vorteil.»

Hermann sagte: «Dem Detektivwachtmeister ist rechtlich nichts vorzuwerfen. Ich hätte auch so gehandelt.»

«‹Korrekt› muss nicht immer das Gleiche wie ‹einfühlsam› sein. Die Frau musste das Gefühl bekommen haben, nicht für voll genommen zu werden.»

Hermann schob seinen Unterkiefer nach vorn. «Übrigens, die Frau hat das Phantombild etwa einen Monat nach dem Kidnapping zeichnen lassen. Da können wir davon ausgehen, dass sie sich nur vage erinnern kann, wie der Mann wirklich ausgesehen hat. Und das Protokoll aus Herisau geht ja nicht an die Presse.»

«An die Presse nicht, aber an den Staatsanwalt.»

«Schon gut, aber der Staatsanwalt ist auf dieses Boulevardblatt nicht gut zu sprechen.»

«Eine Frage hätte ich da noch», sagte der sichtlich irritierte Gross. «Ihr beide, wisst ihr eigentlich, wer auf dem Foto war, das unser Mann in Herisau der Zeugin C. B. untergejubelt hatte?»

Hermann konnte sich daran erinnern, diesen Namen irgendwo notiert zu haben. Er bat Gross, ihm kurz Zeit zu geben, um diese Notiz aufzustöbern. Eine Viertelstunde später betrat er sichtlich erleichtert wieder das Büro von Gross. «Der Mann heisst Johann Unterweger, der Name sagt mir nichts.»

Die Antwort traf Gross wie ein Donnerschlag. «Um Himmels willen. Johann ‹Jack› Unterweger. Wisst ihr denn nicht, wer das war?»

Hermann zuckte mit den Schultern. «Keine Ahnung!» Alle drei Detektivwachtmeister schüttelten gleichzeitig lächelnd den Kopf.

«Solltet ihr aber wissen. – Johann ‹Jack› Unterweger war ein österreichischer Serienkiller, auch ein renommierter Schriftsteller, der in die Literaturgeschichte eingegangen ist. Er hat so Mitte der 1990er Jahre im Gefängnis Selbstmord begangen.»

Gross fuhr seinen PC hoch. Auf Google gab es eine Menge Bilder von Unterweger.

«Clever von unserem Kollegen, den wir nach Herisau geschickt haben. Der Mann sieht dem auf dem Phantombild ziemlich ähnlich», kommentierte einer der Fahndungswachtmeister.

«Ob das wirklich so clever war, wird sich noch herausstellen», gab Gross zu bedenken.

«Noch gravierender finde ich das mit dem Schuss», stöhnte er. «Die Geschichte, die uns Alois Schnyder aufgetischt hat, wird von den Medien durchwegs als eigenartig ausgelegt.»

«Das muss nicht heissen, dass sie nicht zutrifft», erwiderte der Pressesprecher.

Gross lachte. «Das habe ich nicht gesagt.» Er blickte jeden in der Runde der Reihe nach an. «Im Gegensatz zu euch allen nehme ich jede Zeugenaussage ernst. Auch wenn sie sich unwirklich anhört. Hat man eigentlich den Renault Traffic auf Schussspuren untersucht?»

«Ja, das ist geschehen. Allerdings sagt das nichts aus. Es waren mehrere Einschusslöcher in diesem Wagen. Von Allmen war ein Waffennarr. Wir müssen davon ausgehen, dass er bisweilen auch im oder auf das Fahrzeug geschossen hat.»

Gross winkte mit dem Zeigefinger. «Jetzt müssen wir aufpassen. Wenn das, was wir jetzt wissen, an die Öffentlichkeit gelangt, dann haben wir ein Problem.»

Am Schluss waren sich alle fünf nicht mehr so sicher, ob die Zeugin aus Herisau nicht doch die Wahrheit gesagt hatte. Die Faktenlage war zu dünn, um auszuschliessen, dass Hans Jakob von Allmen nicht allein gehandelt hatte. Man zog daraus die einzig mögliche Konsequenz: Der Spur des zweiten und allenfalls dritten Mannes neben von Allmen musste nachgegangen werden. Man kam aber überein, das unter Ausschluss der Öffentlichkeit zu tun. Um sich dafür Luft zu verschaffen, entschied man sich, eine Medienmitteilung zu streuen.

Die Kripo St. Gallen bestätigt, dass eine Zeugin am 31. Juli auf dem Posten in Herisau Hinweise auf einen blonden Fahrer gegeben hat. Sie wurde gebeten, am nächsten Tag noch einmal vorbeizuschauen, was sie auch tat. Bei diesem Besuch wurden ihr Fotos gezeigt.
Sie hat einen Mann auf einem der ihr vorgelegten Fotos erkannt. Unsere Recherchen ergaben, dass dieser Mann ein hieb- und stichfestes Alibi hatte. Zudem stimmten die Aussagen der Frau mit den bisherigen Erkenntnissen der Ermittlungen nicht überein. Vorläufig gehen wir nicht davon aus, dass neben dem suizidal aus dem Leben geschiedenen von Allmen noch eine weitere Person an der Entführung von Mirjam beteiligt war. Wir werden aber auch künftig jedem Hinweis auf einen möglichen zweiten oder dritten Täter nachgehen.

Als Christa B. das Communiqué las, war sie erschüttert. Sie wandte sich abermals an die Journalistin, die sie interviewt hatte. Die Folge davon war ein weiterer Artikel, in dem Christa B. klarstellte, sie habe bei der Zeugenaussage in Herisau die Wahrheit gesagt.

Die Retourkutsche liess nicht auf sich warten. Im «St. Galler Morgenblatt» erschien tags darauf eine Stellungnahme des mit dem Fall Mirjam betrauten Staatsanwalts. Er warf darin dem Boulevardblatt vor, die Öffentlichkeit bewusst falsch zu informieren.

«Die Meldung in der Boulevardzeitung entbehrt jeder Grundlage», behauptete der Staatsanwalt. Es seien zwei Zeugen zitiert worden, die Mirjam mit dem mutmasslichen Entführer von Allmen und zwei weiteren Männern im weissen Lieferwagen in Oberbüren gesehen haben wollten. Die Kripo habe diese Aussagen genau überprüft und für unglaubwürdig befunden.

Die Boulevardzeitung habe sich den Luxus geleistet, eine Phantomzeichnung eines der beiden Männer anfertigen zu lassen, und diese grossformatig ihrer Leserschaft dargeboten.

«Mir ist jetzt der Kragen geplatzt. Ich stufe den Artikel als bedenkliche Berichterstattung ein. So werden nutzlos Polizeikräfte für Abklärungen gebunden, die wir zurzeit dringend benötigen, um den nach wie vor existierenden glaubhaften Hinweisen nachzugehen. Zudem werden bei den Angehörigen von Mirjam Hoffnungen geweckt, die keine reale Basis haben.»

***

Bruno Bänziger und Yvonne nahmen Zeitung lesend ihr Frühstück ein. «Hast du das schon gelesen?», fragte Yvonne und schob Bruno das «St. Galler Morgenblatt» hin.

Bruno las, schlug mit der Faust kräftig auf den Tisch, sodass sein Kaffee über den Tassenrand schwappte. «Die Frau muss sich schön blöd vorkommen; so blöd wie ich mir seinerzeit am Schalter des Polizeipostens.»

«Allmählich beginne ich, dich zu verstehen», sagte Yvonne, stand auf und strich Bruno zärtlich übers Haar.

18

Es war an einem kühlen Septembermorgen, einem Samstag, dem 15., als eine Privatperson im Hartmannsholz die Leiche eines Kindes fand. Kein Wanderer, der zufällig dort vorbeikam. Nein, jemand, der ganz bewusst nach Mirjam gesucht, der sich dafür sogar drei Wochen Urlaub genommen hatte. Es war ein dreissigjähriger Elektroingenieur namens Balz Guyer aus Kloten. Nach seinem Fund informierte er unverzüglich die Kripo in St. Gallen, dann auch die Zeitungen und Internetplattformen. Mit den elektronischen Medien wusste er ausgezeichnet umzugehen, schliesslich arbeitete er in einem renommierten Zürcher Elektronikunternehmen.

Das alles machte die Fahnder der Kripo St. Gallen stutzig. Nicht nur das. Auch der Fundort. Denn es war für sie keine Frage, dass sie genau dort, wo Mirjam vergraben war, mehrmals intensiv gesucht hatten, auch mit Leichensuchhunden, die jeden verwesenden Körper noch drei Meter unter dem Boden hätten ausfindig machen können. Das tote Mädchen lag aber nur etwa fünfzig Zentimeter unter der Erde.

Mehrere Beamte nahmen Guyer ins Verhör. Er wirkte auf sie sehr gefasst, ruhig und selbstsicher. Nachdem sie ihn richtiggehend mit Fragen durchlöchert hatten, kamen sie nicht umhin, ihn vom Verdacht freizusprechen, er habe etwas mit dem Verschwinden von Mirjam zu tun gehabt. Gross war bewusst, dass eine harte Zeit auf die Kripo St. Gallen zukommen würde. Ihm graute vor dem Mediengewitter, das sich in Kürze auf ihm entladen würde.

***

Der erste Online-Beitrag kam aus der Küche der Gratiszeitung «Viertelstunde»:

St. Gallen, 15. September 2007, 19 Uhr. Es ist kaum zu glauben, dass die Polizei Mirjam nicht gefunden hat. Viele in der Bevölkerung können das nicht verstehen. Es gibt verschiedene

Theorien, warum das passieren konnte. Die grösste Boulevardzeitung im Lande gibt den Hunden oder sogar den Hundeführern die Schuld. Vielleicht stimmt das ja tatsächlich. Doch die Verantwortung tragen die Chefs, das ist in der Wirtschaft wie bei der Polizei genau gleich. Sagen wir es offen: Die Führung der Polizei hat versagt. Sie hat sich wahrscheinlich zu wenig darum gekümmert, ob die Leute und die Tiere richtig ausgebildet waren. Und da müssten Konsequenzen gezogen werden. Anders ausgedrückt heisst das: Köpfe rollen.

Andere Stimmen gingen den Kripoleuten mehr unter die Haut. Die «Globale Woche» schrieb:

Hat sich denn schon jemand überlegt, dass die Leiche vielleicht zwischengelagert worden war und man sie erst in den letzten Tagen im Hartmannsholz vergraben hat? In diesem Fall wäre es ungerecht, der Polizei vorzuwerfen, sie habe zu wenig sorgfältig gesucht. Aber man müsste in Erwägung ziehen, dass von Allmen nicht der einzige Täter war. Doch genau das scheint man im St. Galler Klosterhof bis jetzt gar nicht gemacht zu haben. Dabei hätte vieles dafür gesprochen, auch dieser Spur ernsthaft nachzugehen. Denn nach wie vor gibt es keine Anzeichen dafür, dass von Allmen ein Triebtäter war.

***

Die Sache ist vorüber. Diesmal ist zwar nicht alles so gelaufen, wie ich es geplant hatte. Ich werde meine Lehren daraus ziehen. Niemals mehr werde ich mich mit einem Mann einlassen, von dessen Vorgeschichte ich so wenig weiss. Schade um die Zielperson, sie war wirklich vielversprechend.

***

Arthur, Gustav und Oskar warteten das Ende des Oktobers ab, bis sie sich im «Ybis» trafen. «Dieses Mal haben wir nichts zu feiern», bemerkte Oskar trocken. «Unsere Geschäfte laufen seit einigen Monaten mehr schlecht als recht.»

Arthur hielt ihm entgegen, das Leben gehe weiter. Er sei

zuversichtlich, dass es künftig besser klappen werde. Das Geschäft mit hellhäutigen blonden Mädchen und Frauen könnte durchaus einträglich werden.

Kaum hatte er das gesagt, wurde ihm schwindlig. Gustav und Oskar mussten ihn stützen, damit er nicht vom Barhocker fiel. Das Treffen fand so ein abruptes Ende.

Oskar fuhr Arthur mit seinem Wagen ins Toggenburg. Zwischendurch kam er auf dem Hintersitz wieder zu sich und verlangte, selber fahren zu dürfen. Oskar brachte genügend Autorität auf, nicht auf diese Bitte einzugehen.

Als der Wagen vor seinem Haus anhielt, riss Arthur die Tür auf, stolperte beim Aussteigen und fiel fluchend hin. Aber schon war Fayola, die Lebenspartnerin, zur Stelle. Sie schluchzte und bekannte Oskar, dass es zunehmend schwieriger mit Arthur werde. Sein Tabletten- und Alkoholkonsum würden bedenklich zunehmen. Dann sei er richtig gewalttätig.

Fayola und Oskar schleppten Arthur ins Haus, legten ihn ins Bett im kleinen Zimmer rechts vom Eingangskorridor. Oskar kannte diesen Raum. Er bezeichnete ihn als Ausnüchterungszelle. Er war gerade im Begriff zu gehen, als Fayola sich erkundigte, ob es ihm möglich wäre, über Nacht bei ihnen zu bleiben. Oskar lehnte ab.

19

«Gestern hoffte ich, dieser Kerl würde abkratzen. Und heute in der Frühe hat er mich mit einem Handyanruf aus dem Schlaf gerissen», sagte Oskar verzagt zu Gustav, den er am Abend des 2. November kurz besuchte.

«Könnten wir dem vielleicht ein bisschen nachhelfen?»

Oskar starrte Gustav ungläubig an. «Das sagst du? Ich staune nur. Ausgerechnet du, der vor allen möglichen Risiken zurückschreckt. Du, der nicht einmal die Nerven aufbringt, eine Fliege zu zerquetschen.»

Oskar stand auf, um gleich wieder zu gehen.

Gustav fasste ihn am Arm, bat ihn, zu bleiben. «Wir dürfen uns doch über Arthur aussprechen. Du würdest es auch als Erleichterung empfinden, wenn wir uns aus den Klauen dieses Verrückten befreiten.»

«Damit hätten wir wenig erreicht.» Oskar drückte Gustav den Zeigfinger in den Brustkasten. «Leider hast du seit Jahren immer die Augen geschlossen, wenn es darum ging, zu verstehen, wie es um Arthur stand. Es ist schon längst nicht mehr so, dass das, was in der Kristallhöhle und auch später geschah, ein Geheimnis zwischen Arthur und uns ist. Arthur hat dafür gesorgt, dass es auch andere wissen. Denn er traut uns schon lange nicht mehr über den Weg. Sollten wir ihn beiseiteschaffen, werden seine Hintermänner kommen und uns erpressen. Wir hätten nichts gewonnen, im Gegenteil.»

Gustav verdeckte die Augen mit den Händen. «Da haben wir nur noch die Wahl zwischen Pest und Cholera.»

Oskar konnte sich eine zynische Bemerkung nicht verkneifen. «Mit ‹Cholera› meinst du wohl die Polizei, mit ‹Pest› die Mafia von Arthur. Immer noch besser, wir lassen es vorläufig so laufen wie bisher. Immerhin sind wir bislang ganz gut über die Hürden gekommen.»

***

An Silvester 2007 vermöbelte Arthur Fayola so sehr, dass seine beiden Stiefkinder Hilfe bei Nachbarn suchten. Diese avisierten die Polizei. Am Neujahrstag wurde Arthur abgeführt und in die Psychiatrische Klinik Wil eingewiesen.

Fayola war so verzweifelt, dass sie über die Zeit nachzudenken begann, in der Arthur wieder zu Hause sein würde. Die Polizei hatte ihr den Tipp gegeben, sich an die Opferhilfe zu wenden. Das tat sie. Bereits in der zweiten Januarwoche zügelte Fayola mit ihren beiden Kindern ins Frauenhaus nach St. Gallen.

Als Arthur im Februar 2008 nach Hause zurückkehrte, fand er sein Heim leer vor. Er begann zu toben, warf wild sämtliche Teller auf den Küchenboden und trank eine ganze Flasche Whisky aus. Die durch den riesigen Lärm aufgeschreckten Nachbarn fanden ihn bewusstlos auf dem Küchenboden. Die Ambulanz fuhr vor und brachte ihn ins Spital Flawil. Als er dort einen Tag später entlassen wurde, schien er zur Besinnung gekommen zu sein.

Er besuchte die Polizeistation von Wattwil und fragte nach, wo sich seine Familie aufhalte. Der diensthabende Postenchef, ein Wachtmeister, hörte Arthur mitfühlend an. Seine Frau sei aus Furcht vor ihm ins Frauenhaus geflüchtet.

«Wo befindet sich denn das nun? Ich habe gehört, dass sein Standort gewechselt hat.»

Der Polizist sagte bedauernd, das dürfe er ihm nicht verraten.

«Dann werde ich Fayola eben suchen, Haus für Haus abklopfen. Und wenn ich sie finde, werde ich sie auf den Knien bitten, wieder zu mir zurückzukehren.»

Das rührte offensichtlich den Polizisten. Er legte Arthur die Hand auf die Schulter. «Freund, Sie müssen verstehen, die Zeiten haben sich geändert. Ich will gar nicht behaupten, zum Guten. Aber wir von der Polizei haben uns nach den Gesetzen zu richten. Ich werde jetzt beim Frauenhaus anrufen. Vertreten Sie sich unterdessen ein wenig die Füsse, trinken Sie ein Bier oder genehmigen Sie sich einen Kaffee.»

Der Wachtmeister sah auf die Uhr. «Es könnte länger dauern, mit einer Stunde rechne ich mindestens. Melden Sie sich in anderthalb Stunden zurück.»

Es war kurz vor vier am Nachmittag, als Arthur zum Posten in Wattwil zurückkehrte. Ein strahlender Wachtmeister umarmte ihn. «Kumpel, du darfst morgen deine Familie in St. Gallen abholen. Aber du musst mir versprechen, dass dir künftig die Hand nicht mehr ausrutscht.»

Dass ihn der Postenchef plötzlich duzte, störte Arthur überhaupt nicht. Das war bei älteren Polizisten noch häufig so. Delinquenten behandelte man ab und zu väterlich wie unmündige Kinder.

«Und ich sag dir im Vertrauen: Wenn wir noch einmal ausrücken müssen, um dich zur Vernunft zu bringen, könnte es hart für dich werden. Die Opferhilfe, ich mag diesen Verein übrigens auch nicht, wird in diesem Fall deine Frau derart unter Druck setzen, dass sie einwilligt, eine Anzeige gegen dich einzureichen. Dann bist du geliefert. Ich kenne die Richter und vor allem die Richterinnen. Du wirst verurteilt, und ich würde mich sehr täuschen, solltest du das ohne Knastaufenthalt überstehen.»

***

Marlis legte Gustav immer die Post auf den Esstisch, der stets schon gedeckt war, wenn er von der Arbeit nach Hause kam. In der ersten Januarwoche 2008 fand er neben seinem Suppenteller einen Brief seines Arbeitgebers. Er öffnete ihn unter den wachsamen Augen von Marlis.

«Hei, Schatz, ich bin befördert worden. Ab dem nächsten Monat kriege ich fünfhundert Franken mehr Lohn.»

«Das freut mich für dich. Obwohl wir das jetzt gar nicht mehr nötig hätten. Unsere Kinder sind seit drei Jahren alle ausgeflogen. Aber etwas wundert mich schon ein wenig: Warum hat der Personalchef dich nicht persönlich darüber unterrichtet?»

«Hat er schon. Aber nicht detailliert. Alles Wesentliche werde mir demnächst schriftlich mitgeteilt.»

Die Glanzmanns feierten das freudige Ereignis mit Champagner.

Sechs Monate später fand Gustav wieder einen Brief neben seinem Teller vor. Er wollte ihn zunächst gar nicht öffnen.

«Interessiert dich denn gar nicht, was dir deine Firma schreibt?», fragte Marlis.

Gustav, dem es schon ein paar Tage schlecht ging, winkte ab.

«Ich weiss eigentlich schon, was drinsteht. Ende vergangener Woche lud mich der Personalchef zu einem Gespräch ein. Ich hätte dir darüber berichten sollen. Aber ich brachte den Mut dafür nicht auf. Dachte, du würdest es noch früh genug erfahren.»

Marlis legte den Arm um Gustavs Schultern. «Wir sind schon mehr als fünfundzwanzig Jahre zusammen. Du weisst doch, dass ich dir deswegen keine Vorwürfe mache. Es war mir komisch zumute, als du im Januar befördert wurdest. Du bist einfach nicht der Typ, der Verantwortung übernehmen kann.»

Marlis hielt zu Gustav, auch seine erwachsenen Kinder. Gustav konnte hoffen, bald wieder eine Arbeit zu finden. Er und Marlis waren in der Region gut vernetzt. Die neue Stelle würde kaum eine so einträgliche sein. Gustav schien das aber nicht zu stören.

Etwas bedrückte Gustav aber zunehmend. Seine Familie wusste nichts von seiner Abhängigkeit, die ihn an Arthur kettete. Er hatte nicht die Absicht, das seiner Frau zu beichten. Er wusste, dass damit seine Familie auseinanderfiele. Und das bedeutete seinen Tod. Ohne seine Familie konnte er sich kein Leben mehr vorstellen.

***

Knapp zwei Wochen nachdem Fayola und ihre zwei Kinder zu Arthur zurückgekehrt waren, flog die ganze Familie nach Kenia, auf die Ranch Arthurs in Diani Beach.

In den ersten Wochen ging alles gut. Dann tauchte plötzlich ein schwarzer Verehrer von Fayola auf. Das nervte Arthur, Eifersucht packte ihn, da er den Verdacht hatte, dass Fayola ihren Landsmann sympathisch fand, und weil er nicht ganz sicher war, ob es nicht zu Intimitäten zwischen beiden kam. Als sich der Verehrer sogar in der Ranch einquartierte, wurde es Arthur zu bunt. Er trug sich mit dem Gedanken, seinen Rivalen beiseitezuschaffen. Für einige hundert Dollar liess sich ein Killer anheuern, was Arthur widerstrebte. Wenn schon, wollte er die Sache eigenhändig erledigen. Schliesslich handelte es sich um einen, der sich an seine Frau heranmachte. Also eine ganz persönliche Angelegenheit.

Der Schwarze ging jeden Tag einmal zu Fuss von der Ranch zur Bushaltestelle an der Hauptstrasse, um in die nächste Stadt zu fahren. Das war eine Piste von ungefähr einem Kilometer. Arthur wartete ab, bis der Rivale die Hälfte des Weges zurückgelegt hatte. Er startete seinen Land Rover, forderte Fayola auf, einzusteigen, und raste auf den Schwarzen zu. Nichts ahnend unterliess es dieser, rückwärtszuschauen. Denn diese Pisten waren so breit, dass es für ein Fahrzeug kein Problem war, auszuweichen.

Arthur überrollte seinen Nebenbuhler, fuhr zurück, tat es wieder, zehn Mal, bis er sicher war, dass der Mann nicht mehr lebte. Fayola sprang aus dem Wagen und übergab sich.

Eine Trennung kam für Fayola trotzdem nicht in Frage. Ihre Verwandten hätten das keinesfalls toleriert. Einen reichen Weissen in der Familie zu haben galt als erstrebenswert, zumal Arthur ja nicht knauserig war, sondern die Eltern und Geschwister seiner Frau immer grosszügig beschenkte.

Arthur ging zur nächsten Polizeistation und zeigte den Unfall an. Den Polizisten, den er dort antraf, kannte er schon seit seinem ersten Aufenthalt in Kenia. Beide verstanden sich gut. Arthur steckte dem Beamten einen Hundert-Dollar-Schein in die Tasche seiner Uniformweste, und die Sache war geregelt.

Ein ganzes Jahr lang blieb die Familie in Diani Beach. Jeden Monat reiste Arthur einmal in die Schweiz, kümmerte sich dort um seine Geschäfte, besuchte seine Mutter und machte einen Rundgang durch sein Wohnhaus, in dem er während seiner Abwesenheit mehrere junge schwarze Frauen beherbergte. Er traf sich auch mit Gustav und Oskar.

Anfang März 2009 kehrte Arthur mit seiner Familie nach Lichtensteig zurück. In seinem von den schwarzen Frauen schön zurechtgemachten Einfamilienhaus wurde ihm ein liebenswürdiger Empfang bereitet.

Es war kurz vor Weihnachten, als Fayola während einer Abwesenheit von Arthur im Kellergeschoss in einen Raum ging, den zu betreten er ihr strikt verboten hatte.

Sie fand darin einen grossen Ordner, in dem Zeitungsartikel und Notizen über mehrere Kriminalfälle eingereiht waren. Über den Doppelmord bei der Kristallhöhle, das Verschwinden eines Jungen auf dem Rorschacherberg und den tragischen Fall Mirjam. Arthur bemerkte das nach seiner Rückkehr, stellte Fayola zur Rede, verprügelte sie und betrank sich danach sinnlos.

Als er wieder einigermassen nüchtern war, bat er Fayola, ihn in dieses verbotene Zimmer zu begleiten. Er nahm drei Pistolenkugeln aus der Schublade des Schreibtisches und schrieb auf die erste mit Filzstift die Initialen von Fayola, auf die beiden anderen jene ihrer Kinder. «Wenn du von dem, was du in diesem Zimmer gesehen hast, etwas weitererzählst, jage ich dir und deinen Kindern diese Kugeln in den Kopf.»

Fayola flüchtete noch am selben Tag ins Frauenhaus von St. Gallen. Sie erstattete Anzeige gegen Arthur und kehrte nicht mehr nach Lichtensteig zurück. Die Opferhilfe vermittelte ihr eine Wohnung in der Stadt St. Gallen, die von der Polizei überwacht wurde.

***

Reinhard Storz wusste einiges über Arthur. Zum Beispiel, dass Arthur beim Verschwinden von Mirjam die Finger im Spiel hatte. Das bedrückte Reinhard, machte ihm auch Angst. Eines Tages fand er einen Zettel in seinem Briefkasten.

Wir lassen dich in Ruhe. Du bist für uns von keinem Nutzen. Aber sollte es dir einfallen, eines unserer Mitglieder bei den Bullen zu verpfeifen, dann bist du geliefert.

Reinhard war sofort klar, dass der Zettel nicht von Arthur stammen konnte, denn dessen Handschrift kannte er.

***

Arthur erhielt Anfang Juni eine Vorladung des Kreisgerichts Toggenburg für einen Gerichtstermin am Freitag, dem 30. Juli 2010, in Lichtensteig.

«Der 30. Juli?» Arthur raufte sich die Haare. Genau drei Jahre und einen Tag weniger war es her, als Mirjam verschwand, achtundzwanzig Jahre und einen Tag weniger, als Elena und Lydia vermisst wurden. Aber das hatte wohl nichts zu bedeuten.

Dass der Termin aber mehr als ein halbes Jahr, nachdem ihn Fayola angezeigt hatte, festgesetzt wurde, verwunderte ihn. Nahm man die Sache doch nicht so ernst?

Als Arthur auf einem unbequemen Sessel vor dem Untersuchungsrichter sass, schien er sich in sein Schicksal zu ergeben. Ihm wurde die Anzeige vorgelesen. Er bekam Gelegenheit, darauf zu antworten. Er bestritt alles, doch der Richter glaubte ihm nicht. Fayola wurde nach ihrer Flucht ins Frauenhaus medizinisch untersucht. Ihr Körper war übersät von Hämatomen. Die Beweislast gegen Arthur war erdrückend. Das wurde ihm auch während der Vernehmung klar.

Der Prozess werde im Frühjahr 2011 beginnen, eröffnete ihm der Richter. Er habe mit einer Gefängnisstrafe von mehreren Monaten zu rechnen. Ob sie lediglich bedingt ausgesprochen werde, könne er nicht sagen. Er rechne eher damit, dass er die Strafe absitzen müsse. Er habe genügend Zeit, sich um einen Anwalt zu kümmern. Das, was ihm zur Last gelegt werde, sei kein so schweres Delikt, dass er gleich in Untersuchungshaft genommen werde. Sollte es ihm aber einfallen, weiter zu delinquieren, werde man kein Federlesens machen und ihn einsperren bis zum Prozessbeginn.

***

Arthur wandte sich an Gustav und Oskar, bat sie, sich um einen guten Anwalt für ihn zu kümmern. Geld spiele dabei keine Rolle. Oskar fand einen Anwalt.

Als der Anwalt sich die geschönte und lückenhafte Lebensgeschichte Arthurs angehört hatte, riet er ihm, sich in eine psychiatrische Klinik einweisen zu lassen. Er werde ihm dabei behilflich sein.

Kurz nachdem Arthur das Aufgebot für den Prozess zugestellt bekam, wurde er in die Psychiatrische Klinik Wil eingewiesen. Der Prozess gegen ihn war damit aufgeschoben, wenn nicht sogar geplatzt. Ende Mai wurde Arthur mit der Auflage, sich wöchentlich einmal bei der Klinik zu melden, wieder entlassen.

20

Es war Anfang Juli 2011. Oskar und Gustav erhielten je ein Mail von einem Christian Ebner aus Heerbrugg im St. Galler Rheintal. Sie hatten diesen Mann noch nie zu Gesicht bekommen, auch noch nie etwas von ihm gehört. Er würde sie beide gerne treffen, schrieb Ebner. Als Treffpunkt schlug er die «Schlüpfer-Bar» in Au vor. Er trage eine schwarze Lederjacke. Aber sie müssten sich keine Sorgen machen, er würde sie beide problemlos finden. Er habe nämlich Fotos von ihnen. Die «Schlüpfer-Bar»? Der Name weckte bei beiden ungute Gefühle. Eine Bar in Au? In dieser Gegend und in solchen Etablissements tätigte Arthur seine Geschäfte. War Arthur ein Strohmann Ebners? Gustav und Oskar bekamen zwei Termine zur Auswahl. Sie entschieden sich für den 1. August, einen Montag, den andern, den 31. Juli, verwarfen sie.

Der 31. Juli? Eine Anspielung auf den Kristallhöhlenmord? Wusste Ebner von der Rolle Gustavs und Oskars bei diesem Drama?

***

Mitte Juli erhielt Bruno einen handgeschriebenen Brief, in Blockschrift und Grossbuchstaben.

> *HERR BÄNZIGER, SIE MÖCHTEN DEN KRISTALLHÖHLENMORD AUFDECKEN. ICH WEISS, WER DIE BEIDEN TÄTER SIND. ICH HABE GUTE GRÜNDE, ANZUNEHMEN, DASS ES EINFLUSSREICHE LEUTE IN JUSTIZ, POLIZEI UND POLITIK GIBT, DIE ES AUCH WISSEN. ICH HABE SCHON 1995 DIE BOULEVARDZEITUNG INFORMIERT. SIE MÜSSEN VERSTEHEN, DASS ICH MEINE IDENTITÄT NICHT AUFDECKEN KANN. ICH WAR NÄMLICH SELBER ZEUGE DES VERBRECHENS. AUCH ICH WAR LEHRER.*

Bruno zeigte Yvonne den Brief. Sie war nicht besonders beeindruckt. «Versprich dir nicht zu viel davon. Du bist längst nicht der Einzige, der den Kristallhöhlenmord aufdecken möchte. Darunter gibt es auch Spinner.»

«Meine Erinnerung an die Begegnung der beiden Mädchen mit den zwei Männern ist mir immer noch sehr präsent. Das kann ich nicht vergessen. Yvonne, es sind diese zwei Männer, auf die im anonymen Brief hingewiesen wird. Ich werde dieser Information nachgehen. Im noch verbleibenden Jahr vor der Verjährung muss das Kristallhöhlenverbrechen aufgeklärt werden.»

«Wie willst du denn das anstellen? Versuch es noch einmal mit der Kripo.»

«Dort ist immer noch dieser Gross. Was hat er in den neunundzwanzig Jahren überhaupt getan, um Licht ins Dunkel dieser Gewalttat zu bringen? Viel zu wenig.»

Bruno überlegte. Sollte er es nochmals versuchen mit ihm? Ihm wenigstens telefonieren und an diese Altlast erinnern? Wahrscheinlich brachte das kaum etwas, aber es kostete Bruno auch nichts.

Bruno sah Yvonne entschlossen an. «Ich werde Gross nochmals anrufen. Am 30. Juli. Der fällt dieses Jahr auf einen Samstag. Gut, so kann ich ihn zu Hause erreichen.»

***

Bereits um acht Uhr schellte bei der Familie Gross das Telefon. Mimi hob ab. «Herr Bänziger? Um was geht es?»

«Um etwas sehr Dringendes, geben Sie mir bitte Ihren Mann.»

«Etwas Dringendes? Das sagen alle. Verraten Sie mir jetzt bitte, was Ihr Anliegen ist. Ist Ihnen bewusst, dass heute Samstag ist und mein viel beschäftigter Mann einen freien Tag hat?»

Gross rollte die Augen, stand auf und nahm Mimi sanft den Hörer aus der Hand.

«Herr Bänziger, Sie geben wohl nie auf. Es geht Ihnen um den Kristallhöhlenmord, oder?»

«Ja.»

«Wann war es, als wir zum letzten Mal miteinander Kontakt hatten?»

«1997. Wegen einer Postkarte, die ich Ihnen geschickt hatte.»

«Ist das wirklich schon so lange her? Diese Postkarte, ja, jetzt erinnere ich mich. Und heute rufen Sie mich in aller Herrgottsfrühe an einem Samstag an. Ich stelle fest, Sie sind immer noch derselbe geblieben, der Sie vor vierzehn Jahren waren.»

«Schon möglich. Wenn ich ein Ziel vor Augen habe, gebe ich so lange nicht auf, bis ich es erreicht habe. Eine Frage: Was haben Sie in der Zwischenzeit über diesen Fall herausgefunden?»

«Das eine und das andere. Aber der Fall ist noch nicht gelöst.»

Bruno lachte bitter. «Vielleicht liegt es daran, dass Sie zu wenig unternommen haben.»

«Das mag zutreffen. Bleibt ein Verbrechen unaufgeklärt, hat die Polizei immer zu wenig unternommen. Doch häufig hat sie ihr Möglichstes getan.»

«Haben Sie eigentlich damals, es war 1995, also zwei Jahre vor der Postkarte, herausgefunden, wer der Boulevardzeitung gesteckt hat, dass zwei Lehrer die Täter gewesen sein könnten?»

«Leider nein. Das hätten wir gerne gewusst.»

«Ich habe einen Hinweis bekommen, wer es gewesen sein könnte.»

«Wirklich? Das interessiert mich.»

«Ich muss mit Ihnen unter vier Augen sprechen.»

«Das können Sie mir doch jetzt am Telefon sagen.»

«Ungern. Nur so viel: Die Täter waren tatsächlich Lehrer. Es ist noch ein Dritter dazugekommen. Auch ein Lehrer. Dieser könnte die Boulevardzeitung informiert haben.»

«Name?»

«Den weiss ich leider nicht.»

«Wirklich? Ähmm… Verbleiben wir so: Schreiben Sie alles auf, was sie über die drei Lehrpersonen herausgefunden haben, und schicken Sie es mir per Post. Es eilt nicht. Ich werde entscheiden, ob ein Treffen mit Ihnen Sinn macht.»

Bruno schlief in der Nacht vom 30. auf den 31. Juli immer schlecht. Er erinnerte sich in den frühen Morgenstunden an einen jungen Polizeiaspiranten, den er während seiner Ferien in Italien kennengelernt hatte. Vielleicht konnte ihm dieser Mann, der aus dem Kanton Bern stammte, helfen. Leider hatte er seinen

Nachnamen vergessen. Sein Vorname war Otto, ein seltsamer Name, den man bei jungen Leuten äusserst selten antraf. Er musste unbedingt herausfinden, wo dieser Otto lebte. Yvonne wusste es auch nicht mehr, aber vielleicht ihre Freundin, die damals mit ihnen in den Ferien war.

Die Kirchenuhr schlug gerade halb acht. Nach einigen Augenblicken der Überwindung griff Bruno zum Telefonhörer. Am anderen Ende vernahm er eine verschlafene Männerstimme. Es war ihm peinlich, nach Claudia zu fragen. Er entschuldigte sich für den Fehlanruf und legte auf.

Augenblicke später klingelte sein Handy. Es war Claudia. «Hei, Bruno, warum verweigerst du meinem Freund das Gespräch? Wie geht es dir denn?»

«Gut.»

«Kann ich dir was helfen?»

«Ja, ich suche einen Namen, der mir entfallen ist. Der Berner Polizist mit dem Vornamen Otto, den wir im letzten Sommer in Venedig getroffen haben.»

Claudia lachte schallend. «Ach ja, dieser urchige Otto aus Innertkirchen im Berner Oberland. Von Bergen heisst er. Ich amüsiere mich noch heute, wenn ich daran denke, wie du auf ihn eifersüchtig warst, weil er Yvonne ein bisschen anhimmelte. Ich kann mir ja denken, warum du dich plötzlich wieder für ihn interessierst. Gibst du dich immer noch der Illusion hin, er könnte dir behilflich sein, den Kristallhöhlenmord aufzuklären?»

«Über dieses Thema möchte nicht mehr mit dir diskutieren. Hast du noch seine Adresse oder die Handynummer?»

«Ich habe beides.»

Bruno Bänziger tippte gleich die Nummer von Bergens in sein Handy.

Er hatte Glück. Von Bergen nahm ab.

«Hallo, Bruno, was für eine Überraschung.»

Bruno informierte von Bergen etwas umständlich über den Grund des Anrufs.

«Ach ja, dein altes Problem. Vielleicht kann ich dir jetzt tatsächlich helfen. Eben habe ich die Ausbildung als Kriminalpolizist absolviert. Im Januar 2012 trete ich bei der Kripo St. Gallen eine Stelle an.»

Bruno konnte seine Aufregung kaum im Zaum halten. «Vielleicht kriege ich über dich endlich Einblick in die Polizeiakten.»

«Das stellst du dir zu einfach vor. Die Dokumente im Archiv der Kripo stehen den Polizisten zur Verfügung, Aussenstehende können sie nur mit einer Bewilligung des zuständigen Gerichts einsehen.»

«Dann kann ich das vergessen.»

«Was die Einsicht in die Akten betrifft, vielleicht schon. Aber ich könnte dir den einen oder andern Ratschlag geben. In der ersten Septemberwoche komme ich nach St. Gallen und schaue mich dort nach einer Wohnung um. Ich schlage dir vor, uns irgendwo in der Stadt zu treffen.»

Die beiden vereinbarten einen Termin am 3. September, einem Samstag.

***

Ulrich hatte seinen Wohnsitz schon vor fünfzehn Jahren nach Frauenfeld verlegt. Er arbeitete dort als Gefangenenwärter in der Strafanstalt. Anders als Bruno war er ein unkomplizierter Mensch, der kaum je düsteren Gedanken nachhing.

Bruno konnte es nicht unterlassen, um zehn Uhr Ulrich anzurufen. Ulrich schreckte aus dem Schlaf. «Muss das sein? Heute ist Sonntag», reagierte er bissig.

«Ja, das muss sein. Ich will nur sicherstellen, dass wir uns heute Nachmittag um drei Uhr vor dem Eingang der Kristallhöhle treffen.»

«Schon gut. Du hast mir gestern in dieser Sache bereits zwei Mails und vier SMS geschickt. Ich finde, du übertreibst. Das erste Mal besuchten wir 1992, also zehn Jahre nach dem Verbrechen, die Höhle. Dann 2002, dann 2007, sozusagen zur Fünfundzwanzig-Jahr-Erinnerungsfeier. Ich ging davon aus, dass wir erst 2012 wieder hingehen würden. Meinetwegen, ich komme, dem Frieden zuliebe. Aber lasse mich jetzt bitte bis Mittag in Ruhe.»

Ulrich war eine Viertelstunde früher als vereinbart am Eingang der Kristallhöhle. Er wollte damit sicherstellen, ja rechtzeitig dort einzutreffen. Er kannte seinen Bruder und wusste, wie pedantisch er seine Pünktlichkeit auslebte. Dieser war auch schon im Anmarsch.

Bruno öffnete vorsichtig das Schloss der Eingangstür. Immer noch tat er das mit dem nachgemachten Schlüssel. Man durfte so nur in die Höhle eindringen, wenn keine offizielle Führung stattfand.

Nach den ersten Metern vernahmen sie Schritte aus dem Innern. Das Brüderpaar entschied, schleunigst umzukehren und sich in einer Nische beim Höhleneingang zu verziehen.

Sie hatten es fast erwartet. Erneut blitzte die Stirnlampe auf. Der unheimliche Zeitgenosse, den sie zum letzten Mal am 31. Juli 2002 gesehen hatten, tauchte also wieder auf. Genau wie damals, verhüllt mit einem schwarzen Strumpf, ausgeschnittenen Löchern vor den Augen. Er öffnete das Tor sehr behutsam, schaute sich vorsichtig um, bevor er wieder ans Tageslicht trat. Genauso wie Bruno und Ulrich es nach der Kranzniederlegung tun würden.

Die beiden Brüder warteten noch etwa zehn Minuten ab, um sicherzugehen, dass der Fremde nicht mehr zurückkehrte. Als sie wieder in der Höhle waren, sagte Ulrich zu Bruno: «Etwas kommt mir sonderbar vor. Warum haben wir den Kerl 1992, 2002 und heute gesehen, aber nicht 2007?»

«Das frage ich mich auch. Hatte er vielleicht etwas mit dem Verbrechen an Mirjam zu tun? Doch nein, das kann ich mir einfach nicht vorstellen.»

«Da können wir nur spekulieren. Ich glaub's ja auch nicht. Ebenso wenig, wie ich glaube, dass die Wahrheit im Kristallhöhlenmord je an den Tag kommen wird.»

«Ulrich, bitte sag das nicht. Ich weigere mich, zu glauben, dass ein solches Verbrechen ungesühnt bleiben wird.»

***

Der Tag jährt sich zum neunundzwanzigsten Mal, seit ich Zeuge von zwei Todesfällen geworden bin, die als Gewaltverbrechen in die Kriminalgeschichte eingingen. Es gibt nur drei Männer, die wirklich wissen, was damals passiert ist. Ich bin einer dieser drei. Ich empfinde keine Reue, denn ich fühle mich unschuldig. Um ehrlich zu sein: Reue würde ich auch nicht empfinden, wenn ich schuldig wäre. Schon damals habe ich mit dem Gedanken gespielt, Menschen umzubringen.

***

Als Gustav und Oskar um vier Uhr die «Schlüpfer-Bar» in Au betraten, hielten sie Ausschau nach dem Mann mit einer schwarzen Lederjacke. Es sass kein solcher dort. Also warteten sie.

Als nach einer halben Stunde immer noch kein Lederjackenträger auftauchte, berieten sich Gustav und Oskar darüber, wie lange sie noch warten sollten. «Bis fünf Uhr, dann verduften wir wieder. Der Kerl hat ja unsere Handynummern», sagte Gustav.

«Wir leider nicht seine. Aber gut, fünf Uhr.»

Ebner tauchte um Viertel vor fünf auf, doch nicht allein. Er wurde begleitet von einem anderen Mann, der sich Raab nannte. Raab, das war ein Name, den weder Oskar noch Gustav jemals gehört hatten. Ebner war im Alter von Oskar, Raab ein bisschen jünger. Etwas über vierzig. Der Sprache nach stammte er aus Österreich. Mehr als zwanzig Jahre wohne er bereits in Basel und besitze seit 1995 den Schweizer Pass. Er sei in Eisenstadt geboren worden, gab er an, um noch anzufügen, sein Grossvater sei von 1939 bis 1945 dort Bürgermeister gewesen. Dann hätten ihn die Sowjets verschleppt und ermordet. Deshalb hasse er die Kommunisten und Linken.

Ebner entschuldigte sich nicht für sein Zuspätkommen. «Kommen wir gleich zur Sache. Nichts Gefreutes. Ihr beide kennt Arthur ja schon seit eurer Jugend. Du, Gustav – wir duzen uns in den besseren Kreisen der ‹Gesellschaft›», er klopfte ihm freundschaftlich auf die Schulter, «warst im Lehrerseminar Rorschach, zwei Klassen unter ihm.»

«Was meinen Sie mit ‹Gesellschaft›?»

«Die ‹Gesellschaft›? Das ist die Firma, in der Arthur tätig ist. Und ihr auch, nur wusstet ihr es nicht. Alles, was ihr zu tun hattet, wurde über Arthur abgewickelt. Und du, Oskar», er drückte ihm den Zeigefinger auf die Stirn, «hast Arthur bei einem Praktikum in Goldach kennengelernt. Dann habt ihr beide einen Riesenmist gebaut, und Arthur hat euch aus der Patsche geholfen.»

Gustav hob die Hand, um zu protestieren. Ebner fasste sie und begann die Hand so lange zu drehen, bis Gustav einen Schmerzensschrei ausstiess. «Über das wollen wir gar nicht diskutieren. Ich weiss ganz genau Bescheid. Ich sage euch nur, mir ist es völlig egal, was ihr beide da verbrochen habt.»

Ebner zog einen Barhocker hervor, schob ihn zwischen Gustav und Oskar, setzte sich darauf und befahl Raab, sich neben Gustav zu setzen. Er winkte dem Barkeeper. «Boy, bringe uns etwas zu trinken, du weisst ja, welches Gesöff ich bevorzuge.»

Der Barkeeper wirkte eingeschüchtert. Er stammelte: «Jawohl, Herr Major. Ihr Wunsch ist mir Befehl.» Er nahm eine Flasche Jägermeister vom Gestell, stellte vor jeden der vier Gäste ein Glas hin und schenkte ein. Gustav wollte das Glas mit der Hand zudecken. Ebner zog ihm unwirsch die Hand weg. «Freundchen, hier bestimme ich, und wenn ich sage: ‹Trink deinen Jägermeister›, tust du das ohne Widerrede.»

Gustav wurde kreidebleich. Er gehorchte und trank das Glas in einem Zug aus. Das hätte er besser nicht getan, denn der Kellner füllte das Glas gleich nach. Oskar blickte scharf zu Gustav hinüber und flüsterte: «Du Vollidiot.»

Ebner grinste übers ganze Gesicht. «Wir kennen ihn doch, diesen Gustav. Hat keine Nerven, pisst sich die Hosen voll, wenn er es mit der Angst zu tun bekommt.» Er schaute auf die Uhr. «Heute Abend habe ich viel Zeit. Schliesslich ist ja Bundesfeiertag. Wir müssen auch eine Menge besprechen. Ach … ich habe ganz vergessen, mich vorzustellen. Ich bin Major der Schweizer Armee. Nicht Berufsoffizier, auch nicht Milizler, etwas zwischendrin. Ich bin vom VBS aus schon mehrmals zu einem Friedenseinsatz in Ostafrika abkommandiert worden. Als Beobachter, nicht als Kämpfer. Die Schweizer dürfen ja gar nicht aktiv in einen Konflikt eingreifen. Leider. Ich besitze einen Ausweis als UNO-Mitarbeiter. Das erlaubt mir, sozusagen überall die Nase hineinzustecken.»

Oskar räusperte sich. «Ich habe es nur zum Oberleutnant gebracht.»

«Ich weiss», sagte Ebner. Er streckte ihm die Hand entgegen.

«Ich bin übrigens der Christian.» Er drehte sich zu Gustav. «Das gilt übrigens auch für dich. Und der, der neben dir sitzt, heisst Jules. Na ja, der Hellste ist er nicht. Aber ein lieber Kerl und ausgesprochen zuverlässig.» Raab nickte folgsam.

«Jules ist von nun an euer Verbindungsmann zu mir. Er gibt euch meine Anweisungen weiter und kontrolliert, ob ihr sie befolgt. Aber keine Angst, er wird euch nicht oft behelligen, er verbringt die meiste Zeit in meinem Einsatzgebiet, in Diani Beach in Mombasa.»

Gustav wurde es beinahe schwindlig, als er «Diani Beach» hörte. Schlagartig wurde ihm bewusst, was ihn von nun an erwartete. Oskar nahm diese Information mit gleichgültiger Miene entgegen. Aber auch er war innerlich aufgewühlt. Dieser Ebner war möglicherweise noch ein härterer und brutalerer Kerl als Arthur. Er wollte sich nichts anmerken lassen und ging gleich in die Offensive.

«Christian, du willst nicht im Ernst behaupten, du seist vom VBS aus nach Kenia geschickt worden. Soweit ich informiert bin, gibt es in Kenia keine UNO-Beobachter.»

Ebner schlug sich lachend auf die Schenkel. «Bist nicht auf den Kopf gefallen, Kerlchen. Natürlich gibt es die dort nicht. Aber wenn ich meinen UNO-Ausweis zücke, begegnet man mir auch in Diani Beach und in Mombasa ehrfurchtsvoll. Das gilt insbesondere für die Polizei. Ein korrupter Haufen, das kann ich euch sagen.» Er beschrieb ziemlich süffisant und nicht sehr ausführlich, was er dort in letzter Zeit unternommen hatte. Er drehe Filme mit schwarzen Frauen. Ein einträgliches Geschäft. «Diese Weiber» würden das mit Begeisterung tun. «Sie tun alles, wofür sie einigermassen entschädigt werden. – Moment mal.» Ebner nestelte in seiner Ledermappe. Er zog er eine CD heraus, streckte sie dem Barkeeper hin, zeigte mit dem Finger auf einen durch Kabel mit dem Fernseher verbundenen Kasten. «Schieb das dort hinein und spiel das Ding ab.»

Was Gustav und Oskar da sahen, waren ziemlich deftige Pornoaufnahmen. Im Nu versammelte sich eine Handvoll männlicher Gäste fortgeschrittenen Alters um den Bildschirm und verfolgte mit lüsternen Blicken den Film. Bei besonders geilen Szenen klatschten sie frenetisch in die Hände.

Ebner schnalzte. «Nun könnt ihr euch selber davon überzeugen, wie das ankommt. So eine CD ist natürlich nicht gratis. Da steckt viel Schweiss dahinter, viel Phantasie. Mein Werk. Was glaubt ihr, wie viel so ein Film kostet? Einen Tausender, mindestens. Und wie viele setzen wir davon ab? Was glaubt ihr? So im Durchschnitt zweihundert Stück, aber es gab auch schon solche, die tausendmal über den Ladentisch gingen. Nun ja, nicht in einem gewöhnlichen Laden. Wir haben in diesem Lokal übrigens auch einen solchen Laden.»

Ebner streckte einem erregten Zuschauer eine andere CD hin. «Falls Sie sie erstehen wollen, ich gebe Sie Ihnen zur Feier des Tages zum halben Preis, für fünfhundert Franken.» Der Mann liess sich nicht lumpen, er zog den Geldbeutel aus seiner Gesässtasche und blätterte Ebner fünf Noten auf die Hand.

«Was hat denn das alles mit Arthur zu tun? Wegen ihm sind wir doch hier», wollte Oskar wissen.

«Nur Geduld. Was ich euch eben preisgegeben und vorgeführt habe, hat durchaus mit Arthur zu tun. Er hat sich um den Vertrieb der CDs, um die ‹Schlüpfer-Bar› und um anderes gekümmert. Bis vor wenigen Wochen sass er noch in der Klapsmühle. Sein Gehirn ist zerfressen von Drogen und hochprozentigem Alkohol. Er ist nicht mehr zuverlässig, mit andern Worten: Er wird zu einem Sicherheitsrisiko. Wir brauchen einen Ersatz.»

«Verstehe ich das richtig, dass du diesen in uns gefunden hast?»

Ebner klopfte mit den Knöcheln auf Oskars Stirn. «Bingo, du hast es erfasst. Wobei ich da einen Unterschied zwischen dir und Gustav mache. Gustav ist ein Waschlappen, wir werden ihn lediglich als Lückenbüsser einsetzen. Du aber, du hast das Zeug zu einem kaltblütigen Macher. Darauf möchten wir nicht verzichten.»

«Und wenn ich nicht mitmache?»

Ebner lachte lauthals. «Zieh vor mir keine solche Show ab, du weisst ganz genau, dass du gar keine andere Wahl hast.»

«Also schiess los, was möchtest du von uns?»

«Was möchte ich von euch?» Ebner betonte jede Silbe. «Du musst dich um den Verkauf der CDs kümmern, du machst jede

Woche einen Besuch in der ‹Schlüpfer-Bar›. Du darfst dabei unentgeltlich jedes Mädchen im Etablissement vögeln. Wenn die Geschäfte gut laufen, springen für dich monatlich bis zu zwanzigtausend Riesen heraus. Die wichtigste Aufgabe, für die du vorgesehen bist, ist aber …» Ebner stieg vom Hocker, hob beide Hände in die Höhe, fast wie wenn er sich anschickte, eine Predigt zu halten. «Du musst uns die Polizei vom Hals halten. Wie du das machen wirst, überlassen wir dir. Du bist intelligent und hast viel Phantasie.»

«Und Gustav soll mir dabei assistieren?»

«So ist es. Schau deinem Kumpel genau auf die Finger. Er darf keinen Unfug anrichten. Wenn du mal ausfällst, sollte er in der Lage sein, für dich einzuspringen.»

«Schon gut. Aber warum siehst du Gustav in diesem Job, wenn du ja selbst sagst, dass er deinen Ansprüchen in keiner Weise genügt?»

«Der Kerl weiss zu viel. Und es sollte dir klar sein, wie man mit Geheimnisträgern umgeht, wenn sie einem nicht mehr nützlich sind.»

Ebner hob den Zeigefinger. «Das ist noch nicht alles, Oskar. Deinen anderen Job, den du zu unserer Zufriedenheit ausgeführt hast, wirst du weiter ausüben. Auf deine Beziehungen in der kantonalen Verwaltung möchten wir nicht verzichten.»

Oskars Blick verfinsterte sich. Er hob zum Sprechen an. Ebner legte ihm die Finger auf die Lippen. «Ich weiss, das Risiko dort ist gewachsen. Aber du wirst es schon packen.»

Oskar sah Gustav bedeutungsvoll an, kommentierte aber diese Handlung von Ebner nicht. Gustav wurde noch bleicher. Ebner schien das zu behagen. «Hei, liebe Freunde, trinken wir noch einen auf diesen erfolgreichen Geschäftsabschluss», sagte er mit lauter Stimme.

Gustav war danach ziemlich beschwipst, denn drei volle Gläser Jägermeister, das war für diesen wenig trinkfesten Kerl zu viel. Ebner tat so, als ob er Erbarmen mit ihm hätte. «Kamerad, ich bestelle dir ein Taxi – auf meine Kosten.»

***

Gustav bat den Taxichauffeur, ihn bis an die Haustür zu begleiten. Er solle Marlis, seiner Frau, sagen, die Fahrt sei von einem Freund bezahlt worden. Der ganze Abend habe ihn, Gustav, keinen einzigen Rappen gekostet.

Marlis kamen die Tränen, als sie den mit dem Gleichgewicht kämpfenden Gustav sah. Es waren Tränen der Wut und der Scham. «Gustav, ich habe mir so Mühe gegeben, ein gutes Essen zuzubereiten. Du widerst mich an. Heute Abend sind unsere Töchter mit ihren Lebenspartnern bei uns zu Besuch. Lass dich in diesem Zustand ja nicht am Esstisch blicken. Verschwinde augenblicklich ins Gästezimmer.»

«Aber … i… i…ch m… muss … ma… mal.»

Marlis nahm Gustav unsanft am Arm und bugsierte ihn ins Kellergeschoss. «Bist so besoffen, dass du nicht einmal mehr weisst, dass da unten neben dem Zimmer auch ein WC ist. Wenn du es vollkotzt, reinigst *du* es morgen.»

Am nächsten Morgen erwachte Gustav mit stechenden Kopfschmerzen. Mühsam kämpfte er sich die Kellertreppe hoch. Zutiefst zerknirscht bat er Marlis um Verzeihung. Er versuchte ihr zu erklären, warum er so verladen nach Hause gekommen war.

«Gustav, das gestern war zu viel. Wenn dir noch an unserer Ehe gelegen ist, brich endlich mit deinen sogenannten Freunden. Oskar und Arthur, das sind einfach Schufte.»

Gustav nickte folgsam.

***

Bruno Bänziger wartete am Vormittag des 3. September im «Walhalla» in St. Gallen auf Otto von Bergen. Dieser hatte sich Zeit gelassen und traf eine Viertelstunde später als vereinbart ein. Das missfiel Bruno.

«Sieh dir das mal an, Otto.» Er zeigte von Bergen den anonymen Brief, den er im Juli erhalten hatte.

Von Bergen las ihn, dann sah er nachdenklich auf. «Dieses Schreiben nehme ich ernst. Derjenige, der es verfasst hat, wollte eindeutig anonym bleiben. Es scheint ihm gelungen zu sein, seine Schrift so zu verstellen, dass sie mit seiner eigenen nicht mehr abgeglichen werden kann.»

«Bist du auch der Meinung, dass er Zeuge des Verbrechens bei der Kristallhöhle sein muss?»

«So weit möchte ich nicht gehen. Er könnte es sein. Er könnte auch der oder einer der Täter sein. Es kommt bei unaufgeklärten Gewalttaten oft vor, dass die Täter oder Mitwisser Signale aussenden. Sie finden keine Ruhe, müssen jeden Tag damit rechnen, dass das, was sie verbrochen haben, an den Tag kommt. Es wäre nicht das erste Mal, wenn sich in diesem Fall der Täter selber verraten würde.»

«Was rätst du mir, wie ich in diesem Fall weiterrecherchieren soll?»

«Bilde dir ja nicht ein, diesen Fall könntest du allein lösen. Mache dir keine falschen Hoffnungen. Es ist immer noch um einiges wahrscheinlicher, dass dieses Verbrechen ungesühnt bleibt.»

Bruno schüttelte unwillig den Kopf. «Mit deiner Hilfe sollte es doch möglich sein, Licht ins Dunkel zu bringen. Wir wissen mittlerweile schon sehr viel über die Täter.»

«Wir wissen zu wenig. Das ist aber kein Grund, aufzugeben. Ich werde mir die Akten dieses Falles gründlich ansehen. Und vielleicht öffnet sich ein Türchen, das uns Einblick in etwas gibt, was wir noch nicht gesehen haben. Dann könnten wir Vermutungen anstellen, was am 31. Juli 1982 geschehen ist. Ich mache mir aber keine Hoffnungen, dass damit das Verbrechen aufgeklärt ist.»

«Mensch, Otto, dieses Verbrechen ist am 1. August 2012 verjährt. Bis zu diesem Zeitpunkt sollte es möglich sein, die Täter zu überführen.»

«Überführen? Wenn das so einfach wäre. Wir können bestenfalls herausfinden, dass bei der Untersuchung das oder jenes schiefgelaufen ist, Zeugenaussagen nicht richtig eingeordnet wurden. Aber viele, die damals ausgesagt haben, können wir nicht mehr fragen. Sei es, weil sie sich nicht mehr daran erinnern können, sei es, weil sie nicht mehr leben. Schlag dir aus dem Kopf, dass die Täter jemals zur Rechenschaft gezogen werden können. Es gibt nur einen Weg, noch die Wahrheit zu finden. Einer, der damals dabei war, müsste ein Geständnis ablegen. Mir scheint es schlicht nicht vorstellbar, dass er das vor Ablauf der Verjährungsfrist tun wird. Ganz ausschliessen möchte ich es aber nicht.»

Bruno war nach diesem Gespräch ziemlich niedergeschlagen. Von Bergen bot ihm an, mit ihm weiter in Kontakt zu bleiben.

***

Brunos Hartnäckigkeit machte bei von Bergen Eindruck. Er beschloss, sich über diese Morde eingehend zu informieren. Und zwar noch bevor er seine Stelle im Klosterhof St. Gallen antrat. Er fuhr zu diesem Zweck nach Bern in die Nationalbibliothek, um dort nach Presseerzeugnissen über das 1982 verübte Verbrechen zu suchen. Er fand deren viele, so viele, dass er auch die folgenden drei Tage nach Bern reiste. Er stellte fest, dass in der Zwischenzeit ein betagter Mann, der seinerzeit als Journalist die Ermittlungen begleitete, darüber ein Buch geschrieben hatte. Keinen Dokumentarbericht, sondern einen fiktiven Kriminalroman. Bei der Lektüre konnte sich von Bergen des Eindrucks nicht erwehren, dass der Autor eine ganz bestimmte Vorstellung hatte, wer der Täter war. Das genügte aber nicht. Hätte er wirklich Beweise in den Händen gehabt, wäre der Fall gelöst worden.

Diese Recherchen bewogen von Bergen, bei der Kripo St. Gallen das Gesuch zu stellen, bereits Anfang November mit seiner Tätigkeit zu beginnen. Die ersten zwei Monate unentgeltlich, um sich Überblick in die seit 1980 in der Region verübten Gewaltverbrechen zu verschaffen.

Als das Bittschreiben von Bergens auf dem Schreibtisch von Gross landete, war dieser erstaunt. So etwas war ihm in seiner ganzen Karriere als Chefermittler noch nie begegnet. Er ging damit gleich zu seinem Chef, Werner Schläpfer. Der zuckte mit den Schultern. «Na ja, wenn sich der Mann das leisten kann, habe ich nichts dagegen. Vor seinem Namen steht ja ein ‹von›, vielleicht stammt er aus einer vermögenden Familie.»

Gross lachte. «Von Bergen, von Allmen, von Känel oder von Siebental gibt es im Berner Oberland mehr als rothaarige Katzen. Das sind gewöhnliche Leute wie du und ich.»

***

Bei Oskar liefen die Geschäfte nicht schlecht. Seine Nebenbeschäftigung für die «Gesellschaft» wurde zum Haupteinkommen. Sein Brotberuf als wissenschaftlicher Sachbearbeiter im kantonalen Amt für Kultur brachte im Vergleich dazu ein Trinkgeld ein. Er zweigte jeden Monat etwas vom Honorar der «Gesellschaft» für Gustav ab, obwohl dieser eigentlich kaum einen Finger dafür rührte. Manchmal setzte er einige CDs ab, aber nie in seiner Region, sondern im nahen Ausland, in Zürich oder in Winterthur.

Gustav trug das so erworbene Geld auf die Volksbank von Liechtenstein. Man fragte ihn jedes Mal, warum er denn als Schweizer so etwas mache. Das Liechtensteiner Bankgeheimnis wackle mindestens so sehr wie das schweizerische.

Es gehe ihm nicht ums Bankgeheimnis. Es stecke etwas anderes dahinter, das ihn zu diesem Schritt veranlasse, redete er sich heraus. Man unterliess es dort, nachzufragen, von wo er das Geld habe. Es waren ja kleine Beträge, wenn es hochkam, im oberen dreistelligen Frankenbereich. Gustav war stets erleichtert, wenn er die Bank wieder verliess.

***

Oskars Arbeitszeit für die «Gesellschaft» beschränkte sich unter dem Strich wöchentlich auf einen Tag. Er besuchte regelmässig die «Schlüpfer-Bar», wenn auch nur kurz, achtete genauestens darauf, dass er dabei von niemandem, der ihn von seinem privaten und beruflichen Umfeld her kannte, beobachtet wurde. Gar nicht so einfach, denn es gab mehrere Beamte aus der kantonalen Verwaltung, die gute Kunden dieses Lokals waren.

Für den Verkauf der CDs heuerte er einen jugendlichen Tunichtgut an. Der machte diese Sache gar nicht schlecht. Obwohl Oskar ihn im Verdacht hatte, zwischendurch happige Beträge in die eigene Tasche zu wirtschaften, liess er ihn gewähren. In den Lokalen des Stadt St. Galler Rotlichtmilieus CDs mit pornografischem Inhalt feilzubieten, dafür kam er sich zu gut vor.

Er hatte Arthur ganz vergessen, fragte nicht nach, ob er noch in der psychiatrischen Klinik war. Doch dann tauchte Arthur unvermittelt in der «Schlüpfer-Bar» auf, just in dem Moment, als Oskar sie gerade durch die Hintertür verlassen wollte. Arthur rannte auf ihn zu, umarmte ihn überschwänglich und prahlte vor den Gästen, der Dr. Moser sei sein Mitarbeiter. Das war am Tag vor Weihnachten.

Oskar flüsterte dem Bodyguard, der ihn bei den Besuchen in der Bar immer begleitete, etwas ins Ohr, worauf dieser Arthur grob anfasste und unzimperlich in den Materialraum lotste. Oskar hinterher. «Arthur, bei dir ist der Ofen aus. Du wirst mich nie mehr terrorisieren. Nun befehle ich dir. Wenn du nicht spurst, entsorgen wir dich.» Oskar, der den hageren Arthur um anderthalb Haupteslängen überragte und die Hundert-Kilo-Grenze überschritten hatte, versetzte seinem ehemaligen Boss einen kräftigen Kinnhaken. Dieser fiel kopfvoran auf den Steinboden und verlor für einige Momente das Bewusstsein. Dann begann er zu heulen wie ein Kind.

Oskar wandte sich dem Bodyguard zu. «Schütte diesem Stück Dreck einen Kübel kaltes Wasser über den Kopf und sage ihm, er soll sich hier nie mehr blicken lassen. Sage ihm auch, er soll ja schweigen, andernfalls würden wir ihm den Mund zustopfen, sodass er ihn nie mehr öffnen könne.»

***

Heute verspüre ich eine unbändige Lust, jemanden zu quälen. Das Gefühl überkommt mich immer, wenn ich eine fast nackte Frau gesehen habe. Und dieses Vergnügen hatte ich heute wieder mal. Leider wurde ich dabei gestört. Dem Störenfried werde ich das noch heimzahlen. Eigentlich ist er ein Wurm, ein Schwächling, der sich bloss aufspielt und zu nichts taugt. Er hat die Gunst der Stunde ausgenutzt, um sich über mich zu erheben. Aber das ist nicht nachhaltig. Er ist zu bescheuert, um zu begreifen, dass er immer noch an mich gekettet ist.

***

Am letzten Arbeitstag vor Weihnachten bat Otto von Bergen Gross um einen Termin in der Altjahresswoche. Er möchte Gross ausführlich über seine umfangreichen Recherchen über die ungeklärten Gewaltverbrechen im Kanton St. Gallen im Zeitraum von 1980 bis 2011 berichten.

«Ich stecke zwar bis zum Hals in der Arbeit, aber in Anbetracht deines freiwilligen Einsatzes darf ich dazu nicht Nein sagen.»

Das Gespräch am zweitletzten Arbeitstag im Jahr dauerte mehr als drei Stunden. Gross erfuhr dabei einiges, von dem er keine Ahnung oder das er mental verdrängt hatte. Es betraf vor allem die Entführung und die Tötung von Mirjam. Spuren davon reichten zurück bis zum Doppelmord unter der Kristallhöhle von 1982. Es waren keine Beweise, die von Bergen Gross vorlegte, aber es waren handfeste Indizien, die bei den Ermittlungen offenbar übersehen oder falsch gewichtet worden waren.

Gross war nach dem Gespräch mit von Bergen unbehaglich zumute. Dass gravierende Fehler bei den Ermittlungen begangen worden waren, wusste er selber am besten. Auch wenn sie grösstenteils nicht auf sein Konto gingen, hatte er doch oft weggeschaut. Aus Karrieregründen, aus Angst sogar, seine Stelle zu verlieren, und oft auch aus purer Bequemlichkeit.

Die erste Seite des Berichtes, den von Bergen ablieferte, enthielt eine kurze Zusammenfassung dessen, was auf beinahe hundert A4-Seiten ausführlich beschrieben wurde.

– Es gibt Hinweise, dass die Identitäten der mutmasslichen Täter bei der Entführung von Mirjam und dem Kristallhöhlenmord übereinstimmen.
– Mindestens ein Täter, der am Kristallhöhlenmord beteiligt war, könnte auch bei der Entführung und Tötung von Mirjam dabei gewesen sein.
– Beim Kristallhöhlenmord wurde ein wichtiges Beweisstück nicht in die Ermittlungen einbezogen: die Aktennotiz von Wachtmeister Manser, dem damaligen Postenchef von Goldach. Manser war es, der anlässlich der Verhaftung Oskar Mosers am 6. Oktober 1982 in einem Rapport darauf hinwies, dass Gustav Glanzmann, Oskar Moser und Arthur Busch sich sehr gut kannten und oft zusammen das «Ybis» in Goldach besuchten. Ein Kripomann vernichtete Wochen später diese Notiz, weil er vergessen hatte, sie rechtzeitig weiterzuleiten.
Erst im Sommer 1989 erfuhr Gross bei einem Telefonat mit Manser davon. Er leitete diese Erkenntnis weiter, doch nun weigerte sich die Staatsanwaltschaft, die Spur weiterzuverfolgen. Gross

ärgerte sich zwar masslos darüber, schreckte aber davor zurück, eine noch höhere Stelle, zum Beispiel den Justizdirektor oder allenfalls die Presse, zu informieren. Wäre dieses Beweisstück gewürdigt worden, hätte möglicherweise das Verbrechen spätestens im Sommer 1989 aufgeklärt und damit weitere Gewalttaten verhindert werden können.

– Indizien deuten darauf hin, dass an der Entführung von Mirjam mehrere Personen beteiligt waren.

Nach der Entführung von Mirjam wurde eine Zeugenaussage vom Tisch gewischt, weil sie den Vorstellungen der Ermittlungsbehörden, Hans Jakob von Allmen sei der alleinige Täter, nicht entsprach. Die Zeugin hat sich, nachdem sie bei der Polizei kein Gehör gefunden hatte, an die Presse gewandt. Sowohl die Journalistin, die die Zeugenaussage in einem Zeitungsartikel veröffentlichte, wie die Zeugin selbst wurden von Justiz und Polizei in harschem Ton als unglaubwürdig hingestellt.

– Im Sommer 2010 gab eine Frau auf der Polizeistation Uzwil eine Aussage zu Protokoll, in der sie mit gewichtigen Hinweisen auf eine Person aufmerksam machte, die an der Entführung von Mirjam beteiligt gewesen sein könnte. Das Schriftstück dieser Vernehmung existiert noch. Ob es an eine höhere Instanz weitergeleitet wurde, ist nicht bekannt.

– Bei der Durchsicht aller Unterlagen wird man den Eindruck nicht los, dass die Untersuchungsbehörden unter dem Druck der Öffentlichkeit möglichst bald den Täter identifizieren und so das Verfahren abschliessen wollten.

– Bei all den im Bericht namentlich erwähnten Personen gilt die Unschuldsvermutung bis zu einer allfälligen Verurteilung durch ein Gericht.

Gross las den Bericht noch am selben Tag, bis tief in die Nacht hinein. Er versah ihn mit Randnotizen und reichte ihn an Schläpfer weiter.

In der ersten Januarwoche lud Schläpfer Gross und von Bergen zu einer Besprechung ein. Er fragte von Bergen: «Bist du der Meinung, es lägen genügend Beweise vor, um die Ermittlungen des Doppelmords bei der Kristallhöhle und die Entführung und nachträgliche Tötung von Mirjam wiederaufzunehmen?»

«Beweise liegen keine vor. Aber Hinweise, die es aus meiner Sicht rechtfertigen würden, beide Fälle nochmals aufzurollen.»

«Das müsste die Staatsanwaltschaft entscheiden. Sie hat sich dabei an rechtsstaatliche Prinzipien zu halten. Ich habe so meine Zweifel, ob sie aufgrund deiner Recherchen nur eine einzige von dir verdächtigte Person zu einer Vernehmung aufbieten kann. Trotz dieser Bedenken finde ich deine Recherchen interessant. Sie enthalten aber noch Lücken und Unstimmigkeiten.»

Von Bergen begehrte auf. «Lücken und Unstimmigkeiten? Das genügt mir nicht. Nenne Details.»

Schläpfer schien leicht erstaunt über die Keckheit von Bergens. Dass ein junger, erst wenige Wochen im Dienst stehender Mitarbeiter solche Einwände vorbrachte, war für ihn ungewohnt.

Nach einigen Momenten Stillschweigen präzisierte Schläpfer. «Wie eng die Beziehungen zwischen Oskar Moser, Gustav Glanzmann und Arthur Busch 1982 waren, kann allein aufgrund der nachträglich rekonstruierten Aktennotiz Mansers nicht mehr verifiziert werden. Manser selber können wir nicht fragen, da er nicht mehr lebt. Man müsste das Umfeld der drei von damals ausleuchten. Seither sind beinahe dreissig Jahre vergangen. Von den allfälligen Zeugen, die noch leben, dürften sich sehr wenige an Moser, Glanzmann und Busch erinnern können. Über Glanzmann und Busch existieren gar keine Akteneinträge aus dieser Zeit. Auf diesem Weg etwas Zusätzliches zu erfahren, können wir schlicht vergessen.»

Von Bergen liess sich nicht kleinkriegen. Er verwies auf die Entführung und Tötung von Mirjam.

Schläpfer ging leicht genervt darauf ein. «Der Fall Mirjam liegt zwar erst etwas mehr als vier Jahre zurück. Es wurden fast achttausend Zeugenaussagen gemacht. Längst nicht alle konnten an die Kripozentrale im Klosterhof weitergeleitet werden. Sie wurden an den einzelnen Polizeistationen aussortiert, weil sie widersprüchlich oder sonst irgendwie unglaubwürdig waren.»

Von Bergen erwies sich als schlagfertig. «Wer entscheidet eigentlich, was glaubwürdig oder unglaubwürdig ist? Der Polizist auf dem Posten. Oder?»

«Auch das sind ausgebildete Leute. Klar, man kann nicht ausschliessen, dass Fehler passiert sind. Wichtig aber ist: Alle Protokolle der Zeuginnen und Zeugen befinden sich noch im Archiv. Man müsste diese alle ansehen. Eine ungemein zeitaufwendige Aufgabe. Wollte man sie angehen, müssten über Wochen mehrere Leute freigestellt werden. Das liegt derzeit nicht drin.»

«Was liegt denn drin?»

«Wir können dir Hand bieten, ausgewählte Zeugenaussagen nochmals zu überprüfen. Zum Beispiel haben wir nichts dagegen, wenn du die Frau aus Uzwil erneut befragst.»

«Und wie steht es mit der Zeugin aus Herisau, die sich an die Presse wandte, weil sie von der Polizei als unglaubwürdig eingestuft wurde?»

«Herisau liegt im Kanton Appenzell Ausserrhoden und ist ausserhalb unseres Zuständigkeitsbereichs.»

Nun mischte sich Gross ein. Da liesse sich trotzdem etwas machen. Es müsste aber über die Justizdirektion laufen.

«In diesem Falle würde auch der erste Staatsanwalt einbezogen. Und da sehe ich schwarz», sagte Schläpfer. «Der oberste Staatsanwalt hat sich grün und blau über die Zeugenaussage der Frau aus Herisau geärgert. So wie ich das einschätze, völlig zu Recht. Ihre Behauptungen widersprechen Hunderten von anderen gemeldeten Beobachtungen.»

Von Bergen erhob sich vom Tisch und suchte in seiner Mappe etwas. Es waren einige A4-Dokumente und mehrere Bilder.

«Das, was die Frau aus Herisau gesagt hat, ist meines Erachtens die wichtigste Zeugenaussage im Entführungs- und Mordfall Mirjam. Trifft sie zu, fällt die offizielle These der Untersuchungsbehörden, von Allmen sei der einzige Täter gewesen, wie ein Kartenhaus zusammen. Es gibt gute Gründe, anzunehmen, dass sie zutrifft.»

Von Bergen hob ein Bild der Fundstelle der toten Mirjam in die Höhe. Mirjam müsste dort, kaum einen halben Meter tief verscharrt, vom 31. Juli an neun Wochen gelegen haben. Wenige Tage nachdem sie dort vergraben worden wäre, hatten die Spezialisten den Boden Quadratzentimeter um Quadratzentimeter abgesucht. Wäre sie dort gelegen, hätte man sie mit Sicherheit gefunden. Wäre sie Anfang August schon dort gelegen, hätte sie mit Sicherheit ein Wildtier innerhalb einer Woche ausgegraben.

Schläpfer versprach von Bergen, sich das alles nochmals durch den Kopf gehen zu lassen.

***

Am Abend dieses Tages erhielt von Bergen einen Anruf von Bruno Bänziger. Er erkundigte sich, ob in Sachen Kristallhöhlenmord etwas gegangen sei.

Von Bergen war unschlüssig, ob er Bänziger die Wahrheit sagen sollte. Als Kriminalist musste er sich an das Amtsgeheimnis halten. Auf der anderen Seite hatte er Verständnis für Bänziger. Der Mann verliess sich zwar nach seinem Dafürhalten allzu sehr auf sein Bauchgefühl, von Bergen wusste aber aufgrund seiner Recherchen, dass in dieser Beziehung einige professionelle Kripoermittler um keinen Deut besser waren. Der Fall Mirjam interessierte Bruno nicht.

Von Bergen vertraute Bruno an, dass er zwei Monate lang das Archiv in der Kripo durchsucht habe. Ja, einiges sei offenbar schiefgelaufen. Das Problem sei aber, dass es keine Beweise gebe, die es erlauben würden, allfällige Täter zur Rechenschaft zu ziehen. Bruno war sehr enttäuscht, denn er war mittlerweile überzeugt, dass zwei Lehrpersonen die Täter waren. Er behauptete auch, die Namen der beiden zu kennen, wollte sie aber noch nicht nennen.

***

Es war Ende Februar 2012, als der Briefträger Arthur aus seinem Haus läutete. Der Brief enthielt eine Vorladung des Kreisgerichts Lichtensteig. Sie war auf den 1. Oktober angesetzt.

Arthur rief gleich seinen Verbindungsmann zur «Gesellschaft» an. Nach dem Telefongespräch war er am Boden zerstört. Er wusste nun, dass er in den Knast musste. Es werde eine kurze Gerichtsverhandlung geben, danach werde er festgenommen und in das thurgauische Kantonalgefängnis Frauenfeld überstellt, in dem er bis Anfang Februar 2013 einsitzen werde. Er dürfe in der Zwischenzeit Lichtensteig nicht verlassen. Das alles habe sein Anwalt mit dem Untersuchungsrichter arrangiert, was im

Fachjargon «Vergleich» heisse. Falls es ihm etwa einfallen sollte, nach Kenia zu türmen, würde er nie mehr in die Schweiz zurückkehren können.

«Frauenfeld?», fragte Arthur seinen Anwalt etwas unsicher.

«Der Kanton St. Gallen arbeitet mit Institutionen des ostschweizerischen Strafvollzugskonkordates zusammen. Sie beurteilen, ob bei verurteilten Personen eine Gemeingefährlichkeit vorliegt. Das scheint bei Ihnen zum Glück nicht der Fall zu sein. Man hat für Sie einen geeigneten Platz in dieser thurgauischen Massnahmenvollzugsanstalt gefunden.»

***

Bruno traf sich mit von Bergen Mitte März 2012 im «Bad Kobelwies». Er führte von Bergen zur Höhle, etwa zweihundert Höhenmeter über der Wirtschaft.

Bruno erzählte von Bergen über das Drama vor fast dreissig Jahren. Vieles wusste von Bergen bereits, bei Weitem nicht alles. Vieles von dem, was von Bergen durch das langwierige Aktenstudium erfahren hatte, widersprach den Erkenntnissen von Bruno nicht. Daraus schloss von Bergen, dass das andere, das er ihm preisgab, auch der Wahrheit entsprach. Nur, die Angaben von Bruno stammten von Zeugen, die nicht mehr lebten oder nicht mehr dazu stehen wollten. Von Bergen versuchte vergebens, Bruno davon zu überzeugen, dass Aussagen, die nicht nachgeprüft werden konnten, keinem Gerichtsverfahren standhielten. Immerhin konnte er vermeiden, dass sich Bruno im Streit von ihm trennte. Er bat ihn, noch Geduld zu haben. Er werde weiterermitteln, aber darüber dürfe er ihm nichts verraten. All das brauche übrigens Zeit.

***

Mitte März gelang es von Bergen, mit der Zeugin aus Uzwil, Nora Affolter, Kontakt aufzunehmen. Sie war freudig überrascht. «Es ist einige Jahre her, seit ich mich durchgerungen habe, der Polizei etwas Wichtiges zu verraten. Endlich scheine ich Gehör gefunden zu haben.»

«Das ist so. Es liegt ein Protokoll von Ihren Aussagen in Uzwil vor. Sie haben darin einen gewissen Arthur Busch stark belastet. Aber im Protokoll steht auch, dass die meisten Hinweise nicht direkt von Ihnen stammen, sondern von einem Bekannten. Dass dieser Bekannte sich nicht traut, selber zur Polizei zu gehen.»

Nora Affolter nickte heftig. «Es ist Reinhard Storz. Er hat bislang schlechte Erfahrungen mit den Bullen gemacht. In seinen jüngeren Jahren hat er halt ein paar Dinger gedreht, die nicht ganz gesetzeskonform waren.»

«Denken Sie, Storz hat Angst vor Arthur Busch?»

«Das geht in diese Richtung. Jedenfalls auf Reinhards Ehefrau trifft das zu.»

«Glauben Sie an das, was Ihnen Reinhard Storz über Arthur Busch erzählt hat?»

«Davon glaube ich jedes Wort. Reinhard ist nicht der Typ, der Geschichten erfindet. Er ist davon überzeugt, dass Busch mit der Entführung von Mirjam etwas zu tun gehabt hat. Und er ist sich fast sicher, dass er ebenfalls beim Kristallhöhlenmord die Finger im Spiel hatte.»

Von Bergen erklärte Nora Affolter, warum ihr Protokoll nicht weitergeleitet worden war. Die darin gemachten Aussagen stammten eben nicht *direkt* von Storz. Man müsste Mittel und Wege finden, ihn zu einer Aussage bei der Kripo zu bewegen. Er bat sie, auf Storz dahin gehend einzuwirken. Das sei auch zum Schutze von Storz selber, insbesondere seiner Familie.

«Ich werde es versuchen. Lassen Sie mir dafür etwas Zeit.»

Von Bergen wollte von Nora Affolter wissen, ob sie Arthur Busch gut kenne.

«Ob ich den kenne? Seit er etwa siebzehn Jahre alt war. Ich war damals frisch verheiratet. Wir betrieben einen kleinen Spezereiladen mit Kaffeestube. Während seines Studiums am Lehrerseminar Rorschach verbrachte er viel Zeit bei uns.»

«Wie wirkte er auf Sie?»

«Zwiespältig. Er war eigentlich ein flotter Junge und intelligent, soweit ich das beurteilen kann. Aber er hatte damals schon ein komisches Verhältnis zu Frauen und Mädchen.»

Von Bergen schaute interessiert auf. «Ein komisches Verhältnis zu Frauen und Mädchen?»

Nora Affolter schmunzelte. «Ich hatte schon von Anfang an den Eindruck, dass er ein Psychopath ist. Irgendetwas stimmte mit ihm nicht, doch ich bin keine Psychologin und masse mir nicht an, das Seelenleben meiner Mitmenschen zu beurteilen.»

Von Bergen wehrte mit der Hand ab. «Das verlange ich gar nicht von Ihnen. Aber können Sie mir von Vorfällen berichten, die Sie zum Eindruck führten, dieser Arthur Busch ticke nicht ganz richtig?»

«Die Art, wie er während seines Studiums mit gleichaltrigen Mädchen umging. Er war auffallend zudringlich. Auf der andern Seite hatte er Charme. Jedenfalls, viele dieser jungen Dinger liessen sich von ihm ziemlich viel gefallen. Ich führte das auf seine pubertäre Phase zurück. Aber es war nicht nur das.»

«Sie wollen damit sagen, dass Sie auch später mit Arthur Busch in Kontakt standen?»

«Richtig. Bis Ende der 1980er. Nach dem Abschluss seines Studiums unterrichtete er an der Oberstufe der Volksschule. Er blieb nie lange am selben Ort, suchte sich immer eine andere Stelle in der Umgebung. Im Rheintal, auf dem Bodenseerücken, im Toggenburg, wo er aufgewachsen war.»

Von Bergen wurde hellhörig. «Warum?»

«Man tuschelte über diese Stellenwechsel. Es ging das Gerücht um, er sei einigen Mädchen zu nahe gekommen. Damals war das ja gar nicht so selten, man tolerierte es bis zu einem gewissen Grad. Ich denke, diese Gören im Teenageralter hatten auch das Ihre dazu beigetragen. Er war ja ein gut aussehender Kerl.»

«Hatten Sie, Frau Affolter, den Eindruck, Arthur Busch sei pädophil?»

«Was soll ich darauf antworten? Das Wort ‹pädophil› ist heute in aller Munde. Lässt ein junger Lehrer sich mit Fünfzehn-, Sechzehnjährigen ein, sehe ich das nicht unbedingt als pädophil. Schlechter Stil ist es aber allemal.»

«Könnten Sie sich vorstellen, dass er sich auch an kleine Mädchen heranmacht? Sie haben ihn ja auch mit dem Fall Mirjam in Zusammenhang gebracht.»

«Das glaube ich eher nicht.»

«Was war der Anlass, der Sie dazu bewogen hat, den Kontakt mit ihm vollständig abzubrechen?»

«Sein Lebenswandel missfiel mir und vor allem meinem zweiten Mann, der ihn von Jugend auf kannte. Arthur Busch geriet immer mehr auf die schiefe Bahn. Dazu kam die undurchsichtige Geschichte um den Banküberfall in Rorschach.»

***

Von Bergen informierte wie abgesprochen Gross über das Gespräch mit Nora Affolter. Dessen Antwort war kurz und klar: «Ausser Spesen nichts gewesen.»

Das wiederum stiess von Bergen sauer auf. Immerhin hatte er sich zwei Monate über die verstaubten Akten im Kripoarchiv gebeugt. «Wir sind durch die Aussage von Nora Affolter auf Arthur Busch aufmerksam geworden. Dieser Mann ist ohne jede Frage ein Ganove, dem auch Gewaltverbrechen zuzutrauen sind.»

Gross hob seinen Finger. «Vorsicht, Junge. Es stimmt zwar, Busch ist polizeibekannt. Es liegen Anzeigen gegen ihn vor wegen kleinerer Delikte wie häusliche Gewalt, Betrug, Drogenmissbrauch und Einbruch. Doch damit ist er in bester Gesellschaft. Die Frage stellt sich: Gibt es hinreichend Indizien, die ihn im Fall Mirjam belasten? Diese Indizien reichen nicht einmal aus, um ihn vorzuladen. In den Tagen und Wochen nach dem 31. Juli 2007 gingen Hunderte von Zeugenaussagen über meinen Tisch. Hätte ich alle ernst genommen, wäre es zu Massenverhaftungen gekommen.»

Von Bergen wollte protestieren, Gross schnitt ihm das Wort ab. «Ich kenne das Persönlichkeitsprofil von Busch. Ich habe ihn im Dezember 1992 im Flughafen Zürich selbst vernommen. Ich hatte sicher nicht den besten Eindruck von ihm, aber die Ermordung eines achtjährigen Mädchens passt nun überhaupt nicht zu ihm.»

Von Bergen schüttelte den Kopf. «Das sehe ich nicht so. Ich bin subjektiv davon überzeugt, dass Arthur Busch etwas mit dem Mirjam-Mord zu tun gehabt hat, dass von Allmen nicht allein handelte. Ich möchte mit den Ermittlungen in der Sache Mirjam weiterfahren. Den nächsten Schritt sehe ich in der Einvernahme von Storz.»

Gross wurde langsam ungeduldig. «All das, was wir gegen Storz in Händen halten, genügt nicht, um ihn vorzuladen. Anders ist es, wenn er aus freien Stücken zur Polizei kommt.»

«Zur Polizei kommt?»

«Dass er sich bei einer Polizeistation meldet.»

«Es würde kaum etwas bringen, würde sich Storz bei einem der hundert Posten in unserem Kanton melden. Sollte er sich durchringen, eine Aussage zu machen, sollte er das im Beisein eines Kripomannes machen.»

«Wenn ich das richtig interpretiere, heisst das, du möchtest Reinhard Storz befragen.»

«Genau. Das meine ich damit.»

«Meinetwegen. Ich will tun, was sich machen lässt, damit du in den Genuss dieser Unterhaltung kommst.»

***

Bruno Bänziger machte sich bis zum letzten Moment Hoffnungen, der Fall «Kristallhöhle» könnte vor seiner Verjährung noch gelöst werden. Er klopfte bei verschiedenen Medien an, leider erfolglos. Immerhin erreichte er im Juli 2012, dass ein Journalist sich bereit erklärte, einen Artikel über das Verbrechen zu schreiben. Man druckte von Bruno Bänziger unter den Initialen B. B. auch einen Leserbrief ab. Beides erschien am 31. Juli 2012. Am letzten Tag, bevor die Akten über die Todesfälle Lydia Müller und Elena Brüllhardt endgültig geschlossen wurden und die Verbrechen ungesühnt blieben. Das machte Bruno Bänziger enorm zu schaffen.

Zusammen mit Ulrich besuchte er auch wieder die Kristallhöhle. Und wieder sahen sie den Mann mit dem verhüllten Gesicht. Wieder unter den genau gleichen Umständen. Auch diesmal gelang es ihnen, ihm unerkannt auszuweichen.

Als sie beide die Höhle betraten, berichtete Bruno Ulrich über seine Kontakte mit von Bergen. Ulrich hatte davon noch nichts gewusst. Er fand es richtig, dass sich Bruno endlich durchgerungen hatte, im Fall Kristallhöhlenmord mit einem Kripomann Kontakt aufzunehmen.

«Ich verspreche mir nicht allzu viel davon. Polizisten habe ich eigentlich nie gemocht. Vielleicht ist aber von Bergen eine

Ausnahme. Allerdings musste ich bereits feststellen, dass er mir längst nicht alles preisgibt, was er über das Verbrechen bei der Kristallhöhle in Erfahrung gebracht hat.»

«Du weisst genau, dass er das nicht darf.»

Trotzig sagte Bruno: «Ich gebe nicht auf. Ich werde alles mir Mögliche tun, damit die Namen der Verbrecher vom 31. Juli 1982 noch an die Öffentlichkeit gelangen.

Ulrich sagte nichts darauf.

21

Im Morgengrauen des 1. Oktober 2012, eines nebligen, nasskalten Herbsttages, wurde Arthur Busch von einer Polizeistreife aus seinem Haus in Lichtensteig abgeholt. Am Vorabend hatte ihn sein Anwalt gebeten, alles, was er an Unterwäsche und Toilettenartikel für zwei Wochen benötige, in einen Koffer zu packen. Nach dem Gerichtstermin werde er festgenommen und in das Thurgauer Kantonalgefängnis überstellt. Zusätzliche Kleider brauche er keine. Die würden ihm in der Vollzugsanstalt zugeteilt. Jede Woche einmal sei Waschtag. Rasierzeug und Seife würden unentgeltlich zur Verfügung gestellt.

Bei der Eintrittsmusterung habe er sich einer Untersuchung durch den Anstaltsarzt zu unterziehen, der lege in Zusammenarbeit mit seinem Hausarzt fest, welche Medikamente er für seinen mehrmonatigen Aufenthalt in Frauenfeld benötige.

Handys, Papier und Schreibutensilien dürften nicht mitgebracht werden. Sie würden jedem Gefangenen nach dem Ermessen der Gefängnisleitung zugeteilt.

Das Gleiche gelte auch für Bücher und Zeitschriften. In der hauseigenen Bibliothek habe es mehrere hundert Druckerzeugnisse, die ebenfalls gratis bezogen werden könnten.

Arthur Busch trafen diese Worte wie ein Hammerschlag. Er fühlte sich plötzlich tief gedemütigt. Nicht dass sein Ehrgefühl durch seine Blossstellung als Knastbruder angekratzt worden wäre. An seiner Strasse munkelte man so oder so über ihn. Man wusste von seinem Aufenthalt in der Klinik Wil. Seine Trinkgewohnheiten und sein Suchtpotenzial waren hinlänglich bekannt, ebenso die gewalttätigen Ausbrüche gegen die Angehörigen, auch seine zeitweiligen Festnahmen durch die Polizei waren kein Geheimnis. Was ihn so sehr traf, war die plötzliche Erkenntnis, dass er in seiner «Gesellschaft» kaum mehr etwas galt. Er, der über Jahrzehnte immer über andere verfügen konnte, sollte nun hinnehmen, wie seine einstigen «Untergebenen» über ihn bestimmten.

Er war nicht bereit, diese Demütigung einfach so zu erdulden. Nicht bereit, sich von einem Oskar, den er immer als eine

Art folgsamen Ziehsohn betrachtet hatte, derart erniedrigen zu lassen. Gut möglich, dass ihm nur noch wenige Jahre blieben. Er hatte lange Zeit exzessiv getrunken, lange Zeit Unmengen von Tabletten geschluckt, bisweilen sogar Drogen geschnupft oder gespritzt. Sollte er ins Gras beissen, das nahm er sich fest vor, würden ihm Oskar und Gustav folgen.

Allerdings zog das auch Oskar in Betracht. Er war sich bewusst, dass er mit Arthur Geheimnisse teilte, die nie an die Öffentlichkeit gelangen durften.

Arthur staunte nicht schlecht, als Oskar mit dem Anwalt zusammen im Fond des Streifenwagens sass, der ihn abholte. Oskar tätschelte ihm freundschaftlich die Wangen und sprach ihm Mut zu. Arthur musste sich zusammennehmen, ihm nicht ins Gesicht zu spucken.

Oskar sah das an Arthurs Miene. Er war überhaupt nicht verwundert. So flüsterte er ihm ins Ohr: «Wir haben dich voll unter Kontrolle. Eine dumme Bemerkung, Kamerad, und du bist geliefert. Im Knast haben wir mehrere, die dich scharf beobachten.»

Der Prozess verlief genauso wie angekündigt, dauerte eine knappe Stunde und endete mit einem Schuldspruch: fünfzehn Wochen Freiheitsentzug unbedingt. Die Strafe ist ohne Aufschub zu vollziehen.

Es war am späteren Vormittag, als Arthur das Portal des Kantonalgefängnisses durchschritt. Dort erwartete ihn der Vollzugsbeamte Ulrich Bänziger.

Eine Aufgabe von Ulrich Bänziger war, dem Häftling Arthur Busch jeden Morgen und jeden Abend Medikamente zu verabreichen. Man wusste, dass Busch dazu neigte, die Fassung zu verlieren, tobte und das Mobiliar zu Kleinholz verarbeitete. Solche Anfälle galt es zu verhindern. Das liess sich mit Medikamenten machen.

***

Ulrich Bänziger erhielt über jeden Häftling, den er zu betreuen hatte, eine Kurzbiografie mit Angaben über dessen Lebenslauf und die Straftat, wegen der er gerade einsass.

Er überflog das Papier, eine A4-Seite, einen Tag nachdem Arthur Busch eingewiesen worden war. Er tat das, ohne sich darüber Gedanken zu machen, und legte das Papier wieder in seine Schreibtischschublade. Danach ging er in die Zelle von Arthur Busch, um dem neuen Insassen Medikamente zu verabreichen. «Tag, Herr Busch, wie geht es Ihnen heute Morgen?»

Arthur rieb sich die Augen. «Tja, ich habe schon bessere Zeiten durchlebt. Ich werde mich aber an den Aufenthalt hier gewöhnen. Auch das geht vorüber.»

«Ich habe Ihre Biografie gelesen, darin stand unter anderem, weshalb Sie hier einsitzen. Wissen Sie eigentlich, dass Sie diesbezüglich in guter Gesellschaft sind?»

Arthur Busch sah leicht erstaunt auf. «Ein kleiner Trost, immerhin. Ich fühle mich unschuldig. Wie das bei meinen Leidensgenossen ist, das kann ich nicht beurteilen.»

«Ich auch nicht», antwortete Ulrich Bänziger. «Offenbar ist es in den letzten Jahren Mode geworden, seine Frau zu vermöbeln. Natürlich geschah das schon immer, aber niemand hat sich darum gekümmert.»

«Ich möchte ja nichts beschönigen. Klar, mir ist die Hand ausgerutscht. Aber ich wurde von demjenigen, der mich verurteilt hat, nie gefragt, weshalb das geschehen ist.» Busch entblösste seinen linken Arm. Darauf waren grosse vernarbte Brandwunden.

«Sieht böse aus, wie ist es denn dazu gekommen?»

«Tja, meine Fayola ist mit der Bratpfanne auf mich losgegangen. Sie hat mir brandheisses Öl über den Arm geschüttet. Natürlich habe ich mich dagegen zur Wehr gesetzt, habe zugeschlagen.»

«Wer würde das in einer solchen Situation nicht tun?», sagte Ulrich Bänziger mitfühlend.

«Danke. Hätte sich das doch der Richter auch gefragt. Dass ein solches Urteil gegen mich erlassen wurde, habe ich nicht verstanden. Dabei wurde ich noch nie verurteilt, habe einen makellosen Leumund.» Arthur Busch sah Ulrich Bänziger dabei forschend an.

«Das glaube ich Ihnen gerne. Überprüfen kann ich es allerdings nicht. Wir Gefangenenwärter werden lediglich über das Delikt informiert, dessentwegen der Häftling gerade einsitzt. In unserem

Gefängnis sind das in den allermeisten Fällen eher geringfügige Vergehen.»

Ulrich Bänziger kehrte in sein Arbeitszimmer zurück. Er liess sich das Gespräch mit Arthur Busch nochmals durch den Kopf gehen. Eigentlich fand er diesen Mann ganz sympathisch. «Pech für den Kerl, er hat sich offenbar die falsche Frau geangelt», sagte er zu sich mit halblauter Stimme. Es war eine von Ulrich Bänzigers Eigenarten, Selbstgespräche zu führen. Nicht unüblich bei eher einsamen Menschen. Er lebte zwar in einer Beziehung, aber es war eine eher lockere. Er hatte seine eigene Wohnung, die Freundin auch.

Ulrich Bänziger öffnete seine Schreibtischschublade. Da realisierte er, dass er das Papier von Arthur Busch noch gar nicht im Ordner «Lebensläufe» abgelegt hatte. Er beugte sich nochmals über das A4-Blatt. Da fiel ihm etwas auf, das er beim Überfliegen gestern nicht beachtet hatte. «Arthur Busch besuchte von 1966 bis 1970 das Lehrerseminar in Rorschach.»

Lehrerseminar Rorschach? Er erinnerte sich an das Gespräch mit seinem Bruder Bruno. Das war dieselbe Schule, die auch Gustav Glanzmann besucht hatte. Über Glanzmann hatte Bruno oft mit ihm gesprochen. Dieser Glanzmann soll einer der Mittäter beim Kristallhöhlenmord gewesen sein, hatte Bruno Ulrich kürzlich verraten. Diese Information stamme von einem neulich befragten Zeugen aus Oberriet. Allerdings habe der Zeuge ihn davor gewarnt, den Namen Glanzmann weiterzugeben. Er stamme aus einer guten Familie und werde jeden, der ihn dieses Verbrechens verdächtige, wegen Verleumdung einklagen.

Bruno hatte vieles über seine Recherchen im Kristallhöhlenmord schriftlich festgehalten und ihm je eine Kopie gegeben. Ulrich hatte die Gewohnheit, private Schriftstücke in der untersten Schublade seines Schreibtisches am Arbeitsplatz abzulegen. Er nahm die drei vollgeschriebenen A4-Seiten und las sie aufmerksam durch, dann nochmals den Lebenslauf von Arthur Busch.

Wieder machte sich Ulrich Bänziger auf den Weg zu Arthur Buschs Zelle. «Eben habe ich nochmals ihre Biografie durchgelesen, da bin ich auf etwas gestossen, das mich ein wenig stutzig machte …»

Ulrich Bänziger bemerkte, wie sich Buschs Augen weiteten.

«Ach ja, ‹stutzig› ist vielleicht nicht das richtige Wort. Ich bin auf etwas gestossen, das mein Interesse geweckt hat –», versuchte er sich ein wenig gehobener auszudrücken, denn er hatte gleich bemerkt, dass Arthur Busch im Gegensatz zu den meisten Häftlingen seine Worte auffallend gekonnt wählte.

«Und das wäre?», fiel ihm Busch ins Wort.

«Hmmm … kennen Sie etwa einen Gustav Glanzmann?»

Arthur Buschs Gesicht verzog sich zu einem breiten Grinsen. «Klar kenne ich diesen Kerl. Wir haben viele Jahre an derselben Schule unterrichtet.» Er sah Bänziger durchdringend an. «Und von wo kennen Sie ihn?»

Ulrich Bänziger schien zu überlegen. Eigentlich hatte er diese Frage nicht erwartet, denn es war nicht üblich, dass Gefangene einen Wärter etwas Persönliches fragten. Nach einer längeren Pause antwortete er: «Eigentlich dürfte ich Ihnen das gar nicht verraten. Aber unsere Anstalt hat einmal eine Ausschreibung für einen Illustrator, Designer oder so etwas gemacht. Es ging um Theaterkulissen. Das wissen Sie vielleicht gar nicht: An Wochenenden werden hier manchmal Theaterstücke mit Gefangenen als Schauspielern aufgeführt. Glanzmann hatte den Auftrag, Aushänge zu malen.» Um weitere Fragen zu unterbinden, schob Bänziger nach: «Ich habe ihn selber nie gesprochen. Der Typ und sein Name sind mir einfach noch im Gedächtnis hängen geblieben.»

«Das wundert mich aber, denn eine unauffälligere Person als dieser Gustav Glanzmann ist mir in meinem ganzen Leben noch nie begegnet.» Wobei Busch Bänziger so musterte, dass dieser gleich realisierte, wie wenig er ihm glaubte.

«Haben Sie immer noch Kontakt mit Gustav Glanzmann?»

Arthur Busch lächelte vielsagend. «Ähmm … ab und zu schon. Ich sehe ihn eher selten.»

Wieder schien Ulrich Bänziger angestrengt nachzudenken. Dann liess er das, was ihm schon von Anfang an auf der Zunge lag, heraus. «Haben Sie ihn schon 1982 gekannt?»

Die Verblüffung von Busch war mit Händen zu greifen. «Wie kommen Sie denn auf diese Jahreszahl?»

«Ich dachte nur so …»

Busch stiess einen schrillen Ton aus, der einem Pfeifen glich: «He, he, he … ‹Ich dachte nur so› … Worauf wollen Sie hinaus?»

«Im Jahre 1982 ist etwas Schreckliches passiert ...»

Arthur Busch schlug mit der flachen Hand auf den kleinen Tisch in der Zelle. «Machen Sie mir nichts vor, Herr ...» Er fixierte das Namensschild. «... Herr Ulrich Bänziger. Wenn Sie so wollen, kann ich Ihnen auch das genaue Datum dessen angeben, das Sie als dieses Schreckliche in Erinnerung haben. Sie meinen den Nachmittag des 31. Juli. Ich weiss das, weil ich ein exzellentes Gedächtnis habe. Im Übrigen war ich auch Mitglied eines privaten Suchtrupps, der nach den beiden Mädchen suchte.»

Ulrich Bänziger nickte stumm, drehte sich auf dem Absatz um und verliess die Zelle. Der Auftritt von Busch war so selbstsicher, dass er einen Zusammenhang zwischen Arthur Busch, Gustav Glanzmann und dem Kristallhöhlenmord ausschloss.

Als Bänziger eine Woche später die Zelle von Busch betrat, um ihm seine Medikamente zu geben, sagte Busch: «Sie sehen so bleich aus, Herr Bänziger. Haben Sie etwa schlecht geschlafen?»

Bänziger nickte verstohlen.

«Nehmen Sie eine der Tabletten, die ich schlucken soll. Heute brauche ich sie gar nicht. Eigentlich brauche ich sie auch an den anderen Tagen nicht.»

Bänziger zögerte. Er sagte: «Ich hätte Lust dazu, aber es ist uns als Wärter nicht erlaubt, Geschenke von Gefangenen anzunehmen.»

Nach einigen Minuten fühlte sich Ulrich Bänziger trotzdem besser. Eigentlich fühlte er sich phantastisch. Er hatte einer Versuchung widerstanden, der offenbar mehrere seiner Kollegen nicht widerstehen konnten. Er wusste, dass auch in Frauenfeld der Handel mit Drogen oder, etwas gehobener ausgedrückt, mit Psychopharmaka florierte. Psychopharmaka wurden auf ärztliches Rezept hin mehreren Insassen verabreicht. Davon wurde das eine oder andere Mal auch etwas abgezweigt und weiterverkauft, auch an das Personal.

Dass er am nächsten Morgen von Arthur Busch wieder auf sein Befinden angesprochen wurde, verwunderte Bänziger nicht. Er lehnte aber das erneute Angebot, eine Tablette von ihm zu nehmen, ab. Stattdessen fragte er Busch, warum er eigentlich die durch ihn verabreichten Tabletten geschluckt habe. Wenn er die Tabletten nicht brauche, werde ihn im Gefängnis niemand zwingen, sie zu nehmen. Busch lachte. Das habe er gar nicht getan. Er habe sie im Mund belassen und, als er, Bänziger, wieder gegangen sei, das Klo hinuntergespült. Ulrich Bänziger glaubte ihm.

Arthur dachte nicht daran, diese Tabletten zu entsorgen. Immer wenn der Wärter gegangen war, nahm er sie wieder aus dem Mund, reinigte und deponierte sie in einem Buch aus der Gefängnisbibliothek, in dessen Innerem bei zahlreichen Seiten ein Rechteck herausgeschnitten war.

Im Takt von jeweils einer Woche gab er das Buch zurück, und ein anderer Häftling lieh es aus. Busch andererseits bekam ein weiteres, ebenfalls gleich präpariertes mit einem Geldbetrag drin. An wen die Tabletten verkauft wurden, wusste er nicht.

Die Medikamente, die Busch wirklich zu sich nahm, waren von einem ganz anderen Kaliber. Er konnte sie an einem Ort behändigen, der jeden Tag ein anderer war. Wo dieser Ort war, flüsterte ihm jeweils ein Mitgefangener beim Frühstück ins Ohr. Arthur wusste, aus welcher Quelle er versorgt wurde. Es war die «Gesellschaft», die ganz selbstverständlich in Frauenfeld wie in jedem anderen Gefängnis der Region ihr Netzwerk hatte.

Würde der Tablettenhandel auffliegen, womit ja immer zu rechnen war, müsste er allenfalls mit wenigen Tagen verschärften Haftbedingungen rechnen.

22

Christian Ebner absolvierte in der Kaserne Herisau gerade seinen Wiederholungskurs als Infanterieoffizier. Da er häufig im Ausland als UNO-Beobachter tätig war, kam es selten vor, dass er im eigenen Land eingezogen wurde. In der Regel waren das Weiterbildungsseminare, die er einfach absitzen musste, um auf die notwendige Anzahl Diensttage zu kommen. Diese waren für ihn eine Art Erholung. Ebner konnte meist ausschlafen und hatte uneingeschränkten Ausgang am Abend. Er machte davon ausgiebig Gebrauch. Ein beliebter Aufenthaltsort für diesen Müssiggang war die «Schlüpfer-Bar» in Au. Er wurde dort mit unterwürfiger Ehrerbietung willkommen geheissen. Das ganz besonders, weil er in seiner Ausgangsuniform auftrat. Ebner war jedoch nicht der einzige Armeeangehörige, der dort ein und aus ging. Bisweilen kam es sogar vor, dass ein ranghöherer Offizier sich auf einen Barhocker setzte, meist neben ihn, wenn gerade ein Platz frei war.

Auch an einem nebligen finsteren Novemberabend setzte sich ein Oberst von auffallend kleiner Statur zu ihm. Schon erheblich betrunken, konnte dieser sich nur mit Mühe auf den Beinen halten. Ebner tat sein Bestes, um zu verhindern, dass der Oberst, der auch in derselben Kaserne Dienst tat, nicht von seinem deutlich zu hohen Sitzplatz purzelte. Er hätte es sich nie verziehen, wenn so ein Unfall passiert und allenfalls noch die Polizei eingeschaltet worden wäre.

Die Polizei kam dennoch. Und das zahlreich. Zwei Mannschaftswagen, bis auf den letzten Sitz besetzt, fuhren bei der Bar vor. Voran der Einsatzleiter, ein junger Kripoleutnant namens Wanner. Als er im Türrahmen zur Bar stand, nahm er das Megafon und befahl mit dröhnender Stimme: «Hände auf den Rücken, keine Bewegung!» Der Oberst, der genau wusste, dass er Befehlen von Polizeipersonen nachkommen musste, tat unverzüglich wie ihm geheissen.

Er fiel vornüber, schlug mit dem Kopf krachend an den Tresen und donnerte auf die Keramikfliesen. Er wand sich wie ein Wurm in heissem Sand. Ein Zucken ging einige Male durch seinen ganzen Körper, dann bewegte er sich nicht mehr. Gäste und Polizisten schauten dem Spektakel fassungslos zu.

Augenblicke später rannten zwei Sanitäter, die wie üblich die Kripoeinheit begleiteten, mit einer Bahre zum Verunglückten. Alles ging sehr schnell. Eine Minute später vernahm man das Martinshorn des Ambulanzfahrzeugs.

Wanner griff erneut zum Megafon. Wie wenn nichts geschehen wäre, verkündete er mit ruhiger Stimme, die Gäste im Lokal dürften ihre Plätze nicht verlassen. Sie würden einzeln kontrolliert und befragt. Wer sich dieser Anweisung widersetze oder lautstark dagegen protestiere, werde umgehend festgenommen und müsse die Nacht in einer Arrestzelle verbringen.

Von da an blieb es still im Raum. Zunächst nahmen sich die Polizisten die Militärpersonen vor, fingen mit dem hochrangigsten Offizier Ebner an. Er wies sich widerspruchslos aus, beantwortete freundlich die Fragen, die ihm gestellt wurden. In welcher Einheit er diene, wo diese stationiert sei, wer sein direkter Vorgesetzter sei, das fragte Wanner. Die Antwort, die er auf die letzte Frage erhielt, schien er fast erwartet zu haben. Sein Vorgesetzter sei der Oberst, der eben weggetragen worden sei. Er hoffe inständig, dass sich der Mann nicht ernsthaft verletzt habe. Sonst könnte das ernsthafte Konsequenzen nach sich ziehen.

Das sei schon möglich, antwortete ihm Wanner. Er könne nur feststellen, dass sich seine Leute absolut korrekt verhalten hätten. Dem Oberst werde eine Blutprobe entnommen. Und wenn sich das bewahrheite, was er vermute, müsse sich die Polizei keine Sorgen machen. Er musterte dabei schmunzelnd Ebner.

Ebner riss sich zusammen, um seinem Zorn nicht in einem Wortschwall freien Lauf zu lassen. Ganz schweigen mochte er nicht.

«Leutnant, früher war es üblich, dass Polizisten ranghöheren Militärpersonen salutierten. Da hatte man noch Respekt vor Obersten.»

«Wie froh bin ich, dass diese Zeiten vorbei sind. Es hätte mich ungemein viel Überwindung gekostet, vor einer Jammergestalt wie Ihrem Vorgesetzten die Hacken zu schlagen.»

Diese Reaktion des jungen Polizisten hatte Ebner so nicht erwartet. Er stand auf, offensichtlich, um das Lokal zu verlassen.

«Wir sind noch nicht ganz so weit, Herr Ebner.»

Dass er mit seinem Namen statt mit seinem militärischen Rang angesprochen wurde, geriet ihm bereits in den falschen Hals, dass aber Wanner ihn dezidiert anfasste und wieder zurück auf den Barhocker bugsierte, war zu viel für den stolzen Major.

«Ich werde mich bei Ihrem Vorgesetzten über die Respektlosigkeiten von Ihnen mir gegenüber beschweren. Wo bleibt da der Anstand?»

Wanner ging gar nicht darauf ein. Er bat Ebner, noch so lange zu warten, bis er auch die andern Offiziere befragt habe. Eine Viertelstunde später war es so weit.

Die zivilen Gäste, die Mehrheit Vorarlberger und Bayern, machten gleichgültige Mienen. Es waren ausnahmslos Männer zwischen zwanzig und siebzig Jahren. Offenbar rechneten sie damit, dass sie ab und zu von Razzien überrascht wurden.

Sechs Personen wurden auf den nächsten Polizeiposten gebracht, weil sie sich nicht ausweisen konnten oder mit einem Haftbefehl ausgeschrieben waren.

Die Kontrolle der Gäste war nur ein Teil der Polizeiaktion, der andere die Überprüfung der Angestellten, besonders der Sexarbeiterinnen. Fünf Frauen blieben dabei hängen. Eine Zahl, die sich durchaus im Rahmen dessen bewegte, was auch bei andern Etablissements dieser Art anfiel.

Es folgte eine minutiöse Hausdurchsuchung, weil die «Schlüpfer-Bar» im Verdacht stand, Lagerplatz von kriminellen Geldern zu sein, die nur durch spontanes Eingreifen der Polizei aufgestöbert werden konnten. Da wurde nur mit Bargeld gehandelt, nicht mit Kreditkarten oder Checks.

An diesem Abend wurden in der «Schlüpfer-Bar» lediglich acht Hundert-Euro-Scheine mit einer registrierten Nummer beschlagnahmt, die aus der Beute eines Banküberfalls stammten, der drei Jahre zuvor in Spanien verübt worden war.

Bei der Hausdurchsuchung wurde allerdings nicht bloss Bargeld genau angeschaut, sondern man warf auch einen Blick in die Buchhaltung. Dabei kam es ab und zu vor, dass krumme Geschäfte aufgespürt werden konnten.

Diesmal schien man nichts Verdächtiges zu finden. Die beiden für die Buchhaltung zuständigen Beamten vertieften sich in die letzten Papiere, als Wanner ihnen über die Schultern schaute. «Hei», rief er plötzlich, «was sehe ich da?»

Das erstaunte die beiden, denn Wanner war kein Buchprüfer, er verstand von den Finanzen einer Firma kaum etwas. Doch Wanner fiel nicht eine verdächtige Zahl oder eine falsche Buchung auf, sondern ein Name: Christian Ebner. Dieser Name erweckte nur deshalb seine Aufmerksamkeit, weil er ihn eine Stunde zuvor bei der Gästekontrolle schon einmal gehört und gelesen hatte.

«Schaut noch einmal alle Papiere durch und sortiert diejenigen heraus, auf denen der Name Christian Ebner auftaucht.»

Die ganze Aktion verlängerte sich dadurch zwar um eine gute Stunde, die sich aber lohnte. Etwa ein daumendicker Stapel Papier, mehr als fünfzig A4-Blätter, enthielt diesen Namen. Für Wanner war damit klar, dass Ebner nicht bloss ein gewöhnlicher Gast, sondern möglicherweise ein Teilhaber der «Schlüpfer-Bar» war. Dass ein im VBS tätiger Offizier einem solchen Nebenjob nachging, musste einen Kriminalisten stutzig machen, denn Nebenbeschäftigungen in der Bundesverwaltung waren bewilligungspflichtig. Kaum denkbar, dass eine Lizenz zum Betrieb eines Bordells vom Verteidigungsdepartement ausgestellt würde.

***

Es war kurz vor Mitternacht, als Wanner in den Klosterhof zurückkehrte. Er ging am Büro von Gross vorbei und realisierte an den hellen Türritzen, dass er noch arbeitete. Wanner klopfte an.

«Ich habe auf dich gewartet. Warum hat das denn so lange gedauert?», knurrte Gross.

Wanner berichtete, was in der «Schlüpfer-Bar» geschehen war. Zunächst den Zwischenfall mit dem Oberst.

«Sehr unerfreulich, das wird für die Medien ein gefundenes Fressen sein: Polizeieinsatz gegen hohe Offiziere. Aber wenn es sich so zugetragen hat, daran zweifle ich ja keinen Moment, bist du aus dem Schneider. Deine Einheit hat sich absolut korrekt verhalten. Was geschah als Nächstes?»

«Wir haben interessante Unterlagen beschlagnahmt. Auch das betrifft einen höheren Stabsoffizier der Armee, einen Major. Der Kerl scheint einer Nebenbeschäftigung im Bordell ‹Schlüpfer-Bar› nachzugehen.» Wanner hielt Gross den Papierstapel hin.

Dieser war so neugierig darauf, dass er ihn Wanner aus den Händen riss. Er ging zum Besuchertisch und breitete die Blätter dort aus. Auf jeder Seite war mehrmals mit gelbem Markerstift der Name Christian Ebner hervorgehoben.

Als Gross sich etwa eine Viertelstunde über die Papiere gebeugt hatte, rief er beinahe entsetzt aus: «Auch das noch. Du hast uns etwas Schönes eingebrockt.» Das klang aber gar nicht nach Vorwurf. Gross lächelte dabei. «Ich werde mir gleich morgen diesen Major vornehmen. Aber mir sind noch weitere drei Namen aufgefallen, die auch immer wieder auftauchen. Oskar Moser, ein wissenschaftlicher Mitarbeiter in der kantonalen Verwaltung. Ich kenne ihn flüchtig. Wir sind uns auch schon in der Kantine begegnet, haben zuweilen einige Worte miteinander gewechselt. Nicht mein Typ. Scheint sich ziemlich viel auf seinen akademischen Titel einzubilden. Sowie Gustav Glanzmann und Arthur Busch. Von Glanzmann habe ich noch nie etwas gehört. Busch taucht immer wieder auf unserem Radar auf. Suchen wir mal in der Datenbank nach diesen Namen.»

Gross fuhr seinen PC hoch. Der Name «Arthur Busch» blinkte sofort auf. «Den hätten wir ja schon. Er ist bereits in Gewahrsam. Mach morgen einen Ausflug nach Frauenfeld ins Kantonalgefängnis und rede mit diesem Früchtchen. Der passt ja in die Kartei des Auer Bordells. Unsere Jungs haben ihn eingebuchtet, weil er seine Alte spitalreif traktiert hat.»

Einen Gustav Glanzmann fanden sie nicht im Fahndungscomputer.

«Googeln wir mal diesen Namen», schlug Wanner vor. Da tauchten gleich mehrere mit Wohnsitz in der Region Ostschweiz auf.

«Tja, so kommen wir nicht weiter. Eine Person des öffentlichen Lebens scheint er nicht gerade zu sein. Ebner, Busch und Moser müssten ihn kennen. Wir werden die drei illustren Gesellen mal durch die Mangel drehen.»

Gross war am nächsten Morgen bereits um halb sieben in seinem Arbeitszimmer. Auf dem Schreibtisch lag die neueste Ausgabe der Boulevardzeitung. Die Seite, die er ansehen musste, war jeweils aufgeschlagen. Diesmal war es die Frontseite.

> *St. Galler Polizei prügelt Oberst krankenhausreif: Schädelfraktur, mehrere Knochenbrüche. Der zuständige Arzt wollte sich nicht äussern, ob der Verletzte eine Überlebenschance hat.*

Die Schlagzeile war in Zwei-Zentimeter-Lettern geschrieben. Gross schluckte leer und wählte die Nummer des Kantonsspitals. Es ging enervierend lange, bis er mit dem zuständigen Arzt verbunden wurde. Er dürfe eigentlich keine Auskunft geben. Auch der Polizei nicht. Nur so viel: «Der alte Knabe hat ein paar zünftige Dellen mitgebracht.»

«Wie alt ist er denn?», wollte Gross wissen.

«Nach meinen Informationen achtundfünfzig.»

«Hmmm – ziemlich alt für einen aktiven Offizier. Darf ich ihm einen Besuch abstatten?»

«Ähhh – ich weiss nicht so recht.»

«Ist er so lädiert, dass er keine Besuche empfangen darf?»

«Nein. Eine Gehirnerschütterung und einige Prellungen. Die Heerespolizei ist gerade bei ihm.»

«Wenn die Heerespolizei ihn vernimmt, dürfen wir das auch.»

«‹Vernimmt›? Nein, ich glaube, die wollen mit ihm reden.»

«‹Vernehmen› und ‹miteinander reden›, das ist in unserem Sprachgebrauch ziemlich das Gleiche.»

«Gab es sonst noch Auffälligkeiten an seinem Zustand?»

Der Arzt verfiel in ein Gelächter, das mindestens zwanzig Sekunden andauerte. «‹Auffälligkeiten an seinem Zustand›? Das kann man sagen. Der Mann war sternhagelvoll. Blutalkoholgehalt etwa zwei Komma x Promille. ... Autsch, das hätte ich nicht sagen dürfen.»

«Kein Problem, ich werde nicht verraten, dass ich es von Ihnen habe. Wir erfahren es so oder so.»

Gross räusperte sich und fuhr weiter: «Waren Sie es, der dem Boulevardblatt ein Interview gegeben hat?»

«‹Interview› würde ich das nicht nennen. Aber ja, eine Journalistin hatte angerufen. Ich habe sie auf das Arztgeheimnis verwiesen. Gesagt: ‹Von mir erfahren Sie gar nichts, ob er schwer verletzt ist und wir um sein Leben kämpfen oder ob er nur ein paar Schrammen hat.›»

«Das haben Sie wirklich so gesagt?»

«Das sage ich immer so. Die dumme Kuh wollte keine Ruhe geben, hakte nach: ‹Darf ich das als Eingeständnis werten, dass der Herr Oberst schwer verletzt ist und man an seinem Überleben zweifelt?› – ‹Denken Sie, was Sie wollen.› Dann hat sie grusslos aufgehängt.»

Gross rollte die Augen. «Jetzt ist mir klar, warum dieses Scheissblatt einen solchen Text abgesondert hat.»

Gross beendete das Gespräch, hastete zu Hermann und wies ihn an, ein Pressecommuniqué über den Gesundheitszustand des Obersten vom Stapel zu lassen.

Ob da auch stehen sollte, dass der Offizier betrunken war, fragte der Pressesprecher etwas unsicher.

«Auf jeden Fall. Auch das Mass seiner Trunkenheit kommt in die Medienmitteilung, genauso wie mir das der Arzt berichtete.»

Einiges ging Gross durch den Kopf. Es fiel ihm der Bericht ein, den er im Dezember von seinem jüngsten Mitarbeiter von Bergen erhalten hatte. Er suchte längere Zeit danach in einem seiner Schränke, wo er nicht «aktuelle Papiere» aufbewahrte. Schliesslich fand er ihn, blätterte darin und sah sich die Randnotizen an. Er tippte von Bergens Nummer ins Handy ein. Momente später stand der Berner Oberländer vor ihm. «Otto, wir haben ein Problem. Bei der gestrigen Razzia in der ‹Schlüpfer-Bar› in Au sind uns Dokumente in die Hände gefallen, die Namen enthalten, die auch in deinem Bericht vorkommen. Oskar Moser, Arthur Busch und ein Gustav Glanzmann. Den Letzten hatte ich nicht mehr im Hinterkopf, weil er mir bedeutungslos schien. Ein Name, der in den beschlagnahmten Papieren immer wieder auftaucht, aber den ich in deinem Bericht nicht gefunden habe: Christian Ebner.»

«Dieser Name sagt mir nichts.»

«Es könnte sein, dass das, was du in den beiden Monaten des vergangenen Jahres mühsam zusammengesucht hast, nicht ganz vergebens war. Ich werde mir dieses Papier nochmals zu Gemüte führen. Ich werde auch meinen Vorgesetzten, Werner Schläpfer, bitten, sich damit zu beschäftigen.»

***

Oskar Moser verstand die Welt nicht mehr, als zwei Polizisten an seiner Bürotür klopften und ihn baten, sie gleich zur Kripozentrale zu begleiten, die an die zweihundert Schritte vom Gebäude, in dem Moser arbeitete, entfernt war. Moser protestierte, verwies auf seine hohe Stellung in der Verwaltung. Als einer der Polizisten die Handschellen aus seinem Gurt ausklickte, fügte er sich.

Das Verhör wurde von einem Gefreiten der Kantonspolizei protokolliert. Gross legte Wert darauf, das nicht als unverbindliches Gespräch zwischen zwei höheren Beamten des Kantons durchgehen zu lassen.

Vernehmungsprotokoll vom 16.11.2012
Anwesende:
Moser Oskar, Dr. phil. I, Kulturbeauftragter, Langgasse 110 A
Gross Alfons, Oberleutnant Kripo
J. C., Gefreiter Kapo, Protokoll

Gross: *Aus den Papieren, die wir gestern in Au beschlagnahmt haben, geht hervor, dass Sie in den dubiosen Geschäften der «Schlüpfer-Bar» involviert sind.*
Hinweis von J. C.: *Moser gibt keine Antwort, er erbleicht.*
Gross: *Gestern führten wir dort eine Razzia durch. Mir fiel in den sichergestellten Dokumenten Ihr Name auf. Ich habe alles sorgfältig durchgelesen und bin zu dem Schluss gekommen, dass Sie genau wissen, was in diesem Etablissement vor sich geht. Was haben Sie zu dieser Feststellung zu sagen?*
Moser: *Ich verweigere eine Aussage darüber. Ich verlange einen Anwalt und den Unterbruch dieses Verhörs.*
Gross: *Sie werden Ihren Anwalt bekommen, wenn der Fall beim Untersuchungsrichter ist.*
Moser: *Warum?*
Gross: *Weil das bei uns so üblich ist.*

Moser: *Ich weiss allerdings, dass ich hier nichts aussagen muss, das mich belastet.*
Gross: *Wollen Sie ein Glas Wasser?*
Moser: *Nein.*
Gross: *Sie haben sich der Förderung der Prostitution schuldig gemacht. Es besteht der Verdacht, dass in der «Schlüpfer-Bar» viele der Liebesdienerinnen ihren Job nicht freiwillig ausüben. Das würde noch schwerer ins Gewicht fallen. Nach unserem Dafürhalten ist das Freiheitsberaubung und Zwang zur Prostitution. Ein Delikt, das zwingend mit einer mehrjährigen Gefängnisstrafe geahndet wird.*
Moser: *Wie können Sie da so sicher sein, dass ich an diesen illegalen Vorgängen beteiligt bin?*
Gross *(lacht): ‹An diesen illegalen Vorgängen beteiligt›? Diese Formulierung amüsiert mich. Übrigens: Sie täten wirklich gut daran, sich etwas kooperativer zu zeigen. Mit Ihrer Halsstarrigkeit können Sie Ihre Lage nur verschlimmern.*
Moser: *Das macht mir keinen Eindruck. Ich bleibe dabei, ohne Anwalt werde ich nicht aussagen.*
Gross: *Schade. Weiss Ihr Arbeitgeber, dass Sie einer lukrativen Nebenbeschäftigung nachgehen?*
Moser: *Für wie bescheuert halten Sie mich eigentlich?*
Gross: *Ihnen ist bewusst, dass, wenn Sie Ihrem Arbeitgeber Nebenbeschäftigungen verschweigen, dies ein Kündigungsgrund sein kann. Nebenbeschäftigungen sind in der kantonalen Verwaltung bewilligungspflichtig.*
Moser *(lacht): Da sind Sie wohl nicht orientiert, dass ich hier in bester Gesellschaft bin.*
Gross: *Schon möglich. Das fällt aber nicht in unseren Zuständigkeitsbereich. Wir ahnden nicht Steuer- und Finanzdelikte. Solche Delikte hinterlassen bisweilen eine Spur zu anderen kriminellen Handlungen, was hier möglicherweise der Fall ist. Was sagen Sie dazu, Herr Dr. Moser?*
Hinweis von J. C.: *Moser gibt keine Antwort.*
Gross: *Haben Sie bei den Steuerbehörden Ihre Nebenbeschäftigung angegeben?*
Hinweis von J. C.: *Moser verwirft die Hände.*
Gross: *Einkünfte, die Sie in der Steuererklärung nicht angegeben*

haben, werden, sobald das Steueramt davon erfährt, von Ihnen nachträglich eingefordert – mit Verzugszinsen und Bussen. Das wird Sie teuer zu stehen kommen. Aber wie gesagt, das interessiert uns nicht. Wir haben bereits eine Kopie der beschlagnahmten Dokumente der Steuerverwaltung weitergereicht. Sie weigern sich nach wie vor, auszusagen?
Moser: *Ja.*
Gross: *Ich unterbreche das Verhör. Sie können vorläufig an Ihren Arbeitsplatz zurückkehren. Ich werde Ihren Vorgesetzten über Ihre Tätigkeit in der «Schlüpfer-Bar» informieren.*

***

Auch Gustav Glanzmann wurde von seinem Arbeitsplatz abgeführt und in die Kripozentrale überstellt. Das Verhör führte ein junger Gefreiter durch.

Glanzmann war nicht gut drauf. Er machte einen sehr unsicheren, ängstlichen Eindruck.

«Das ist ganz sicher kein Krimineller. Mir scheint, dieser Glanzmann ist durch unglückliche Umstände in etwas hineingeraten, das ihn offenbar schon längere Zeit belastet», sagte der junge Polizist nach dem Verhör zu Gross.

Von Glanzmann erfuhr die Kripo wenig Zusätzliches über Arthur Busch. Nur, dass er, Moser und Busch sich schon seit vielen Jahren kannten, dass alle drei das Lehrerseminar in Rorschach besucht hatten. Letzteres allerdings war auch der Kripo bekannt, nämlich seit Otto von Bergen diese Information aus alten, verstaubten Polizeiakten herausgesucht und diese in seinem Bericht aufgearbeitet hatte.

Aus seinem Engagement in der «Schlüpfer-Bar» machte Glanzmann kein Geheimnis. Er begründete es damit, dass er als Werbetexter von solchen Aufträgen lebe. Da schaue er halt nicht immer genau hin. Ja, er habe bald erfahren, dass dieses Etablissement im Rotlichtmilieu beheimatet sei. Seinen Auftrag sistieren, das habe sich nicht mehr machen lassen.

***

Es war bereits später Nachmittag, als ein Jeep der Heerespolizei Ebner im Klosterhof ablud. Ebner meldete sich in der Rezeption der Kripozentrale. Gross holte ihn dort persönlich ab.

Ebner, der sich äusserst ruhig und selbstbewusst gab, machte schon von Anfang an klar, er werde sich kooperativ zeigen. Er gab unumwunden zu, für die «Schlüpfer-Bar» Aufträge angenommen zu haben. Ebner gab an, seinen Arbeitgeber über den Nebenjob in der «Schlüpfer-Bar» informiert zu haben. Auf Gross' Hinweis, das werde er nachprüfen, gab er ihm sogar die Festnetznummer seines Chefs im VBS an, eines bekannten Divisionskommandanten.

Gross rief den Zwei-Sterne-General gleich an. Ebner hörte vergnügt zu. «Major Ebner ist eine integre Person, ein höchst fähiger Offizier. Dass er Nebenjobs annimmt, macht bei seiner Tätigkeit durchaus Sinn. Er braucht Connections für seine Auslandseinsätze. Als Anlaufstelle kann da durchaus eine Institution im Rotlichtmilieu dienen. Für uns ganz und gar kein Problem, wir sind ja keine Hirtenknaben.» Nach einigen Minuten war das Gespräch beendet und Gross um eine Illusion ärmer.

Ausser Belanglosigkeiten gab Ebner nichts preis. Immerhin räumte er ein, Glanzmann und Moser oberflächlich zu kennen. Über ihren Job in der «Schlüpfer-Bar» wisse er sozusagen nichts. Er schlage sich nicht mit subalternen Angestellten dieses Lokals herum. Soweit er informiert sei, gäben sie zu keinen Klagen Anlass. Gross glaubte ihm kein Wort. Er kannte solche Typen zur Genüge – schon an ihrem Auftreten. Er realisierte rasch, dass er in Sachen «Schlüpfer-Bar» vorläufig am Anschlag war. Gross bewahrte alle Vernehmungsprotokolle und Recherchen zu diesem Fall griffbereit auf. Und einen dieser Seilschaft, den Spitzenbeamten Moser, schien er zumindest ausser Gefecht gesetzt zu haben.

***

Arthur Busch konnte von der Kripo erst am 20. November einvernommen werden. Am 16. wütete im Gefängnis Frauenfeld der Norovirus. Und Busch hatte es auch erwischt. Das Gespräch mit Busch, durchgeführt von ebendem Beamten, der sich bereits

Gustav Glanzmanns angenommen hatte, war unergiebig. Busch, so schien es, vermittelte den Eindruck eines geistig verwirrten Menschen. Er stellte nicht in Abrede, von der «Schlüpfer-Bar» Aufträge entgegengenommen zu haben. Er brauche sich deswegen auch nicht zu schämen. Viele hochgestellte Persönlichkeiten in der Region und im nahen Ausland würden ihre Dienste beanspruchen. «Ich kann Ihnen Namen nennen», habe er dem Polizisten angeboten. Dann habe er Daumen und Zeigefinger aneinandergerieben und gesagt: «Aber das kostest Sie etwas, das mach ich nicht gratis.»

Der junge Polizist habe schliesslich aufgegeben, und Busch sei wieder nach Frauenfeld überstellt worden.

Als Gross das Protokoll über die Vernehmung Buschs las, realisierte er, dass ihm ein Fehler unterlaufen war. Er hätte Busch nicht einem unerfahrenen Polizisten übergeben, sondern ihn selber vernehmen sollen.

***

Erst in der Woche vor Weihnachten stellte der Chef der Abteilung Kultur Oskar Moser zur Rede. Er eröffnete ihm, ein Disziplinarverfahren sei gegen ihn eröffnet worden. Wie es ausgehen werde, könne er nicht voraussagen. Er, Moser, habe zumindest mit einer Rückstufung des Gehalts zu rechnen, aber auch eine Kündigung liege drin.

Da Moser nicht einmal gefragt wurde, ob er selber kündigen möchte, schöpfte er Hoffnung, er würde mit einem blauen Auge davonkommen. Sein Vorgesetzter nahm ihm das Versprechen ab, die Nebenbeschäftigung sofort auszusetzen.

23

Ulrich Bänziger hatte sich lange überlegt, ob er Bruno von Busch erzählen sollte. Schliesslich entschloss er sich, vorläufig damit zuzuwarten. Er fürchtete, Bruno würde einen Zusammenhang zwischen dem Kristallhöhlenmord und Busch wittern, was unausweichlich Folgen hätte: Ulrich würde von seinem Bruder massenweise mit SMS und Mails eingedeckt.

Wie jeden Morgen besuchte Ulrich Bänziger Arthur Busch in seiner Zelle. Die Beredtheit des Häftlings machte dem Wärter irgendwie Eindruck. Bänziger suchte nach einem Faden, an dem er ein Gespräch mit dem Häftling anknüpfen konnte.

«Wo haben Sie denn studiert?», fragte er ihn.

«Im Lehrerseminar Rorschach. Heute heisst das Pädagogische Hochschule St. Gallen. Die meisten Lehrpersonen unseres Kantons werden derzeit in der Stadt St. Gallen ausgebildet. In Rorschach gibt es aber immer noch ein sogenanntes regionales didaktisches Zentrum.»

In Ulrich Bänzigers Gehirn arbeitete es fieberhaft.

«Kennen Sie einen Oskar Moser, der auch Lehrer war?», fragte Ulrich Bänziger unvermittelt.

Arthur Busch hatte diese Frage nicht erwartet. Einen kleinen Moment lang verschlug es ihm die Sprache.

«Warum fragen Sie mich das?»

«Warten Sie mal, ich muss nachdenken. ... Ich erinnere mich an Glanzmann und Moser. Sie haben an der Schule, die ich einst besucht habe, unterrichtet.»

Busch nickte. «Wo war das?»

«In Gossau.»

Busch presste seine Augen zusammen. «Das sagt mir im Moment nichts. Schon möglich. Ich kenne die beiden, ja, aber eher oberflächlich.» Er lachte in sich hinein, denn er wusste nun, dass Ulrich Bänziger ihn anlog. Er wollte herausfinden, wo sein Wärter diese Namen herhatte.

Beim nächsten Besuch sprach Busch Ulrich Bänziger darauf an. «Ich erinnere mich jetzt an die beiden. Der Moser war einmal als Praktikant in der Klasse, die ich in Goldach unterrichtete. Das war so ungefähr 1982. Aber genau weiss ich das nicht mehr. In derselben Schule war auch Glanzmann tätig.»

Bänziger war wie elektrisiert. 1982 und Goldach. «Erinnern Sie sich auch an den Mord, dem Lydia Müller und Elena Brüllhardt zum Opfer gefallen sind?»

«Aber sicher tue ich das. Das liess damals niemanden in der Gegend kalt.»

«Haben Sie die beiden Mädchen gekannt?»

«Vom Sehen her schon. Aber keine von beiden war bei mir im Unterricht.»

«Waren die Mädchen bei Glanzmann oder Moser im Unterricht?»

«Bei Glanzmann, ja, das könnte sein. Bei Moser ...», Busch schien angestrengt nachzudenken, «auch möglich.»

Das Herz von Ulrich Bänziger schlug bis zum Halse. Nun konnte er seinem älteren Bruder einmal helfen, obwohl ihn persönlich diese Sachen gar nicht interessierten.

«Haben Sie sich damals auch überlegt, wer der Täter sein könnte?»

Busch setzte eine ernste Miene auf. «Und ob ich das habe! Der Täter muss die beiden sehr gut gekannt haben. Er muss auch mit dem Tatort und seiner Umgebung sehr vertraut gewesen sein.»

«Jetzt stelle ich Ihnen eine indiskrete Frage.» Ulrich Bänziger trat so nahe an Busch heran, dass er ihn beinahe berührte. «Könnten Sie sich vorstellen, dass Glanzmann oder Moser oder beide zusammen etwas mit diesem Mord zu tun gehabt haben?»

«So abwegig ist dieser Verdacht nicht. Das wissen Sie ja nicht. Man hatte einen von beiden sogar im Visier. Den Moser nämlich. Er wurde für kurze Zeit in Untersuchungshaft genommen.»

Bänziger fielen beinahe die Augen aus den Höhlen. Davon stand im Text seines Bruders nichts. «Aber jetzt ganz persönlich. Können Sie sich vorstellen, dass Moser an der Tat beteiligt war?»

«Wenn Sie so fragen: Ja. Der Mann kennt keine Skrupel. Seine verwandtschaftliche Bande hat ihn vor einer ernsthaften Ermittlung geschützt.»

«Wen meinen Sie da genau?»

«Seinen Onkel. Den einflussreichen Industriellen aus Rorschach.»

«Und Glanzmann? Sehen Sie ihn als Mörder?»

Busch neigte seinen Kopf nach rechts, nach links und wiederholte das mehrmals. «Ich weiss nicht so recht. Glanzmann ist eine schwache Figur. Wenn er dabei war, was ich natürlich nicht sagen kann, dann lediglich als Mitläufer.»

Bänziger bedankte sich und fragte Busch, ob er etwas für ihn tun könne.

Busch überlegte. «Dürfte ich kurz Ihr Handy benutzen?»

«Ungern. Wenn wir dabei erwischt werden, bin ich dran. Aber ich versuche einen anderen Weg. Ich stelle Ihnen einen guten Führungsbericht aus. Und schlage vor, dass Sie pro Tag, unter Aufsicht, einmal ein Handy benützen dürfen.»

«Da werden die Gespräche aber aufgezeichnet?»

«Klar, auch meine Gespräche werden hier aufgezeichnet.»

Von da an durfte Busch jeden Tag unter Aufsicht einmal mit seinem Handy telefonieren.

Ulrich Bänziger hoffte, noch mehr von Busch über Oskar Moser zu erfahren.

Er rief am Abend seinen Bruder Bruno an. Dieser wurde über die Nachrichten sehr aufgeregt. «Was du mir eben verraten hast, ist ungemein wichtig. Ich bin fast sicher, dass der Fall Kristallhöhle in den nächsten Tagen gelöst sein wird. Bleib dran, Ulrich. Morgen Abend hast du ein E-Mail mit einer Reihe von Fragen.»

Ulrich konnte es nicht unterlassen, diese Worte mit dem Ausspruch «Typisch Bruno» zu kommentieren.

Bruno schickte ihm nicht nur ein Mail, sondern mehrere. Die kommenden Abende rief er ihn immer wieder an. Ulrich begann die Hektik seines Bruders zu nerven. Er entschloss sich, Bruno noch ein wenig zappeln zu lassen.

Erst bei einem Besuch Buschs eine Woche später schnitt Ulrich das Thema erneut an. «Könnten Sie mir etwas über den Turnunterricht von Moser verraten? Was für ein Verhältnis hatte er zu seinen Schülerinnen?»

Busch blies die Backen auf. «Genaues weiss ich da nicht, man hat aber gemunkelt. Er soll bisweilen einem Mädchen zwischen die Beine gegriffen haben. Na ja, im Turnunterricht kann das ja mal vorkommen. Es war auch kein Geheimnis, dass ihn die jungen Gören anhimmelten.»

Der besonnene Ulrich Bänziger war sich im Klaren, dass er sich nur mit bedächtigen kleinen Schritten an die Geheimnisse von Busch heranpirschen konnte. Er nahm sich vor, einige Tage zu warten, bis er Busch wieder Fragen stellen würde.

Es war ein kalter Januarmorgen, als er mit einem Pappbecher dampfenden Kaffees und mehreren Croissants in Buschs Zelle trat. Nach Croissants hatte Busch Sehnsucht. Die gab es beim Frühstück in der Gefängniskantine nicht. Nur Ruchbrot mit Margarine und Konfitüre.

Busch lächelte. «Als Sie mit den Croissants auftauchten, war mir schlagartig klar, was Sie vorhaben. Nur keine Hemmungen, stellen Sie mir die Fragen, die Ihnen auf der Zunge brennen.»

«Kennen Sie eigentlich Details von diesem Verbrechen, ich meine Details, von denen Polizei und Justiz vielleicht keine Ahnung haben?»

«Ich habe in den vergangenen Tagen viel über dieses Verbrechen nachgedacht. Es ist mir wieder eingefallen, dass ich Glanzmann einmal meinen VW-Bus ausgeliehen habe.»

Das weckte Bänzigers Neugier. «Wissen Sie noch, wann das war?»

«Da erinnere ich mich noch ganz genau, das war am späteren Nachmittag des 31. Juli 1982.»

«Gab es da Besonderheiten?»

«Wenn Sie schon so fragen. Ja, die gab es. Um nicht erkannt zu werden, montierte ich bisweilen aus Plausch holländische Kontrollschilder an den Wagen. Die hatte ich dort Ende der siebziger Jahre auf einem Trödlermarkt erstanden. Gustav Glanzmann hatte mich gebeten, mir den Wagen mit diesen Nummern auszuleihen.»

«Haben Sie denn nicht gefragt, weshalb?»

«Warum hätte ich das tun sollen? Wir waren ja unter Freunden.»

«Wann brachte Glanzmann den Wagen wieder zurück?»

«Am nächsten Tag.»

«Haben Sie am Wagen etwas Aussergewöhnliches bemerkt?»

«Berechtigte Frage. Das hat mich noch lange beschäftigt. Ja, es waren Blutreste im hinteren Teil, auf den Sitzbänken.»

«Da staune ich ja nur. Sind Sie denn nicht zur Polizei gegangen und haben das gemeldet, als die Zeitungen über das Verschwinden der beiden Goldacher Mädchen berichtet haben?»

«Das hätte ich vielleicht tun sollen, doch wer verprellt schon seine Kumpel? Und dem Glanzmann traute ich eine solche Tat gar nicht zu. Wenn ich gewusst hätte, dass Moser dabei gewesen war, hätte ich möglicherweise anders gehandelt.»

«Der Moser war also auch dabei?»

«Genau, das habe ich erst einen Tag später erfahren. Der Moser hat mich lachend gefragt, was ich denn für krumme Sachen drehen würde. Holländische Kontrollschilder an den Wagen montieren, das tue man ja nur, um bei einem Einbruch falsche Spuren zu legen. Ein paar Wochen später kam Moser zu mir und bat mich, ihm seinen VW-Bus mit den holländischen Kontrollschildern auszuleihen. Klar ging ich darauf ein.»

«Können Sie mir den Zeitpunkt dieser Ausleihe verraten?»

«Weiss ich leider nicht mehr.»

Ulrich Bänzigers Neugier war geweckt. Er war sich sicher, dass Busch noch mehr wusste über Glanzmanns und Mosers mögliche Beteiligung am Kristallhöhlenmord. Er sann nach, was er unternehmen musste, um das von Busch zu erfahren. Er war schon so lange mit Häftlingen zusammen, dass er Bestechlichkeit als ganz gewöhnliche Eigenschaft von normalen Menschen einstufte. Wenn man Busch Geld anböte, würde er vielleicht auspacken. Aber das war eigentlich das Problem seines Bruders. Ob der allerdings eine grössere Summe beschaffen könnte? Denn Bruno war immer knapp bei Kasse. Trotzdem beschloss Ulrich, seinen Bruder auf diese Möglichkeit aufmerksam zu machen.

Bruno nahm diesen Vorschlag mit Begeisterung auf.

Er erinnerte sich an Otto von Bergen, als er noch im Berner Oberland gewesen war. Der musste Geld wie Heu haben, wohnte in einem schicken grossen Haus, das Bruno Bänziger als Villa einstufte. Er war mit Yvonne mal bei ihm zu Besuch gewesen. Zudem hatte er den Eindruck, der Mann sei auch ausgesprochen grosszügig.

Noch am selben Abend telefonierte er mit von Bergen und brachte ihm sein Anliegen vor.

Von Bergen antwortete ihm sachlich. Jemanden bestechen

könnte ihm den Job kosten. Zudem sei er gar nicht besonders wohlhabend. Das Haus, das er in Innertkirchen bewohnt habe, gehöre der halben Verwandtschaft. Überhaupt, ein Polizist, der zu so etwas Hand biete, habe seinen Beruf verfehlt. «Wenn du jemanden bestechen willst, greife bitte in deine Tasche, nicht in die anderer Leute.»

Bruno Bänziger ertrug solche Zurechtweisungen schlecht. Er hängte den Hörer grusslos auf. Sann dann aber nach, ob er sich bei von Bergen entschuldigen sollte, denn er glaubte, ihn noch zu brauchen. Also wollte er nicht das Risiko eingehen, es sich mit ihm zu verderben.

Bruno schlief die ganze Nacht schlecht, zermarterte sich das Gehirn, wie er Geld beschaffen könnte – allein er verwarf alles, was ihm dazu einfiel. Eine Bank überfallen, einen Kiosk ausrauben? Das kam für ihn nicht in Frage. Auch wenn er sich vornahm, das Diebesgut den Bestohlenen wieder zurückzuerstatten, wenn er den Fall erfolgreich gelöst hatte. Einen Kredit aufnehmen und sich verschulden? Auch das kam für ihn nicht in Frage. Er kämpfte für eine gute Sache. Da fand er es nicht angebracht, dafür unter grossen Entbehrungen eigene Mittel aufzubringen. Als endlich der Wecker schellte, stand er auf, um sich ein Frühstück zuzubereiten. Er fühlte sich derart schlecht, dass er mit dem Gedanken spielte, im Sekretariat seiner Firma anzurufen und dort mitzuteilen, er habe hohes Fieber und sei deshalb ausserstande, zu arbeiten.

Er erinnerte sich an den Fall eines Kollegen, der auch so geschummelt hatte. Noch am selben Tag erhielt er Besuch vom Firmenarzt, und der Schwindel war aufgeflogen.

Bruno ging wie immer zur Arbeit. Eigentlich mochte er ja seinen Beruf als Sicherheitsangestellter. Seine Stellung verschaffte ihm ein kleines Stück Autorität, wenn er ausgerüstet mit Gummiknüppel, Pfefferspray und seiner schmucken Uniform durch die Schalterhalle stolzierte.

Es bereitete ihm Mühe, seinem Bruder gegenüber zuzugeben, er sei nicht in der Lage, das Bestechungsgeld aufzubringen.

***

Auch Ulrich Bänziger durchlebte eine schlechte Nacht. Nicht weil er sich über den Fall Kristallhöhle Gedanken machte, sondern weil er stark erkältet war. Er betrat Arthur Buschs Zelle. Busch fragte spontan: «He, he, was ist Ihnen denn über die Leber gekrochen? Setzen Sie sich hin und erzählen Sie.»

Wieder dachte Ulrich Bänziger, dass Busch gar nicht so ein übler Kerl war. Die Sekretärin, seine Vorgesetzten, seine Kollegen, niemand von ihnen hatte realisiert, wie schlecht es ihm ging. Nur dieser Knastbruder merkte es.

Ulrich Bänziger entschloss sich spontan, ihm das Du anzutragen. Das war zwar offiziell im Strafvollzug verboten. Wärter und Häftlinge hatten sich zu siezen. Aber in der Abgeschiedenheit der Zelle, da konnte das durchgehen. Zumal Ulrich Bänziger wusste, dass das andere auch so machten. Arthur Busch nahm das Angebot freudig an.

«Weisst du noch mehr über den Kristallhöhlenmord?», fragte Ulrich.

«Mensch, Ulrich. Ich verstehe das nicht. Es sind dreissig Jahre her, dass das passiert ist. Seit ein paar Monaten ist dieser Doppelmord verjährt. Was hast du davon, wenn die Täter nun überführt werden?»

«Die Täter? Nimmst du denn an, dass es mehrere waren?»

«Ich denke schon, dass es mehr als einer war. Die Mädchen so zu verstecken, das ist als Einzelner gar nicht zu schaffen. – Etwas geht mir nicht in den Kopf, Ulrich. Warum interessierst du dich denn derart für den Kristallhöhlenmord?»

«Ich will ganz ehrlich zu dir sei. Mich interessiert dieses Verbrechen überhaupt nicht. Es ist mein Bruder Bruno, der sich so darin verbissen hat, dass er nicht davon loskommt.»

«Verstehe ich das richtig? Du liebst und bewunderst deinen Bruder sehr.»

«Ja, das ist gegenseitig. Wir sprechen oft miteinander. Ich habe ihm auch von dir erzählt.»

«Das verüble ich dir ja nicht, auch wenn ich sehr offen zu dir bin. Aber was hätte ich denn zu verbergen?»

«Ehrlich gesagt, Bruno ist mir manchmal ein Rätsel. Er sagt immer, es gehe ihm um die Gerechtigkeit. Er ist felsenfest davon überzeugt, dass die Behörden einen dieser Schurken gedeckt haben. Die Justiz und Polizei wollten deshalb dieses Verbrechen gar nicht aufklären.»

Arthur legte Ulrich beide Arme auf die Schultern und sah ihm fest in die Augen. «Was sagst du mir da? Sieh mich mal an. Habe ich denn nicht allen Grund, an unseren Bullen und Richtern zu zweifeln? Trotzdem glaube ich nicht daran, dass nur ein einziger Polizist, nur ein einziger Richter die Mörder dieses grauenhaften Verbrechens decken würde. Lass diese Scherze. In drei Wochen bin ich hier wieder raus. Dann lade ich dich mal in mein Haus in Lichtensteig ein. Du wirst es nicht bereuen.»

«Danke für das Angebot.»

***

Mitte Februar 2013 erhielt Otto von Bergen einen Telefonanruf von Bruno Bänziger. Er war darob einigermassen erstaunt, hatte er doch angenommen, nach dem Telefonat über die Bestechungssache sei er den selbst ernannten Detektiv los.

«Ich habe dir eine sehr interessante Neuigkeit. Einen Namen, den du vielleicht noch nie gehört hast, der, so sehe ich es, höchstwahrscheinlich an den Kristallhöhlenmorden mitgewirkt hat.»

«Da bin ich aber gespannt», antwortete von Bergen merklich neugierig.

«Er heisst Arthur Busch.»

«Aha», rutschte es von Bergen heraus, der natürlich Bruno Bänziger nicht auf die Nase binden wollte, dass er bereits viel über diesen Ganoven erfahren hatte.

Er überlegte einen Moment und fuhr dann weiter. «Wirklich? Das wäre ja ein echter Knüller. Bist du dir bewusst, was du da sagst?»

«Busch muss damals Glanzmann und Moser gut gekannt haben.»

«Von wem hast du das erfahren?»

«Mein Bruder Ulrich ist Strafvollzugsbeamter im Gefängnis Frauenfeld. Busch hat dort wegen häuslicher Gewalt eingesessen. Ulrich war ihm als Betreuer zugeteilt.»

«Das ist ja interessant. Erzähl mir, was er dabei erfahren hat.»

«Mach ich gerne, dazu müssten wir uns in irgendeinem Lokal in St. Gallen treffen. Am Telefon geht das nicht so gut.»

Von Bergen ging darauf ein.

Bei diesem Gespräch, das am nächsten Tag folgte, erfuhr von Bergen einige Details, die er zwar kannte, aber noch nicht richtig einzuordnen wusste. Auch Bruno schien herausgefunden zu haben, dass sich Gustav Glanzmann, Oskar Moser und Arthur Busch kannten. Dass Busch Mitwisser oder allenfalls Mittäter des Kristallhöhlenmordes war, konnte er zwar nicht belegen, aber aus Notizen seiner Zeugenbefragungen in Kobelwies und Kobelwald könne er schliessen, dass alle drei am Nachmittag des 31. Juli 1982 in der Nähe der Kristallhöhle gesehen worden waren. Leider lebten diese Zeugen nicht mehr. Trotzdem war das eine wertvolle Information für von Bergen. Dass dieser Arthur Busch sich so leichtfertig das Vertrauen des Gefangenenwärters Ulrich Bänziger erschleichen konnte, war für ihn eine Bestätigung dessen, was er bei seinen Recherchen bereits vermutete: Dieser Mann war clever, konnte Menschen, zu denen er in einem Abhängigkeitsverhältnis stand, geschickt um den Fingern wickeln.

Er bat Bruno, auf seinen Bruder einzuwirken, mit Arthur Busch vorläufig in Kontakt zu bleiben und über dessen allfällige Aktivitäten zu berichten.

Bruno machte von Bergen darauf aufmerksam, dass seinem Bruder dadurch mögliche Kosten entstehen könnten. Vielleicht wäre es angebracht, dass er, um etwas zu erfahren, Arthur Busch gelegentlich zum Essen einladen müsste.

«Kein Problem, Bruno, wir setzen Ulrich auf die Liste der V-Männer. Dafür gibt es in der Kripo eine Kasse. Das müsste ich allerdings mit meinem Chef absprechen. Er entscheidet, wie viel der Kripo die Information eines Spitzels wert ist.»

Bruno Bänziger machte ein betretenes Gesicht. Von Bergen hatte den Verdacht, er wäre lieber selber V-Mann der Kripo geworden.

Nach dieser Begegnung machte sich von Bergen Gedanken, wie man direkt an Ulrich Bänziger herankommen konnte. Das ging wahrscheinlich nur über die Leitung der Strafanstalt. Dafür brauchte er aber die Hilfe von Gross. Er informierte ihn über das, was er von Bruno Bänziger erfahren hatte.

«Ich will es versuchen», offerierte ihm Gross. «Viel besser wäre allerdings gewesen, wenn du von der Beziehung zwischen

Ulrich Bänziger und Busch erfahren hättest, als dieser noch in Frauenfeld einsass.»

Gross gelang es via Anstaltsleitung, Kontakt zwischen Ulrich Bänziger und Otto von Bergen herzustellen, ohne dass Bruno etwas davon erfuhr.

***

Es war am 2. März 2013, an einem Samstagmorgen, als Ulrich Bänziger in Lichtensteig an der Haustür von Arthur Busch läutete. Eine dunkelhäutige Frau öffnete und sprach ihn auf Englisch an. Bänziger versuchte zu antworten, doch er war dieser Sprache nicht gerade mächtig. Sie sagte: *«Wait … Arthur coming soon.»*

Ulrich nickte, das verstand er ungefähr. Die Frau schlug ihm die Tür vor der Nase zu. Er hörte, wie sie laut rief und eine Männerstimme antwortete, dann schwere Schritte. Kurz danach erschien Arthur im Türspalt, noch im Pyjama.

«Willkommen, Ulrich, schön, dass du kommst. Ein bisschen früh bist du schon dran, Faida wird dich ins Gastzimmer führen. Faida ist meine Lebenspartnerin. Sie ist ein sehr liebes Mädchen, das meinen besten Freunden zugetan ist. Und du, Ulrich, gehörst zu dem engsten Kreis meiner besten Freunde. Ich mache zunächst die Morgentoilette. In der Zwischenzeit wird uns mein Schätzchen ein gutes Frühstück zubereiten.»

Ulrich setzte sich auf das helle Sofa. Er schaute sich im halbdunklen Zimmer um. In einer Ecke sass auf einem Stuhl eine andere Frau. Ebenfalls dunkelhäutig, spärlich bekleidet. Sie trug einen grossen roten BH, der ihre üppigen Brüste notdürftig abdeckte. Höschen irgendwie durchsichtig. Die schön geformten Beine übereinandergeschlagen. Sie schaute Ulrich mit grossen Augen an. Er senkte seinen Blick, starrte auf den grossen farbigen Teppich. So hatte er sich den Empfang in Lichtensteig nicht vorgestellt. Er verharrte ungefähr eine halbe Stunde lang in dieser Pose, bis ihn ein frisch gemachter Arthur aus dieser ungemütlichen Lage erlöste.

Das Frühstück war reichlich. Kaffee, Milch, Käse, Konfitüre, mehrere Brote, Orangen, Mangos, Ananas … Ihm gegenüber sass Arthur.

«Weisst du, was mich verwundert? Du hast die kleine Schwarze im Gastzimmer kaum eines Blicks gewürdigt. Sie war sehr enttäuscht. Du bist nicht etwa schwul?»

«Nein, bin ich nicht. Aber ich habe Hemmungen, eine Frau zu begrapschen, die nicht mir gehört.»

«Hör mal, stell dich nicht so blöd an, Ulrich. Heute gehört sie den ganzen Tag dir. Streif deine Hemmungen ab. Soll ich dir Viagra besorgen?»

Ulrich schüttelte den Kopf. «Das krieg ich ohne Medis hin. Ich war einfach nicht auf so etwas vorbereitet. Woher hast du denn diese Weiber?»

«Ach ja, davon hab ich dir ja gar nichts erzählt. Ich habe nämlich zwei Wohnsitze. Der andere ist in Diani Beach, nahe der Stadt Mombasa in Kenia. Dort habe ich endlich entdeckt, was Frauen sein können: nicht so wie unsere. Hochnäsige, frigide Kreaturen, die zu keiner echten Sinnlichkeit fähig sind. Die Frauen in diesem Paradies am Indischen Ozean sind echte Liebesdienerinnen. Genau das, was eigentlich Frauen sein sollten. Wie das jahrhundertelang in unserer christlichen Kultur so war, bis diese verdammten feministischen Schreckschrauben auftauchten.»

«Das hat etwas. Aber wenn ich in mich hineinhöre, möchte ich eigentlich eine Weisse. Möchte mit ihr eine Familie gründen und Kinder haben.»

Arthur drückte den Zeigefinger auf die Stirne. «Bist du ein unverbesserlicher Bünzli. Wenn du eine Einheimische anrührst, rennt sie ins Frauenhaus.»

Ulrich antwortete sofort. «Das können aber auch Dunkelhäutige. Deine Letzte hat sich ja auch dorthin verzogen, wie du mir selber anvertraut hast.»

«Womit du nicht unrecht hast. Das wird mir nie mehr widerfahren. Hätte ich sie nur daran gehindert, mit Frauen an meiner Strasse anzubandeln. Die haben ihr Schweizer Manieren aufgedrängt und sie damit prompt verdorben.»

Ulrich hatte nicht die Absicht, das Angebot Arthurs anzunehmen, das Wochenende in seinem Haus zu verbringen. Er blieb noch bis nach dem Mittagessen, dann kehrte er wieder nach Frauenfeld zurück. Vom Besuch in Lichtensteig sagte er seinem Bruder kein Wort.

Am Tag darauf traf er sich mit Otto von Bergen in einem Café in St. Gallen. «Sehr interessant, was Sie mir da berichten», sagte von Bergen zu Bänziger, nachdem er seinen Bericht über das seltsame Treffen in Lichtensteig vorgetragen hatte. «Wären Sie das ganze Wochenende geblieben, hätten Sie vielleicht noch einiges mehr erfahren. Sie haben sich aber entschieden, dieses Spielchen nicht mitzumachen. Das macht Sie mir echt sympathisch.»

Ulrich Bänziger errötete leicht. «Das brachte ich nicht übers Herz. Ich habe nämlich eine Freundin, die ich in zwei Monaten zu meiner Frau machen möchte.»

***

Auf dem Heimweg machte sich von Bergen so seine Gedanken. V-Leute durften keine Ehrenmänner sein. Sie mussten Lust am Lügen, Täuschen und Betrügen haben. Das konnte Ulrich Bänziger schlecht. Trotzdem wollte er nicht auf ihn verzichten.

Als Gross von Ulrich Bänzigers Auftritt in Lichtensteig erfuhr, bekam er einen derartigen Lachanfall, dass ihm die Tränen über die Backen liefen. «Ein Gutmensch als Strafvollzugsperson! Da soll sich noch jemand wundern, warum es in unseren Gefängnissen drunter und drüber geht.»

«Ich finde es ziemlich gemein, was du da von dir gibst. Die Information, die wir von Ulrich Bänziger erhalten haben, scheint mir durchaus bemerkenswert. Das, was dieser Busch in Lichtensteig betreibt, riecht nach Frauenhandel. Ginge es nach mir, würde ich den Staatsanwalt dingend bitten, gegen Arthur Busch einen Haftbefehl auszustellen.»

Gross erhob sich und legte von Bergen den Arm um die Schultern. «Du musst noch viel lernen. Was wir hier in dieser verdammten Bude machen, ist ein harter und gemeiner Job. Sind wir zu rücksichtsvoll und zu ehrlich, ziehen wir im Kampf gegen die Kriminellen den Kürzeren.»

Von Bergen war, als er das Büro von Gross verliess, nicht mehr so sicher, ob er den richtigen Beruf gewählt hatte.

***

Anfang Juni 2013 erhielt Oskar Moser einen eingeschriebenen Brief vom Personalamt des Kantons St. Gallen. Darin stand eine erfreuliche Nachricht. Das Disziplinarverfahren gegen ihn werde ohne weitere Folgen eingestellt. Allerdings wurde er aufgefordert, keine Nebenjobs ohne ausdrückliche Bewilligung des Arbeitgebers mehr anzunehmen. Ansonsten müsse er mit einer Kündigung rechnen. Gleichzeitig erhielt er eine Rechnung und eine Busse des Steueramtes. Es waren zwar happige Beträge, die er nachzahlen musste, doch längst nicht so viel, wie er erwartet hatte. Offensichtlich war nur ein kleiner Teil von den Unterlagen aus der «Schlüpfer-Bar» in die Hände der kantonalen Verwaltung gefallen.

24

Bruno Bänziger ging es nicht gut. Die vielleicht mehr als tausend Stunden, die er für die Jagd nach den Kristallhöhlenmördern hergegeben hatte, sollten umsonst sein? Das wollte ihm nicht in den Kopf. Was nun? Vielleicht sollte er Kontakt mit Arthur Busch aufnehmen. Dass das ein Risiko war, konnte er nicht wegstecken. Sein Bruder Ulrich hatte ihn vor Busch gewarnt, von einem Vorfall gesprochen, der so grauenhaft war, dass er ihm darüber gar nichts zu sagen wage. Aber aus diesem Mann etwas herauszubringen wäre schon einen Versuch wert.

Ihm war aber nicht ganz wohl dabei. Er schickte Otto von Bergen ein kurzes SMS, in dem der Satz stand: «Ich erwäge ernsthaft, mich in die Höhle des Löwen zu begeben.»

Von Bergen antwortete nicht gleich darauf. Vielleicht hatte von Bergen sein Mobiltelefon nicht griffbereit, dachte Bruno.

Nach längerem Zögern wählte Bruno Bänziger die Nummer von Arthur Busch. Er hatte sie im offiziellen Telefonbuch gefunden. Das war schon ein Hinweis, dass Busch kein Hochkrimineller war. Bruno musste lange warten, bevor Busch abnahm. Er schien aber nicht sehr präsent, möglicherweise war er betrunken oder hatte Drogen konsumiert. Bruno nahm sich vor, später nochmals anzurufen.

Am Abend nahm er einen neuen Anlauf, Busch ans Telefon zu kriegen. Um anonym zu bleiben, stellte er sein Handy so ein, dass auf dem Display des Empfängers seine Nummer nicht erschien. Diesmal klappte es besser. Busch war zumindest ansprechbar.

Bruno Bänziger meldete sich mit «Staub, Armin», an. Busch sagte seinen vollen Namen. Es kam zu einem merkwürdigen Gespräch.

Staub: *Darf ich Ihnen eine Frage stellen?*
Busch: *Fragen darf man mich immer.*
Staub: *Kennen Sie einen Oskar Moser und einen Gustav Glanzmann?*
Busch: *Warum fragen Sie mich das?*

***Staub:** Weil ich es wissen möchte.*
***Busch:** Stellen Sie bitte die nächste Frage.*
***Staub:** (kurze Pause) Kennen Sie einen Reinhard Storz und eine Nora Affolter?*
***Busch:** Stellen Sie bitte die nächste Frage.*
***Staub:** Nicht, bevor Sie mir antworten.*
***Busch:** Dann stelle ich mal eine Frage. Was geschah am 31. Juli 1982?*
(längere Pause)
***Staub:** Ich weiss das, aber das verrate ich Ihnen nicht, bevor Sie mir meine Fragen beantworten.*
***Busch:** Was geschah am 31. Juli 2007?*
***Staub:** Ich glaube, es hat keinen Sinn, mit Ihnen weiterzureden.*
***Busch:** Da bin ich anderer Meinung. Für mich war dieses Gespräch bis jetzt sehr sinnvoll. Wenn Sie Antworten von mir möchten, sagen Sie bitte, wer Sie sind, wo Sie wohnen, und geben Sie mir Ihre Handynummer an.*
***Staub:** Das möchte ich aus einem bestimmten Grund nicht.*
***Busch:** Sobald ich Ihren richtigen Namen, Ihren Wohnort und Ihre Handynummer kenne, beantworte ich die gestellten Fragen gerne. Überlegen Sie sich das. Nehmen Sie sich dafür Zeit und rufen Sie allenfalls später an. Auf Wiederhören.*

★★★

Nach diesem Telefonat rief Arthur Busch seinen Kontaktmann zur «Gesellschaft» an. Der wies ihn an, zunächst keinesfalls etwas persönlich zu unternehmen.

Fünf Minuten später erhielt der Swisscom-Operator H. T. einen Anruf. «Richte bitte bei Arthur Busch eine Fangschaltung ein. Finde heraus, wer Busch vor einigen Minuten angerufen hat. Richte auch bei diesem Herrn eine Fangschaltung ein.»

★★★

Am nächsten Morgen um fünf Uhr fünfzig läutete das Telefon von Bruno Bänziger. Er nahm ab und fragte verschlafen: «Was ist denn los, dass man mich so früh aus den Federn jagt?»

Eine freundliche Frauenstimme sagte: «Herr Bänziger, Sie haben gestern Abend um zwanzig Uhr fünf mit einem Arthur Busch aus Lichtensteig telefoniert und ihm Fragen gestellt. Herr Busch wird Sie heute im Laufe des Tages anrufen und die an ihn gestellten Fragen beantworten. Danke. Auf Wiederhören, Herr Bänziger.»

Dicke Schweisstropfen bildeten sich auf der Stirn von Bruno.

Um acht Uhr piepste sein Handy. Otto von Bergen hatte ihm ein SMS geschickt. Er nahm sich vor, die Nachricht in der Zehn-Uhr-Pause zu lesen.

Um halb neun klingelte es in Brunos Hosentasche. Er war am Austragen der internen Post, derzeit gerade im Büro des Vizedirektors der Bank. Er zögerte, den Anruf anzunehmen.

«Tun Sie sich keinen Zwang an, Herr Bänziger, nehmen Sie den Anruf entgegen.»

Es kam wieder die freundliche Frauenstimme vom frühen Morgen. «Herr Bänziger, Sie haben eben ein SMS erhalten. Es stammt von einem Otto von Bergen. Das ist doch der junge Kriposchnüffler? Lesen Sie bitte seine Nachricht.»

Die Gesichtsfarbe Bänzigers wechselte jählings.

Der Vizedirektor fragte: «Schlechte Nachrichten? Kann ich Ihnen helfen?»

«Nein, nein. Das geht vorüber», stammelte Bruno Bänziger. Er schaltete, entgegen den Anweisungen seines Arbeitgebers, das Handy aus.

***

Arthur sass zu Hause und erwartete einen Anruf. So gegen zehn Uhr hörte er die Melodie auf seinem Handy.

«Arthur, du scheinst plötzlich ein gefragter Mann zu sein. Dir ist klar, dass wir alle Telefonate von und zu dir, die mobilen und die stationären, im Griff haben? Du musst ab jetzt sehr vorsichtig sein. Wenn du nüchtern bist, ist das kein Problem. Wie du auf diesen Bänziger reagiert hast, war in Ordnung. Dank dieses Gesprächs haben wir herausgefunden, dass sich Schnüffler an uns heranmachen. Von Bergen, Bruno Bänziger und Co.»

«Wie ernst kann man die beiden nehmen?»

«Das hängt davon ab, an wen sie sich mit ihren Anliegen wenden. Von Bergen ist Fahnder bei der Kripo. Allerdings erst seit einigen Monaten. Bruno Bänziger dagegen ist gar nicht gut auf die Bullen zu sprechen.»

«Dann ist Bänziger harmlos und von Bergen gefährlich?»

«So einfach ist es auch wieder nicht. Bänziger ist total unberechenbar. Wir müssen ihn auf jeden Fall im Auge behalten. Sollte er etwas über uns herausfinden, geht er an die Medien. Und das könnte unter Umständen sehr unangenehm werden. Wir überwachen derzeit sein Handy. Es ist uns gelungen, Daten darauf herunterzuladen. Zahlreiche Nummern zu mobilen und Festnetzanschlüssen.»

«Wird der Anschluss von Bergens ebenfalls überwacht?»

«Leider nein. Sein Mobiltelefon wird bereits von seinen Kollegen im Klosterhof abgehört, haben wir herausgefunden. Über einen Festnetzanschluss verfügt er seit ein paar Tagen nicht mehr.»

«Wie löst ihr das Problem ‹von Bergen›?»

«Sollte diesem von Bergen und seinen Zuträgern etwas zustossen, wird die Polizei ganz sicher als Erstes dich im Verdacht haben. Da ist es wichtig, dass du immer ein Alibi griffbereit hast.»

«Wer ist mit den Zuträgern von Bergens gemeint?»

«Nora Affolter und Reinhard Storz. Wir werden uns zu gegebener Zeit um diese Personen kümmern.»

***

Erst nach der Mittagspause schaltete Bruno Bänziger sein Handy wieder ein. Mehrere SMS und Anrufe waren hereingekommen. Alle von ihm bekannten Absendern. Vielleicht liess ihn die freundliche Dame vom Vormittag wieder in Ruhe. Erst jetzt realisierte er, dass ihre Nummer unterdrückt war. Unter den SMS war auch eines von Arthur Busch. «Alle Fragen, die Sie gestern an mich gerichtet haben, kann ich mit ‹Ja› beantworten. Schade, dass Sie Ihr Handy ausgeschaltet haben. Ich versuchte, Sie heute Vormittag telefonisch zu erreichen, und hätte Ihnen auf allfällige Fragen gerne Antworten gegeben. Ich weiss, wer Sie sind.»

Bruno Bänzigers Hände wurden schweissnass. Fast wäre ihm deshalb das Handy entglitten. Er wusste plötzlich nicht mehr weiter. Das kam ab und zu vor. In solchen Situationen dachte er an seinen Bruder Ulrich. Er wählte seine Nummer und berichtete, was ihm seit dem anonymen Telefonat mit Arthur Busch widerfahren war.

Urlich sagte: «Geh gleich zum nächsten Swisscom-Shop und lass dir eine neue Nummer geben.»

Bruno befolgte diesen Rat.

Ulrich rief gleich Otto von Bergen an und erzählte ihm, was er eben erfahren hatte. Von Bergen versprach Ulrich, Gross über den Vorfall zu informieren, gab aber zu bedenken, dass die Polizei selber keinen Zugriff auf Mobilfunkanlagen habe. Man müsse dafür die Staatsanwaltschaft einschalten. Das sei mitunter ein langwieriger Prozess.

***

Von Bergen hatte gehofft, dass nach dem Gespräch mit Gross dieser sofort etwas unternehmen würde. Als er ihn am nächsten Tag darauf ansprach, zuckte er mit den Schultern. «Otto, da machst du dir Illusionen. Dieser Bruno Bänziger ist kein Unbekannter bei uns. Nicht dass man ihm etwas Kriminelles anhängen könnte. Seit Jahren versucht er immer wieder, bei uns anzudocken. Ab und zu stösst er auf einen gutmütigen jungen Polizisten, bei dem er Gehör findet. Der Mann ist eine Nervensäge. Er bildet sich immer noch ein, Licht ins Dunkel des Kristallhöhlenmordes zu bringen.»

«Kann ja sein, dass Bruno Bänziger die Realität verkennt. In der Zwischenzeit bin ich jedoch zur Ansicht gelangt, dass der Kripo und der Justiz in St. Gallen bei der Aufklärung dieses Falles gravierende Fehler unterlaufen sind.»

Gross knurrte verärgert.

Otto von Bergen entschloss sich, den Fällen «Kristallhöhle» und «Mirjam» weiter auf eigene Faust nachzugehen, wenigstens soweit ihm das die Freiräume im Klosterhof erlaubten.

Zunächst suchte er im Internet in den Onlineportalen der regionalen Presse. Dabei stiess er in den «Ostschweizer Nachrichten» auf eine Kolumne, unterzeichnet mit dem Pseudonym «Sperber», und las folgende Textstelle:

Ein grosses Problem im Fall Mirjam sind die Aussagen von Leuten, die etwas beobachtet haben wollen. Reporter unserer Zeitung schwärmen in die ganze Region aus, setzen sich an Stammtische und hören zu. Natürlich behalten wir das nicht für uns, sondern melden es der Kripo. Die Polizisten sind froh über diese Informationen. Sie raten uns, was sich zur Veröffentlichung eignet und was nicht. Wir werfen aber das, was wir nicht abdrucken, nicht einfach weg, sondern legen es in unserem Archiv ab.

Von Bergen setzte sich mit «Sperber» in Verbindung.

Eine Stunde später sass er in seinem Büro und blätterte in Papieren mit unveröffentlichten Berichten. Er bat «Sperber», ihm folgenden Beitrag zu kopieren.

Am Abend sass unser Reporter in der Gaststube der «Wirtschaft zur Schönau» in Andwil, hörte sich um, was am Stammtisch über die Entführung von Mirjam erzählt wurde.
Ein Gast erzählte: «Zwischen zwölf und eins parkierte auffallend unsorgfältig ein weisser Kastenwagen mit ausländischen Kontrollschildern vor dem Dorfladen. Ich hörte aus dem Wageninnern Männerstimmen, dazwischen redete ziemlich aufgeregt ein Kind. Der Mann auf dem Fahrersitz stieg aus und ging in den Laden. Ich schätzte ihn auf ungefähr siebzig. Er trug einen Bart und sah ziemlich ungepflegt aus.»
Ein anderer Gast berichtete: «Am östlichen Ende der Müliweierstrasse ist mir um Viertel vor zwei ein weisser Renault Traffic mit spanischen Kontrollschildern aufgefallen. Ich nahm zunächst an, dass sich der fremdländische Führer verfahren hatte. Auf den drei Vordersitzen sass niemand. Hinten waren die Fenster durch Matratzen verstellt, da konnte ich nicht hineinsehen. Am Heck waren zwei Fenster, aber eine Matratze und ein anderer Gegenstand verhinderten die Sicht ins Wageninnere. Da die Seitenfenster einen Spalt weit offen waren, vernahm ich Stimmen. Sie kamen von zwei Männern. Nach den Gesprächsfetzen, die bis zu mir drangen, unterhielten sie sich im St. Galler Dialekt. Das wunderte mich natürlich.»
Dass um diese Zeit ein weisser Kastenwagen dort gestanden

habe, wurde von einem weiteren Dorfbewohner bestätigt. Der Reporter bat die drei ortsansässigen Zeugen, das bei der nächsten Polizeistation zu berichten. Eine Nachfrage des Reporters am nächsten Tag ergab, dass diese Aussagen keinem Posten in der Umgebung von Andwil gemeldet wurden. Die Redaktion der «Ostschweizer Nachrichten» stufte diese Meldungen als wenig glaubwürdig ein, nicht zuletzt weil Nachfragen bei der Polizei ergaben, dass Zeugen zur genau selben Zeit den weissen Kastenwagen auch an anderen Orten gesehen haben wollen.

Bei seinen Internetrecherchen entdeckte von Bergen die Facebook-Seite Arthur Buschs. Sie liess tief blicken, sagte eine Menge über den menschenverachtenden Charakter dieses Mannes aus. Da war sehr viel Pornografie drin. Aber auch die perversen und widerlichen YouTube-Horrorfilme, die er aufgeschaltet hatte, würden nicht für eine Hausdurchsuchung ausreichen.

Was von Bergen in den Bann zog, waren Buschs Beziehungen zu Diani Beach in der Umgebung von Mombasa, Kenia. Das hatte er der Spur nach schon über Nora Affolter von den Storz mitbekommen. Doch er sah darin noch keine Verbindungen zu Verbrechen, sicher nicht zu den Morden an Mirjam, an Lydia und Elena. Von Bergen wurde aber den Verdacht nicht los, dass gerade in dieser Kenia-Connection eine grosse kriminelle Energie stecken könnte. Doch sich dieser Sache anzunehmen würde seine Möglichkeiten bei Weitem übersteigen. Auf gar keinen Fall konnte er dieser Spur nachgehen, ohne die Kripo mit einzubeziehen.

Für von Bergen war das Grund genug, sich nochmals mit Gross zu unterhalten. Er dachte daran, ihn zu bitten, sich den Zeugen anzuhören, der drei Jahrzehnte lang unter dem Einfluss von Arthur Busch gestanden hatte: Reinhard Storz. Gross stimmte diesem Vorschlag zu.

Von Bergen musste Storz davon überzeugen. Das war schon schwieriger. Aber schliesslich brachte er Storz so weit, vor der Kripo auszupacken.

***

Die Zeugenvernehmung mit Reinhard Storz hätte vor Weihnachten 2013 zustande kommen sollen. Doch dann erhielt von Bergen kurz vor dem Vernehmungstermin von Storz einen Telefonanruf. Er wolle nicht aussagen, da er sich möglicherweise selbst belasten würde. Er habe zwar ein reines Gewissen in dieser Sache, doch die Polizei dürfte ihm kaum glauben und das, was er zu berichten gedenke, möglicherweise gegen ihn selber verwenden.

«Was soll ich tun? Herr Storz, ist Ihnen bewusst, wie ich mit abgesägten Hosen dastehe?»

«Hmmm … ja, das verstehe ich. Es gibt noch einen anderen Zeugen, einen, der weniger belastet ist als ich. Er weiss mindestens so viel wie ich über Busch. Er hatte bislang aber keinen Grund, gegen Busch auszusagen, weil er sich von ihm nicht bedroht fühlte. Und Busch hat auch keinen Einfluss auf ihn, er hat nichts in der Hand, um ihn zu erpressen.»

«Wer ist dieser Herr?»

«Das ist das Problem, er möchte anonym bleiben.»

Von Bergen biss sich auf die Lippen. «Ich kenne mich noch zu wenig in der Polizeiarbeit aus. Ich muss nachfragen, ob mein Chef überhaupt bereit ist, jemand Anonymes zu vernehmen.»

Gross schlug einen Kompromiss vor. Ganz anonym könne ein Zeuge zwar bei der Polizei nicht auftreten. Aber man sei in der Lage, zu verhindern, dass der Name des Zeugen an die Öffentlichkeit gelange. Das genügte dem Zeugen, der in den Protokollen mit dem Pseudonym XZ geführt wurde. Es kam zu einer Anhörung zwischen Weihnachten und Neujahr.

Von Bergen durfte auf Wunsch von XZ ebenfalls dabei sein. Das Gespräch dauerte fast zwei Stunden. XZs Enthüllungen waren happig, aber irgendwie plausibel, ohne Widersprüche.

Er berichtete, dass sich Moser, Glanzmann und Busch kannten. Dass Busch, wenn er alkoholisiert war, mehrmals damit prahlte, die beiden in der Hand zu haben. Dass der Kindsentführer von Allmen und Busch miteinander Geschäfte machten. Dass Busch etwas mit der Entführung und Tötung von Mirjam zu tun haben musste. Dass Busch seit den neunziger Jahren für eine mafiaähnliche Organisation tätig war, die in einschlägigen Kreisen als «Gesellschaft» bezeichnet wurde. Die an ihn gestellten Fragen konnte XZ spontan beantworten. Am Schluss musste sich auch

Gross eingestehen, dass diese Aussagen es durchaus wert waren, sich eingehend mit ihnen zu beschäftigen. Das auch, obwohl XZ keine Beweise vorlegte.

Vor allem der Hinweis XZs, Arthur Busch könnte ein Komplize von Allmens gewesen sein, gab Gross zu denken. Man werde die Aussagen überprüfen, soweit sich das noch machen lasse. «Allerdings», Gross kratzte sich am Hinterkopf, «stünden sie im Widerspruch zu den meisten Angaben der Zeugen, die seinerzeit befragt worden sind.»

***

Es war Samstagnachmittag. Mit gemischten Gefühlen fuhr von Bergen zu seinen Eltern ins Berner Oberland. Das beanspruchte fast fünf Stunden mit dem Zug.

Es war ziemlich spät geworden, er erwischte das letzte Bähnchen nach Innertkirchen gerade noch. Seine Mutter hatte ihm das Znacht aufgewärmt, das er mit grossem Genuss verzehrte.

Von Bergen konnte den nächsten Morgen kaum abwarten. Er wollte allem, was über den Mord an Mirjam geschrieben worden war, nachgehen. Dieses Verbrechen lag gerade mal sechseinhalb Jahre zurück. Fiel also in eine Zeit, in der die meisten Druckerzeugnisse digitalisiert waren, ebenso konnte man die meisten Radio- und Fernsehsendungen fast ausnahmslos aus dem Internet herunterladen.

Von Bergen machte eine Erfahrung, die ihn eigentlich nicht überraschte. Die Medien waren eine Macht, die tief in das Getriebe der Justiz und Polizei griffen. Von Allmen wurde lange vor einem Gerichtsurteil schuldig gesprochen. Dass er vielleicht nur Mittäter, vielleicht nur unfreiwilliger Zudiener krimineller Hintermänner war, wich allzu sehr von der öffentlichen Meinung ab.

Nach allem, was von Bergen recherchiert hatte, waren es aber gerade diese Publikationen, die sein Interesse weckten. Er stiess auf einen Artikel, der ihn buchstäblich aus seinem Schreibstuhl jagte. Einige Male schritt er in seinem Zimmer auf und ab, bis er sich wieder beruhigt hatte. Es war ein Phantombild, das ihn aus der Fassung brachte. In seiner Erinnerung glich es einem

Bild von Arthur Busch, das er aus der Facebook-Seite von ihm heruntergeladen hatte. Es war an Silvester 2006 aufgenommen worden, auf den Tag genau sieben Monate vor dem Verschwinden von Mirjam.

Von Bergen druckte die beiden Bilder aus und legte sie nebeneinander. Die Ähnlichkeit war so verblüffend, dass er sich wunderte, dass damals keiner auf den Namen Arthur Busch gekommen war. Einige, die ihn kannten, gehörten wohl zu der Sorte von Menschen, denen es gewaltige Überwindung abverlangte, der Polizei Rede und Antwort zu stehen.

Er mailte all das, was er über Arthur Busch zusammengetragen hatte, auch das Phantombild, an Gross. Seine Sendung wurde freundlich verdankt und mit dem Hinweis versehen, man werde der Sache nachgehen. «Wir werden der Sache nachgehen», das schien eine Standardfloskel von Gross zu sein. Von Bergen, wieder zurück an seinem Arbeitsplatz im Klosterhof, wartete eine Woche lang auf eine Antwort von Gross.

Sie kam nicht. Einfach die Hände in den Schoss legen und ersehnen, dass noch jemand anders sich mit dem Phantombild befassen würde, darauf konnte von Bergen nicht hoffen. Zumal das Foto auf Buschs Facebook-Seite plötzlich nicht mehr existierte.

Er schickte der Journalistin, die mit der Zeugin Christa B. aus Herisau in Kontakt gestanden, und dem Illustrator, der die Phantomzeichnung angefertigt hatte, die beiden Bilder. Die Reaktion war einhellig. Zeichnung und Foto stellten aus ihrer Sicht ein und dieselbe Person dar. Beide konnten sich aber nicht mehr an den Namen der Zeugin erinnern. Mit dieser Frau wollte aber von Bergen unbedingt sprechen.

Es musste einen Weg geben, der zu der Frau aus Herisau führte. Keine Frage, im Archiv des Klosterhofs war der Name dieser Frau irgendwo festgehalten. Vielleicht gab es noch einen kürzeren Weg. Er vergrub sich in die vielen Notizen, die er im Laufe seiner Recherchen im November und Dezember 2011 gemacht hatte. Er fand Name, Adresse und Handynummer dieser Frau.

Als die Zeugin schilderte, wie man ihre Aussagen auf der Polizeistation Herisau aufgenommen hatte, musste sich von Bergen beherrschen, um nicht lautstark über die St. Galler Kripo, der er ja mittlerweile selbst angehörte, herzuziehen. Einige bissige Bemerkungen konnte er nicht zurückhalten, dann wurde er wieder sachlich. Bei der Suche nach Mirjam hätten sich mehrere tausend Personen gemeldet, die etwas gesehen haben wollten. Um sich ein einigermassen übersichtliches Gesamtbild zu beschaffen, hätte die Polizei diejenigen Aussagen aussortiert, die den meisten Zeugenberichten widersprachen. Bei einem solchen Vorgehen stecke aber immer eine Portion Willkür drin. Das lasse sich nicht vermeiden. Dass man nicht die Grösse habe, einen Fehler zuzugeben, sei jedoch unverzeihlich. Und für ihn stehe jetzt fest: «Die Polizei und die Justiz haben sich geirrt.»

***

Von Bergen machte sich Gedanken über das weitere Vorgehen. Sollte man an die Zeitung gelangen, die das Phantombild seinerzeit in Umlauf gesetzt hatte? Man riskierte damit, dass die Boulevardzeitung daraus einen Medienhype machen würde. Man würde ein paar Tage eine Menge darüber schreiben und reden. Der Untersuchungsrichter käme nicht darum herum, gegen Arthur Busch einen Haftbefehl auszustellen.

Aber unmittelbar nach dem Erscheinen des Phantombilds und des Facebook-Fotos würde sich Busch aus dem Staub machen, sich vielleicht nach Kenia oder in ein anderes Land, auf das die Schweizer Polizei keinen Zugriff hatte, absetzen.

Von Bergen wollte zunächst nach anderen Möglichkeiten suchen. Als letzte Lösung war auch ein durch das Boulevardblatt losgetretenes Mediengewitter in Kauf zu nehmen.

25

Ich hatte in den letzten Wochen Kopfschmerzen. Gestern brach ich auf offener Strasse bewusstlos zusammen. Ich erwachte erst in der Notfallstation des Kantonsspitals St. Gallen. Dort wurde ich auf Herz und Nieren durchgecheckt. Und eben kam der Arzt zu mir. Ich sah es seinem Gesicht an, bevor er mir über die Untersuchung Bescheid gab. Es sei ein Tumor in meinem Gehirn entdeckt worden. Man könne den operieren. Ich solle mich nicht aufgeben. Er hätte schon mehrere Kranke mit solchen Tumoren begleitet, einige würden noch heute leben. In meinem Fall komme allerdings noch etwas dazu, es sei auch eine weitere Geschwulst auf der Bauchspeicheldrüse und in der Lunge gefunden worden.

Gäbe es eine Hölle, hatte ich dort einen Platz auf sicher. Aber ein Leben nach dem Tod, daran glaube ich keinen Moment.

Ich weiss, was ich zu tun habe. Einfach abkratzen und als namenlose Existenz in einem Krematorium zu Asche entsorgt werden? Ich werde dafür sorgen, dass mein Name in die Kriminalgeschichte eingeht, wie der meines Seelenverwandten Jack Unterweger.

***

In einem Hinterzimmer der Bar «Rütlischwur» in St. Gallens Altstadt versammelten sich Mitte Januar 2014 vier Herren. Alle waren peinlich darauf bedacht, unauffällig in diesen Raum zu gelangen. Niemand sollte merken, dass sie etwas miteinander zu tun hatten.

Als Letzter traf der Ranghöchste, Christian Ebner, ein. Er begrüsste die drei anderen, Arthur, Gustav und Oskar, durch einen Klaps auf die Schulter.

«Warum habe ich diese Sitzung einberufen?» Er schaute Arthur scharf an. «Das hängt mit dir zusammen. Jetzt haben wir ein Problem. Unserem IT-Spezialisten ist es gelungen, ein Mail abzufangen.»

Er nahm ein sorgfältig zusammengelegtes A4-Blatt aus seiner Westentasche, entfaltete es und hielt es in die Höhe. Es enthielt das Phantombild, das im September 2007 in der Boulevardzeitung erschienen war und das Gesicht eines Mannes wiedergeben sollte, der, laut Aussage von zwei Zeugen, neben von Allmen auch an der Entführung von Mirjam teilgenommen haben soll.

Arthur lachte laut und völlig entspannt, was Ebner einen Moment lang verunsicherte. «Dein Gehirn ist von Drogen und Schnaps schon derart zerfressen, dass du nicht einmal realisierst, wie ernst die Lage für dich ist», sagte Ebner, nahm eine Pistole aus seinem Halfter, das er in letzter Zeit immer auf sich trug, und hielt sie an Arthurs Schläfe.

«Du wirst nicht abdrücken, denn der Knall würde die Gäste im Nebenraum aufschrecken, und in zwei, drei Minuten wäre die Polizei da.»

«Lassen wir das Theater.» Ebner schob die Pistole mit grimmiger Miene wieder ins Halfter.

«Ich möchte mich jetzt nicht dazu äussern, vom wem und wie wir dieses E-Mail abgezweigt haben. Nur so viel, wir wissen genau, wer das Phantombild mit einem Foto von Arthur abgeglichen hat. Ein junger verbissener Ehrgeizling aus dem hintersten Berner Oberland, den die Kripo St. Gallen Ende 2011 angeheuert hat. Der Mann weiss mittlerweile haargenau Bescheid über deine Verwicklung im Fall Mirjam, Arthur.»

Arthur quittierte diese Bemerkung mit einem süffisanten Grinsen. Das verwunderte die andern, denn trotz seiner Eskapaden und Ausfälle war ihm seine eigene Haut immer noch so viel wert gewesen, dass er sich nicht mit Menschen anlegte, die fast uneingeschränkte Macht über ihn ausübten.

Oskar streckte die Hand hoch, was in der «Gesellschaft» als Bitte um eine Wortmeldung verstanden wurde. Ebner nickte.

«Wer weiss sonst noch, was von Bergen weiss?»

«Die Journalistin, die seinerzeit den Artikel geschrieben hat, der Phantombildzeichner, Reinhard Storz, eine Frau aus Uzwil sowie deren Ehemann und einige Beamte der Kripo St. Gallen.»

«Wie gross schätzt du die Gefahr ein, dass man vom Klosterhof aus etwas unternimmt?»

«Gute Frage. Genau da liegt das Problem. Wenn wir von Bergen und seine Mitwisser Affolter und Storz unschädlich machen, werden die St. Galler Fahnder dreinschlagen.»

«Und wenn wir sie unbehelligt lassen?»

«Haben wir mehr Zeit. Es braucht für die Leute im Klosterhof eine enorme Überwindung, etwas zu unternehmen, das sie blossstellen würde. Sie haben ja die Akten dieses Falles geschlossen. Er gilt als gelöst. Wenn sie etwas anderes behaupten, würde das heissen, dass sie sich 2007 geirrt hätten.»

«So weit einleuchtend. Aber wird von Bergen dabei untätig zusehen?»

«Natürlich nicht. Er wird seinen Chef Gross beknien, in dieser Sache endlich vorwärtszumachen. Wenn das nichts fruchtet, was ich annehme, wird er jemanden suchen, der sich an das Boulevardblatt wendet. Was dann geschieht, könnt ihr euch selber ausmalen. Es wird einen Riesenhype geben.»

«Was schlägst du vor?», fragte Oskar erregt.

«Wir kommen nicht darum herum, von Bergen diskret beiseitezuschaffen.»

«Diskret beiseiteschaffen?»

«Der Mann ist ein Freizeitbergsteiger. Häufig ist er allein unterwegs. Wir müssen jemanden finden, der ihm nachsteigt und ihn unschädlich macht.»

«Und was werden seine Mitwisser tun?»

«Wir werden Affolters und Storz Signale senden, die sie davon überzeugen dürften, die Finger von den Geschichten über Mirjam und die Kristallhöhle zu lassen. Dass sich die Kripo dafür interessiert, halte ich für wenig wahrscheinlich, denn sie wird davon ausgehen, dass von Bergen beim Klettern abgestürzt ist.»

Ebner erhob sich von seinem Sessel und schritt zum ihm gegenübersitzenden Busch, krallte seine starken Finger in seine Oberarme. «Und du wirst dich mäuschenstill verhalten. Denn wenn man einen am Hinschied von Bergens im Verdacht haben könnte, bist du es. Man wird dich mit Argusaugen beobachten, dich auf Schritt und Tritt verfolgen.»

Arthur stöhnte vor Schmerz auf. «Lass das bitte. Rühr mich nicht an.»

Ebner griff noch härter zu. «Reiss dich zusammen, Arthur. Sonst kann ich nicht mehr für dich bürgen.»

Ebner beendete die Sitzung und verliess als Erster den Raum. Drei Minuten später, so war es abgemacht, wollte ihm Arthur folgen. Als er sich anschickte, aufzustehen, prallte er rückwärts an die Wand. Er entschuldigte sich damit, dass er gestern eine Magenverstimmung gehabt, wenig geschlafen, fast nichts gegessen habe und ihm deshalb ein wenig schwindlig geworden sei.

***

Es war das erste schöne Frühlingswochenende, als von Bergen den Entschluss fasste, sich an eine Felswand heranzuwagen. Nicht ganz so einfach. Auf Höhenlagen über tausend Meter lag noch Schnee. Da erinnerte er sich an das Nordufer des Walensees. Dort gab es Felswände, an denen er als Gebirgsinfanterist in der Rekrutenschule geklettert war. Er bestieg um sieben Uhr den Zug in St. Gallen und kam nach etwas mehr als einer Stunde in Walenstadt an. Im Restaurant gegenüber dem Bahnhof genehmigte er sich ein Frühstück. Am Nebentisch fiel ihm ein anderer Gast auf. Etwa in seinem Alter, ebenfalls mit Rucksack, Seil und Pickel ausgerüstet. Dieser Mann musste mit demselben Zug wie er angekommen sein.

Er sprach von Bergen an. Hochdeutsch, aber mit italienischem Akzent. «Auch in die Berge?»

«Ja, liebend gerne. Aber auf den Churfirsten liegt noch zu viel Schnee. Ich versuch's mal über dem Walensee.»

«Gute Idee. Darf ich mich anschliessen?»

Die beiden Kletterer kamen ins Gespräch. Von Bergen stellte sich vor. Der andere auch. Mario heisse er und stamme aus Italien, lebe seit einiger Zeit im Südtirol, deshalb sei er der deutschen Sprache mächtig.

Das Südtirol kenne er natürlich, erwiderte von Bergen. Jeder Bergsteiger, der etwas auf sich halte, kenne die Dolomiten. Er berichtete Mario, welche Gipfel er in dieser Region schon bezwungen habe. Und Mario, welche Viertausender er im Berner Oberland.

Eine Stunde später hingen die beiden an einem Felsen über dem Walensee. Vordermann war Mario, er hatte das so gewünscht. Plötzlich stürzte ein grosser Stein auf von Bergen. Im letzten Moment gelang es ihm mit einer Drehbewegung, dem kleinen Felsbrocken auszuweichen. Das wiederholte sich in der Folge noch zwei Mal. Von Bergen rief nach oben: «Mario, könntest du bitte ein wenig vorsichtiger sein?»

Der sagte trocken: *«Scusa.»*

Von Bergen hing gerade unter einer überhängenden Felsplatte, als ein Ruck durch das Seil ging. Er stürzte etwa anderthalb Meter nach unten. Sein Rucksack verfing sich an einem an dem Felsen angebrachten Metallstift. Das Seil von oben hing schlaff herunter. Es musste gerissen sein. Vom weiter oben kletternden Mario sah er nichts, da ihm der überhängende Felsen die Sicht versperrte.

Die Lage von Bergens war ungemütlich. Er fragte sich, wie lange der Rucksack, dessen Nähte allmählich zu reissen begannen, seinem Körpergewicht noch standhalten würde.

Plötzlich tauchte ungefähr zehn Meter über ihm Marios Kopf auf. Auf seinem Gesicht war ein böses Lächeln. «Es ist aus, mein Freund. Warum mischst du dich in Sachen, die dich nichts angehen? Ich werde mich jetzt in deine Richtung abseilen. Den Hundert-Meter-Sturz wirst du nicht überleben.»

Von Bergen überlegte. Er griff in seine grosse rechte Tasche am Hosenbein. Da war sie, die Pistole. Er hatte sie vorsorglich mitgenommen. Sein Bauchgefühl sagte ihm, jemand trachte nach seinem Leben. Er griff in die Tasche am andern Bein. Dort war sein Handy. Zum Glück hatte er es heute früh noch aufgeladen. Er nahm die Pistole und feuerte einen Warnschuss nach oben ab, allerdings ohne auf Mario zu zielen. Der Kopf von Mario verschwand augenblicklich.

Von Bergen hoffte, nicht in einem Funkloch zu sein. Die Verbindung war miserabel. Nach mehrmaligen Versuchen kam sein Anruf an Gross zustande. Zwanzig Minuten später hörte er den Rotor eines Helikopters. Das war auch höchste Zeit. Es hätte nicht mehr lange gedauert, und der Rucksack wäre gerissen. Die Bergung von Bergens ging problemlos vor sich.

Minuten danach tauchte ein Polizeiheli am Horizont auf. Dessen Besatzung hatte offensichtlich den Auftrag, sich um Mario zu kümmern.

Wie von Bergen später erfuhr, soll dabei etwas schiefgegangen sein. Mario wollte sich verständlicherweise einer Festnahme entziehen. Dabei geriet er ins Rutschen, fiel über eine Grasnarbe und stürzte hundertfünfzig Meter in den See ab.

Am Montag danach berichtete von Bergen Gross über den Mordversuch. Dieser sicherte ihm zu, die Sache unverzüglich weiterzuleiten. Dabei sei aber der Dienstweg einzuhalten.

***

Kurz danach rief Arthur Busch bei der Kripo St. Gallen an. Der Sekretärin teilte er mit, er habe zum Mordfall Mirjam eine wichtige Aussage zu machen.

«Wenn Sie wüssten, wie viele solche Anrufe wir schon bekommen haben. Der Fall ist längst abgeschlossen. Der Mörder hat kurz nach der Tat Suizid begangen. Tut mir leid, behalten Sie das für sich. Ich verbinde Sie nicht weiter.» Arthur hörte den Summton.

Arthur liess sich so nicht abwimmeln. Er suchte in seiner Schreibtischschublade nach der Visitenkarte von Gross, der ihn vor Jahren im Flughafen Kloten und später im Zusammenhang mit der Anzeige Fayolas verhört hatte. Er benötigte mindestens eine Viertelstunde, bis er sie im Gewühl fand.

Er wählte die Nummer von Gross, der ihn zum Glück sofort erkannte. Um zu vermeiden, dass er gleich auflegte, sagte er: «Ich weiss von einem Mail, das Ihnen von Bergen zugespielt hat.»

Gross verschlug es die Sprache. Erst nach einigen Momenten fand er wieder Worte. «Busch, sagen Sie das noch einmal. Ist Ihnen bewusst, dass Sie zur Verantwortung gezogen werden, wenn Sie an die Polizei geschickte Mails abfangen?»

«Ist mir voll bewusst, aber nicht ich habe sie abgefangen.»

«Ist gut, Busch, Wo halten Sie sich jetzt gerade auf?»

«In meinem Haus in Lichtensteig.»

«In spätestens einer halben Stunde wird Sie eine Streife abholen und zu uns bringen. Wir werden uns ernsthaft unterhalten. Danke für diesen Tipp.»

***

Gross musste leer schlucken, als er Arthur sah. Die Wangen waren eingefallen, die Haltung gebeugt und sein Gang unsicher. Das war vor einigen Jahren, als er ihn zum letzten Mal verhörte, nicht so.

«Möchten Sie einen Kaffee?»

«Nicht nötig.»

Unter seinem Arm hatte er ein Plastikmäppchen geklemmt, darin einige A4-Blätter. Busch streckte Gross das Mäppchen entgegen. «Da, lesen Sie. Es ist ein umfassendes Geständnis über die Verbrechen, an denen ich mitbeteiligt war.»

Gross schmunzelte. «Da bin ich ja gespannt.» Mit einem Unterton, der verriet, dass er das, was ihm Busch da in die Hand drückte, nicht ganz ernst nahm.

Gross begann zu lesen, und Busch, der vis-à-vis seinem grossen Tisch mit dem Rücken zur Fensterfront sass, schaute interessiert zu. Er schien sich am Mienenspiel seines Gegenübers zu ergötzen. Und ihm fiel auf, wie die Stirnfalten von Gross immer tiefer wurden. Als er bei der dritten Seite angelangt war, fragte Busch, ob er kurz das Fenster öffnen dürfe, ihm sei ein wenig schlecht.

Gross stand auf, nahm einen kleinen Schlüssel aus seiner Hosentasche, drehte am Schloss und öffnete das Fenster sperrangelweit.

«Sehen Sie, wir denken an alles. Einer, den ich verhörte, wollte schon mal aus dem Fenster springen. Jetzt haben wir dort Verriegelungen angebracht, die nur der vernehmende Beamte deblockieren kann.» Er kehrte auf die andere Seite des Schreibtisches zurück. Ein sonderbares Geräusch schreckte ihn. Als er sich umdrehte, sah er, wie Busch auf dem Fensterbrett stand. «Busch, um Himmels willen, machen Sie keinen Blödsinn, ich werde mich dafür einsetzen –»

Zu spät, Busch sprang. Knapp zwei Sekunden später hörte Gross den dumpfen Aufprall des Körpers.

Geständnis von Arthur Busch, Lichtensteig, 17. März 2014

Ich, Arthur Busch, geboren am 30. April 1951, Sohn der Imelda und des Arthur Busch, Inhaber eines Lebensmittelgeschäfts in Lichtensteig, bezeuge, die Wahrheit, nichts als die Wahrheit zu schreiben.

Zuallererst ist es mir ein Anliegen, eine Lüge, die mich mein ganzes Leben lang belastete, zu entlarven. Nicht mein offizieller Vater, sondern der Liebhaber meiner Mutter war mit ihr am

31. Juli 1950 in der Kristallhöhle. Ich trage also zu Unrecht den Nachnamen Busch. Stattdessen müsste ich Knox, Arthur Knox, heissen. Mein leiblicher Vater war Besatzungssoldat der US-Armee in Österreich.
Wie es geschehen kann, dass Menschen, die nichts Böses im Sinn haben, ihre Artgenossen umbringen, erfuhr ich das erste Mal am 31. Juli 1982. Blut gerochen habe ich an diesem Tag. Es war ein reiner Zufall, dass ich damals, kurz nachdem es passiert war, den verzweifelten zwei Kollegen begegnete.
Seit mehreren Jahren besuchte ich immer am 31. Juli die Kristallhöhle. Jahre zuvor, als ich an der Primarschule Oberriet unterrichtete, lieh ich mir beim Höhlenwart den Schlüssel zum Eingangstor aus. Ich liess ihn bei einem Schlosser nachmachen. Seitdem habe ich freien Zutritt zu dieser Grotte. Es war am Nachmittag, als ich das schmiedeeiserne Tor öffnen wollte. Zu meinem Erstaunen war es nur angelehnt. Es musste sich also jemand in der Höhle befinden. Tatsächlich vernahm ich aus dem Inneren Stimmen. Stimmen, die mir bekannt vorkamen. Ich wartete, denn die Stimmen wurden immer lauter. Diese Besucher strebten also dem Ausgang zu. Es tauchten zwei Gestalten mit Stirnlampen auf. Ich erkannte die Gesichter sofort: Sie gehörten Oskar und Gustav. Oskar Moser, dem Praktikanten, den ich an der Oberstufe Goldach in das Handwerk eines Schulmeisters einführte, und Gustav Glanzmann, der im Klassenzimmer neben meinem unterrichtete.
«Arthur, bitte, bitte, geh nicht hinein, dort liegen zwei tote Mädchen.»
«Zwei Leichen? Da müssen wir die Polizei benachrichtigen.»
«Nur das nicht. Ich will es dir erzählen», stotterte Gustav.
Er beschrieb, was sich eben zugetragen hatte. «Eines der Mädchen, die Elena, war eine Schülerin des Kollegen von mir, den ich einige Wochen vertreten musste, das andere, die Lydia, besuchte zwei Jahre zuvor ein Sportlager, das du, Arthur, geleitet hast. Die Lydia hatte sich offenbar in Oskar verguckt, der vor einigen Wochen noch als Praktikant an unserer Schule tätig war.»
«Ungewöhnlich ist das ja nicht, die liegen bloss ein Jahr auseinander. Aber was ist denn geschehen?»
«Lydia stürzte in der Höhle und fiel auf einen spitzen Kristall.

Dieser bohrte sich in ihren Hals und traf eine Schlagader, sie verblutete innerhalb weniger Minuten. Elena fing hysterisch zu schreien an und wollte wegrennen. Oskar versuchte das zu verhindern. Er hielt ihr den Mund zu. Sie begann ihn zu beissen. Es kam zu einem Gerangel. Irgendwie muss Oskar das Mädchen gewürgt haben. Sie brach jedenfalls zusammen. Dann nahm er einen grossen Stein und schlug ihr den Schädel ein.»
Oskar hörte zu und nickte zwischendurch. «Das ging nicht anders», sagte er. «Zwei Leichen geben gleich viele Jahre Gefängnis wie eine.»
«Wie seid ihr beide denn hier reingekommen?»
«Seit zwei Jahren besitze ich einen Schlüssel zu dieser Höhle. Jemand vom Verkehrsverein Kobelwald hat mir einen ausgeliehen, als ich mit einer Klasse dort hineingehen wollte. Ich ‹vergass›, ihn zurückzugeben.»
Ich bot meine Hilfe an. Es waren ja schliesslich Freunde von mir. Ich kannte diese Höhle wie meine Hosentasche. «Ganz hinten ist ein See. Wir können da die Leichen zwischenlagern. Im Wasser werden Leichensuchhunde sie nicht finden. Aber diesen Transport können wir jetzt noch nicht machen. In einer Stunde wird der Höhlenwart den Eingang nochmals kontrollieren. Mehr als zehn Meter wird er nicht hineingehen.»
Wir legten die Leichen in eine Nische und konnten nur hoffen, dass in der Zwischenzeit niemand so weit in die Höhle eindrang. Am späten Abend fuhren wir gemeinsam zur Kristallhöhle hinauf und schleppten die toten Mädchen zum See hinten in der Höhle, befestigten einige schwere Steine an ihren Gliedmassen und versenkten sie an einer Stelle, die wir uns merkten.
Um noch ein bisschen Verwirrung zu stiften, brachen wir das Eisentor, nachdem wir es geschlossen hatten, nachträglich mit Brecheisen auf. Man sollte annehmen, dass jemand gewaltsam in die Höhle eingedrungen war, um einen wertvollen Kristall zu stehlen. Wir meinten damit den etwa dreissig Meter vom Eingang entfernten schönen spitzen Kristall, der sich in den Hals von Lydia gebohrt hatte.
Fünf Wochen danach holten wir die Toten wieder aus dem Wasser und versteckten sie dort, wo sie später von einem verirrten Wanderer gefunden wurden. Wasserleichen, das wusste ich schon

damals, verwesen sehr rasch, wenn sie wieder ans Trockene gelegt werden.

Man wird sich fragen, weshalb wir die Leichen nicht im Höhlensee liegen liessen. Der Grund war, dass immer gegen Weihnachten, wenn keine Besucher mehr kommen, die Höhle gereinigt wird, auch der unterirdische See. Dann spätestens hätte man die Leichen dort entdeckt.

Ich möchte gleich mit einem Vorfall anschliessen, der sich im Frühjahr 1984 abgespielt hat. Ich fuhr bei schlechter Sicht die Waldstrasse hinauf. Zu schnell. Ich war unaufmerksam. Plötzlich sah ich zwei, drei Meter vor mir ein Kind mit einer Schultasche am Rücken. Ich konnte nicht mehr ausweichen. Ein dumpfer Knall. Ich stieg aus und stellte fest, dass sich der Körper nicht bewegte. Ich hatte einen Jungen angefahren, einen Jungen, den ich kannte. Den kleinen Pirmin Schwarz. Obwohl ich ziemlich betrunken war, realisierte ich: Wenn du jetzt die Polizei rufst, ist deine Karriere im Eimer. Der Junge wird dabei nicht mehr ins Leben zurückgeholt. Ich glaube, ich tat instinktiv das Richtige. Ich verscharrte Pirmin in einem schlecht zugänglichen Waldstück, bloss einige hundert Meter von seinem Wohnort entfernt. Er und seine Eltern taten mir leid.

Der Banküberfall von 1986 in Rorschach, darüber muss ich hier ja nichts schreiben, das haben wir, die Kripo und ich, ja zusammen aufgeklärt. Nach dem Banküberfall veränderte sich mein Leben. Rosemarie, die langjährige Lebenspartnerin, machte mir klar, sie sehe keine gemeinsame Zukunft mehr mit mir. Wenngleich ich im tiefsten Innern schon längst spürte, dass sie mich einmal verlassen würde, war dieser Moment für mich niederschmetternd.

Sie ging nicht sofort, sie entfernte sich Schritt für Schritt von mir. Das gab mir Zeit, mich umzuorientieren. Der Zufall spielte mir dabei in die Hände. Im Frühjahr 1987 traf ich in einer Bar in St. Gallen den Österreicher Josef Franz Strache.

Strache schwärmte mir in den höchsten Tönen vom Ferienresort Diani Beach, nahe der kenianischen Grossstadt Mombasa, vor. Und Frauen habe es dort, da laufe einem wirklich das Wasser im Munde zusammen. Er kenne dort eine Bar, in der seien stets Leute, die einem Zugang zu diesen erotischen Wellnessoasen

verschafften. Was denn das für Leute seien, wollte ich wissen. «Keine Angst, es handelt sich dabei um Leute aus deiner Region und dem benachbarten Ausland.»
Da ich für die nahe Zukunft Reibereien mit Polizeistellen, mit Leuten also aus Ihrem Klosterhof, befürchtete, dachte ich, ein mehrmonatiger Aufenthalt in Afrika könnte eine gute Gelegenheit sein, mich aus Ihrer Schusslinie zu nehmen. Natürlich versprach ich mir dort unten nicht allzu viel. Denn dieser Strache, das realisierte ich schon nach den ersten Sätzen, die über seine Lippen kamen, war ein Ganove, der ganz sicher eines war: auf seinen eigenen Vorteil bedacht. Doch für mich fiel auch etwas ab. Ohne ihn hätte ich in Ostafrika kaum Fuss fassen können. Und was seine Schilderung über Diani Beach betraf, hatte Strache kaum übertrieben. Einige Tage später sass ich an der Theke der «Devil Bar» im Hotelkomplex «Diani Campsite and Cottages» zwischen zwei gepflegten Herren, einer aus Gais, der andere aus Altstätten.
Tja, dieser Strache sei ein ganz wichtiger Mann für die Beziehungen zwischen dem Dreiländereck am Bodensee und Kenia. Man freue sich hier auf jeden Fall über Zuzug aus der Schweiz. Die beiden Landsleute stellten mir Fragen, die ich zunächst verhalten beantwortete. Je mehr sie realisierten, dass ich kein gesetzeskonformer Schweizer war, desto mehr wuchs ihr Interesse an mir. Schliesslich machten sie mir ein verlockendes Angebot. Ich wäre von einem Tag auf den anderen meine materiellen Sorgen, die sich bei mir nach dem Banküberfall und dem folgenden Stellenverlust eingestellt hatten, los. Ich könnte durchaus ein ehrenwertes Mitglied ihrer «Gesellschaft» werden.
Auf meine Frage, was denn mit «Gesellschaft» gemeint sei, erhielt ich eine Antwort, die mich ein klein wenig beunruhigte: Darüber rede man nie in einer Bar, sondern in einem bewachten Hinterzimmer. Um zu dem Kreis vorzustossen, der in der «Gesellschaft» etwas zu sagen habe, müsse man, wie überall bei einem grossen Konzern, tief unten beginnen und sich Sprosse um Sprosse auf der Karriereleiter hocharbeiten.
Seitdem bin ich ein loyaler Mitarbeiter dieser «Gesellschaft». Ich bin nie bis zur obersten Etage gelangt, aber immerhin weit genug, um mir ein finanziell sorgenfreies Leben zu leisten. Zeitlebens

dürfe ich nie ein Wort gegenüber Aussenstehenden über die Geschäfte der «Gesellschaft» fallen lassen. Im Moment, in dem Sie diese Zeilen lesen, werde ich nicht mehr unter den Lebenden weilen. Ich werde Ihnen das, was meine Tätigkeit dort betrifft, also verraten dürfen und vielleicht noch etwas darüber hinaus.
Von den heute zwölf Bordellen in den Kantonen St. Gallen, Thurgau und den beiden Appenzell werden drei von der «Gesellschaft» kontrolliert. (Im Anhang finden Sie eine Zusammenstellung dieser Betriebe mit Verantwortlichen, Umsätzen und Besitzverhältnissen.) Das sind die Etablissements, die der Polizei am wenigsten Schwierigkeiten machen. Geld wird nicht mehr dort gewaschen. Alle Sexarbeiterinnen werden medizinisch und psychologisch begleitet und betreut. Es werden auch ordentlich Steuern bezahlt. Das war nicht immer so. Es ist übrigens nicht so, dass ich die Justiz und Polizei immer als Feinde ansah. Manchmal versuchte ich ihnen sogar zu helfen, sozusagen einen Tipp zu geben.
So schrieb ich der Boulevardzeitung 1995 einen Brief, anonym zwar, indem ich darauf hinwies, dass zwei Lehrpersonen am tragischen Tod Elena Brüllhardts und Lydia Müllers mitschuldig waren. Die Polizei nahm das damals nicht ernst. Schade. Ich war ja nur Mitwisser und wäre als Kronzeuge kaum zur Verantwortung gezogen worden, hätte ich Gustav und Oskar ans Messer geliefert.
In den ersten Augusttagen des Jahres 2007 gab ich zudem dem Hobbydetektiv Bruno Bänziger schriftlich einen Tipp, dass ich die Täter kennen würde.
Im Juni 2007 erhielt ich ein Aufgebot für den 31. Juli. Das war für mich etwas Neues. Ein kleines Mädchen, blond und blauäugig, sollte gekidnappt und nach Afrika verschoben werden. In den unabhängig gewordenen Staaten des Nahen Ostens und Afrikas entsteht eine sehr reiche Oberschicht, deren Männer sich teure hellhäutige Frauen und Mädchen leisten können.
Es gibt und gab dort ganz verschiedene sexuelle Präferenzen, wie sie ja auch in unseren Breitengraden vorkommen. Pädophile ziehen blonde, blauäugige Jungs und Mädchen schwarzen Kindern vor. Unter Umständen sind sie bereit, sehr viel dafür auszugeben. Ein neuer Markt tat sich also auf.

Als am 31. Juli in Appenzell Mirjam verschwand, ging man von einer Straftat eines Pädophilen aus. Der mutmassliche Täter von Allmen wurde tot aufgefunden. Er hatte angeblich Selbstmord begangen. Er war aber nur als Hilfsperson engagiert. Von Allmen stellte das Fahrzeug mit den spanischen Kontrollschildern zur Verfügung. Ich trug die Verantwortung für die ganze Aktion. Alles lief zunächst wie geplant. An einer Strassenkreuzung in Oberbüren kam es wegen einer Unaufmerksamkeit zu einem Zwischenfall. Mirjam brachte es fertig, sich aus dem Seitenfenster auf der Beifahrerseite hinauszulehnen. Durch Schreien und Händeverwerfen gelang es ihr, die Aufmerksamkeit einer Frau und ihres Sohnes auf sich zu lenken. Als wir das Mädchen wieder auf die hintere Sitzreihe zurückbugsiert hatten und ruhigstellen wollten, kam es zu einem verhängnisvollen Zwischenfall. Ein Schuss ging los, über dessen Folgen ich mich nicht äussern möchte. Nur so viel: Ich sass am Lenkrad, von Allmen neben mir. Wir tauschten die Plätze, da sich von Allmen besser in der Gegend auskannte als ich. Denn wir mussten sofort weg von der Kreuzung, die wir versperrten. Hinter uns hatte sich bereits eine längere Kolonne gebildet. Ein Hupkonzert war im Anzug. Von Allmen steuerte den Wagen in die Ortsmitte von Oberbüren. Dort wählte er eine Quartiergasse, die wieder in die zur Autobahn parallel laufende Kantonsstrasse Richtung Gossau eimündete. Nach etwa zwei Minuten Fahrzeit bogen wir links über die Autobahnbrücke zum Hartmannsholz ab. Dort mussten wir feststellen, dass beim Gerangel an der Kreuzung vor Oberbüren auch der Kanister mit dem Nitroverdünner umgekippt und zum Teil ausgelaufen war. Mirjam wurde immer lauter und begann zu toben, sodass ich nicht umhinkam, ihr K.O.-Tropfen einzuflössen, um sie ruhigzustellen.

Offenbar stimmte dabei die Dosierung nicht. Wir stellten fest, dass der Puls von Mirjam immer schwächer und unregelmässiger wurde. Ich wandte mich per Handy an meinen Auftraggeber, der mich anwies, an eine von ihm bestimmte Stelle in den Hohrainwald oberhalb Billwil zu fahren. Dort würde uns eine Person um vierzehn Uhr dreissig erwarten, die wahrscheinlich das Problem lösen könne. Ich fuhr mit meinem Privatwagen, den ich in der Nähe der Autobahnbrücke abgestellt hatte, voraus zum Hoh-

rainwald. Von Allmen lieh mir sein Handy aus, da der Akku von meinem leer war. Das erwies sich als Glücksfall. Der Polizei gelang es nämlich nachträglich, die Bewegung von von Allmens Mobiltelefon nachzuverfolgen, sodass sie annahm, der Kastenwagen sei direkt an den Zielort in den Hohrainwald gelangt. Um die Zwischenzeit zu überbrücken, fuhr von Allmen Umwege, denn die Stelle am Hohrainwald und das Hartmannsholz lagen nur wenige Kilometer auseinander.

Das von uns gar nicht beabsichtigte Täuschungsmanöver führte dazu, dass verschiedene Zeugenaussagen, die den Renault Traffic zwischen dreizehn Uhr dreissig und vierzehn Uhr zwanzig in Gossau, Andwil und weiteren Orten gesehen haben wollten, als unglaubwürdig ausgeschieden wurden. Von Allmen kam zum vereinbarten Zeitpunkt mit Mirjam am Zielort an. Leider war sie zu diesem Zeitpunkt bereits tot.

Wir fuhren auf einen steilen Waldweg und machten uns daran, das Fahrzeug von diversen Spuren und dem ausgeflossenen Nitroverdünner zu reinigen. Von Allmen kümmerte sich um das Einschussloch, das durch das versehentlich abgefeuerte Projektil im Innenraum des Fahrzeugs entstanden war. Handwerklich geschickt, konnte er es mit Hilfe von Werkzeugen, die er stets im Wagen mitführte, so präparieren, dass die Spurensicherer davon nichts mitbekamen.

Noch eine Bemerkung zum Nitroverdünner. Nach dem Fund von Mirjams Leiche ging die Polizei von einer Vergiftung durch Toluol aus. Was für ein Unsinn. Toluol kommt tatsächlich in Nitroverdünnern neben verschiedenen andern Kohlewasserstoffen, Aceton, Alkoholen und weiteren Lösungsmitteln vor. Um ganz sicher den Tod zu finden, müssten einem Kind mindestens zwanzig Milliliter des Nitroverdünners eingeflösst werden. Es würde eines qualvollen Todes sterben. Die Substanzen in diesem Lösungsmittel würden die Schleimhäute in Mund und Speiseröhre auflösen. Und bei einer Obduktion hätte man dies feststellen können.

Ich habe damals nur den Kopf über das Communiqué der Polizei geschüttelt. Dass kein einziger Forensiker dagegen Einspruch erhoben hatte, wollte mir nicht in den Kopf. Kommt noch etwas dazu: Von Allmen war, bevor er nach Spanien emigrierte, Phar-

mavertreter und hatte Medikamente den Spitälern in den beiden Appenzell, in St. Gallen und Thurgau vertrieben. Würde ein Mann, der sich mit Medikamenten auskennt, jemanden mit Nitroverdünner vergiften?
Die Spuren von Toluol, die in der Lunge des toten Mädchens aufgefunden wurden, stammten vom ausgelaufenen Nitroverdünner, hätten allein aber niemals zum Tode geführt.
Von Allmen, der nun zu einem Sicherheitsrisiko geworden war, forderte ich auf, sich mit seiner Selbstschusspistole selbst zu richten. Er tat es widerstandslos.
Wie ich später erfahren musste, hätte es auch anders ausgehen können. Aber wir hatten Glück. Die beiden Zeugen, die uns, von Allmen, Mirjam und mich, beobachtet hatten, meldeten sich zwar bei der Polizei, ihre Aussagen wurden aber nicht ernst genommen. Als sich fast einen Monat später die Frau an die Boulevardzeitung wandte und dieses Blatt ein Phantombild, das mir ähnelte, veröffentlichte, geriet ich in Panik und reiste Hals über Kopf nach Diani Beach.
Meine Angst war bekanntlich unbegründet. Die Boulevardzeitung wurde von der St. Galler Justiz und Polizei abgekanzelt. Durch diesen, so glaubte man, aus den Fingern gesaugten Beitrag sei die Suche nach Mirjam behindert worden.
Der Aufenthalt in Kenia dauerte bloss wenige Tage. Die «Gesellschaft» bat mich, wieder zurückzukommen und meinen Auftrag zu vollenden. Ich vergrub die sterblichen Überreste der unglücklichen Mirjam im Hartmannsholz. Wir gingen davon aus, dass sie dort niemand mehr suchen würde.
Dann entdeckte sie dieser verrückte Ingenieur. Was haben Sie sich gedacht, als Sie erfuhren, wo der Fundort war? An einem Ort, den Sie Quadratmeter um Quadratmeter abgesucht hatten? Mehrere Leichensuchhunde unterstützten Sie. Gar keine Frage: Wäre die tote Mirjam damals schon dort vergraben gewesen, hätten Sie sie gefunden.
Ich hatte eine Heidenangst davor, Sie würden sich das Phantombild der Zeugin aus Herisau nochmals vornehmen, es von der Polizei ausstreuen lassen. So hätten Sie schon damals herausbekommen, dass ich hinter dieser Sache steckte. Jedenfalls nahm ich die nächste Maschine nach Mombasa und wartete dort

die Entwicklung ab. Als nach einer Woche immer noch nichts geschehen war, kehrte ich wieder zurück.
Ich bekam Probleme mit der «Gesellschaft». Man warf mir vor, die Leiche zu wenig tief vergraben zu haben. Nicht ganz zu Unrecht. Wäre sie einen Meter tief statt nur fünfzig Zentimeter unter der Erdoberfläche gelegen, hätte sie der Spinner aus dem Kanton Zürich nie gefunden. Aber an dieser Stelle war es leider nicht anders möglich. Die Humusschicht war weniger dick, als ich angenommen hatte.
Ich wurde in der «Gesellschaft» zurückgestuft. Dort herrscht wie bei jedem Konzern eine strikte Hierarchie. Steigt man auf der Karriereleiter eine oder mehrere Stufen ab, bekommt man das auf eine besondere Art zu spüren. Leute, die vorher vor einem zitterten, sind plötzlich frech und demütigen einen. Leider musste ich auch erfahren, dass ein solcher Abstieg kontinuierlich weitergeht. Und ganz unten, habe ich mir sagen lassen, kommt keiner lebend an.

Die Delikte, die ich im Ausland begangen habe, sind in diesem Geständnis nicht enthalten.

Als Gross das Geständnis zu Ende gelesen hatte, wählte er die Nummer von Hermann und bat ihn, rasch vorbeizukommen. Er erzählte ihm in kurzen Sätzen, was er eben gelesen hatte. «Wenn es nicht andere Mitwisser des Dokuments gäbe, müsste ich einen Spiessrutenlauf vor meinen Vorgesetzten, der Justizdirektorin und dem Untersuchungsrichter bewältigen. Man würde abwägen, ob man dieses Geständnis der Öffentlichkeit zutrauen dürfte. Vielleicht kämen die da oben zum Schluss, es wäre klüger, darauf zu verzichten. Es bleibt uns nichts anderes übrig, als es ohne Personennamen in einem Mediencommuniqué in Umlauf zu setzen. Eigentlich bin ich ganz froh darüber, auch wenn wir dabei nicht besonders gut wegkommen.»

«Sollen wir das gleich jetzt tun?», fragte Hermann.

«Nein, zuerst muss ich mich noch mit dem Staatsanwalt kurzschliessen. Erst wenn wir Oskar Moser, Gustav Glanzmann und Christian Ebner in Gewahrsam genommen haben, dürfen Sie mit diesem Papier an die Öffentlichkeit.»

Die Kriminalpolizei St. Gallen teilt mit:

Gestern wurde A. B. von der Polizei an seinem Wohnort in Lichtensteig abgeholt. Anlässlich der Vernehmung durch die Kriminalpolizei St. Gallen legte er ein schriftliches Geständnis ab.

Nach diesem Geständnis sind folgende Tötungsdelikte aufgeklärt:

1. der Doppelmord unterhalb der Kristallhöhle bei Kobelwies/ Oberriet am 31.07.1982;
2. die vermeintliche Entführung und Tötung von Pirmin Schwarz am 13.05.1984 am Rorschacherberg. Hier handelte es sich um einen Unfall mit Fahrerflucht;
3. die Entführung und Tötung von Mirjam am 31.07.2007.

A. B. gelang es danach, sich durch einen Sprung aus dem vierten Stock des Kripogebäudes seiner Verantwortung zu entziehen. Da er beim Sturz tödlich verletzt wurde, muss das Verfahren gegen ihn eingestellt werden. Die Polizei darf gegen Verstorbene nicht ermitteln. Das gilt auch für die am verjährten Kristallhöhlenmord beteiligten Personen.
Weitere Einzelheiten werden nach Absprache mit dem Untersuchungsrichter folgen.

Das Communiqué war bereits abgeschickt, als Gross von Bergen zu sich ins Büro kommen liess und ihm eine Kopie davon in die Hand drückte. «Otto, lies das mal aufmerksam durch.»

Gross sah von Bergen dabei aufmerksam zu.

«Na toll, nun glaubt die Öffentlichkeit tatsächlich, wir hätten die vier spektakulärsten Kriminalfälle der vergangenen zweiunddreissig Jahre aufgeklärt.»

«Otto, jammere jetzt nicht. Im Communiqué steht, die Polizei habe Arthur Busch in Lichtensteig abgeholt. Das ist die Wahrheit. Was die Medien damit machen, ist nicht unser Problem. Du hast im Schweisse deines Angesichts mehrere hundert Stunden in unserem staubigen Archiv verbracht, Dutzende von Zeugen befragt. Alle Achtung: Nach alldem wusstest du, wer die Täter waren. Nur blieb eben diese Erkenntnis ein Geheimnis unter uns. Wegen dieser Sache wärest du bei einem Haar umgekommen. Niemand hätte geahnt, dass du eines heldenhaften Todes gestorben wärest. Ich werde dafür sorgen, dass du ein lebender Held wirst.»

«Das ist ja nett von dir, Alfons. Allein ich bilde mir gar nichts dabei ein. Und wenn du glaubst, ich würde nach Heldentum lechzen, hast du dich gründlich verrechnet.»

Von Bergen klopfte am nächsten Tag um neun Uhr an Gross' Bürotür.

Er traf einen strahlenden Menschen an. «Willkommen, Otto. Gestern Abend hat mich eine wunderbare Nachricht erreicht. Meine Mimi erbt von ihrem reichen Onkel ein Landgut in der Toskana. Am 1. Mai emigriere ich mit meiner Familie nach Marina di Grosseto an der Mittelmeerküste.»

«Das freut mich für dich.»

«Ich mich auch für dich. Herzliche Gratulation, Otto. Ich habe dich als meinen Nachfolger vorgeschlagen.»

***

Ulrich Bänziger war bei seinem Bruder Bruno und Yvonne am Nachtessen, als sie über die Radionachrichten vom Fenstersturz Arthur Buschs erfuhren.

Yvonne stiess einen Freudenschrei aus. «Nun siegt doch noch die Gerechtigkeit.»

Bruno lächelte bitter. «Leider ohne dass ich etwas dazu beigetragen habe.»

Ulrich und Yvonne reagierten sofort mit einer Stimme darauf. «Nein, du hast sehr viel dazu beigetragen.»

Ulrich stand auf, ging zu Bruno hinüber und legte die Hände auf die Schultern seines Bruders. «Niemand ausser dir hat daran geglaubt, dass das Verbrechen vom 31. Juli 1982 jemals aufgeklärt würde. Du warst es, der mit Otto von Bergen Kontakt aufgenommen hat. Arthur Busch wäre nie bis in den Klosterhof gekommen, wenn du von Bergen nicht auf seine Fährte gelenkt hättest. Das Geständnis von Busch wäre von der Kripo nicht ernst genommen worden und in einem Papierkorb gelandet.»

«Aber die Öffentlichkeit wird nicht erfahren, wer die Täter sind, Busch ausgenommen.»

«Du weisst es, Bruno, die Polizei weiss es, wir wissen es und wohl einige weitere Personen. Die noch lebenden Täter werden bis zu ihrem Tod keine ruhige Stunde mehr haben.»

«Danke. Ihr beide habt recht. Ein riesiger Stein ist von meinem Herzen gefallen. Nun geht es mir viel besser.»

Nachwort

Das in diesem Buch Erzählte ist fiktiv, doch es könnte wahr sein.

Zwei Tragödien in der Ostschweiz bilden den Hintergrund des Romans «Kristallhöhle».

Am Abend des 31. Juli 1982 wurden die fünfzehnjährige Karin Gattiker und die siebzehnjährige Brigitte Meier nach einer Velotour bei ihren Eltern in Goldach erwartet. Sie kamen dort nie an. Ihre verwesten Leichen wurden neun Wochen später unterhalb der Kristallhöhle in der Gemeinde Oberriet gefunden. Es sassen mehrere Verdächtige in Untersuchungshaft. Keiner von ihnen konnte als Täter überführt werden. Seit dem 1. August 2012 ist dieses Verbrechen verjährt.

Am 31. Juli 2007 wurde die fünfeinhalbjährige Ylenia Lenhard beim Hallenbad in Appenzell zum letzten Mal gesehen.

Einen Tag später stiessen Polizisten in einem steilen, bewaldeten Gelände oberhalb des Weilers Billwil in der Gemeinde Oberbüren SG auf den erschossenen Urs Hans von Aesch. Die Kripo des Kantons St. Gallen ging davon aus, dass er der Mörder von Ylenia gewesen sein musste. Die sterblichen Überreste von Ylenia entdeckte neun Wochen später ein Privatmann aus Winterthur. Das Mädchen war im ebenfalls zur Gemeinde Oberbüren gehörenden Hartmannsholz vergraben.

In der Ostschweiz wurden in dieser Zeit noch weitere Kinder und Jugendliche vermisst. Einer war der siebeneinhalbjährige Peter Roth, der am Samstag, dem 12. Mai 1984, auf dem Heimweg vom Schulhaus in Nassen SG verschwand. Auch in diesem Fall wird von einem Verbrechen ausgegangen. Da er nie mehr gefunden wurde, kann man über seinen mutmasslichen Tod nur spekulieren. Er könnte auch entführt worden oder einem Unfall zum Opfer gefallen sein.

Ich hatte zunächst vor, einen fiktiven Roman über den Doppelmord bei der Kristallhöhle zu schreiben. Ein Mann aus St. Gallen mit dem Pseudonym J. K. hat mir dafür einen Teil seiner Recherchen, die er über viele Jahre gesammelt hatte, zur Verfügung gestellt. Er vermittelte mir auch ein Fernsehinterview im «Ostschweizer Fernsehen» (TVO) und in den Regionalzeitungen «Bodensee Nachrichten» und «Rheintaler Bote», wo ich mein Buchprojekt vorstellen durfte.

Daraufhin erhielt ich zahlreiche Rückmeldungen von Menschen aus der Gegend, die sich noch an das Verbrechen erinnerten und Beobachtungen dazu gemacht hatten. Nicht wenige davon widersprachen sich. Zusammen mit den Informationen von J. K. erlaubten sie mir, Mutmassungen über den Tathergang anzustellen. Mehr nicht.

Ich las auch den Roman «Zwillinge» des Journalisten und ehemaligen St. Galler Kantonsrates Arthur Honegger. Bei der Lektüre dieses Krimis kam bei mir der Eindruck auf, dass Honegger eine genaue Vorstellung davon hat, wer der Täter beim Verbrechen in der Kristallhöhle ist. Allerdings ist sein Buch so abgefasst, dass nur die wenigsten Leser darauf kommen konnten, wen er damit meinte. Er durfte gar nicht anders, sonst hätte er einen Prozess riskiert.

Einige Wochen nach der TVO-Sendung und einem Interview in den «Bodensee Nachrichten» erhielt ich einen Telefonanruf einer Frau aus einer St. Galler Anrainergemeinde des Bodensees. Sie nannte mir einen möglichen Täter. Das Neue an dieser Zeugenaussage: Sie war konkret, in sich stimmig und stützte sich auf weitere Aussagen von Menschen im Bekanntenkreis des Verdächtigten. Und danach musste es eine Verbindung zwischen dem Verbrechen, das am 31. Juli 1982 verübt wurde, und demjenigen vom 31. Juli 2007 geben.

Etwas irritierte mich: Die Frau hatte ihre Aussage im Jahre 2011 auch gegenüber einem Kripobeamten gemacht.

Ich begann, den Ylenia-Fall in meine Recherchen einzubeziehen. So stiess ich auf einen Artikel im «Blick».

Der «Blick» druckte darin am 5. September 2007, also mehr als einen Monat nach dem Verschwinden von Ylenia, eine Aussage der Zeugin Cathy S. aus Herisau ab. Die Frau hatte am 31. Juli 2007 Beobachtungen gemacht, die von der offiziellen Version der Ermittlungsbehörden abwichen. Sie hatte an einer Strassenkreuzung den Renault-Traffic-Kastenwagen des mutmasslichen

Entführers und Mörders Hans Urs von Aesch mit den spanischen Kontrollschildern anders wahrgenommen als – laut Polizei – die meisten anderen Zeugen. Am Steuer des Fahrzeugs soll eine andere Person als von Aesch gesessen haben. Die Zeugin berichtete, wie das spätere Opfer Ylenia sich aus dem Fenster auf der Fahrerseite lehnte und um Hilfe rief. Cathy S. vernahm eine weitere Männerstimme aus dem Wageninnern. Zu wem diese gehörte, konnte sie nicht sehen, da der Lieferwagen nur vorne mit zwei Seitenfenstern ausgestattet war.

Der Fahrer, der offensichtlich mit dem rechts neben ihm sitzenden von Aesch in Streit geraten war und zunächst nicht realisierte, dass Ylenia Kontakt mit der Aussenwelt gesucht hatte, stiess das Mädchen unzimperlich auf die Hinterbank. Bei diesem Gerangel soll Cathy S. einen lauten Knall gehört haben, den sie als Schuss interpretierte.

Cathy S. hatte ihre Beobachtungen Anfang August 2007 auf der Polizeistation Herisau gemeldet. Sie musste ein zweites und ein drittes Mal hingehen. Die Ermittlungen im Fall Ylenia wurden der Kriminalpolizei St. Gallen übertragen, also die Befragungen in Herisau von St. Galler Kripobeamten durchgeführt.

Cathy S. realisierte in den kommenden Wochen, dass ihre Zeugenaussage nicht für voll genommen wurde. Sie wandte sich schliesslich an den «Blick» und fand Gehör. Das mit dem Knall wurde vom «Blick» nicht abgedruckt. Cathy S. verriet es mir in einem Gespräch, das ich im April 2014 mit ihr führen durfte.

Der «Blick» druckte zusammen mit der Zeugenaussage von Cathy S. ein Phantombild des Fahrers des Kastenwagens. Diese Zeichnung, von einem Illustrator und Gerichtszeichner angefertigt, löste seinerzeit keine Rückmeldung aus, was offensichtlich als Hinweis gewertet wurde, die Angaben von Cathy S. seien erfunden.

Das umso mehr, als wenig später in der lokalen Presse und den «Polizeinews.ch» ein Artikel mit dem Titel «Ylenia: ‹Blick› führt Leser in die Irre» erschien.

Darin war unter anderem die Passage zu lesen:

Unmissverständlich stellte die Kantonspolizei St. Gallen wenig später klar, dass sie dieser Zeugenaussage nachgegangen sei, die Darstellung sich aber als unwahrscheinlich herausgestellt habe. […] Und ein Mann, den die Herisauerin zweifelsfrei auf einem Foto wieder erkannt [sic] habe, hat laut der Kapo ein «200-prozentiges Alibi». Vieles spricht also dafür, dass sich die Zeugin – sicher ohne bösen Willen – schlicht irrt.

Als ich die Replik auf den «Blick»-Artikel las, war ich bereits den Aussagen der Frau aus der Bodensee-Anrainergemeinde nachgegangen. Mir fielen Fotos des von ihr angegebenen möglichen Mittäters der Verbrechen von 1982 und 2007 in die Hände.

Ich glich diese mit dem Phantombild ab. Das Ergebnis: eine verblüffende Übereinstimmung.

Laut der Polizei erkannte Cathy S. auf dem Foto einen Mann, der zum Zeitpunkt ihrer Beobachtung anderswo gewesen sein müsse. Sie behauptet aber: Man habe ihr auf dem Posten in Herisau etwa zehn bis fünfzehn kleine Fotos vorgelegt. Sie habe dem Polizisten zu verstehen gegeben, dass keines der Bilder dem Mann am Steuer des Renault Traffic auffallend gleiche. Er habe gefragt: «Wer könnte es am ehesten sein?» Sie habe auf ein Bild gezeigt, aber nochmals beteuert, der Mann am Steuer könnte sehr wohl ein anderer sein als der auf dem Foto abgebildete.

Irrte sich Cathy S.? War der Mann auf dem Polizeifoto der mit dem nach der Kripoversion «200-prozentigen Alibi»? Derjenige, den die Zeugin aus der Bodensee-Anrainergemeinde als möglichen Mittäter bei der Entführung von Ylenia genannt hatte? In diesem – wenig wahrscheinlichen – Fall müsste sich Cathy S. getäuscht haben.

Die Kripo St. Gallen wurde über meine Recherchen informiert. Sie ist im Besitz des Fotos, das dem Phantombild frappant ähnelt.

Zwei Fotos, die einander stark ähneln, beweisen nicht, dass es sich um dieselbe Person handelt. Doch sie sind Grund genug, einen ungelösten Kriminalfall nochmals aufzurollen.

http://www.blick.ch/news/schweiz/so-erinnere-ich-mich-an-den-mann-neben-von-aesch-id141313.html

http://www.blick.ch/news/schweiz/zeugin-im-fall-ylenia-ich-sah-ylenia-mit-drei-maennern-id141230.html

http://www.polizeinews.ch/ostschweiz/Ylenia+Blick+fuehrt+Leser+in+die+Irre/369011/detail.htm

http://www.weltwoche.ch/ausgaben/2007-32/artikel-2007-32-mord-ohne-moerde.html

http://www.weltwoche.ch/ausgaben/2007-39/artikel-2007-39-es-geschah-am-he.html

Hilfestellung zur Lesbarkeit

Die topografischen Verhältnisse sind in der Gegend, in der der Roman spielt, recht komplex.

Es ist empfehlenswert, die Landkarte des Kantons St. Gallen oder http://map.geo.admin.ch/ und für die Strassenbezeichnungen «Google Maps» beizuziehen. Als «Hartmannsholz» wird das Wäldchen zwischen der Autobahn und Schollrüti bezeichnet.

Glossar

Altstätten – Stadt im Kanton St. Gallen mit rund 11.000 Einwohnern*, Sitz des Bezirksgerichtes und des Regionalgefängnisses im Wahlkreis Rheintal.

Andwil – Dorf im Kanton St. Gallen mit rund 1.900 Einwohnern, 10 km entfernt vom Hartmannsholz, wo die sterblichen Überreste von Ylenia im Oktober 2007 gefunden wurden. Kurz vor 14 Uhr am 31. Juli 2007, dem Tag der Entführung von Ylenia, wurde der weisse Kastenwagen Urs Hans von Aeschs von mindestens zwei Zeugen beobachtet.

Appenzell Ausserrhoden – rund 54.000 Einwohner; Parlaments- und Regierungssitz: Herisau mit rund 15.400 Einwohnern; Polizeisitz bis Ende 2012 in Trogen, jetzt in Herisau

Appenzellerland – umfasst die beiden Halbkantone Appenzell Innerrhoden (AI) und Appenzell Ausserrhoden (AR)

Appenzell Innerrhoden – mit rund 15.800 Einwohnern der Schweizer Kanton mit der niedrigsten Einwohnerzahl; Hauptort: Appenzell

Au – Dorf im Kanton St. Gallen am Dreiländereck Österreich/Deutschland/Schweiz mit rund 7.100 Einwohnern und mit der grössten Bordelldichte in der Schweiz: http://www.beobachter.ch/konsum/dienstleistungen/artikel/prostitution_grenzverkehr/

Auf Zusehen hin – schweizerisch: auf Widerruf, bis auf Weiteres

Bünzli/Bünzlis – schweizerisch: Spiessbürger

CVP – Abkürzung für «Christlichdemokratische Volkspartei»

Fremdenpolizei – Heute gilt diese Bezeichnung in der Schweiz offiziell nicht mehr. Sie ist im «Amt für Migration» integriert. In jedem Kanton gibt es ein «Amt für Migration». Übergeordnet ist diesen Institutionen das «Bundesamt für Migration» (BFM). Das BFM regelt, unter welchen Bedingungen

---

* Die Einwohnerzahlen beziehen sich auf die neusten statistischen Zahlen von 2013 oder 2014 und können eine Differenz zu den 1980er Jahren aufweisen.

jemand in die Schweiz einreisen, hier leben und arbeiten darf – und es entscheidet, wer hier Schutz vor Verfolgung erhält. Das Amt koordiniert die Integrationsbemühungen von Bund, Kanton und Gemeinden und ist auf Bundesebene für Einbürgerungen zuständig.

Gérant – schweizerisch: Geschäftsführer eines Gastwirtschaftsbetriebs

Gof/Gofen – in der Ostschweiz mundartlich für «Kind/Kinder»; in anderen deutsch-schweizerischen Kantonen abschätzig für «ungezogenes Kind»

Goldach – Nachbargemeinde von Rorschach mit rund 9.000 Einwohnern

Halbtax-Abo – Abkürzung für Halbtax-Abonnement der Schweizerischen Bundesbahnen (SBB). Mit dem kostenpflichtigen Zusatzabonnement reduzieren sich auf nahezu allen Strecken des öffentlichen Verkehrsnetzes die Preise um die Hälfte.

Hartmannsholz – kleiner Wald im Südosten der St. Galler Gemeinde Oberbüren. Südlich des Hartmannsholzes liegt der kleine Weiler Schollrüti.

Heerbrugg – Gemeinde im St. Galler Rheintal mit rund 2.600 Einwohnern

Hohrainwald – Wald im Norden der Gemeinde Oberbüren. Der Hohrainwald ist der südliche Teil des Buechwaldes, der grösstenteils zur Nachbargemeinde Niederhelfenschwil gehört.

ID – Abkürzung für «Identitätskarte»

Justizdirektor – Die Regierungsmitglieder der deutsch-schweizerischen Kantone werden auch Direktoren genannt: Finanzdirektor, Bildungsdirektor, Gesundheitsdirektor usw. Sie werden mit «Frau Regierungsrätin» oder «Herr Regierungsrat» angesprochen.

Kantonsschule – Synonym für «Gymnasium» in vielen Kantonen

Kapo – Abkürzung für «Kantonspolizei»; Oberbegriff für alle Polizeieinheiten eines Kantons

Kripo – Abkürzung für «Kriminalpolizei»

Kristallhöhle – Die Kristallhöhle Kobelwald liegt in der Gemeinde

Oberriet im St. Galler Rheintal, am Fusse des Alpsteins. Sie ist vom Parkplatz hinter dem Dorf Kobelwald aus zu Fuss in einer Viertelstunde erreichbar. Der vordere Teil der Höhle ist als Schauhöhle ausgebaut. Der hintere ist nur für Höhlenforscher zugänglich. http://www.kristallhoehle.ch/

Landammann – Bis in die 1980er Jahre hiess der Vorsitzende der Kantonsregierung in St. Gallen wie teils heute noch in anderen Kantonen Landammann. In St. Gallen ist dies heute der/die Regierungspräsident/-in.

Lichtensteig – Kleinststadt im Toggenburg mit rund 1900 Einwohnern

Musikgehör – schweizerisch: eine Affinität zu etwas haben

Mzungu – Suaheli: Weisser, Reicher, Fremder. In weiten Teilen Afrikas werden die Weissen Mzungu genannt.

Nüsslisalat, Nüssler – schweizerisch: Feldsalat

Oberbüren – politische Gemeinde im Fürstenland (Wahlkreis Wil) des Kantons St. Gallen mit rund 4.000 Einwohnern. Die Gemeinde besteht aus einem gleichnamigen Ortsteil (rund 2.100 Einwohner), den Dörfern Niederwil (rund 1.300 Einwohner) und Sonnental (rund 500 Einwohner) sowie den Weilern Staubhusen und Schollrüti. Oberbüren liegt an der Einmündung der Glatt in die Thur. Die Autobahn A 1 Genf–St. Margrethen führt mitten durch das Siedlungsgebiet der Gemeinde.

Oberriet – politische Gemeinde im Wahlkreis Rheintal des Kantons St. Gallen, begrenzt durch den Alpenrhein und den Ausläufer des Alpsteingebirges. Zur politischen Gemeinde gehören neben der gleichnamigen Ortschaft die Dörfer Montlingen, Kriessern, Eichenwies und Kobelwald sowie die Weiler Moos, Rehag, Stieg, Freienbach, Stein, Kobelwies, Watt und Hard. Der höchste Punkt Oberriets liegt beim Gebiet Zapfen mit 1.302 m ü. M., der tiefste mit 407 m ü. M. bei den Brücken über den Rheintaler Binnenkanal.

Rorschach – Stadt am Bodensee mit rund 9.000 Einwohnern

RS – Abkürzung für «Rekrutenschule»

Ruchbrot – schweizerisch: Brot aus Weizen- und Roggenmehl/ Schwarzbrot

Schlappschwanz – schweizerisch: willensschwacher, energieloser Mensch; Schwächling

Sittenpolizei – veraltet, aber im Volksmund immer noch gebräuchlich. Heute ist damit die Fachgruppe für Milieu- und Sexualdelikte innerhalb der Kriminalpolizei gemeint.

Soko – Abkürzung für Sonderkommission. Eine Soko wird bei schweren Verbrechen innerhalb der Kripo gebildet.

SP – Abkürzung für «Sozialdemokratische Partei»

Spunten – schweizerisch mundartlich: einfache Gaststätte

St. Gallen – Schweizer Kanton mit gleichnamiger Hauptstadt St. Gallen

Tobel/Töbel – trichterförmiges Tal mit einem engen, schluchtartigen Ausgang; wird in der Schweiz, den südlichen Walsertälern des Piemont, Vorarlberg und Gebieten Österreichs und Altbayerns so genannt

UO – Abkürzung für «Unteroffiziersschule»

VBS – Abkürzung für «Eidgenössisches Departement für Verteidigung, Bevölkerungsschutz und Sport»

Znacht – schweizerisch: Abendessen

Zvieri – schweizerisch: Vesper

Dank

Viele Menschen haben mir bei den Recherchen zu diesem Buch zur Seite gestanden. Ohne sie wäre der Roman «Kristallhöhle» nie entstanden. Acht davon möchte ich hier erwähnen. Allerdings wünschen auch sie, dass ihre Namen der Öffentlichkeit nicht preisgegeben werden.

– J. K., der Mann, der seit dreissig Jahren Material über den Kristallhöhlenmord sammelt und ein Archiv darüber angelegt hat.

– Das Ehepaar N. aus einer Gemeinde am Bodensee, das Ehepaar A. aus dem St. Galler Rheintal. Alle vier haben mir zahlreiche Zeugen vermittelt.

– O. U., der viel vom Polizeihandwerk versteht.

– M. T., die Kommunikationswissenschaftlerin und Journalistin.

– C. S., die mutige Frau aus Herisau.

Peter Beutler
KANDERSCHLUCHT
Broschur, 320 Seiten
ISBN 978-3-95451-136-5

«Einmal mehr greift Peter Beutler einen brisanten Stoff auf und kratzt mit seinem neuen Krimi am Bild einer harmlosen Schweiz.» Der Bund

«Auch in seinem dritten Roman macht Peter Beutler das, wofür er bekannt wurde: er nimmt kein Blatt vor den Mund und kratzt selbst am Lack einer der Schweiz nach wie vor heiligen Kuh, sprich der Schweizer Armee. Dieses Buch packt den Leser, führt ihn in Abgründe der Schweizer Geschichte. Die Idee und der Mut, solche Themen überhaupt anzupacken, verdienen unseren Respekt.»
Zuger Woche

www.emons-verlag.de

Peter Beutler

HOHLE GASSE

Broschur, 272 Seiten

ISBN 978-3-95451-058-0

«Geschickt verwebt der Autor Motive aus dem rechtsextremistischen Lager in die Handlung und räumt mit idyllischen Vorstellungen auf, sodass die Lektüre seines Buches die Wirkung einer Ausnüchterungszelle erzielt.» Der Bund

PETER BEUTLER
Weissenau
KRIMINALROMAN
emons: